변경

6

변경

이문열 대하소설

邊境

RHK
알에이치코리아

2부 시드는 대지(大地)

6

낯선 세월로

아직 10월에 든 지 며칠 안 되었는데도 해 질 녘의 바람은 쌀쌀했다. 개간지가 산비탈이라 더욱 그런지도 몰랐다. 영희는 콩을 따던 손길을 멈추고 약간 한심한 기분으로 남은 콩 이랑을 세어 보았다. 아직 절반 이상의 콩밭이 남아 있었다. 영희는 다시 밭둑에 놓인 마대 쪽을 보았다. 더욱 한심했다. 듣기로 어머니가 묻은 씨앗만도 두 말이 넘는데 그 절반 가까이 수확한 게 깍지까지 합쳐 한 마대가 채 차지 않았다. 깍지를 깐다면 글쎄, 넣은 씨앗의 두 배나 제대로 거둔 것일까.

계절에서도 수확 방식에서도 이상하기 그지없는 그 콩 따기는 형편없는 개간지의 생산력을 보여 주는 것이기도 했다.

원래 콩은 서리가 내린 후 그루를 낫으로 베어 타작을 하는 게 정상적인 수확의 시기요 방식이다. 그러나 워낙 새 땅의 지력(地力)이 낮아 그루란 게 한 뼘밖에 안 되는 데다 달린 콩이란 게 또한 그루당 대여섯 깍지가 안 차서 낫을 대고 자시고 할 게 없었다. 하지만 그대로 버릴 수도 없는 노릇이라, 식구대로 콩 이랑에 붙어 하나하나 콩깍지째 따는 방식으로 거둬들이고 있는 중이었다.

잠시 마대에 머물러 있던 영희의 눈길은 다시 콩 이랑 위 무슨 자욱한 수풀같이 펼쳐져 있는 메밀밭 쪽으로 옮겨졌다. 얼마 전까지만 해도 허옇게 메밀꽃이 덮여 있던 등성이는 이제 검고 누렇게 말라 가고 있었다.

어머니는 메밀 농사만은 자신했지만 영희가 보기에는 꼭 그렇지도 않은 것 같았다. 메밀밭에 비료라이 당키나 하나, 두고 보소 마는 웃자라 숱만 좋지 소출은 없을 끼구만 ―. 그렇게 빈정거린 진규 아버지의 말이 아니더라도 메밀 또한 콩과 크게 다르지 않으리란 것은 농사를 모르는 영희에게도 짐작이 갔다. 메밀밭 위로는 그새 잡초가 돋아 야산으로 되돌아간 듯 보이는 개간지. 오빠 명훈은 거기다가 뽕나무를 심겠다던가. 그러나 영희에게는 그 뽕밭의 앞날도 벌써 눈에 보이는 듯했다.

'오빠의 대지.'

개간지를 휘둘러보던 영희는 문득 입속으로 그렇게 중얼거렸다. 한때는 그녀도 희미하게나마 자신의 대지로 꿈을 걸어 본 적이 있는 땅이었으나, 이제는 아무런 망설임 없이 그렇게 잘라 말할 수 있었다.

어쩌면 그녀가 고향에서 보낸 악전고투와 같은 대여섯 달은 그런 감정의 확인 과정이었는지 모를 일이었다. 나는 결코 이 대지에는 속해 있지 않다…….

영희가 특히 그 땅과 자신을 냉정하게 단절하여 보고 있는 데는, 이제 무언가가 막바지에 이르고 있다는 느낌도 한몫을 했다. 그동안 악화된 어머니와의 관계는 완전히 4년 전 박 원장과의 일 때문에 밀양 집으로 끌려온 뒤의 그것으로 되돌아가 있었다. 특히 달포 전 방천까지 나갔다가 오빠에게 붙들려 온 뒤로는 모녀 간에 필요한 최소한의 의사소통조차 누군가의 매개를 거친 간접 전달로 이루어지고는 했다.

개간과 집 짓기도 끝이 났다. 영희 자신이 들에 나가 땅을 파 뒤집거나 흙을 져 나르지는 않았지만, 많을 때는 수십 명에서 적어도 여남은 명은 되는 일꾼을 데리고 하는 개간과 집 짓는 일 뒷바라지도 결코 쉬운 일은 아니었다. 하지만 다른 한편 그 뒷바라지에 필요한 시간과 육체적 노동량은 그녀가 발단이 되어 뒤엉키는 집안의 정신적 갈등과 소모를 많이 덜어 주었다.

그렇게 — 그 개간은 벌써 지난달 초순에 마쳤고 보름 전에는 까다로운 확인 측량도 일없이 넘어갔다. 집도 겨우 지붕이나 덮고 방 한 칸만 도배해 들어앉은 정도지만 어쨌든 사람을 여럿 모아 할 일은 끝났다. 일꾼들 점심 준비다, 먼지와 땀에 젖은 작업복 빨래다 하는 것으로 정신없이 돌아가는 때보다는 단칸방에 모녀가 뻔히 쳐다보고 앉아 있게 되는 시간이 더 많아졌다.

그런 암울한 대치 같은 시간이 늘어나면서 영희는 예전 밀양에서의 한 겨울처럼 돌내골에서의 지옥 같은 한 계절도 막바지에 접어들고 있음을 실감하고 있었다. 특히 그날의 영희에게 막바지……란 느낌을 짙게 해 준 것은 오빠 명훈이 영양군청으로 개간 보조금을 수령하러 간 일이었다. 입으로 수다하게 다짐을 되풀이한 적은 없지만 영희와 명훈 사이에는 오랜 묵계가 있었다. 그것은 그 보조금이 나올 때가 영희에게 중요한 변화가 오는 때라는 것, 더 쉽게 말하면 그녀에게는 고통스럽기 짝이 없는 돌내골 생활이 어떤 식으로든 정리되리라는 결말의 의미 같은 게 있었다.

　국가의 보조금이 대개 그렇지만 명훈네가 받게 되는 개간 보조금도 계산대로라면 그 땅의 개간에는 턱없이 모자랐다. 평당 3원의 보조금은 잡초와 나뭇등걸이 박힌 야산 한 평을 밭 한 평으로 바꾸는 데 필요한 품삯의 절반에도 못 미치는 까닭이었다.

　그러나 명훈은 허가만 받고 야산인 채로 3천 평을 떼어 팔아 딴 사람에게 그 개간을 떠맡김으로써 실질적으로는 6천 평을 개간하는 비용 이상을 절약하는 효과를 얻었으며, 또 그 자신도 신형 쟁기로 억척을 부려 5천 평 가까운 땅을 별다른 비용 안 들이고 밭 모양이 나게 했다. 다른 데 비해 잡목이나 다복솔이 적고 잡초도 듬성듬성한 북향 비탈을 나무들만 대강 캐낸 뒤 쟁기로 갈아엎는 방식이었다.

　거기다가 어머니가 몇 안 남은 강변길 농막 집터며 여기저기서 찾아낸 자투리땅을 팔아 놓은 돈도 약간 있어 보조금만 나오면 그동안 못 대 준 일꾼들 품삯을 쳐 주고도 한 3만 원쯤은 여유가 생길 것 같았다. 명훈과 영희 사이의 묵계가 바탕하고 있는 것은 그 돈이었다. 언젠가 술이 거나해진 명훈의 말대로 도시에다 양장점이나 미장원을 차려 주는 것까지는 어렵다 쳐도 하여튼 그 돈만 나오면 자신을 그대로 방치해 두지는 않으리란 것이 영희의 믿음이었다.

"이야!"

갑자기 멀지 않은 밭둑에서 인철과 옥경의 탄성이 잠시 이런저런 생각에 빠져 있던 영희의 주의를 끌었다. 언제 왔는지 인철과 옥경이 집 가까운 고구마 밭이랑에 붙어 있었고, 얼마 전에 콩깍지가 가득 찬 자신의 마대를 이고 집으로 내려간 어머니도 그들 곁에 서 있었다. 고구마를 일부 캐기로 한 것 같았다.

"언니, 여기 와 봐. 고구마가 주렁주렁 열렸어!"

영희가 내려다보고 있는 기척을 느꼈던지 옥경이 손나발을 만들어 소리쳤다. 벌써 두세 시간이나 계속된 단조로운 작업에 은근히 지루해져 있던 영희는 호기심에서라기보다는 그 지루함에서 잠시 벗어나고 싶어 아이들이 있는 고구마 밭 쪽으로 달려가 보았다.

"어머."

고구마 밭머리에 이른 영희는 저도 모르게 그런 탄성을 내질렀다. 평소 지나치면서도 과연 저 밑에 무엇이 맺혔을까 싶을 정도로 노랗고 말라비틀어진 고구마 줄기들이 간신히 밭이랑을 감추고 있던 곳을 인철이 두어 평 걷어 냈는데, 그 한 모퉁이에 어디서 나왔을까 싶을 정도로 탐스러운 분홍색 고구마가 한 무더기 쌓여 있었다. 아마도 인철이 줄기를 걷어 낼 때 함께 달려 나온 것들인 듯했다.

"됐다, 인제 그만 걷어라. 오늘 다 캘 게 아이고, 우선 햇고구마 맛이나 쫌 볼라 카는 거이께는."

무턱대고 고구마 줄기를 걷어 가는 인철을 보고 어머니가 그렇게 말했다. 흐뭇하기 그지없어하는 낮고 다정한 목소리였다. 아이들과 마찬가지로 신비로운 땅의 생산력에 잠시나마 정신이 뺏겨 있던 영희는 오히려 그 소리로 어머니 앞에 서면 느끼는 긴장을 되살렸다. 그러자 반짝했던 대지와의 친화감은 머쓱함 속에 스러지기 시작했다.

인철은 어머니가 시킨 대로 고구마 줄기 걷는 일을 그만두고 괭이를 집어 들었다. 여름 내 일꾼들 사이에 끼어 뛰어다니느라 시커멓게 그을은 데다, 키도 벌써 어머니보다는 한 뼘 가까이 솟아 괭이를 휘두르는 모습이 제법 어른스러웠다.

하지만 영희의 눈에는 그런 인철이가 대견스럽기보다는 가엾게 비쳤다. 또래의 아이들은 한창 고등학교 입시에 열을 올리고 있는데 그는 희망 없어 보이는 흙에 오빠 명훈과 함께 묻혀 가고 있었다.

'원래 공부에 재미를 못 붙인 아이도 아닌데, 어찌 된 일일까. 정말로 저 아이도 오빠처럼 한 농부로 살기를 작정한 것일까. 바깥세상에 널려 있는 수많은 가능성과는 무관하게 한 농부로 늙어 가기로 작정하기에는 열여섯의 나이가 너무 어리지 않은가.'

영희는 그 무렵 들어 부쩍 그런 의문을 느꼈다. 자신이 도회로 나가고 싶어 안달이 날 때면 더욱 커지는 의문이었다. 진정한 희망과 가능성은 자신보다 인철에게 더 많이 남아 있다는 생각 때문이었다.

'가엾게도 어린 나이에 너무 고생을 해서 아이다운 꿈을 모두 잃어버렸는지 모르지. 그저 밥 세 끼나 먹을 수 있으면 그게 행복의 전부인 걸로 생각이 굳어 버렸는지도……. 지금은 나도 속수무책이니까 공연히 상처만 주게 될지 모르지만, 내가 서울로 떠나게 될 때는 꼭 물어봐야지. 만약 정말로 꿈을 잃어버린 것이라면 오빠나 어머니에게는 좀 미안하지만 그걸 되살려 주어야지…….'

영희는 땀에 젖어 고구마 밭이랑을 파헤쳐 나가는 인철을 보며 속으로 그렇게 다짐했다. 그러나 괭이질을 하고 있는 인철의 표정은 평온이나 만족을 넘어 쾌활해 보이기까지 했다. 고난 때문에 이지러지고 황폐해져 버린 애늙은이의 심성이 내비쳐진 것이라고는 결코 여겨지지 않는.

"뭐 한다꼬 니까지 몰래(몰려)와 삐쭉 서 있노? 햇고구마 맛 좀 볼라꼬 몇 패기(포기) 캐는데 뭔 큰 구경났나?"

아니나 다를까, 영희가 거기 와 있는 것조차 못마땅하다는 표정을 애써 감추며 어머니가 퉁명스레 말했다. 언제부터인가 어머니와 직접 말을 주고받기를 피해 온 영희는 인철에게 갑작스러운 편잔을 주는 것으로 대꾸를 대신했다.

"치워라, 애. 새끼손가락 같은 거 잔뜩 캐 모아 뭐 해? 그거 삶으면 젓가락에 집히기나 하겠어?"

하기는 사실이 그렇기도 했다. 처음 줄기를 걷을 때 매달려 나온 고구마를 보고 가졌던 기대와는 달리 수확은 형편없었다. 한 포기에 주먹만 한 것이 하나 더 나오면 다행이다 싶을 만큼 땅속에 남은 고구마는 잘았다. 오빠 명훈의 대지가 척박함을 다시 한번 일깨워 주는 듯했다.

"새 땅에 이만하기도 쉽잖지 뭐. 지가 뭘 안다꼬……."

어머니가 완연히 험해진 눈길로 영희의 말을 받다가 갑자기 체념한 듯 옥경이 쪽을 보고 말했다.

"너 언니보고 이제 콩은 그만 따고 들어가서 밥이나 해라 캐라. 고구마 없을 테이께는 볼쌀(보리쌀)은 안치지 말고. 막차에는 오래비 돌아오이(니) 그전에 저녁상 차려야 된다. 돈이사 있다 캐도 밖에서 사 먹는 밥이 뭔 근기가 있을로."

그녀 역시 그렇게 그 무렵 모녀간의 통상적인 대화 방법인 간접화법으로 나오기 시작했다.

영희는 대꾸 없이 해를 쳐다보았다. 서쪽으로 기울어져 있기는 해도 아직 여섯 시 마지막 버스가 들어올 때까지는 시간이 좀 남아 있어 보였다. 보리쌀까지 삶지 않고 쌀로만 하는 밥이라면 더욱 여유가 있어 보여 혼잣말처럼 중얼거렸다.

"보리쌀 안 삶으면 아직 시간이 많은데……."

그걸 대구로 생각했는지 어머니가 왈칵 성을 내며 옥경이를 제쳐 놓고 바로 퍼부었다.

"갱변(강변) 텃세 받아 놓은 쌀 몇 말 봤다꼬 아침저녁 없이 쌀만 삶아 댈 거가? 볼쌀 안 삶기는 왜 안 삶아? 오늘 저녁이사 특별한 날이이 쌀밥 하라는 게고 내일 아침 안칠 볼쌀은 삶아 놔야제."

그러다가 영희가 아무 실익 없는 시비가 싫어 돌아서자 비로소 옥경을 통한 간접화법으로 돌아갔다.

"저게 고구마는 왜 안 가주고 간다노? 밥에 안칠 고구마를 안 가주고 가문 지 손가락이라도 빼 안칠 건지 함 물어봐라."

그때 암담한 얼굴로 괭이질을 멈추고 있던 인철이 끼어들었다.

"고구마는 이거 다 캔 뒤 제가 한꺼번에 가져가죠. 내일 아침에 쓸 보리쌀부터 삶을 거라면 아직 시간 있잖아요?"

이제라도 돌아가서 고구마를 가져갈까 하던 영희는 인철의 그 말을 작은 구원처럼 느끼며 걸음을 재촉했다. 조금이라도 빨리 어머니와의 대면 상태에서 벗어나기 위함이었다.

'그래, 이게 막바지다. 화를 내지 말아야지. 저녁에 오빠가 돌아오면 끝장을 내는 거야. 이제 와서 딴소리하면 차비만이라도 달라고 해서 떠나야지. 더는 못 견디겠어. 어딜 간들 이보다 더한 지옥은 없을 거야.'

영희는 비탈을 타고 오르면서 그렇게 속으로 중얼거렸다. 조금 멀어진 인철의 조용한 목소리가 그런 그녀를 따라왔다.

"누나, 그 마대는 두고 가. 이따가 고구마와 함께 내가 져 내릴게."

이머니의 짐작대로 명훈은 그날 마지막 버스로 돌아왔다. 미당에서부터 옥경이와 인철을 번갈아 얼싸안고 허허거리는 게 몹시 기분이 좋아 보였다.

"야야, 밥 먹어라. 허기 안 지드나?"

진작부터 밭에서 내려와 정성 들여 차린 저녁상의 상보를 젖히며 어머니가 식사부터 권했다. 그러나 명훈은 상 쪽은 거들떠보지도 않고 들고 온 손가방을 열었다.

"자아, 어머니. 이제 정말로 모든 게 끝났슴다. 나는 마침내 해낸 거라고요. 여기 있슴다. 개간 보조금 8만 5천 원 전액. 아니, 거기서 5백 원은 빠졌을 겁다. 산업계장하고 막걸리 한잔했거든요……."

그러고 보니 명훈이 들어올 때 허허거린 것은 단순히 기분이 좋아서뿐만 아니라 술기운 때문인 듯했다. 어머니가 별로 성난 기색 없이 나무랐다.

"야가 버얼건 대낮부터 술은……. 더구나 이 큰돈 가주고……."

"한잔 안 하게 됐어요? 산업계장이 그러는데 내가 상록수상(賞)군(郡) 후보로 추천됐답니다."

"상록수상이라꼬? 그게 뭔데?"

"농촌 발전에 많이 기여한 사람을 뽑아 도(道)에서 1년에 한 번씩 주는 상이라던가요. 어쨌든 나는 내 땅 만들고 관청에서 주는 상까지 받게 되었단 말임다.”

“그거 또 뜻밖이다. 니가 참말로 고생은 했다마는…….”

어머니도 그제야 거침없이 기쁜 표정을 드러내며 말했다. 명훈이 평소와 달리 이상하게 뒤틀린 목소리로 ‘— 음다’ 어미를 되풀이 했다.

“아버지 떠나고 이제 한 15년 겪어 봤음다만…… 이 세상도 그리 나빠 보이지는 않슴다. 아버지가 그렇게 철저하게 뒤엎으려던 이 세상 말임다. 부모처자를 다 바치더라도 없애 버리려고 했던 이 제도도…… 어쨌든 이제 나는 말임다. 국가기관의 상까지 받는 이 나라 대한민국의 떳떳한 민주 시민이 되는 검다…….”

그러고 보니 명훈은 그 상에 어떤 특별한 의미를 부여하고 있는 듯했다. 단순히 고생한 보람을 찾았다는 정도가 아니라 그때까지도 적대 개념이나 일탈 의식으로만 대해 온 사회와의 화해 또는 재편입의 계기로까지 여기는 것 같았다. 영희로서는 얼른 이해가 안 되는 감정이었다.

“그거사 안직 더 살아 봐야겠지만 우쨌든 상 받아 나쁠 거사 없제…….”

그런 명훈에게 무턱대고 동의하지는 않았지만 어머니의 말투에도 어딘가 감격의 떨림이 있었다. 인철과 옥경에게도 나름의 감격은 있어 한동안 식탁 주위에는 숙연한 분위기까지 감돌았다. 그 분위기를 곧 소박한 기쁨으로 이끌어 간 것은 어머니였다.

“차암 잘됐다. 이제 일꾼들한테 개간 품삯 안 졸리게 되어 살 거

같데이. 장터서 젊은 아아들만 봐도 간조해 달라꼬 달가들지 싶어 가슴이 다 철렁하다…… 옥경이 기생회비도 내고, 낼모레 장에는 옷도 한 벌씩 해입자."

어머니가 그렇게 말하자 명훈이 한몫 잡은 가장(家長)처럼 후해져서 한술 더 뜨고 나왔다.

"시골 장에야 어디 옷 같은 게 있겠어요? 차라리 안동으로 나가 한 벌씩 맞춰 입죠. 오랜만에 도시 바람도 좀 쐬고…… 사실 이번 여름 어디 우리가 사람같이 살았나요?"

"큰오빠, 난 운동화 한 켤레 사 줘. 스폰지 운동화."

옥경이까지 그렇게 거들고 나서자 좀 전의 무겁던 분위기는 말끔히 가셨다.

"인마, 넌 뭐 원하는 거 없어? 말해 봐, 딱 한 가지만. 내 꼭 해줄게."

인철까지 그 새로운 분위기에 끌어넣으려는 듯 명훈이 그때껏 잠자코 있는 그의 어깨를 두드리며 물었다. 원래도 남달리 사랑하는 아우였지만 그 여름을 함께 고생하면서 더욱 깊어진 형제의 정이었다.

"아뇨, 없어요……."

그냥 잠자코 있었던 게 아니라 무슨 골똘한 생각에 잠겨 있었던지 움찔하며 깨어난 인철이 그렇게 대답했다. 아이답지 않은 애매한 웃음과 함께였다. 말해 봐야 형은 들어줄 수 없을걸요, 하는 듯한.

"너도 고생했지, 영희 넌?"

인철의 대답에 일시 웃음기를 거두었던 명훈이 다시 애써 지은 듯한 웃음으로 영희에게 물었다. 하지만 영희를 보는 눈길에는 왠지 한 가닥 불안 같은 게 서려 있었다.

갑작스러운 물음에 영희는 잠시 망설였다. 그녀가 바라는 게 뭔지 뻔히 알면서도 그렇게 묻는 오빠의 속셈을 알 수 없어서였다. 화장품 같은 걸로 분위기를 맞춰 달라는 건가, 아니면 이 기회에 둘만의 약속을 식구 모두에게 기정사실로 만들라는 뜻일까. 영희는 머릿속으로 재빨리 오빠의 속셈을 헤아려 보았으나 어느 쪽인지 얼른 짚이지 않았다.

"크림이나 한 통 사 줘. 좀 괜찮은 걸로. 전에 욕먹어 가며 산 마산 중앙크림은 벌써 다 떨어졌어."

영희는 오빠의 눈길에 서린 듯한 불안을 참고 삼아 일단 그렇게 분위기를 맞추었다.

"아이고, 저거 염량 봐라. 그 굿 나고도 아직 구리무 타령이라?"

어머니가 대뜸 타박을 주고 나섰다. 그런 어머니에게 알지 못할 눈짓을 보내면서 명훈이 쾌활한 목소리로 받았다.

"아, 그거? 사 주지. 이번에는 장터 미용사에게 아주 두 통을 부탁해. 어머님 것도 한 통 보태서 말이야. 그리고……."

"나는 필요 없다. 지나(저나) 사다 처바르라 캐라."

명훈의 눈짓 때문에 많이 자제하는 듯하기는 해도 차갑기 그지없는 목소리로 어머니가 명훈의 말을 잘랐다. 영희가 마음을 바꿔

먹은 것은 바로 그 순간이었다. 크림 한 통에도 저 정도 반응이라면…… 하는 생각이 들자, 결판을 더 미룰 필요가 없다 싶어진 까닭이었다. 어차피 한 번은 치러야 할 싸움이라면 집 안에 돈이 있을 때 속전전결로 치러 어떻게든 이 생활의 괴로움에 종지부를 찍고 싶었다.

그러나 한편으로는, 기쁨에 젖어 있는 어머니의 속을 뒤집어 펄펄 뛰는 모습을 보고 싶다는, 야릇한 쾌감에의 기대도 틀림없이 영희의 의식 밑바닥에 깔려 있었다.

"오빠, 그런데 내 일은 어떡할 거야?"

영희가 어머니를 완전히 무시하듯 명훈을 똑바로 쳐다보며 정색을 하고 물었다. 그 갑작스러운 물음에 마주 보는 명훈의 눈길에는 전보다 강한 불안이 서려 있었다. 인철까지도 깊숙한 우려의 눈길로 영희를 건너보았다.

"무얼…… 말이냐?"

이윽고 명훈이 이번에는 뭔가를 당부하는 듯한 눈길이 되어 영희에게 되물었다. 어머니가 없는 곳에서 남매끼리 의논을 맞춘 뒤에 명훈이 어머니를 설득하는 형식으로 일을 처리하자는, 그래서 당장은 그 일을 꺼내지 말아 달라는 듯한 당부의 눈길이었다.

그러나 영희의 거칠고 억센 성정은 이미 발동된 뒤였다. 자극이야 어디서 왔건 한번 발동되기만 하면 그녀 자신조차도 어찌해 볼 길이 없는.

"나 서울로 올라가는 거 말이야. 접때 가을이 되면 미장원이나 양장점을 차려 준다 했잖아?"

"아, 그거, 그건 아직…… 가을이 돼 봐야……."

영희의 거침없는 말에 명훈이 완연히 당황한 목소리로 그렇게 더듬거렸다. 곁에 앉은 인철의 얼굴에는 어느새 암담한 표정이 덮여 있었다. 그 모든 게 영희에게 뚜렷이 느껴졌지만, 자기 절제의 힘으로 바뀌지는 못했다.

"지금이 가을이잖아? 우리한테 무슨 딴 가을이 있어? 개간지 가을걷이야 하나 마나고……."

고르지 못한 숨결에 낯빛마저 하얘져 가는 어머니를 곁눈질한 영희가 묘한 쾌감까지 느끼며 명훈을 몰아세웠다. 명훈은 더듬거리면서도 어떻게든 영희의 입을 막아 보려고 애썼다.

"개간지 추수야 나도 기대 않지만…… 그래도 추수 끝나 여기 사람들 돈이 좀 돌면…… 어떻게 돈을 만들 수는 있지. 삼의(三義) 산소 밑 돼기논을 팔든지, 아니면 그 산소 등을 팔아…… 솔머리 남은 터(집터)도 있고."

그때였다. 기어이 참지 못한 어머니가 성났을 때 특유의 높고 날카로운 목소리로 끼어들었다.

"야가 이게 무신 소리로?"

명훈을 매섭게 흘기며 그렇게 입을 막은 어머니가 금세라도 불꽃이 일듯한 눈길을 영희에게로 돌리며 악쓰듯 퍼부었다.

"야, 이년아, 악바리(아가리) 못 닫을라? 듣자 듣자 하이, 뭐시라? 미장원? 양장점? 그게 어예 말이라꼬 하노? 돈 몇 푼 남지 싶으이 눈에 비는 게 업는 갑다만, 택도 없다. 니 입으로 말했제? 개간지 추수 볼 것도 없다꼬. 그래믄 내년 가을 양식 날 때까지 우리 식구는 뭐 먹고 사노? 그때까지 농비(農費)는 뭐로 하노? 명훈이 저 물러 빠진 게 니한테 뭔 약속을 했는 동 몰따마는 여다서 뭘 빼간다는 거는 생의도 내지 마라. 돼기논 집터 캐 싸도 돈 될 거 없고, 그것도 땅이라고 사들일 사람도 없다. 된다 캐도 니 오입(가출) 밑천 댈라꼬 팔 수도 없고, 니 누마리(눈알)에는 안 비(보이)나? 철이 저거 멀쩡한 얼굴로 댕겨도 속은 멧젓(멸치젓)을 담그는 줄 내 다 안다. 입으로사 괜찮다 카지마는, 댕기든 학교 치앗뿌고 이 촌구석에 박혀 농군질하는 게 어예 지 속이겠노, 이 말이라. 어디서 눈 먼 돈이 한 뭉테기 생긴다 캐도 니 차례는 멀었다. 철이 학교 차례라. 아이, 생빚을 얻더라도 먼저 씨게야(시켜야) 하는 게 철이 학교라꼬. 그런데 니가 왜 주척거리고 나서노? 서울 가 뭐할라꼬? 열 서방 묻어 났나? 누가 상 채리 놓고 니를 기다린다 카나? 아나, 여 있다. 돈이 썩어 문드래져도 니한테 줄 게 있는강.”

누가 끼어들 틈도 없이 거기까지 내리쏟은 뒤에야 어머니는 가쁜 숨을 내쉬었다. 이미 각오는 하고 있었지만 막상 그 말을 듣고 보니 영희도 눈앞이 아득했다. 어머니가 그렇게 사생결단으로 나오면, 바라는 대로 풀리기는 틀린 일이었다. 당장은 어머니의 엄청난 기세에 눌려 한풀 꺾인 영희가 문득 전부터 내비쳐 온 타협점을 떠올리고 그걸 슬쩍 내밀어 보았다.

“철이 학교는 내가 시키면 되잖아요? 자리 잡는 대로 옥경이

까지 데려다 시킬게요. 내가 가지고 가는 거 퍼다 버리는 돈 아니
란 말이에요."

영희로서는 많이 억누른다고 억눌렀으나, 어머니는 '불측한' 말
대꾸로만 받아들였다. 금세 덤벼들듯 영희를 노려보며 소리쳤다.

"그래도 악바리 못 다무나? 삼 발 사 발 찢어 놀라. 니가 자아
들 학교 시키겠다꼬? 참말로 소가 듣고 웃을 소리따. 그래 되믄 내
이 손바닥에 장을 지지꾸마. 그래고 참말로 오늘 한번 알아보자.
니 서울에는 왜 갈라 카노? 뭣 때메 거다 못 가 이 지랄용천이고?
촌년들 헛바람 들어 글타 카믄 알아들을 수나 있제. 니가 서울 모
르나? 그 고생 글케 하고, 정내미도 안 떨어지나? 니 거서 산다고
안 해 본 게 뭐 있노? 회양질(화냥질), 도둑질에 남의 종살이, 다방
레지…… 뭐 하나 좋은 게 있드노, 이 말이라……."

사실 어머니의 그런 물음은 이따금씩 영희도 스스로에게 곤혹
스럽게 물어보는 것들이었다.

나이 어릴 적과 같이 학업이라든가 성공이란 말이 순수한 설득
력을 가지고 있을 때라면 모르지만, 지금에 와서는 자신에게조차
그럴듯하게 들리는 이유를 댈 수가 없었다. 산업화라든가 생활문
화란 개념이 아직 자리 잡지 못한 그녀의 머리로서는 그저 시골
생활이 답답하고 싫어서라는 막연한 이유밖에 댈 수 없는데, 그
나마 어머니의 '지 한 몸 편할라꼬' 하는 공박에 부딪히면 더 이상
의 해명은 불가능해질 수밖에 없었다.

하지만 그날은 달랐다. 어머니가 '회양질'이라고 말할 때의 특

이한 경멸과 혐오의 어감이 영희의 묵은 상처를 깊숙이 후비면서 먼저 불 같은 미움이 일었다. 이 여자는 정말로 내 어머니가 아냐, 나에게 살과 피를 갈라 준 여자가 아니라고. 그런데 이상한 것은 그 미움이 분노로 폭발하기보다는 차가운 복수감으로 머리를 맑게 해 주는 일이었다.

그때 떠오른 게 청계천 대흥기업의 홍 사장이었다. 끝은 나쁘게 헤어졌지만 그가 했던 인상적인 말들은 몇 년이 지나도 퍼뜩퍼뜩 떠오르곤 했는데, 그날도 그랬다.

"어머니, 세상을 바꾸는 건 공산주의만이 아니에요. 다른 걸로도 세상은 바꾸어지고, 실제로 지금 세상은 어머니가 생각하는 세상과는 많이 달라졌어요."

영희가 맞고함 대신 차분한 목소리로 그렇게 말하자 일순 어머니는 어리둥절한 표정을 지었다. 그러나 잠시였다.

"아이, 저년이 저게 뭐라 카노? 두 눈 처억 내리깔고 유식 떠는 꼴, 그거야 참말로 대국 년도 못 봐 줄따. 오이야, 말해 봐라. 세상이 뭐 어예 달라졌노? 암탉이 장닭 되고 촌년 바람나 서울 가믄 대통령이라도 씨게 주는 세상이 왔다 카드나?"

금세 좀 전의 기세를 회복해 그렇게 퍼부어 댔다. 그래도 영희는 어조를 바꾸지 않았다.

"이제는 땅만 양식을 만들어 내는 시대가 아니에요. 상점도 공장도 회사도 양식을 만들죠. 오히려 땅보다 많이. 또 초야에서 밭 갈고 논 매던 선비가 갑자기 정승으로 불려 가는 일도 생기지 않아요. 세상은 도시를 중심으로 발전하고, 도시를 모르는 사람은 아무것도 할 수 없게 된단 말이에요. 그래서 나는 도시로 나가려는 거예요. 케케묵은 옛날 생각으로 나만 나쁜 년 만들지 마세요."

그런 다음 어머니가 끼어들 틈도 주지 않고, 명훈을 향해 같은 어조로 계속했다.

"오빠도 그래. 워낙 오빠가 열심이라 차마 말 못 했지만, 여기서 농사꾼으로 늙을 생각은 마. 몇 년 쉬어 간다면 몰라도 말이야. 오빠가 정말로 농사꾼이 되는 것은 가능하지도 않을 뿐더러 그래서도 안 돼. 그건 뒤처진다는 뜻이고 나빠진다는 뜻이야. 이제 희망은 도시에만 있어. 싫든 좋든 거기서 승부를 봐야 한다고. 그러니 너무 오래 여기서 뭉그적거릴 생각은 버려. 늦기 전에 오빠도 나가야 돼."

그때로 봐서는 영희가 순전히 자신에게만 유리하게 세상을 이해하고 있었는지도 모르지만, 뒷날의 변화를 보면 영희는 꽤나 정확하게 세상 읽기를 한 셈이었다.

"아이고, 저년 시건방 떠는 거 보래. 인제는 오래비까지 교육할라 카네. 예라이 꼴같잖은 년, 그래도 쩨진 악바리라고 말이사 그저 너불너불……."

용케 참는다 싶던 어머니가 드디어 마구잡이 욕설을 퍼붓기 시작했다. 이제 남은 것은 모녀간의 육탄전밖에 없음을 알고 영희는 가만히 몸을 일으켰다.

샘터로 가는 오솔길을 따라 개울가까지 갔던 영희가 자신도 정확히 그 까닭을 모를 눈물을 한참이나 질금거리고 돌아오니 집 안은 조용했다. 어머니와 오빠가 다 어디론가 나간 것 같았다.

"다 어디 갔어?"

달빛 쪼이는 마루에 우두커니 앉아 있는 인철을 보고 영희가 물었다. 무언가 골똘한 생각에 잠겨 있던 인철이 갑자기 잠에서 깨어난 사람처럼 대답했다.

"간조해 주러. 지금까지 개간하고 품값 못 받은 사람들이 동방(洞房)에 모여 기다리는가 봐."

그제야 영희는 어머니가 낮에 품삯이 밀린 마을의 개간 인부들을 그리로 모으던 게 생각이 났다.

어쨌든 어머니가 한참은 돌아오지 않을 거란 짐작으로 영희는 마음 편히 마루에 드러누웠다. 남자처럼 두 다리를 마루 끝에 걸친 채 팔베개를 하고 눕는 것으로, 어머니가 보면 불같이 화를 내는 자세였다.

영희가 곁에 드러누울 때 앉아 있던 인철이 왠지 움찔하는 것 같았다. 그리고 한동안 몸을 가볍게 비틀며 무언가를 망설이는 듯하다가 불쑥 영희를 불렀다.

"누나."

"왜?"

영희가 드러누운 채 물었다. 그 무렵 들어서는 좀체 속을 털어놓지 않던 철이라 절로 긴장이 되지 않을 수 없었다.

"꼭 서울로 가야 돼?"

"응."

"무엇 때문에?"

"아까 말했잖아."

"그렇지만……."

"그렇지만, 뭐야?"

"누나는 이미 한 번 가 봤잖아? 그때 밀양에서. 그런데 거기서 뭘 얻었어?"

"이것저것. 적어도 집구석에 처박혀 엄마의 구박 속에 세월을 썩인 건 아니지."

"그래? 하지만 말이야. 지난봄…… 안동 버스 정류장에서 누나를 첨 보았을 때 몹시 지쳐 보이던데. 아니, 눈에 보이지는 않아도 여기저기 상처 입고 기진맥진해 있는 것 같았어."

"뭐야? 내가?"

"마음이 상했다면 용서해. 하지만 내게는 분명 그렇게 느껴졌어. 그리고 이곳에 돌아와서도 처음 한 보름은 완전히 지쳐 돌아와 곯아떨어진 사람 같았어. 빨래를 하고 있든, 밥을 짓고 있든, 내가 누나에게서 느낀 것은 언제나 아득한 잠이었지. 그런데 거기서 깨나자마자……."

"애가 정말 못 하는 소리가 없어."

마침내 참지 못한 영희가 마루에서 벌떡 몸을 일으키며 목소리를 높였다. 절대로 그렇지 않았다고 주장하면서도, 마음 한구석을 세차게 후벼 오는 인철의 말을 그대로는 버틸 수가 없었기 때문이었다. 그러나 언제부터인가 영희를 겁내지 않게 된 인철은 그녀의 성난 기색에도 별로 움츠러듦 없이 얘기를 계속했다.

"물론 누나가 가려는 길이 한 훌륭한 선택일 수도 있어. 실은 나도 요즘 들어서는 강한 유혹을 느끼고 있어. 하지만 정말 그게 그렇게 자신 있는 선택이야? 나머지 가족에게 희생을 요구하면서까지……. 물론, 나는 아니야. 내 학교는 설령 어머니가 무리를 하신대도 나는 받아들이지 않겠어. 그것 말고, 다른 가족들의 가련한 바람 말이야. 예컨대, 형이나 어머니가 이 땅에 걸고 있는 꿈이 정말로 그렇게 무시되어야 할 만큼 무가치하고 가망 없는 일이야?"

거기까지 듣자 영희는 갑자기 가슴이 서늘해 왔다. 이 아이는 이제 더는 아이가 아니다……. 그런 생각과 함께 어떤 논리도 인철에게는 무력할 것 같은 두려움이 일었다.

"하기야 나도 그렇게까지는 자신이 없어. 그렇지만……."

무턱대고 목청을 높였다간 오히려 제풀에 뒤엉켜 버릴 것 같아 영희도 목소리를 가라앉혔다. 그러나 막상 어떻게 말을 이어 갈지 몰라 머뭇거리고 있는데, 갑자기 게다짝 끄는 소리와 함께 오빠 명훈의 목소리가 날아들었다.

"영희야, 영희 돌아왔니?"

이어 달빛을 등지고 사립께에 나타난 명훈이 손짓까지 하며 영희를 불러냈다.

"너 이리 좀 나와. 얘기할 게 있어."

영희가 말없이 따라나서자 앞선 명훈은 개간지 위쪽으로 길을 잡았다.

달빛 아래라서 그런지 모든 게 낮보다는 운치가 있어 보였다. 제대로 자라지 못하고 꽃이 피거나 열매가 맺어, 무슨 되바라진 들풀 무더기같이만 여겨지는 농작물로 뒤덮인 개간지도 달빛 아래서는 그저 비옥한 들판으로만 비쳤다.

특히 숱만 무성할 뿐 쭉정이투성이인 메밀밭은 군데군데 지다 만 메밀꽃으로 단순한 농경지 이상의 아늑한 정취까지 풍겼다.

"여기 앉자."

그 메밀밭 위쪽 한 평 정도의 청석 위에 털썩 주저앉으며 명훈이 말했다. 제법 떨어져 앉았는데도 술 냄새가 풍기는 게 밀린 품삯을 주면서 한잔 더 걸친 듯했다.

영희는 은근한 기대의 눈길로 명훈을 보며 그 바위 곁에 쪼그리고 앉았다. 오빠가 혼자 돌아온 것을 고의적으로 어머니를 떼어 놓고 온 걸로 짐작한 까닭이었다. 어머니를 일부러 떼어 놓고 온 것은 무언가 어머니의 생각과는 다른 해결을 의논하러 온 걸 거야…….

그러나 명훈이 완연한 술기운을 드러내는 긴 한숨과 함께 영희에게 한 말은 약간 뜻밖이었다.

"어떠냐? 내 땅이? 여기서 이렇게 내려다보니 제법 그럴듯하지 않아?"

"……"

"이게 제대로 가꿔지기만 하면 내 작은 왕국으로 어때서 그래? 왜 모든 꿈이 도회에만 있다는 거지?"

여선히 영희가 기대한 것과는 딴판인 얘기였다. 모든 걸 자기중심으로만 생각하고 있던 영희는 명훈의 어딘가 자부심 섞인 듯한 말투에 불쑥 심술부터 났다.

"오빠, 혹시 너무 취해 있는 거 아냐? 자기 자신한테 말이야. 오빠는 무슨 대단한 일을 이미 다 끝낸 사람처럼 말하고 있지만, 내 보기에는 이제부터 시작인 것 같은데."

그러나 명훈은 별로 탓하지 않았다. 영희의 말을 흘려들은 듯 자신의 감상만 이어 갈 뿐이었다.

"나는 요즈음 가끔 이런 생각을 해. 우리가 지난 10년 동안 겪은 끔찍한 고생은 바로 이 땅을 너무 가볍게 버린 데 대한 벌이 아니었나 하고……. 물론 너나 나에게는 전혀 선택의 여지가 없었고, 우리를 도회에서 도회로만 떠돌게 한 어머니의 피해망상에도 절실한 동기가 인정되지만, 그러는 게 아니었어. 우리는 진작부터 이 땅에 의지했어야 했다고. 내 이번에 와서 정말 놀랐는데 말이야, 지난 10년간 쓴, 우리에게는 한 번도 돈 같은 적이 없는 돈이면서도 어머니가 팔아 치운 땅이 얼마나 되는지 아니? 논이 열여섯 마지기에 밭이 4천여 평. 산이 30여 정보야. 진작에 농사를 익혀 거기 의지했으면 그것만으로도 한 살림 톡톡히 되는 걸 푼돈 몇 푼으로 날려 버린 거라고."

"……."

"나는 또 가끔씩 우리를 도회로만 떠돌게 한 어머니의 피해망상에 대해서도 의심이 가. 어머니는 언제나 연좌제와 경찰을 들먹였지만, 어쩌면 어머니가 더 무서워한 것은 바로 이 오늘과 같은 형태의 살이[生]였는지도 몰라. 그때 그대로 여기 눌러앉았으면 나는 틀림없이 국민학교 졸업을 최종 학력으로 하는 농군으로 자라고 어머니도 별수 없는 농촌 아낙으로 늙어 가야 했겠지. 언덕 위 천석꾼의 고래등 같은 기와집으로 가마를 타고 시집온 만석꾼의 딸로서는 그게 남 안 보는 도회에서 동냥질하는 것보다 더 겁났을지도 몰라. 한 대(代)를 더 지나고, 그토록 모진 고생을 겪은 나도 가끔씩은 지금의 내 모양이 처량하게 느껴지는데, 비록 사양길로 접어들기는 했어도 천석꾼 만석꾼의 영화를 맛본 당대(當代)로서는 오죽했겠어? 요즈음도 어머니의 기쁨에는 짙은 수심이 낀 듯한 거 너는 느껴지지 않아?"

"그러니까 도회지로 나가자는 거 아냐? 여기서는 오빠가 아무리 잘해 봐야 다른 사람 눈에는 처량할 뿐이라고. 두들에 옛날의 큰 집이 있고, 사람들의 기억 속에 이 개간지의 몇십 배나 되는 우리의 옛 들이 남아 있는 한은 말이야."

겨우 오빠의 감상에 일침을 놓을 데를 찾아낸 영희가 다시 그렇게 받아 보았다. 그래도 명훈은 자신의 말만 이어 나갔다.

"하지만 실은 그게 우리가 치러야 할 대가였는지도 몰라. 여러 대에 걸쳐 남의 노동에만 의지해 살아온 우리가 마땅히 갚아야 할……. 맞아, 아무래도 그런 것 같아. 그걸 거부하고 나갔기 때문에 우리가 그처럼 혹독한 벌을 받은 거야……."

"오빠가 농사꾼이 되겠다는 게 겨우 그런 미신 때문이야?"

"한 집안이 망하는 것도 쉬운 일은 아니지만 한번 망한 집안이 다시 일어선다는 것은 더욱 쉽지 않지. 그러기 위해서는 반드시 치러야 할 것이 있어. 대를 이어 누려 온 기쁨과 안락만큼의 땀과 눈물. 그런데 우리가 도회에서 쏟은 것은 진정한 땀과 눈물이 아니었어……."

"정말 상록수 같은 소리 하네."

"영희야, 너도 여기서 우리와 함께 그걸 치르고 싶지 않니? 다음 대를 위해서 정직한 땀과 눈물로 우리가 받은 저주를 씻어 내고 싶지 않아?"

"싫어! 나는 그런 거 믿지 않아! 오히려 이곳은 우리가 이미 실패한 땅이니 딴 곳에서, 도회지에서 만회를 노려 봐야 한다고 생각해. 너무 늦어지면 안 된다고."

거의 동문서답으로 이어지던 남매의 대화는 그곳에 이르러서야 겨우 만났다. 명훈도 반드시 영희의 말을 흘려듣기만 한 것 같지는 않았다. 영희의 대꾸를 무시하듯 자신의 얘기만 이어 간 것도 설득의 한 방식이었던지, 영희의 거부가 명백하자 더는 얘기를 끌어가지 않았다. 한동안 영희를 멀거니 건너보더니 다시 무언가 자신만의 생각으로 빠져들어 갔다.

"할 수 없구나, 자……."

이윽고 묵직하게 코를 들이마신 명훈이 윗주머니를 부스럭거리더니 무언가를 내밀었다. 영희가 받아 보니 돈이었다. 달빛 아래서도 알아볼 수 있는 5백 원짜리 빳빳한 새 돈이 제법 두툼하게 접혀 있었다.

"이게 뭐야?"

"만 원이다. 현재로서는 우리가 짜낼 수 있는 여유의 전부야. 내일 첫차로 떠나거라. 돌내골서 타는 거 말고, 영양에서 네 시 반에 뜨는 첫차. 방천에서 새벽 다섯 시 버스가 된다."

"이거, 정말로 내게 주는 거야? 이렇게 많이?"

초저녁의 일로 기껏해야 명훈에게 차비나 좀 넉넉히 얻어 떠날 수 있으면 다행이라 여긴 영희에게는 거의 뜻밖인 큰돈이었다.

"젊은 여자가 도회지에서 뭘 새로 시작하기에는 오히려 너무 적은 돈이지. 미안하다, 오빠가 무능해서."

"아냐, 이 정도면 어떻게 해 볼 수도 있을 것 같아. 그런데 엄마가 허락했어?"

"그건 네가 알 거 없고."

명훈이 그렇게 말하며 일어섰다. 그리고 으스름한 달빛 아래서도 쓸쓸하기 그지없게 느껴지는 눈길로 한참이나 영희를 내려보다가 휙 돌아서며 한마디 덧붙였다.

"내일 새벽 일찍 떠나거라. 그렇지만…… 내일 낮에도 여기서 밥짓고 빨래하는 너를 보고 싶구나."

이튿날 새벽 영희는 아직 날이 밝기도 전에 어두운 방 안을 빠져나왔다. 명훈이 마지막으로 덧붙인 말이 이상하게도 가슴을 울려 밤새껏 뜬눈으로 생각을 굴려 보았으나 아무래도 떠나야 할 길이었다. 곁에 잠들어 있는 어머니와 옥경이가 깨지 않게 가만히 문을 닫고 나와 보니 밖은 안개가 자욱했다. 오래전부터 언제든 떠날 수 있게 챙겨 둔 가방을 들고 조용조용 집에서 멀어지던 영희는 산소께에 이르러서야 비로소 집 쪽을 돌아보았다. 안개 속에 엎드린 듯한 흙담집이 그 안에 잠들어 있는 사람들과 더불어 불현듯한 애정으로 시야를 흐려 왔다. 잘 있어 오빠, 인철아, 옥경아, 그리고…… 그리고 어머니…….

전에는 늘 다시 돌아올 것이란 기분으로 떠났는데 이번에는 왠지 영영 돌아오지 못할 것 같은 예감이 앞섰다. 지금 떠나고 있는 길이 그녀가 그때껏 경험한 그 어떤 세월 속의 그것보다 낯설다는 게 그런 예감으로 와 닿았는지도 모를 일이었다.

에반젤린을 추억하며

    세수를 하는데 벌써 샘물이 따뜻하게 느껴졌다. 그리고 보니 지붕의 루핑 페이퍼 위며 가까운 밭둑 들풀 줄기에 허옇게 남아 있는 된서리도 가을이 깊었음을 알려 주고 있었다.

    물로 씻기를 멈추자 금세 차갑게 조여 오는 얼굴을 수건으로 닦으면서 인철은 천천히 주위를 둘러보았다. 거두기를 포기한 콩대며 조[粟]만큼도 못 자라 서리를 맞고 허옇게 말라 가는 수수, 그리고 오히려 그런 농작물보다 더 무성한 잡초들로 황량한 고원처럼 보이는 개간지가 한눈에 들어왔다. 지난여름 처음으로 야산에서 밭 모양으로 바뀌었을 때 느꼈던 황홀한 성취감이 불쑥 떠올라 공연히 사람을 울적하게 했다.

    "자아, 이거 세 근은 넉넉할 게다. 근수 속지 마래이."

식당 격인 헛간으로 들어서자 어머니가 식탁 위에 조그만 삼베 보퉁이를 하나 얹어 놓으며 말했다. 보자기가 벌어진 틈새로 햇볕에 말린 검붉은 고추가 몇 개 비죽이 나와 있었다.

"알겠어요. 나도 저울 눈금쯤은 읽어 냅니다."

인철은 까닭 모르게 한심해지는 기분을 그런 핀잔 같은 말투로 내비치며 건넌방으로 들어갔다. 그로서는 거의 여섯 달 만에 처음 하는 먼 데 나들이라 들뜰 법한데도 마음은 무겁게 가라앉기만 했다.

"에이휴 그 망할 년, 그 돈만 해도 아(아이) 촌 중학교 졸업장 한 장은 어예 사 볼 수 있을 껜데……."

그런 인철의 등에 대고 어머니가 한숨 섞어 말했다. 누나와 누나가 가져갔다는 돈 만 원을 두고 하는 말이었다.

그 일로 어머니와 형이 열흘 가까이나 말다툼을 하던 게 섬뜩하게 떠올라 인철은 갑자기 변한 목소리로 끝없이 이어질지 모르는 어머니의 푸념을 끊었다.

"실력은 없이 졸업장만 사서 뭐 해요? 검정고시가 나아요. 돈 안 들고, 떳떳해서 좋고……."

"말이 글치, 그게 쉽나? 니 혼자서 무슨 공부를 한다꼬……."

"2학년까지는 마쳤잖아요? 검정고시는 전학년에서 골고루 문제가 나니까, 아예 중학교 문 앞에도 못 가 본 애들하고는 다르단 말입니다. 걱정 마세요."

인철은 간밤 술에 취해 돌아와 그때껏 자고 있는 형에게 신경이 쓰여 더욱 목소리를 밝게 했다. 가족간의 불화는 이제 누나가 떠나간 것으로 끝내고 싶다는 게 그즈음의 간절한 바람이었다.

다행히도 어머니는 누나에 대한 새삼스러운 미움이나 형을 향한 원망보다 인철이 떠날 길에 더 많이 마음을 썼다. 인철이 바라는 대로 누구를 욕하거나 원망을 퍼붓는 대신 인철을 걱정하는 쪽으로 말을 바꾸었다.

"그건 글코……. 야야, 차라리 내일 아침 첫차로 나가제. 장(場)까지만 해도 20리 길이 마딘데(꽉 차는데, 넘치는데), 걸어 보지도 않은 니가 어예 거기까지 걷는다꼬……."

"그 정도는 많이 걸어 봤어요. 소풍만 해도 좀 멀면 그 정도는 걷잖아요? 그리고, 무엇보다 오늘이 장날이잖아요?"

철은 그렇게 어머니를 안심시키며 지난 장에 새로 산 점퍼를 걸쳤다. 그에게는 유일한 나들이옷이었다. 고아원에서 입던 옷은 개인 소유가 아니라 얼마 전까지만 해도 돌아올 때 입었던 중학교 교복이 그가 가진 나들이옷 전부였다.

"조심해라. 그것도 장터 거리라고 더러 못된 장돌뱅이가 있는 모양이더라."

그때껏 자고 있는 줄만 알았던 형이 몸을 뒤채며 웅얼거렸다.

인철이 개간지로 드는 오솔길을 내려와 국도에 들어서니 진안 장날이라 그런지 평소와는 달리 길이 제법 수런거렸다. 자신처럼 첫차를 놓친 어중간한 장꾼이며 저울대에 마대 꾸러미를 꿰어 어깨에 달랑 걸친 고추 장수에, 대처 바람이라도 쐬겠다고 일없이 나

선 돌내골의 건달들이 둘씩 셋씩 덩어리를 이루어 걸으면서 주고
받는 얘깃소리 때문이었다.

집을 나올 때만 해도 억지로 꾸민 밝은 목소리로 어머니를 안
심시킨 인철이었으나, 막상 고추 보따리를 들고 장꾼들 틈에 섞이
고 나니 다시 생각은 갈수록 아득한 어둠 속으로 빨려 들어가고
있는 듯이 자신의 주위만 맴돌았다. 사실 개간이 끝날 무렵만 해
도 인철의 하루하루는 활기 있고 희망 찬 것이었다. 고아원이란 열
악한 생존 조건과 불편하기 그지없는 집단생활에서 벗어난 기쁨
이 감정을 과장한 탓인지는 모르지만, 진정한 의미의 노동과 생산
이 인철의 도회적인 사고에 준 신선한 충격은 한동안 그 나이, 그
런 환경에 당연히 따르게 마련인 여러 고민을 잊게 해 주었다. 어
떤 때는 명혜까지도 까맣게 잊고 지낼 만큼.

그러나 가을걷이랄 것도 없는 가을걷이마저 끝나고, 일없이 생
각에 잠기는 시간이 늘어나면서, 인철은 차츰 불안과 우울에 시
달리게 되었다. 해결되었다기보다는 잠시 미뤄 두었던 자신의 문
제가 고의적인 둔감과 방심의 벽을 뚫고 인철의 의식을 건드려 오
기 시작한 탓이었다.

그중에서도 가장 먼저 인철의 고통스러운 의식을 깨어나게 한
것은 학교 문제였다.

지난 여름방학이 시작되면서 돌내골에서도 심심찮게 눈에 띄
게 된 중고등학교 교복이 쿡쿡 가슴을 찔러 올 때만 해도 철은
그 까닭에 그리 관심을 가지지 않았다. 어쩌다 어머니의 푸념이

나 형의 걱정 속에 학교 얘기가 나와도 남의 일처럼 지나쳐 들을 수 있었다.

그런데 한 달 전쯤인가, 용기 녀석의 편지가 날아들면서 학교 문제는 전에 없는 실감으로 인철을 자극하기 시작했다.

철에게

인사말을 하기 전에 내가 어떻게 네 주소를 알게 되었는지부터 먼저 말해야겠다. 이 무정한 친구야, 어찌 그리 말 한마디 없이 떠났어? 여름방학이 되어 고아원으로 갔더니 너는 벌써 석 달 전에 그곳을 떠났다더구나. 편지 한 장 없이, 주소조차 남겨 두지 않고 떠난 네가 얼마나 야속했던지. 한동안은 안타까워하고만 지내다가 문득 생각난 게 너희 집과 영남여객 댁의 관계였다. 그래서 지난주 밀양 집에 갔을 때 영남여객 댁에 들러 물어보았지. 다행히도 아주머니가 너희 주소를 알고 있더구나.

그래, 그동안 어떻게 지냈니? 그곳에는 중학교가 없다는데 학교는 어쩌고 있어? 나? 나는 말도 마라. 원래 우리 학교가 입시에는 유별나기로 소문난 학교 아니냐? 백 5십 일 작전이다, 백 일 작전이다, 해서 사람을 아예 들들 볶는다. 나도 실은 중학교 때 못 이룬 경기(京畿)의 꿈에 은근히 야심을 부리고 있고. 지금 네 환경이 어떤지 몰라 공연히 부아 건드리는 소리가 될지 모르겠다만 너도 열심히 해라. 되도록이면 고등학교에서는 다시 만나자꾸나. 이렇게 멀리 떨어져서 살게 된 이상 우리가 만날 수 있는 길은 그 길밖에 더 있겠니? 고등학교에서도 만나고 대학교에서도 만나고…….

쓰다 보니 별로 얘기한 것도 없이 첫 편지가 너무 길었다. 나는 떠돌던 네가 드디어 너의 웅장한 성채로 돌아간 걸로 생각하지만, 아무튼 답장에서는 네 소식 상세하게 전해라. 여기 널 궁금해하는 친구도 많다. 그럼 안녕히. 언제일지 모르지만 다시 만날 때까지.

1963년 9월 30일

너의 영원한 벗이고자 하는 용기가

솔직히 처음 그 편지를 읽을 때만 해도 가슴을 넉넉하게 하는 녀석의 정뿐, 딴생각은 없었고, 특히 학교 문제는 아득한 남의 얘기 같았다. 그러나 시간이 나 두 번 세 번 읽게 되자 내용의 중요성은 갈수록 그쪽으로 옮겨졌다.

그중에서도 '우리가 다시 만나는 길은……'이란 대목에서는 한동안 잊고 있었던 명혜의 환상까지 겹쳐 와 갑작스러운 다급함까지 느끼게 했다. 우리가 다시 만나는 길은…….

거기다가 어머니와 형도 그 무렵 들어 부쩍 인철의 학교 문제를 걱정하는 눈치였다. 갑자기 그쪽으로 관심이 쏠린 것이라기보다는 곧 나올 목돈(개간 보조금)의 쓸 데를 의논하는 동안에 그 일이 걱정으로 커 간 듯했다. 밀린 임금을 지불하고 남는 돈은 많지 않은데 비해 꼭 써야 할 데는 여러 곳이었기 때문이었다. 그렇게, 어떻게 보면 감상적으로 시작된 학교 문제는, 그러나 시간이 지날수록 그 본질적인 의미로 인철의 의식을 짓눌러 왔다.

교육이 사회의 한 제도적인 장치로 확립되면서부터 성장기의 삶은 그대로 교육에 화체(化體)되는 경향이 있다는 것, 곧 그때 받는 교육의 질과 양이 일쑤 한 사람의 삶을 좌우한다는 게 괴롭게 인식되기 시작했다.

그러다가 어쩌면 자신의 학교 문제를 해결하는 데 돌려질 수 있었을지도 모르는 여유가 누나의 가출로 사라져 버리자 그것은 드디어 막연한 고민에서 구체적인 다급함으로 변해 갔다. 이제는 스스로 내 삶의 질을 끌어올리고 품위 있게 누릴 수 있는 길을 확보해 나가는 수밖에 없다. 혼자서라도 상급 과정으로 진입하는 데 필요한 요건을 갖춰야 한다.

인철은 그런 생각에 쫓기다가 문득 한때 진지하게 검토해 본 적이 있는 검정고시를 떠올렸다. 어떻게든 고아원을 벗어나는 것만이 간절한 꿈이던 시절, 인철은 못 견디게 돌내골로 돌아가고 싶을 때면 어김없이 그 제도의 가능성에 매달렸다. 결국 한 번도 성공하지 못했지만 그 숱한 가출의 결의 때조차도. 그런데 이제 그 제도가 현실적으로 유일한 해결책이 되고 말았다.

"장하다. 네 생각이 그렇다면 해 봐라. 겨울에 강변 터(집터)라도 팔리면 어떻게든 졸업장을 마련해 안동에 있는 고등학교에라도 보낼 작정이다만, 어쨌든 공부는 해 두는 게 좋지."

형은 인철의 결심을 듣자마자 그렇게 찬성해 주었다. 그러나 그때는 이미 참고서를 갖추는 데 필요한 돈조차 대 주기 어려워진 뒤여서 구체적인 시험 준비에 들어가지 못하고 날짜만 미루는데 어머니가 나섰다. 그날 철이 형과 늦은 아침상을 받고 있는데 어머니가 시렁 위의 마른 고추 보따리를 내려놓으며 말했다.

"기러기 한백년이라꼬, 한꺼번에 책 살 돈이 다 나올 때까지 어예 기다리노? 이 꼬치(고추) 가주고 진안장 나가 봐라. 꼬치값이 개않다(괜찮다) 카이 책 몇 권은 우선 살 수 있을 게라. 동촌(東村)이 텃세 대신 받은 닷 근인데, 두 근 빠(빻아) 먹고 세 근 남은 게따."

그리고 그때는 어지간히 다급해져 있던 인철이 선뜻 그 제안을 받아들여 장 길에 오르게 된 것이었다.

집을 나설 때만 해도 날이 흐린 줄 알았는데 얼마 걷지 않아 밝은 햇살과 푸른 물이 뚝뚝 들을 듯한 가을 하늘이 나왔다. 날이 흐렸던 게 아니라 안개나 무슨 이내 같은 걸 인철이 그렇게 느꼈는지도 모를 일이었다.

방천에 이르자 장꾼들의 태반은 다리께에 남았다. 지나치며 들은 바로는 영양에서 나오는 버스가 곧 도착하게 되어 있었다. 그 버스를 기다려 타면 진안장까지의 나머지 15리 길은 걷지 않아도 되었으나 인철은 그대로 걸었다. 거기서 한동안은 강을 끼고 뻗은 국도가 은근한 유혹을 한 까닭이었다.

가을이 되어 유난히 맑아진 강물은 또한 가을볕 아래 유난히 희게 반짝이는 모래밭과 아울러 한 폭의 눈부신 산수화를 펼치고 있었다. 그리고 그 강을 따라 흐르는 듯 뻗은 가로수 길은 스산하게 날리는 낙엽들과 함께 알지 못할 여정(旅情)을 자아내기까지 했다.

그 바람에 조금 전까지의 울적한 상념에서 벗어난 인철은 자신도 모르게 들큰한 감상 속으로 빠져 들어갔다. 언제나 좋은 것, 아름다운 것만 보면 명혜를 떠올리던 시절의 그것과는 다르지만, 인철로서는 실로 오랜만에 젖어 보는 순수한 감상이었다. 아아, 이대로 영원히 걸어가고 싶다……

알 수 없는 감정의 상승 작용으로 나중에는 감상을 넘어 몽롱한 의식의 잠 같은 상태에까지 이르게 된 인철이 퍼뜩 정신을 차린 것은 진안 장터에서 5리쯤 못 미친 굽잇길에서였다.

"학생, 보래이. 그 꼬치 그거 팔 거 아이라?"

그곳까지 나와 있던 중간상인 하나가 인철의 고추 보따리를 잡으며 물었다.

"아, 아니에요."

워낙 갑작스러운 일이라 인철은 얼결에 고개를 내저었다. 그러나 현실로 깨어나기 바쁘게, 값이라도 알아 둘걸 하는 후회가 일었다. 노련함으로 그런 인철의 표정을 읽었는지, 아니면 짐작으로 해 보는 소린지, 그 수집상이 저울대를 들고 뒤를 따라붙으며 은근하게 말했다.

"팔 거 아이라믄 뭐하러 장에 들고 가노? 장터 가 봐야 별수 없다. 꼬치금(고추값)이야 어디나 빤한 겐데 백지로(공연히) 무겁기만 하제. 고마 내한테 부룻코(부리고) 가라."

"한 근에 얼만데요?"

그제야 인철이 어색함을 억누르며 물어보았다. 고추 장수가 반가운 얼굴로 저울대를 바꿔 쥐며 수다스레 말했다.

"2백 원에 10원 귀 달아 주꾸마. 그만해도 대단한 금(값)이제. 올해는 아매 이 금 이상은 더 가지 못할 게라. 집집이 처박힌 거 쏟아지기 시작하믄 이 금도 버틋기(버티기) 어려울 거로. 지금은 모도 감장(담배 감정)이다, 가을(걷이)이다 바빠 손을 못 빼 그렇제……. 이리 내라(내려) 봐라. 장까지 가 봐야 다리품만 판다 카이. 장차(場車) 대고 기다리이, 큰돈 내놓을 것 같지마는 사실은 오대(큰손) 글마들이 더 숭악한 갈바리(인색한 사람)라. 가 보래이, 내 말 못 믿거등. 끽해야 근당 2백 원이 닥상(많다)일 거라……. 보자, 이거 서 근 될라? 암만 캐도 좀 빠질 것 같네……."

하지만 인철도 처음 만난 수집상에게 대뜸 고추 보따리를 넘길 만큼 어수룩하진 않았다. 몇 군데서나 더 비슷한 흥정을 거친 뒤에야 그중 가장 높은 값에 고추를 넘겼다. 근당 2백 3십 원이었다.

당신이 언제 어떻게 해서 말과 글을 당신 삶의 도구로 결정하게 되었느냐고 물어 올 때, 나는 내가 잠시 적을 두었던 대학과 어설픈 문학 서클과 스물다섯에 죽은(세상에!) 문학청년을 끌어대곤 한다. 적극적인 선택이란 측면에서는 시기에도 동기에도 분명 거짓이 없다. 그러나 다른 문인들의 생애에 대해 시시콜콜히 아는 게 많은 사람들은 그 대답의 진실성에 틀림없이 의심을 품을 것이다. 문학과는 무관하게 살아온 사람이, 특히 거기 필요한 기초적인 소양이나 감수성의 연마 과정을 전혀 거친 적도 없이, 스물이 넘어서야 어떤 계기로 그걸 선택했다고 해서 과연 작가나 시인이 될 수 있을까. 아무개는 벌써 아홉 살 소년일 때 시인 되기를 결심했고, 또 아무개는 중학 시절에 이미 문학에 미쳐 지냈다는데, 그래서 그들의 연마 과정은 남보다 길었고 그게 바로 뒷날 남다른 작품을 남기는 데 든든한 바탕이 되었다는데, 과연 당신만은 그 예외가 될 수 있겠는가고. 하기는 그렇다. 그 선택이 이뤄지기 전에도 내 삶은 늘 말과 글의 그 비(非)일상적 용도에 친숙해 있었다. 아니, 그 이상으로, 정규 학교 과정을 밟고 있는 또래들보다 훨씬 더 많이 시와 소설에 의지하고 있었다는 편이 옳다. 그런 점에서 글을 쓰는 데 필요한 구체적인 소양이나 감수성의 연마에 있어서도 나는 오히려 또래들보다 월등한 환경을 가졌다고 말할 수 있다. 그들이 제도와 규율에 자신을 맞추고 요란한 거리의 자극들에 시달리고 불필요한 교우로 시간을 낭비하고 집단화 교육으로 몸과 마음이 뒤틀리고 있는 동안, 나는 궁핍하기는 해도 편안하기 그지없는 내 골방에서 이미 한물간 교양주의(教養主義)에 빠져 잡학(雜學)을 즐기거나 망상으로 상상력을 기르고 있었기 때문이다. 하지만 구체적으로, 그리고 적극적으로 말과 글을 선택한 시기나 동기를 물으면 나는 여전히 앞서의 대답을 되풀이할 수밖에 없다. 아무리 기억을 되씹어 봐도 내가 말한 그 시기 이전에는 이 정체 모를, 허망한 그러면서도 언제나 현란한 가치의 갑옷으로 무장되어 있고, 늘 패배하면서도 지칠 줄 모르는 호전성으로 사회의 다른 가치들을 간섭하며, 그래서 항시 고단하고 가끔씩은 피해망상에까지 시달려야 하는 고약한 일에 내 삶을 던지려고 결의한 바 없기 때문이다. 오히려 기억나는 한의 내 지향은 대개가 이런 삶과는 거리가 있었다. 하나님이 되고 싶다든가 끝도 밑도 없는 영웅이 되고 싶다든가 하는 따위 유년의 몽롱한 꿈을 지나면 과학자니 법률가니 하는 현실적인 직종들이 나오고 있을 뿐이다. 그런데 근년 들어 우연한 기회에 옛날의 일기장을 뒤적이다가 나는 매우 중요한 단서를 하나 찾아내고, 소극적인 선택이란 말로 내가 이 오늘을 향한 길로 접어들기 시작한 시기를 그보다 몇 년 앞당길 수 있었다. 그 단서는 열여섯 나던 해의 가을 어느 날 일기에 이미 짙게 나타나 있는 예감이다. 결국에는 내가 이 거대한 허망을 껴안게 될지도 모른다는 예감, 쓰고 괴로워하며 살게 될지 모른다는 예감……. 그리하여 그 뒤 나의 의식적인 노력은 그 불길한 예감에서 달아나기 위한 것이었지만 무의식은 끊임없이 그 예감을 지향하고 있었음에 틀림없다. 앞서 말한 선택의 시기는 마침내 내 의식까지도 그 예감에 굴복한 때일 것이다…….

뒷날 인철은 어떤 잡지에 기고한 글에서 그런 고백을 하고 있다. 그런데 거기서 말하고 있는 열여섯의 어떤 가을날은 바로 그날일 것이다.

인철이 그 장터에서 하나뿐인 서점을 찾아든 것은 점심때가 조금 덜 돼서였다. 버스 정류장 부근에 새로 지은 상가 건물 한 모퉁이에 있는 그 서점은 아직 읍(邑)도 못 된 시골 장터에는 걸맞지 않을 만큼 커 보였다. 그러나 장터의 왁작거림과는 달리 서점 안은 한산하기 그지없었다. 별생각 없이 입시용 참고서들이 꽂혀 있는 서가 쪽으로 가던 인철은 갑자기 가슴이 먹먹해 옴을 느꼈다. 책들이 많이 쌓여 있는 데서 나는 독특한 내음과 까닭 없이 경외심을 일으키는 분위기가 한 감동으로 오랜만에 그런 곳을 찾은 인철을 사로잡은 때문이었다. 그렇게 보아서 그런지 진열대 곁의 의자에 앉은 젊은 여자도 시골 책방의 여점원 같지 않았다. 아직 난로를 피울 때는 아니지만 문을 활짝 열어 둔 실내에 앉았기는 추웠던지 바바리코트를 걸치고 있었는데 느슨하게 묶여 있는 그 멋스러운 허리띠와 콧등에 얹혀 있는 반짝이는 안경알이 왠지 중등학교 선생님이거나 여대생 같은 느낌을 주었다.

인철이 물어보지도 않고 필요한 책이 있는 서가를 스스로 찾아간 것도 그런 그녀에게서 풍기는 알 수 없는 위엄 같은 것에 눌려서였을 것이다.

"무슨 책이 필요하신데요?"

가만히 몸을 일으킨 그녀가 철의 등 뒤로 다가오며 물었다. 억양은 사투리라도 낱말은 표준말이었는데, 인철의 짐작대로 도회에서 교육받은 사람의 말투였다.

"아, 네. 검정고시, 아니 고교 입시용 참고서를 좀 사려고요."

검정고시를 쳐야 하는 자신의 처지가 갑자기 부끄러워져 인철은 검정고시란 말을 얼른 고교 입시로 바꾸었다. 책을 고르는 데 도움을 받아야 할 필요가 없다는 것도 그렇게 둘러댄 이유가 되었다.

"그럼, 골라 보세요."

그녀는 조용한 목소리로 그렇게 말하고 더는 간섭하지 않았다. 삼 산 동안 철은 그녀가 지켜보고 있는 것 같아 신경이 쓰였으나 곧 책을 고르는 즐거움에 빠져 들어갔다. 아주 나이가 들어서까지도 인철에게 가장 즐거운 시간 중의 하나는 바로 서점에서 책을 고르는 때였다.

인철은 마음속으로 끊임없이 가진 돈을 셈하며 눈으로는 책의 편제나 해설의 충실성을 성의 있게 살폈다. 그 결과 찾아낸 게 『새 영어』, 『간추린 수학』, 『간추린 예능』이었다. '간추린' 시리즈는 좀 낡은 것이지만, 그래도 눈에 익은 것이라 믿음이 가는 데다 값이 싸 주로 그쪽으로 고르게 되었다. 마음 같아서는 역사·공민·물상 따위의 참고서를 한 권씩 갖췄으면 했으나, 고추 세 근 값으로는 턱없이 모자라 그 과목은 교과서로만 버텨 보기로 했다. 약간 남은 돈은 버스비와 점심값에 간고등어라도 한 손 장 보아 갈 작정이었다.

그런데 책값을 치르면서 무심코 맞은편 서가를 살피던 인철의 눈에 반짝하듯 책 한 권이 들어왔다. 빨간 표지도 그렇지만, '사랑의 애사(哀史)'란 부제(副題)가 더욱 그의 눈길을 끌었다. 제목은 『에반젤린』이었고, 쓴 사람은 롱펠로. 둘 다 낯설고 이미 책을 더 살 여유도 없었지만 철은 한 번 망설이지도 않고 그 책을 뽑았다. 장시집(長詩集)이었다.

여기는 태고의 원시림

　바람에 소슬대는 소나무가

　푸른 이끼에 싸여

　해 지는 황혼 우중충한 때면

　흰 수염 너풀거리는 탄금사 또는,

　슬픈 예언을 던지는 성자(聖者)마냥 서 있고……

　인철이 이상한 흡인력에 이끌려 서시(序詩)를 읽고 있을 때 책방 아가씨가 물었다.

　"그것도 사시겠어요?"

　"아, 네."

　인철은 얼결에 그렇게 대답하고 말았다. 서시가 '사랑의 애사(哀史)'라는 부제에 맞지 않은 듯해 마음 내키지 않았지만 책방을 지키던 젊은 아가씨의 상냥한 물음이 저항 못 할 강요가 되었다. 그걸 거부함으로써 자신의 궁핍이 그녀에게 알려질지도 모른다는 게 그의 소년다운 수치심을 건드렸기 때문이었을 것이다.

　그러나 젊은 아가씨가 남은 돈을 모두 내민 인철에게 거스름돈으로 10원짜리 지폐 두 장만 달랑 내밀자 인철은 잠시 낭패한 기분이었다. 그걸로는 점심값이나 버스비 둘 중 하나밖에 치르지 못한다는 것보다는 고추 세 근을 팔아 모조리 자기만을 위해 써 버렸다는, 집에 있는 가족들에 대한 미안함 때문이었다.

　그 바람에 갑자기 가슴이 무거워진 인철은 오랜만의 장 구경도 집어치우고 책방을 나오는 대로 길을 되짚어 돌내골로 향했다. 방천까지 버스를 타거나 싼 장국밥은 사 먹을 수 있는데도 굳이 장터를 빠져나온 것은, 다시 말해 점심도 굶고 20리가 넘는 길을 되돌아 걸으려고 마음 먹은 것은, 그것으로나마 가족들에 대한 미안함을 덜어 보기 위해서였다.

하지만 계절은 한껏 눈부신 늦가을이었고, 인철은 또 감상에 젖기 쉬운 열여섯 소년이었다. 사람들이 와작대는 장거리를 벗어나기 바쁘게, 그래서 눈이 시리도록 푸른 가을 하늘 아래로 난 쪽 곧은 시골 가로 길로 접어들기 바쁘게, 철은 다시 어린 유미주의자(唯美主義者)로 돌아갔다.

길 양편에 흐드러지게 피어난 코스모스와 길가 산 들의 붉은 단풍, 그리고 너무 맑아 까닭 모를 애상(哀傷)에까지 젖게 하는 가을 물과 삽상한 바람에 쓸리는 낙엽이 빈속과 지친 다리를 깜빡 잊게 해 준 까닭이었다.

인철이 걸으면서 『에반젤린』을 펴 들게 된 것도 새롭게 살아난 감상과 무관하지 않았다. 서시가 준 실망에도 불구하고 무언가 그냥 걸을 수는 없다는 기분에 인철은 가로수 길로 들어선 지 얼마 안 돼 책 꾸러미를 풀고 그 시집을 꺼냈다. 그리고 남은 책은 고추를 싸 간 보자기로 말아 허리에 묶은 뒤 길을 걸으면서 책을 펼쳤다.

서시의 남은 부분도 거의 끝날 때까지는 무슨 애절한 사랑 애

기를 할 것 같지 않게 진행되고 있었다. 그러다가

"들어라, 아카디아

슬픈 사랑의 얘기를",

하는 마지막 구절에 와서야 비로소 처음 서가에서 그 책을 빼낼 때의 기대가 되살아나기 시작했다.

철은 점점 세차게 뛰는 가슴으로 본문에 빠져 들어가기 시작했다. 한 쌍의 아름답고 행복한 연인들과 평화로운 마을 잔치부터가 감상적인 소년의 마음을 끌기에 충분했지만, 인철을 더욱 그 장시(長詩)에 빠져들게 한 것은 이내 시작되는 그들의 파국과 비극적인 이별이었다. 포악한 영국군의 강제 퇴거령에 쫓겨 어두운 밤바다에서 각기 다른 배를 타고 기약도 없이 헤어지는 그 불행한 연인들을 떠올리면서 인철은 어느새 동일시의 감정에 젖어들고 있었다.

영국군은 비정한 운명의 상징에 다름 아니며, 그 때문에 헤어진 에반젤린과 그의 연인은 바로 명혜와 자신의 딴 이름이었다.

이어 에반젤린의 슬프고 애달픈 헤맴이 시작되면서 인철의 몰입은 다른 모든 감각이 닫혀 버릴 정도가 되었다. 배고픔이며 다리 아픔 같은 것은 말할 것도 없고, 조금 전까지 취해 있던 가을의 정취마저도 의식 밖으로 밀려났다. 적잖은 장꾼이 오가고 자동차와 우마차도 지나갔을 테지만 인철의 기억에는 아무것도 없는 길을 완벽한 고요함 속에 걸은 것으로만 남아 있을 뿐이다.

그러다가 인철이 마침내 그 기계적인 걷기마저도 포기한 것은 그 슬픈 사랑의 여인이 이리저리 헤매던 끝에 약혼자의 아버지를 만났을 때였다.

그 약혼자 또한 에반젤린을 길을 찾아 떠난 지 오래임을 그 아버지가 한탄 섞어 일러 주는 대목에 이르자 인철은 온몸에 힘이 빠져 풀썩 주저앉듯 길섶에 앉았다. 겨우 눈길을 모아 사방을 둘러보니 어느새 방천 다리가 저만치 보이는 굽잇길에 이르러 있었다.

하지만 그렇게 자신의 위치를 알아본 것도 한순간이었을 뿐, 인철은 다시 에반젤린의 애절한 헤맴에 이끌려 들어갔다. 그 책을 덮을 때까지 인철의 의식이 현실로 돌아온 것은 꼭 한 번이었다.

"여기는 펜실베이니아, 선교사들의 연필로 만들어졌다는 도시 ……."

드디어 대단원에 가까워지고 있다는 흥분과 초조감에 들떠 인철이 정신없이 시행(詩行)을 쫓고 있을 때였다.

"야, 거기 철이 아이라? 거다서 뭐하노?"

아련한 꿈결에서처럼 들려오는 소리에 인철이 멍하니 올려보니 낯익은 친척 아줌마가 장 보따리를 인 채 내려다보고 있었다. 하지만 그뿐이었다. 그 기억도 그 친척 아줌마가 그런 말을 했다는 것뿐, 자신이 무슨 대답을 했는지 그녀가 어떻게 자기 갈 길을 가 버렸는지는 뒷날 전혀 떠오르지 않았다.

인철은 에반젤린의 길고 애절한 헤맴이 허망하게 끝나 버린 뒤에도 한동안은 굳은 채 그 길섶에 앉아 있었다. 그들의 비련이 준 감동도 컸지만 그에 못지않게 인철의 의식을 마비시킨 것은 어느

새 한 확신으로 가슴속에 자리 잡아 가는 명혜와의 사랑에 대한 예감이었다.

우리도 이들처럼 이 세상에서는 두 번 다시 만나지 못하게 될지 모른다. 어쩌면 나는 일생을 만나지 못할 사람, 이루지 못할 꿈을 그리워하며 살게 운명 지어져 있는지도 모른다……

그러다가 인철이 또 다른 종류의 불길한 예감에 빠져든 것은 그새 뉘엿해진 해 때문에 마지못해 몸을 일으킨 뒤였다.

제법 싸늘하게 느껴지는 바람과 다시 걷기 시작하면서 살아난 현실감각이 이번에는 이야기의 줄거리보다 자신이 받은 감동 그 자체를 살펴보게 했다. 백 년 전 먼 나라 사람이 저희 말로 읊은 긴 사랑 노래가 말이 바뀌면서 어느 정도는 어긋나고 뒤틀렸을 법한데도 그토록 큰 감동으로 가슴을 울리는 게 새삼 신기했다.

그리하여 그 신기함은 다시 시인이란 이상한 종류의 사람들과 그들이 선택한 알 듯 말 듯한 삶의 방식에까지 인철의 생각이 미치게 했다. 그때까지 그가 품고 길러 온 가치관에는 아직 잘 맞아떨어지지 않지만, 어쩐지 심상히 보아 넘겨서는 안 될 것 같은 부류의 사람들이요, 삶인 것 같았다. 단순히 그들을 좋아한다는 것과는 또 다른 감정이었다.

하지만 그러한 감정도 아직 의도적인 지향과는 멀었다. 자라는 동안에 겪은 혹독한 삶의 조건들 탓일까, 아니면 피로 이어받은 가계의 권력 지향성 탓일까, 그때까지도 인철의 가슴에 완강히 자리 잡고 있는 것은 말과 글을, 특히 그것들의 별난 효용을 삶의 도구로 삼고 있는 사람들에 대한 의심 또는 부인이었다.

아직 많지 않은 나이임에도 불구하고 인철은 거의 본능적으로 그런 살이의 쓸쓸함을, 고단함을, 그리고 무력함을 짐작하고 있었다.

그런데도 그러한 삶이 문득 한 예감으로 다가든 것은 아마도 남은 길을 걸으면서 바꾸어 펴 든 학습 참고서 때문이었을 것이다. 그 또한 그날 새로 산 책이었고, 현실적으로는 훨씬 다급히 익혀야 할 내용들이었으나 영 이전만 같지 못했다. 영어 참고서의 맨앞에 나오는 명사(名詞) 불규칙 복수(複數)의 예를 외려 해도 맑은 가을 하늘이 먼저 눈에 들어왔고, 비교적 재미나지 싶어 미술사(美術史) 부분을 펴도 『에반젤린』의 가장 지루한 구절보다 더 잘 머릿속에 들어오지는 않았다.

그래서 그 책들을 다시 보자기에 싸는 순간 퍼뜩 떠오른 게 바로 그 예감이었다. 뒷날처럼 그리 뚜렷한 것은 아니지만, 혹시 내 삶도 진작부터 말과 글의 그 비실제적 효용에 탕진되게끔 결정되어 있는 것은 아닌가 하는. 그때까지만 해도 싫고 불길하게만 느껴지던 예감이었다.

그러나 그 예감은 그날 낮에는 그리 심각한 것도 아니었고 오래 의식을 붙들고 있지도 못했다. 방천을 지나 한 마장쯤 갔을까. 멀리서 요란한 엔진 소리로 가까워지던 오토바이가 갑자기 인철의 등 뒤에 멈춰 서며 누군가 소리쳤다.

"니 장에 갔다 오나? 타라."

인철이 제 생각에서 깨어나 돌아보니 울긋불긋 요란스러운 색상의 옷에 선글라스를 걸친 상두 아재였다. 빨간 오토바이 위에 젖히고 앉았는 게 몹시 자랑스러워 보였다.

형에게서 받은 몇 푼 안 되는 개간 품삯으로 선금을 치르고 외상으로 빼내 왔다는 새 오토바이였다.

그의 늙은 어머니는 그 오토바이값을 물기 위해 밭 한 뙈기를 내놨다고 한탄했지만 어쨌든 돌내골에서는 한 대뿐인 명물이라 자랑할 만도 했다.

그날 왕복 합쳐 40리 가까이 걸은 뒤라 어지간히 지쳐 있던 인철은 반갑게 그 오토바이 뒷자리에 올라탔다. 그리고 그다음 집에 이를 때까지는 처음 오토바이의 속도감에 취해 보는 열여섯 소년일 뿐이었다.

가을 들길을 난폭하리만치 빠르게 모는 오토바이에 얹혀 질주한 것도 그 자체로 한 인상 깊은 추억이 되었다. 그 직전 머릿속을 스쳐 간 예감 따위는 차가우면서도 싫지 않은 바람에 그대로 흩어져 버린 듯했다.

그런데 아니었다. 그날 밤 공부방으로 도배해 준 건넌방에서 다시 한 번 그 비련의 장시집을 펴게 되면서, 그 예감은 퍼뜩 스쳐 간 상념이 아니라 한 고정관념으로 자리 잡기 시작했고, 마침내는 그날의 일기에까지 정착하게 되었다. 다급한 공부를 제쳐 놓고 벌써 두 번째로 이 시집을 펼쳐 들게 된 것은 무슨 까닭일까. 어쩌면 내 운명은 말과 글의 이러한 전용(轉用)과 특별한 연관을 가진 깃은 아닐까⋯⋯.

유혹

　해가 뉘엿해지면서 바람이 몹시 차졌다. 땀을 흘렸던 이마며 등짝이 이제는 서늘한 느낌을 넘어 시려 왔다. 명훈은 보리를 묻던 괭이질을 멈추고 허리를 폈다. 다시 야산으로 돌아간 듯한 개간지 가운데서 보리를 묻느라 갈고 써레질한 천 평 남짓만이 빠끔하게 밭 모양을 갖추고 있었다.

　어머니의 성화에 못 이겨 씨앗을 묻고는 있어도 명훈은 솔직히 한심한 기분이 들었다. 지난여름 개간지에 씨앗을 넣은 작물 가운데서 넣은 씨앗의 두 배라도 거둔 것은 메밀 하나뿐이었다. 하기야 수확이 좋기로야 백 평도 안 되는 데서 두 가마니 넘게 거둔 고구마가 있었다. 그러나 그것은 땅의 생산이라기보다는 어머니의 억지스러운 정성의 값이라는 편이 옳았다. 밭이 집 가까워서인지, 그게 식량이 될 수 있는 작물이어서인지 모르지만 여름 내 어머니는 그 고구마 밭에 붙어살다시피 했다. 들어간 비료와 품만 값을 쳐도 거기서 캔 알이 잔 고구마쯤은 네 가마니를 사고도 남을 만했다.

한심하기로는 북쪽 비탈에 이랑도 제대로 짓지 못하고 꽂혀 있는 만 그루의 뽕나무 묘목들도 마찬가지였다. 장려 작물이란 명목으로 군에서 거저 나눠 준 묘목을, 심었다기보단 겨우 뿌리만 흙덩이 속에 끼워 넣었을 뿐이었다. 그때껏 끈질기게 찾아오는 상두 녀석 패거리 몇과 식구들이 머릿수대로 나서서 거의 열흘 만에야 일을 끝냈는데, 미처 땅에 묻히기 전에 된서리를 몇 번이나 맞은 묘목 뿌리들이 성할지는 실로 의문스러웠다.

나의 대지(大地)는 붉다
성장(成長)의 단비는 내 뿌리들을 빗겨 가고
결실의 햇볕도 내 열매들에게는 이르지 못했다……

명훈은 전날 밤 다듬던 시구를 무심코 떠올렸다가 의식적으로 머릿속에서 지워 버렸다. 그 여름의 불꽃 같은 환상들에 비해 가을이 너무 참담한 것은 사실이지만 아직은 기대를 잃고 싶지 않았다. 혹시라도 말에 어떤 주술적 효능이 있어 그 땅에서의 앞날에 불길한 조짐이 되어서는 안 되었다. 나의 대지는 다만 깊고 무거운 겨울의 꿈에 빠져 있을 뿐이다…….

"형, 다 끝나 가요?"

명훈이 다시 한 이랑 남은 보리 씨를 덮고 있을 때 어느새 왔는지 인철이 등 뒤에서 밝은 목소리로 물었다. 결코 그럴 처지가 아닌 것 같은데도 녀석의 목소리가 그렇게 밝은 게 명훈에게는 대견스럽기보다는 부담이 되었다.

"너, 왜 또 나왔어? 시험 때까지는 들에 얼씬도 말라고 했잖아? 이제 며칠 남았다고……."

인철의 손에 괭이가 들려 있는 걸 보고 명훈은 자신도 모르게 짜증 섞어 물었다. 그러나 인철은 조금도 움츠러드는 기색 없이 이랑 저쪽 끝에 붙어 서며 명훈의 말을 받았다.

"저도 좀 쉬어야죠. 오늘 할 건 어지간히 됐어요."

"얀마, 공부가 어디 오늘 할 거 따로 있고 내일 할 거 따로 있어? 더군다나 검정고시가 그리 간단한 거냐? 3학년 과정은 생판 놀다가 겨우 두 달 남겨 놓고 시작한 주제에."

명훈은 여전히 짜증스레 인철을 몰아댔다. 하지만 기실 그 짜증은 자신을 향한 것이었다. 차라리 이렇게 될 줄 알았으면 일찍 일에서라도 빼 주어 그 시험 준비를 제대로 할 수 있게 놔줘야 했어. 사정이 뻔한데 가망 없는 졸업장 살 핑계로 제가 나설 때까지 들일에만 붙들어 두었으니……. 그런데 인철이 일부러 명훈의 짜증을 돋우는 것처럼이나 여유 있게 대꾸했다.

"까짓것, 안 되면 내년 봄에 한 번 더 치죠, 뭐."

"뭐라고? 시험도 쳐 보기 전에 떨어질 궁리부터 하는 거냐?"

"떨어질 궁리가 아니라 될 궁리예요. 어차피 수학은 안 될 거니까 제쳐 놓고 나머지 과목만 하고 있어요. 과목 합격을 인정하니까 내년 봄 시험 때는 수학 하나만 하면 되거든요."

"그럼 결국 한 해 늦어지는 거 아니냐?"

"그래도 영영 학교를 못 하게 되는 것보다야 낫죠."

한숨 한 번쯤은 끼워 넣을 법한데도 녀석은 여전히 구김 없는 목소리였다. 그게 일부러 꾸민 것이 아니라 깊이 생각한 나머지인 듯한 게 명훈의 무턱 댄 짜증을 많이 누그러뜨려 주었다.

"학교를 못 하게 되기는 왜 못 하게 돼? 걱정 마. 내 무슨 수를 써도 널 놈팡이로 만들지는 않을 테니까."

그렇게 자신 없는 다짐을 주고 있는데 인철이 집 쪽을 가리키며 고개를 기웃거렸다.

"저게 누구지? 상두 형인가……?"

명훈이 보니 틀림없이 상두였다. 집 안으로 들어가려다 밭에 있는 명훈을 보았는지 바로 그쪽으로 뛰어 올라왔다.

"무슨 일이야?"

별로 좋은 일로 온 것 같지 않아 명훈이 퉁명스레 쏘아붙였다. 상두가 한참이나 헉헉거려 숨결을 고른 뒤에 들뜬 소리로 말했다.

"혀, 형님요, 암만 캐도 이번에는 형님이 나서 줘야겠니더."

"뭘 내가 나서란 말이야?"

"대구서 말이씨더 오 구찌(큰 패거리)가 왔는데, 정말로 오 구찌라요. 그런데 글마들 중에……."

"오 구찌라니 뭐가 오 구찌야?"

"노름 말이씨더. 전대를 봤는데 하나이(한 사람 앞에) 백만 원씩은 넉넉할 게라요. 그기 두 놈이고 한 놈은 바람잽이 같은데 글마가 바로……."

거기까지 듣고 나니 명훈은 대강 상두가 왜 찾아왔는지 짐작이 갔다. 대구서 큰 노름꾼들이 와 한판 벌이려 한다는 말을 듣고 개평이라도 뜯어 보려고 하는데, 주먹이 만만치 않아 저희들만으로는 자신이 없는 듯했다. 명훈도 적잖은 흥미가 일었으나, 인철이 곁에 있어 짐짓 엄한 표정으로 상두의 말을 끊었다.

"근데, 인마, 돈 많은 노름꾼들 와서 노름하는데 네가 왜 설쳐? 거기다가 나는 또 왜 나서라는 거야?"

"그게 아이라 카이요. 글마들이 수를 쓴다꼬요. 작년에도 이맘때 와 가주고 돈 보따리 내비며 촌놈들 훑쳐(후려) 이 봄에 석 집이나 살림 떨고 여길 떠났니더. 가만 놔뚜면 안 된다 말이씨더."

"그럼 지서에 신고하면 될 거 아냐?"

"지서요? 글마들이 어떤 놈들인데요. 들어오디미로(들어서자마자) 지서 차석(次席)부터 꾸워삶고 보이더. 변 차석 글마 그거 벌써 엊저녁에 안동옥(安東屋)에서 흥양흥양(물렁물렁)하게 삶겼을껄요."

그렇다면 녀석이 열을 올리는 까닭은 더욱 뚜렷해진 셈이었다. 아무 방해도 없이 한판 잘해 먹고 가려는 노름꾼들의 덜미를 잡는 격이니 잘만 되면 단순한 개평 이상의 몫이 돌아올 수도 있었다. 뒷골목 시절의 감각이 꿈틀하고 되살아나며 뜻 아니하게 돌아온 그 손쉬운 벌이의 기회에 유혹을 느끼게 했다. 당장은 막연하기만 한 겨우살이와 내년의 농비(農費)가 더욱 명훈을 유혹했는지도 모를 일이었다.

"그래? 노름은 누구네 집에서 하는 거야?"

"알아보이, 삼산이네 골방인 갑디더."

명훈이 별로 내색 않고 물었는데도 상두가 활짝 펴진 얼굴로 신을 냈다. 그리고 명훈이 묻지 않는 것까지 주워섬기듯 덧붙였다.

"그런데 글마 말이라요. 거 왜, 오 구찌들이 데리고 왔다는 놈이, 그놈아가 여간이 아이라꼬요. 입 꾹 다물고 있는데도 찬바람이 실실 도는 게 그 길로는 놀아도 한참 논 놈 같더란 말이씨더. 깡다구만 가지고 뎀비거나 시시하게 칼 같은 거 꺼내 들고 사람 겁줄 놈은 아인 같고, 뭐가 있는 같더라 카이. 형님도 암매 조심해야 될 끼라."

제법 명훈의 오기까지도 건드리는 말이었다. 아직까지 싸움으로는 남에게 설움을 받아 본 적이 없다는 데서 생겨난 오기였다.

"그래? 그럼 뭐가 있는지 한번 알아봐야겠군. 그런데 초저녁부터 판을 벌이는 거야?"

"그건 아일 께시더. 판이사 초저녁부터 벌이겠지마는 쫄대기(조무래기) 판일 걸요. 그래 가주고 돈을 실실(슬슬) 풀다가 엉간하다(어지간하다) 싶을 때 판을 확 키워 수(속임수)를 쓸 께시더. 논밭 막 날아가는 오 대판(아주 큰 판)이지러요."

"그걸 알면서 도대체 누가 덤비는 거야? 뻔히 도회지에서 한판 긁어 가려고 들어온 사기 도박꾼들인 줄 알면서 그 돈 따먹겠다고 덤비는 간 큰 사람들이 누구야?"

"형님은 모르이더. 노름 그거요, 한번 미쳐 보믄 물불 안 가리이더(가렵니다). 말도 못 들어 봤니껴? 노름 안 한다꼬 도끼로 오른손을 콱 쫘(찍어) 놓고 다시 남은 왼손으로 화투장 쥐더라 안 카디껴? 임안 질랑이(전문꾼) 외팔이 얘기라요. 그런데 고추다 담배다 요새 한창 흔한 게 돈 아이껴? 처음에사 있는 돈만 가주고 한다꼬 나서지만, 하다 보믄 논문서 집문서가 왔다 갔다 하게 되는 법이씨더."

"알았어. 좀 있다가 저녁 먹고 올라가지."

마침내 명훈이 그렇게 승낙하자 상두는 더욱 성급을 떨었다.

"저녁은 무슨……. 고마 지금 가시더. 안 그래도 갑(甲)감정 을(乙)감정 글마들도 손을 좀 볼라 캤는데, 잘됐니더. 저녁하고 초저녁 술은 글마들한테 사라 캄씨더(그러겠습니다). 거다서 한잔하다가 그놈아들 노름판 불이 붙거든 삼산이네 집으로 가시더."

"갑을 감정? 그 사람들은 또 왜? 아는 사람들이야?"

"글마들 술 안 뺏아 먹고 누구 꺼 뺏아 먹니껴?"

상두가 다시 제 세상 만난 것처럼 신을 냈다. 그러나 명훈은 그 말에 오히려 경계심이 일었다. 뒷골목이란 게 서울에만 있는 것은 아니로구나…….

"안 돼, 그건. 여기까지 와서 그런 술을 마시고 싶지 않아. 내 저녁 먹고 올라가지. 그것도 외지 놈들이 와서 벌이는 사기 도박이라니까 가 보는 거야."

명훈이 엄한 표정으로 그렇게 말을 맺었다.

"알았니더. 알았니더. 형님, 인제는 그러매이(그런 종류) 술 안 드시기로 한 거……."

상두가 그렇게 넉살을 떨며 겁먹은 시늉까지 지어 놓고, 금세 표정을 바꾸어 천연스레 물었다.

"일, 아직 많이 남았니껴?"

"이 고랑만 묻으면 돼. 먼저 올라가 봐."

명훈이 반갑잖은 기분으로 그렇게 대꾸했다. 제 딴에는 거들려고 하는 모양이지만 상두의 일솜씨라면 지난여름으로 익히 알고 있었다. 땅만 파 뒤집으면 되는 개간도 배길 힘이 없어 농군들의 절반도 못 해내던 녀석이 보리 씨를 묻는 것같이 잔손질과 정성이 필요한 일을 제대로 해낼 리 없었다. 그러나 상두는 소라도 잡을 듯 웃통부터 벗어부치더니 인철의 손에서 괭이를 뺏어 들고 이랑 끝 쪽에 붙어 섰다.

아무리 건달로 장터 바닥에 내려와 살지만 그래도 보고 들은 게 있어서인지 보리 씨를 묻는 상두의 일솜씨는 제법이었다. 명훈이 쫓을 틈도 없이, 꽤 길게 남아 있던 이랑의 파종은 녀석이 돕자 이내 끝이 났다.

일이 끝나고 개간지를 내려오면서 상두는 한 번 더 저녁을 먹기 전에 장터로 가자고 졸랐지만 명훈은 군이 저녁을 먹은 뒤에야 집을 나섰다. 그날따라 저녁이 늦어 둘이 큰길로 들어섰을 때는 날이 완전히 저물어 있었다.

초겨울의 시골 밤길은 어둡고 조용하기 그지없었으나 장터로 들어서자 모든 것이 딴 세상처럼 달라졌다. 거리는 가게마다 심지를 돋워 켜 둔 남폿불로 환했고, 장날이 아닌데도 왝왝거리며 길바닥을 휘젓고 다니는 술꾼들이 심심찮게 눈에 띄었다. 지서 아래 색싯집에서는 벌써 한바탕 술판이 어우러졌는지 여럿의 노랫소리가 젓가락 장단에 맞춰 흘러나오고 있었다.

"감장(담배 감정) 참 좋지요? 촌놈들이 돈푼 거머쥐이 허패에 바람이 들어가…… 형님, 이맘때 여 술값이 어떤지 아이껴?"

공연히 신이 나서 명훈에게 흥미도 없는 얘기를 혼자 떠들며 뒤따라오던 상두가 갑자기 화제를 바꾸어 명훈에게 그렇게 물었다. 낮 동안의 피로에도 불구하고 점점 암담해지는 전망 때문에 길기만 한 자신의 밤과는 달리, 그렇게 활기와 즐거움에 찬 밝은 밤이 불과 10리도 안 되는 곳에 있었다는 데 묘한 감동을 느끼며 걷던 명훈이 딴생각 없이 받았다.

"술값이 왜, 어때서?"

"여기 술값요, 지금은 대구 중앙통 뺨칠 께씨더. 헐직한 매미(색시) 두엇 데리다 놨다꼬 삐루(맥주) 한 병에 백 원이씨더. 백 원. 점방에서는 한 병에 30원인강 하는 그 멀건 보리술이 말이씨더."

"뭐야? 그럼 여기 사람들이 맥주를 마신단 말이야?"

명훈이 자신도 모르게 놀란 목소리로 물었다. 서울에서 뒷골목을 휘어잡고 있을 때도 맥주는 어쩌다 한 번씩 목이나 축이는 고급 술이었다.

"물론 막걸리도 먹고 소주도 먹지요. 글치만 그때는 또 안주가 얼맨지 아이껴? 삶은 달걀 뒤 개만 썰어 놔도 한 사라(접시)에 3백 원이써더. 대구 일류 요정이라 캐도 그마이(만큼) 받을리껴?"

"도대체 그런 술을 이 시골 구석에서 누가 먹어? 그러고도 견뎌들 낼 수 있어?"

"누구누구 칼 거 없이 담배 마지기나 했다 카믄 감장 돈(연초 수납 대금) 반은 여다서 죽이고 안 가이껴? 이 쪼매는(작은) 장터에 색싯집이 다섯 군데에 색시가 열 명도 넘더."

"그렇게 흥청거려 다 써 버리면 내년 담배 감정 때까지는 뭘 먹고 살아?"

"먹을 거사 있지요. 겨우 입에 풀칠할 꺼나 남굿고는(남기고는) 다 여다 퍼 내삐리는(내버리는) 거라요. 감장 돈 여물게 챙겨 논밭 늘리는 사람도 있지마는, 그거는 여다서 내년 농비까지 색시 밑에 다 쑤셔 넣고 가는 놈들하고 비식(비슷)하게 얼매 안 되고……."

상두가 뭣 때문에 심사가 났는지 뒤틀린 목소리로 그렇게 떠들고 있는데 누군가가 앞 골목길에서 비틀거리며 나오더니 가래침을 카악, 뱉으며 지나갔다. 제법 떨어져 있는데도 술 냄새가 풍기는 게 벌써 술깨나 마신 듯했다.

갑자기 그 사람의 뒷모습을 쳐다보다가 상두가 매섭게 소리쳤다.

"야, 이누마야. 거기 좀 서라."

"어, 누구로? 왜……?"

그 사람이 걸음을 멈추고 돌아보며 건들거렸다. 빠른 걸음으로 그에게 다가간 상두가 느닷없이 그의 턱이며 가슴에 빠른 주먹을 먹였다. 풀썩 주저앉았던 사내가 두 팔로 얼굴을 가리고 일어나며 급한 소리를 냈다.

"상두 아이라? 니 왜 이래노?"

목소리에는 술기운이 남아 있었지만, 반항의 의사는 조금도 섞여 있지 않았다. 상두가 금세 주먹을 내뻗을 듯한 자세로 그를 노려보며 나지막이 내뱉었다.

"니 이누묵 새끼, 술 한잔 처무이(처먹으니) 눈에 비는 게 없제?"

"아이, 왜 내가 뭐 어쨌다꼬?"

"일마가 아직 정신 몬 차렸는가 베, 에익."

상두가 다시 주먹을 휘어 쳐 그의 아랫배를 쥐어박았다. 그 사내는 흑, 하는 가벼운 비명과 함께 아랫배를 감싸 안으며 몸을 구부렸으나 쓰러지지는 않았다.

"왜 이래? 뭣 때메 사람을 쳐?"

그제야 뒤따라간 명훈이 상두의 어깨를 두드리며 나무랐다. 기다렸다는 듯 상두가 목소리를 높였다.

"이누묵 새끼가 어디 사람 가는 데 침을 떠억 뱉고. 이 촌놈의 새끼가……."

"그렇다고 사람을 함부로 때려?"

명훈이 다시 그렇게 나무랐으나 상두는 명훈에게는 대꾸도 않고 아직도 아랫배를 움켜쥐고 있는 그 사내만 을러 댔다.

"더군다나 형님이 가시는데……. 니 일마 이 형님, 누군지 아나? 척이사(친척으로는) 형님이지마는 내한테는 하늘 같은 당수 사범님이란 말따. 촌놈의 새끼가 건방지구로."

그때 사내가 명훈이 말리는 데 힘을 얻었는지 항변 비슷한 소리로 우물거렸다.

"그거사 글치마는, 어두운데 뭐가 비나(보이나)? 길 가다 가래가 나오이 뱉은 거뿌(것뿐)인데…… 그게 머시 잘못됐다꼬……."

"하, 이 새끼 봐라. 참말로 간이 부었나? 안 되겠다, 니 일마, 일로 쫌 와 봐라."

상두가 대뜸 그의 멱살을 움켜쥐며 어둑한 골목 쪽으로 끌었다. 명훈은 그런 상두를 소리쳐 꾸짖으려 하다가 잠시 그냥 두고 보기로 했다. 도회지에서와는 또 방식을 달리하는 그 시골 뒷골목의 행태가 이상한 흥미를 일으킨 까닭이었다.

"이거 왜 이래노? 그마이 했으믄 됐지 내가 무신 죽을 죄를 졌다꼬……."

사내는 골목길로 끌려 들어갈 때까지만 해도 제법 뻗대는 데가 있었지만, 그리로 들어가서는 이내 말투부터 바뀌었다.

"아이, 상두 이 사람, 왜 이래노? 내 잘못했다 안 카나? 글클(그렇게나) 기분 나쁘믄 내 술 한잔 사마. 이 멱살부터 쫌 놔라."

그때까지도 말없이 따라만 오는 명훈에게서 오히려 어떤 위협을 느끼는 듯했다. 그제야 명훈도 슬며시 미안한 마음이 들어 다시 상두를 나무랐다.

"야, 상두, 그만해. 취한 사람 아냐? 그냥 보내."

명훈이 진심으로 그런다는 걸 알아차렸는지 상두도 더는 주먹질을 않았다.

"니 일마, 오늘 용꿈 꾼 줄 알아라. 형님 아이랬으믄 묵사발을 만들어 놀라 캤다."

그러면서 멱살을 놓아 주었다. 사내가 한복 적삼을 몇 번 추스르며 긴 숨을 내쉬더니 다시 밸 빠진 소리를 했다.

"맘 상했다믄 풀어라. 참말로 내 술 한잔 사까?"

"싫다, 일마, 니 같은 눔 술."

상두가 웃는 낯에 침이라도 뱉듯 그렇게 덧붙였다.

"대신 니 이누묵 새끼, 똑바로 들어래이. 앞으로 술 처먹고 그러매이(그런) 짓 말어. 그리고 여기 이 형님, 특히 조심해 모시고."

뒷날 한때 그 장터 거리를 휘어잡고 작은폭군으로 군림했던 명훈의 권위는 어쩌면 이미 그때 형성되고 있었는지도 모를 일이다.

"너무 심했잖아, 별것도 아닌 일로. 보니 나이도 너보다 훨씬 위 같던데."

그 사내가 죄지은 사람처럼 움츠리고 떠난 뒤에 명훈이 한 번 더 상두를 나무랐다. 그러나 상두는 정말로 화가 났던 것인지 한 번 멋쩍어하지도 않았다.

"나이가 곰백살(골백살)이믄 뭐하이껴? 아아가 벌써 국민학교 댕기는 갑습니다마는, 글마는 어디까지나 내하고 국민학교 동창이리고요."

"그래도 그렇게까지야……."

"아이래요. 저런 놈은 틈나는 대로 패 놔야 되지. 쌍놈이 쇠새끼맨치로 일만 꿍꿍해 인제 밥술 들게 됐다꼬. 이 돌내골이 누구 땅인데……. 옛날에는 절마들이 두들(언덕) 앞으로 지내 댕기지도 못했다면서요? 그런데 어디 술 처먹고……. 저런 눔들은 속에 천불이 나 그냥 못 봐요."

그러고 보니 그저 지나가며 가래침을 뱉었다는 것 이상의 감정이 상두에게는 있는 것 같았다. 명훈으로서는 다시 돌내골에서의 한 해가 더 지나야 겨우 실감이 나게 되는 어떤 감정이었다.

"에이, 기분도 글찮고, 딱 한잔만 하고 가시더. 아직 초저녁이이……."

종내 뒤틀린 심사가 풀리지 않는지 언덕 마을 쪽으로 접어들던 상두가 갑자기 걸음을 멈추고 그렇게 말했다. 마음먹고 마신 지는 제법 여러 날이 지난 뒤라 명훈도 술 생각이 없는 것은 아니었다. 거기다가 나중 노름방에서 하게 될 일도 맨정신으로는 아무래도 어색할 것 같았다.

"그러지. 어디 가서 소주나 한잔해."

명훈이 선선히 응낙하자 상두는 갑자기 사람이 달라진 것처럼 신을 냈다. 나중에 가만히 끼워 맞춰 보니, 그 턱없는 시비부터가 명훈을 자연스럽게 술집으로 끌고 가기 위한 잔꾀였던 것처럼 의심이 갈 정도였다.

소주나 한잔이라는 명훈의 주문에도 불구하고 녀석이 명훈을 끌고 간 곳은 장터에서도 가장 번듯한 색싯집인 안동옥이었다.

면에서는 유일하게 여인숙 허가를 가진 데라 귀한 손님을 접대하는 집으로 쓰였는데, 명훈도 지난여름 개간 검사를 나온 측량사와 군 산업과장을 거기서 접대한 적이 있었다.

"여긴 소주나 한잔하기에는 과한 집이야."

그 집 마당으로 들어서기 전에 명훈이 그러면서 머뭇거렸으나 상두는 조금도 걱정하는 눈치가 아니었다. 명훈을 끌듯 집 안으로 들어가더니 명훈이 뭐라고 하기도 전에 마침 하나 남은 방까지 차고 앉았다.

녀석의 객기는 그칠 줄 몰랐다.

"상두, 니가 초저녁같이 웬일고? 보자, 저거는 금호댁 맏이 되는 양반 아이라(아니야)?"

큰손님이라도 온 줄 알고 달려 나온 안동옥의 중년 안주인이 반갑잖은 표정으로 그렇게 말했다. 그런 안주인의 태도에 아랑곳없이 상두가 호기롭게 소리쳤다.

"아지매, 여기 맥주 세 병하고 마른안주 한 사라 갖다 주소."

명훈이 그런 녀석을 말리려고 했으나 녀석은 틈을 주지 않았다. 무어라고 입을 떼려는 명훈에게 찔끔, 알 수 없는 눈짓을 보내고는, 이어 술집 안주인을 향해 태연스레 보태는 것이었다.

"그래고 을감장(입담배 을 감정원) 왔으믄 이 방에 쫌 오라 카소."

"을감장은 또 왜?"

안주인이 시큰둥한 목소리로 받았다. 상두가 다시 터무니없는 소리를 했다.

"와 보믄 알 끼라 카소. 아주 반가울 사람이라꼬."

"내 보이 억씨기(꽉) 반가운 사람은 없는 같구마는."

명훈을 어느 정도 알고 있는 안주인이 못 미덥다는 듯 그렇게 말했다. 갑자기 상두의 인상이 험악해졌다.

"그라믄 내가 가서 맥살(멱살)을 끌고 와야 될리껴? 곱게 말할 때 오라 카소. 좋은 게 좋으이께는. 그래고 내 보이 아지매도 참 이상하네. 사람 불러 달라 카믄 불러 주믄 될 끼제. 왜 중간에서 이러이저러이 간섭이껴? 어예 됐든 동 술 한 상이라도 더 팔믄 좋제……."

그제야 안주인의 기세가 좀 수그러들었다. 눈치로 보아 이미 여러 번 녀석의 비위를 건드리다 골탕을 먹어 본 적이 있는 듯했다.

을감정이라는 30대 후반쯤의 살찐 사내가 별로 반갑잖은 얼굴로 고개를 디민 것은 술상이 들어오고 얼마 안 돼서였다.

"상두 씨라 했던가, 그래 상두 씨 웬일이오?"

미닫이를 반쯤 열고 들여다보며 헛웃음을 짓는 을감정에게 상두는 처음부터 고압적으로 나왔다.

"잠깐 들어오소. 이런 촌구석에서는 좀이(좀체) 만나기 힘든 사람을 데리고 왔으이께는 인사라도 해 두는 게 좋을 께시더."

그러자 사내가 안경알 너머로 흘끗 명훈을 훑어보았다. 아무런 약속이 없었건만 명훈은 그럴 때 자기가 어떻게 해야 좋은가를 잘 알고 있었다. 그에게는 눈길 한 번 주지 않은 채 움켜잡은 술잔만 지그시 쳐다보는 식이었다. 섣불리 웃음을 보이거나 말을 걸어서는 안 된다…….

"그래? 어디서 온 분인데?"

이윽고 명훈의 허세 밴 자세에서 어떤 심상찮은 느낌을 받았는지 을감정이 슬며시 방 안으로 들어섰다.

"거 앉으소. 술이라도 한잔 사미 인사를 청하는 법이제."

"술, 아, 그야 사지. 그런데 생판 모르는 분과 어떻게 술상에 마주앉나?"

"인사라는 거는 술잔이 오가다 보믄 절로 땡기는 기고…… 그래, 오늘은 재미 많이 봤니껴?"

"재미라니? 하루 종일 바람맞이 언덕에서 떨다 온 사람에게 그게 무슨 소리야?"

"을감정, 내한테는 그런 소리 해서 안 될 꺼로. 요새는 바람맞이 아이라 얼음 구덩에 처박히도 돈 시는(헤아리는) 재미로 열이 펄펄 날 껜데……."

둘이 주고받는 수작을 들어 보니 상두도 이미 여러 번 해 본 솜씨지만 상대도 여간내기가 아니었다. 무언가 아픈 곳을 움켜잡혀 버둥거리면서도 모든 것은 다만 호의로 베풀고 있다는 듯 받아넘기는 게 특히 그랬다.

"허허, 이 형. 또 그 소리네. 돈은 무슨 놈의 돈. 이 형 같은 사람 술 받아 주다 이 안동옥에 외상 달고 떠나게는 안 될란지 몰라."

"그런 소리 마소. 불쌍한 경작자들 들으면 성내니더."

"불쌍한 경작자들이라니? 그 사람들처럼 등 따습고 배부른 사람들이 어딨는데? 조선 천지 농사치고 담배 경작만큼 실속 있는 작목 있으면 어디 말해 봐요."

"왜 이래니껴, 이거. 내 어디 말해 보까요? 여름내 땀 뻘뻘 흘리며 따고, 찌고, 말룬(말린) 골병초(담배) 낑낑거리며 지고 오면 등수(等數)로 속이고 저울로 훑치고(후리고)⋯⋯ 마, 그 소리는 고만 합시다."

둘의 그렇고 그런 대화는 한참이나 더 계속됐다. 명훈은 그런 상두를 보며 씁쓸한 기분이 들었다. 제 딴은 제법 으스대며 내보이는 도회지의 깡패 시늉이지만 명훈에게는 음울한 추억을 자극할 뿐이었다. 그때까지만 해도 명훈에게 그 추억은 힘써 벗어나야 할 어두운 그 무엇이었다.

"야, 상두, 그만해. 보아하니 나이깨나 드신 분인데 이제 그만 보내 드려."

말없이 잔만 비우던 명훈이 상두에게 짜증 섞어 한마디 던졌다. 명훈은 진심이었지만 상두는 그것도 그런 바닥에서 써먹는 허세인 걸로 여긴 모양이었다. 평소보다 몇 배나 더 공손해진 태도로 굽신대며 말했다.

"예, 사범님. 글치만 쪼매만 기다리 주시이소."

"안 돼, 어서 술이나 마시고 나가."

명훈이 이번에도 진심으로 말했다. 그러나 진심으로 말했기 때문에 더욱 위압감을 주었는지 을감정 쪽에서 자진해서 굽신대며 인사를 청했다.

"인사드리겠습니다. 상두 씨 믿다가는 결례가 길어질까 봐서…… 저 정인호라고 합니다. 전매청 안동지청 수납과서 나왔는데 여기서는 을감정 일을 보고 있습니다. 지역에 계신 분들께서 많이 협조해 주시면 고맙겠습니다."

명훈은 잠시 난처했다. 자기에게 굽신대야 할 아무런 이유가 없는 사람이 먼저 숙이고 청해 오는 인사는 참으로 오랜만이었다. 그러나 이내 그 난처함은 은밀한 유혹으로 변했다. 벌거숭이 힘의 위력을 확인하는 순간에 느끼곤 했던 그 짜릿한 쾌감이 가벼운 전율처럼 되살아났다.

"나 이명훈이라고 합니다. 농사나 지으며 조용히 살려고 들어온 지 한 대여섯 달 됩니다."

명훈은 조용히란 말에 묘한 악센트를 주며 손을 내밀었다. 사내가 손을 맞받아 쥐며 탐색의 의도가 담긴 눈웃음으로 명훈을 보았다. 그뿐만이 아니겠지요, 라는 듯한.

"차암 세월 조오와졌다. 형님이 이런 촌구석에 처박혀 썩을 줄 누가 알았겠노."

그사이 맥주 한 잔을 비운 상두가 소리 나게 술잔을 상 위에 내려놓으며 갑자기 신파 조로 나왔다. 녀석의 다음 수작이 뻔히 들여다보여 민망하기도 했지만 두어 잔 마신 술 탓인지 한편으로는 은근히 기다려지기도 했다.

"좋은 시절에는 명동 종로도 쫍디(좁더니)……. 세상은 역시 자유당 세상이 우리 매이(같은 것)한테는 그저 그만이었던 게라."

상두는 그렇게 저 자신까지 슬쩍슬쩍 추켜올려 가며 제가 본 명훈의 뒷골목 시절을 과장스레 회상하기 시작했다.

"참, 그때 형님 나와바리가 어디서 어디까지랬니껴? 종로에서 동대문까지 씰고 댕기도 탓지(터치)하는 놈 아무도 없다. 그 누구껴? 안즉도 기억난다. 도치, 깡철이, 호다이 — 헤엣, 깡철이 글마 성질 한번 모옷댔디(못됐더니)."

"쓸데없는 소리……."

"그 중국집, 그거 어디껴? 내 처음 형님 찾아가 저녁 얻어먹은 데, 음식 한번 걸판지게(거방지게) 내오디…… 돈 한푼 안 받고……."

하지만 겨우 하루 동안 본 것이라 녀석에게는 명훈의 뒷골목 시절을 과장할 건덕지조차 그리 많지가 못했다. 그러자 녀석은 생판 거짓말로 천연덕스레 이어 갔다. 이번에는 을감정을 완전히 무시한 채 명훈만을 상대로 한 허풍이었다.

"그때 글마 그거 어예 됐니껴? 형님 나와바리에서 쓰리(소매치기)하다가 붙들랜 눔, 거 참 신기하데. 손가락을 정지칼(식칼)로 콱 좌(찍어) 뿌이께는 쩔래 나간 그게 똑 물고기매치로 팔딱팔딱 안 뛰디껴?"

"저어기 상계 개척단(국토개척단) 말이씨더. 그 지대장이 옛날에 형님 밑에서 놀던 똘마이라면서요?"

"언제 진안 한분 나가 확 씰어 뿌시더. 잔챙이들 해 글쌌는(해 대는) 꼬라지가 하도 눈꼴 시러바서……. 하기사 형님 얘기 쪼매 해 좃디 오줌을 찔끔찔금 싸디더마는……."

을감정이란 사람이 몇 번이나 끼어들었으나 상두는 틈만 나면 그런 허풍으로 돌아갔다. 이 바닥 저 바닥 돌아다니며 잎담배 감정을 하는 동안 여러 종류의 건달에게 시달린 뒤라, 을감정도 예사내기가 아닌 듯했지만 역시 효과는 있었다. 아니 어쩌면 닳고 닳았기 때문에 오히려 뻔한 허풍인 줄 알면서도 넘어가는 척해 준지도 몰랐다.

"그만하지. 술도 다 마셨고. 이젠 나가 봐."

듣다 못한 명훈이 — 실은 녀석의 허풍이 너무 심해 들통이 나는 게 싫어서였는지 모르지만 — 맥주 몇 잔으로 벌겋게 되어 떠들고 있는 상두에게 그렇게 나직이 말했을 때였다.

"이왕 오셨으니 한잔 더 하고 가시죠. 얘기 들으니 재밌는데요. 정말로 이런 시골에 형씨 같은 분이 있는 줄 몰랐습니다."

을감정이 스스로 나서서 명훈을 붙들고는 손뼉을 쳐서 안주인을 불렀다.

"이봐요, 여기 맥주 다섯 병 더 내고 안주도 두어 접시 더 가져다 주쇼. 이 술상은 내게 달고……."

그러면서 넥타이를 푸는 품이 제법 긴하게 할 얘기라도 있는 사람 같았다. 향수라 할까, 뒷골목 시절에 대한 야릇한 그리움이 다시 강하게 명훈을 유혹해 왔다. 그러나 명훈은 그 유혹을 차갑게 물리쳤다.

"호의는 고맙습니다만 오늘은 이만 됐습니다. 술을 많이 마셔서는 안 될 일이 있어서."

명훈은 정중히 사양하고 몸을 일으키며, 알 수 없다는 눈길로 방안을 들여다보고 있는 안주인에게까지 과장된 예절을 차렸다.

"아주머니, 공연히 와서 떠들어 죄송합니다. 오늘 술값은 다음 장날에 와서 갚지요. 따로 계산해 두세요."

"안 되이더, 형님. 형님이 무신 술값을……. 평생 안 하던 짓 하지 마소. 정 을감정한테 맡기기 싫다믄 내가 냄시더(내겠습니다)."

상두가 펄쩍 뛰며 그렇게 나섰다. 명훈이 두 사람에게 하던 것과 달리 싸늘한 목소리로 그런 상두에게 쏘아붙였다.

"상두, 너, 까불지 마. 여긴 고향이야. 어디서 하던 짓을……. 너 잘 들어. 다시는 영업집에 들어와 이런 짓 하지 마. 깡패 짓에도 품위라는 게 있는 거야. 알았어?"

속으로는 진심 반 과시 반이었지만 워낙 목소리가 차고 눈길이 매서워서였는지 상두는 금세 기가 죽었다. 남이 보는 앞에서 무시당한 데 대한 반발이 있을 법한데도 신통하리만치 고분고분했다.

"내가 뭐 어옛다고. 하지만 알았니더. 형님 말대로 함씨더."

그러면서 영 일어날 것 같지 않게 앉아 있던 자리를 털고 일어났다. 을감정도 그런 명훈을 붙들어 볼 엄두가 안 나는지 우물우

물 몸을 일으켰다. 그러나 명훈을 쳐다보는 눈길은 아까와는 또다른 뜻이 담긴 듯했다. 뒷날 명훈이 그들 담배 감정원들과 맺게 된 악연은 그날 이미 시작되었다고 보는 편이 옳을 것이다.

명훈과 상두가 삼산이네 골방 문을 열었을 때는 노름판이 벌써 열기를 뿜고 있었다. 사이다 병에 꽂은 초가 네 군데 밝혀져 있는 방 안에는 아는 얼굴과 낯선 얼굴이 반반씩 섞여 있었다. 아는 얼굴은 노름으로 이름 있는 숙항(叔行) 한 사람과 마을의 타성 (他姓) 둘이었다.

낯선 얼굴은 양복을 빼입은 말쑥한 중년과 점퍼 차림의 까닭 없이 불길하게 느껴지는 중년 하나, 그리고 명훈보다 두어 살 위쯤 돼 보이는 젊은이 하나였다.

"아이, 명훈이 니도 화투장 만지나? 여기는 어예 알고……?"

벌써 다 털렸는지, 아니면 아직 판에 들어가지 않았는지 구경만 하고 있던 일가 아저씨가 명훈을 보고 놀랍다는 표정을 지었다. 안동옥에서와는 달리, 명훈은 속없는 사람처럼 한껏 풀어진 웃음으로 그의 말을 받았다.

"왜 나는 안 됩니까? 메밀도 안 크는 개간지 매달려 봤자 골탕이죠 뭐. 나도 개간지 몽땅 걸고 손금이나 한번 볼까 해서요."

"머시라? 벌씨로 그 소리가? 거 참……."

일가 아저씨가 못 믿겠다는 듯 그렇게 대꾸하며 명훈을 살폈다. 그러나 어차피 그의 관심은 노름판에 있었다. 명훈과 상두가 방 한구석에 자리를 잡기도 전에 눈길을 방금 끗발을 까뒤집고 있는 화투판으로 돌렸다.

판은 도리짓고땡이었다. 판돈이 제법 수북하게 쌓여 있었지만 노가 나지(노 난다는 말은 여럿이 긴 판돈을 한 사람이 모두 거두어들임을 뜻함) 않아 그럴 뿐, 아직 판 자체는 그리 크지 않아 보였다. 그러나 끗발을 훑고 있는 사람들은 벌써 후끈 달아 있었다. 개기름이 배어 번질거리는 얼굴에 눈빛들이 이상하게 번득였다.

'이 친구 제법인데…….'

적당한 곳에 끼어 앉으면서 대구 패에 섞여 온 젊은이를 훔쳐본 명훈은 속으로 그런 생각을 했다. 허세도 없고, 그렇다고 가벼워 보이지도 않는 담담한 자세가 명훈의 눈에는 오히려 만만찮게 보였다. 알맞은 체구에 갸름한 얼굴과 흰 피부도 공연히 사람을 위압하는 외모와는 거리가 멀지만 명훈에게는 알 수 없는 긴장을 주었다.

명훈과 상두가 젊어서인지 대구 패도 흘끗흘끗 경계의 눈초리를 보내왔다. 화투장을 쥔 둘의 눈길은 그야말로 훔쳐본다는 말이 들어맞을 만큼 천박스러웠으나, 젊은 쪽은 그렇지 않았다. 보고 싶으면 한동안씩 가만히 눈길을 보내는 게 적지 않은 관록과 자신을 내비치는 것 같았다.

'이건 쉽지 않다…….'

명훈은 오랜만에 활발하게 되살아난 그 방면의 감각에 도움을 받아 그런 결론을 내렸다. 선수를 당했다간 고향 사람들에게 창피스러운 꼴을 보이게 될지 모른다는 불안이 일자 명훈의 머릿속은 금세 그와의 겨루기 그 자체로 꽉 들어찼다. 애초에 그곳을 찾아온 목적 같은 것은 어느새 관심 밖으로 밀려나 있었다.

'좀 안됐지만 놈의 선방(선수)은 상두 녀석에게로 보내도록 해야겠다.'

이윽고 그렇게 작정한 명훈은 건너편에 앉은 상두에게로 눈길을 보냈다. 녀석은 마침 명훈이 이용하기에 좋은 자세를 취하고 있었다. 어깨에 잔뜩 힘을 넣고 이맛살을 찌푸린 채 멀찍이 화투판을 건너보며 벽에 기대앉은 게 제법 그럴듯한 위엄을 내비쳤다. 시골 장터의 건달로서는 흉내 내기 어려울 만큼 세련된 허세였다. 녀석이 무슨 생각으로 그러고 앉았는지는 모르지만, 행동하기에 따라서는 명훈 자신에게로 쏠릴 경계와 일이 벌어졌을 때의 재빠른 선수를 모두 녀석에게로 돌리게 할 수 있을 것 같았다.

"보자, 이건 뭐 쫄때기 판 아냐? 이 판으로 어디 손금 본다 소리 하겠어?"

명훈이 수선스럽게 노름판 쪽으로 무릎을 박아 넣으며 꾼들의 심기를 건드려 보았다. 그런 명훈의 말보다는 그가 비집고 디민 무릎 때문에 노름판 깔개인 군용 모포가 구겨지고 화투 목이 흔들린 것에 짜증이 났는지 음침한 얼굴의 중년이 이마에 골 깊은 주름을 지으며 퉁명스럽게 말했다.

"젊은 형씨, 거 성미 한번 급하구먼. 솥이 달아야 감자를 찌든지 개를 삶든지 할 거 아뇨?"

그래도 명훈은 못 알아들은 척 한마디 더 보탰다.

"대구서 오대가 들어왔다더니 말짱 헛말이군. 영 조무라기 판이네. 구경이나 좀 하다가 가야겠어."

그러고는 무릎을 조금 뒤로 뺐다. 대구 패거리가 저희끼리 넌지시 눈을 맞추는 게 썩 기분 상한 눈치는 아니었다. 남도에서 올라와 장터 거리에 자리 잡은 지 오래인 황태발이가 먼저 열을 받았다.

"좋다, 마, 판 좀 키우자. 알라(어린애) 보지에 밥풀 띠(떼어) 먹기지, 이기 어디 노름판이라 칼 수 있나? 이 판 노 나거든 두 배로따나(라도) 세우는 게 어떻노?"

그러자 다른 꾼들도 기다렸다는 듯 그 말에 따른다는 의사표시를 했다. 오히려 대구서 온 패거리가 동의에 가장 굼뜬 편이었다.

"자아, 이제 판도 키웠으니 형씨도 한번 해 보시지. 자리도 마침 하나 비었고."

이윽고 노가 나자 물주를 하게 된 대구 패거리의 중년이 화투목을 섞으며 느긋이 말했다. 그러나 그 눈길은 아주 날카로운 탐색의 눈길이었다.

노름하라고 권하는 것이 아니라 그 말로 명훈의 반응을 살펴보려는 속셈 같았다.

사람이 좀 모자라 뵈는 웃음과 함께 명훈이 엉뚱하게 받았다.

"한번 해 본 소리지, 뭐 아니면 그만이고……. 촌구석에서 땅이나 파는 놈이 무슨 돈이 있어 손금을 봐요? 구경을 하더라도 판이 큰 게 좋고 개평을 얻어먹어도 판이 커야 얻어먹을 게 많으니 한번 해 본 소리지."

그러면서 완전히 무릎을 빼 버렸다. 그때껏 구경만 하고 있던 집안 아저씨가 그런 명훈을 뒤로 끌어내고 끼어 앉으며 핀잔처럼 말했다.

"그러믄 글체. 지가 무슨 노름을 한다꼬 나서기는. 고마 좌라, 내나 한 번 땡기 볼란다."

"아저씨도 참, 돈 없으면 구경도 못 해요? 사람을 막 끌어내고 그러세요?"

명훈이 멋쩍게 물러앉으며 짐짓 서운해하는 말투로 그의 말을 받았다. 그때껏 벽에 물러앉아 말없이 허세만 부리고 있던 상두가 차악 가라앉은 목소리로 친척 아저씨를 불렀다.

"매산 아재."

"엉, 왜?"

막 패를 골라잡던 매산 아재가 상두를 돌아보고 움찔했다. 이상하게 겁을 내는 품이 언젠가 상두에게 된통 당한 적이 있는 모양이었다.

"아재가 그래 돈이 많니껴?"

"아이, 그게 아이라…… 명훈이 지가 하지도 않을 께 자리만 차고 앉았으이."

"그래지 마소. 그러는 게 아이씨더."

상두가 그 한마디를 끝으로 처억 눈을 감았다. 매산 아재가 더욱 허둥대며 우물거렸다.

"내사 그양(그냥)…… 그저 해 본 건데, 알았다. 알았어."

그때 대구 패를 따라온 젊은이의 눈이 번쩍하고 상두를 쏘아보는 걸 명훈은 놓치지 않았다. 그의 경계가 온전히 상두에게로 쏠리고 있는 데 은근히 마음을 놓으면서도 한 번 더 너스레를 쳤다.

"상두, 괜찮아. 나야 뭐, 개평이나 몇 푼 얻어 가자고 온 거니까……."

그리고 그 뒤로도 몇 번인가 어설픈 농담으로 그 젊은 친구의 마음을 풀어 놓았다.

노름판이 제대로 달아오르기 시작한 것은 자정이 가까워서였다.

산판 패가 소문을 듣고 찾아들었을 때 밑천이 털려 가던 황태발이가 섯다판을 제안하고 나섰다.

"우리 마, 사람도 늘었고 하이 두장문이(섯다)로 돌립시다. 까짓 것, 많지도 않은 밑천 확 쫄아 삐리고(조여 보고) 말지 뭐."

이번에도 별로 싫다는 사람이 없어 곧 일곱 명이 둘러앉은 섯다판이 시작되었다. 말이 골방이지 여느 농가의 방보다 작을 게 없는 방이었지만, 그들 일곱에 구경꾼 둘을 합쳐 어른 아홉이 들어앉자, 손바닥만 한 화투판을 빼고는 꽉 들어찬 느낌이었다.

섯다판이 되자 판도 빨리 돌고 판돈도 쉽게 커 갔다. 한 시간도 안 돼 두 사람이 밀려났다. 산판 패 하나와 매산 아재였다.

아직 판이 드러나게 쏠리지 않은 상태에서 밑천이 거덜 난 것이라 마땅히 개평 뜯을 곳을 찾지 못해 우물거리며 버티고 있는 둘에게 대구 패의 양복 차림이 백 원짜리 몇 장을 나눠 주며 명훈과 상두 쪽을 보았다.

"밤도 늦고 한데, 한 판 하실 생각이 아니라면 이만 가 보시는 게 어떻소? 탁배기값은 넉넉히 드리지."

이왕 개평을 주는 김에라는 듯 지나가는 말로 물었으나 내심으로 상두와 명훈이 꽤 걸리적거리는 모양이었다. 명훈이 뭐라고 말하기도 전에 상두 녀석이 깐깐하게 말했다.

"형씨가 딴 것 같지도 않은데."

"끗발이 없으니까, 개평부터 주어 끗발을 돌려 보려는 거 아뇨. 싫음 관두슈."

양복 차림은 별거 아니라는 듯 그러면서 자신의 화투장을 집어 들었으나, 그의 미간에는 어딘가 곤혹의 그늘이 스쳤다.

"야, 상두. 우리도 몇백 원 얻어 가서 술이나 한잔하고 집에 가서 자지."

명훈이 일부러 비굴한 웃음까지 지으며 상두에게 권해 보았다. 남이 듣기에는 몹시 상두의 눈치를 보는 사람 같은 말투였다. 예상대로 상두가 답답하다는 듯 쏘아붙였다.

"형님, 참말로 오늘 왜 이러니껴?"

꼭히 불손함을 보이려는 것은 아니었으나 원체 군은 자세로 말이 없던 끝이라 상두와 명훈의 관계를 잘 모르는 사람들에게는 단순한 불손함 이상의 위압적인 태도로 느껴질 만했다.

명훈이 과장되게 움츠러들어 그런 상두 녀석의 태도를 더욱 위압적인 것으로 느껴지게 했다.

"아, 알았다. 그럼 끝판에 보지 뭐."

그러면서 멋쩍은 표정으로 노름판에 눈길을 돌렸다.

판이 커지면서 더욱 달아오르는 노름꾼들의 열기가 옮은 것인지 구경하는 명훈도 밤이 깊을수록 흥미가 커졌다. 일찍이 목격한 적이 없는, 참으로 묘한 인간의 열정이요 몰입이었다. 간간이 끼어들던 흰소리나 욕지거리도 밤이 깊을수록 줄어들고 특별히 좋거나 나쁜 끗수가 나왔을 때 보여 주던 과장된 몸짓이나 탄성도 갈수록 뜸해졌다. 대신 숨 막힐 듯한 긴장과 일종의 신들림이라 해도 좋을 몰입으로 노름판에는 이따금씩 괴괴한 정적이 찾아들기도 했다. 초저녁 내내 벽에 기대앉은 채 허세만 피우던 상두도 어느새 노름판으로 다가들어 어깨너머로 패를 구경하고 있었다.

또 한 사람 타성바지 노름꾼이 떨어져 나가자 대구 패의 양복 차림이 화투 목을 잡으며 말했다.

"자아, 이제 넷밖에 안 남았으니 도리짓고땡으로 돌아가지요. 역시 노름 맛은 도리짓고땡이란 말이야."

"맞아, 씨팔. 이거 도통 끗발이 나야지."

처음부터 섯다판으로 시작해 내내 별 재미를 못 본 산판 배 사장이 대뜸 찬성하고 나섰다. 말이 좋아 산판이고 배 사장이지 실은 도벌꾼에 지나지 않는 뜨내기였다. 황태발이도 굳이 섯다판을 우기지는 않았다. 그때 밑천이 털리고 일어나려던 타성바지가 부스럭부스럭 괴춤을 만지더니 누런 봉투 하나를 꺼내며 판돈을 수

북이 긁어 모아 놓고 있는 대구 패의 중년 쪽을 보고 말했다.

"이거 논문선데, 잡아 줄 사람 없니껴? 상답(上畓) 서 마지긴데 도둑놈 뒷전에 가도 20만 원은 받아 내니더."

"외지(外地) 사람이 땅 받아 뭐하겠소? 그것도 농지를. 어디 이웃에 가서 구해 오슈."

음침한 얼굴의 중년이 논문서는 거들떠보지도 않고 화투만 섞으며 심드렁히 말했다.

"누가 땅 팔아먹는다 캤나? 1할 순(선)이자 떼고 20만 원만 빌려 달란 말따. 내일 해 지기 전에는 맞촤(맞추어: 여기서는 '갚다'라는 뜻) 준다 카이."

논문서를 꺼낸 타성바지가 앞뒤 없이 벌컥 성을 내며 좌우를 돌아보았다. 양복 차림이 동행의 중년에게 나지막이 권했다.

"돈 되면 좀 빌려 드리지 그래."

한번 사정을 봐주라는 투였다. 얼굴 음침한 중년도 마지못한 척 인심을 썼다.

"좋시다. 그런데 이래 가지고 끗발 죽는 거 아닌지 몰라."

그렇게 되자 판은 한층 세차게 불붙었다. 땅문서가 나왔다는 사실이 그 임자뿐만 아니라 다른 사람에게도 어떤 위기감을 일으킨 듯했다. 느긋한 것은 대구에서 왔다는 패거리뿐이었다. 일부러 풀어 준 것인지 둘 다 계속 잃어 온 뒤라 어지간히 긁어 들였다 해도 양복 차림은 아직도 본전이 멀어 보이는데 낯색 하나 변하지 않았다.

구경하던 상두 녀석이 찔끔하고 눈짓을 보낸 것은 그렇게 달아오른 판이 한 반 시간쯤 지났을 때였다.

처음 물주를 했던 음침한 얼굴의 중년이 다시 팻목을 받아 쥐는 걸 보고 땅문서를 맡긴 타성바지가 금세 터질 듯한 얼굴로 말했다.

"밤도 얼매 안 남았고요, 판 쫌 키웁시다."

"이만큼 걸면 되겠소?"

음침한 중년이 10만 원 다발 하나를 던지듯 내놓았다. 그러자 타성바지가 주위를 돌아보며 삼엄하게 말했다.

"보소, 내가 잃은 것도 있고 하이, 이번 판은 아도(모든 패에 혼자서 거는 것) 쫌 합시다. 이기문 논문서나 찾아가는 게고, 잃으문 손 털고 일어서는 거지 뭐."

"천 형이 왜 저래 설쳐 쌌노? 안직 날 샐라믄 멀었는데."

황태발이가 그렇게 투덜거렸지만 모두 그 타성바지가 원하는 대로 물러나 주었다. 태연한 척 받아들이고는 있어도 대구서 온 중년의 음침한 얼굴이 잠깐 굳었다가 풀렸다. 상두가 눈짓을 보낸 것은 바로 그때였다. 이제 무슨 수를 쓸 테니까 지켜보라는 암시인 듯해 명훈도 긴장한 눈길로 판을 들여다보았다.

"판이 판이니만치, 화투 목도 갈아야 안 되겠나?"

타성바지가 그렇게 나와 새 화투가 나오고 다시 패가 나누어졌다. 너무도 선선히 응하는 게 아무래도 속임수가 있는 것 같지 않았다.

그런데 물주를 뺀 패가 다 결정된 뒤의 일이었다. 자신의 패를 들여다본 물주가 덥석 남은 화투 목을 집어 타성바지에게로 넘기며 소리쳤다.

"때려!"

그때 상두가 구경하던 사람들의 어깨를 젖히고 손을 내밀어 정지 신호를 하며 소리쳤다.

"잠깐만, 아직 패를 깨지 마소."

"무슨 소리야, 이거?"

"지금 때릴라 카는 게 뭔지 내가 안다꼬. 당신 손장난(속임수)이 있다 이 말이라."

상두도 지지 않고 반말로 받았다.

"뭔데?"

"당신 패, 그거 함 깨 봐. 그럼 내가 저기(저것이) 뭔지 말해 줄 테이께는."

"깨는 거야 저걸 받은 뒤의 일이고 네가 뭔데 판도 끝나기 전에 남의 패를 보자는 거야?"

"뭐시라, 너 이누묵 새끼. 여기가 어디라꼬……."

명훈을 믿기 때문인지 상두가 거침없이 쌍욕으로 나오며 남은 화투 목을 집으려다 억 하는 소리와 함께 주저앉았다. 그때껏 매서운 눈길로 상두를 살피던 대구서 온 젊은 녀석이 아무런 방비 없이 드러난 상두의 허리께에 재빠르게 손을 썼다. 짐작으로는 옆구리 급소를 관수(貫手)로 찌른 듯했다. 명훈이 유도해 온 대로 녀석은 상두에게 선수를 지른 것이었다.

상두가 비명조차 제대로 지르지 못하고 방바닥에 폭삭 주저앉았다. 그걸 보고 그래도 명훈이 불안하다는 듯 녀석이 할끔 돌아보는 순간을 기다려 명훈은 앉은 채 힘껏 정권을 내리질렀다. 녀석의 관자놀이 급소를 겨냥한 무서운 일격이었다.

녀석 역시 상두와 비슷하게 비명조차 제대로 지르지 못하고 폭삭 주저앉았다. 관자놀이 급소를 제대로 맞았다면 적어도 한 십 분은 제정신을 못 차릴 것이었다.

명훈이 벌떡 몸을 일으키며 아직도 자신의 패를 감춰 쥐고 있는 중년에게 소리쳤다.

"자, 펴 봐!"

그러면서 그 곁을 보니 양복 차림이 핼쑥한 얼굴로 명훈과 그 발 앞에 고꾸라진 녀석을 번갈아 살피는 중이었다. 화투 패를 쥔 중년도 원체 얼굴이 검붉어 변화를 알아보기 어려웠으나 겁을 먹기는 마찬가지인 듯했다.

"이거 왜들 이러슈? 나 참…… 아, 그래, 정히 보고 싶다면 보여드리지. 자, 세칠 따라지요."

마침내 얼굴 음침한 중년이 못 이기는 척 자기 패를 펴 보였다. 흑싸리 띠와 홍싸리 열이었다. 그 무렵에서야 겨우 숨결을 고른 상두가 잘라 말했다.

"그렇다면 저거는 팔공산이따."

그 중년이 때리라고 한 화투장을 가리키며 하는 소리였다. 노름판에서 오래 굴러먹어서인지 중년은 안색 한 번 변하지 않았다.

"그거야 맞을 수도 있고 아닐 수도 있지. 어디 한번 때려 봐요."

"자아, 뭐꼬?"

황태발이가 화투 목의 맨 윗장을 들어 힘 있게 내리쳤다. 정말로 공산 광이었다. 상두가 더욱 힘이 났는지 이번에는 이죽거림까지 섞어 타성바지에게 말했다.

"을분이 아부지 패도 뭔지 알아맞차 보까요? 일곱 아이믄 여덟끗일께시더."

타성바지가 금세 얼굴이 시뻘게지며 얼굴 음침한 중년의 먹살을 거머쥐었다. 명훈도 그제야 대강 내막을 짐작했다.

"야!"

명훈이 벌떡 몸을 일으키며 고함을 쳤다. 제대로 기합이 들어갔던지 중년의 먹살을 잡고 있던 타성바지뿐만 아니라 그때껏 뱃심으로 버티던 중년까지 움찔하면서 명훈을 쳐다보았다.

그때 겨우 자세를 가다듬은 대구 패의 젊은 녀석이 무언가 움직이려고 몸을 꿈틀했다. 명훈이 틈을 주지 않고 발을 내뻗었다. 녀석이 재빨리 두 손으로 가슴을 보호했지만 워낙 거세게 들어간 발길질이라 명훈의 발을 받아 안듯 뒤로 넘겨졌다. 그러나 닦은 솜씨는 있어 어느새 명훈의 발목을 두 손으로 감싸 쥔 채였다.

명훈이 슬쩍 몸의 중심을 옮기자 녀석의 가슴이 물컹 밟히며 발목을 감아쥔 녀석의 아귀힘이 느껴지게 약해졌다. 밟힌 곳이 명치 급소여서인 듯했다.

"너 말이야, 뭣 좀 배운 놈 같은데, 더 창피당하지 않으려거든 가만있어."

명훈은 나직히면서도 힘 실린 목소리로 그렇게 얼러 놓고 녀석의 손을 털어 버리듯 가볍게 발을 뺐다. 순간적이어서인지 방 안은 아직도 조금 전 명훈의 고함 소리로 굳어진 그대로였다.

"야, 상두."

"예, 형님."

녀석도 다른 사람들처럼 얼이 빠져 있었던지 명훈이 부르자 잠에서 깨어난 사람처럼 얼떨떨하게 대답했다.

"저 새끼들 돈 거둬."

명훈이 대구서 온 패거리를 가리키며 차갑게 명령했다. 상두가 기다렸다는 듯 방금의 먹살잡이로 어질러진 대구 패의 돈을 거뒀다. 음침한 얼굴의 중년은 아직도 허세로 버티며 어쩌나 보자는 얼굴로 가만히 있었으나 양복 차림이 마른 성질을 못 이긴 듯 날카로운 목소리로 대들었다.

"이거 왜 이래? 화투판 끗발이야 무어든 나올 수 있는 거지, 뭐 증거 있어? 이 양반 손장난하는 거 사진이라도 찍어 뒀어?"

"시꺼러버, 일마!"

상두가 돈을 거두다 말고 그의 얼굴에 주먹을 내질렀다. 생김대로 주먹에는 약골인지 양복 차림의 고개가 홱 젖혔다 제자리로 돌아왔다.

"매산 아재 얼마 잃었소?"

양복 차림이 잠시 말을 잃은 틈을 타 명훈이 조용히 물었다.

"한 5만 원 털렸다."

"바로 대야 합니다. 한 푼이라도 더 가져가면 멀쩡한 놈 특수강도 만들어요. 황씨는?"

"보자. 어이코! 가랑비에 옷 젖는 줄 모른다꼬 한 10만 원 넘는가 베."

"을분이 아버지는?"

"12만 원하고 아까 그 논문서…… 여기 10만 원 남았고."

명훈은 도벌꾼 둘을 빼고는 모두에게 잃은 액수를 물은 뒤 상두에게 말했다.

"모두 내줘."

상두가 명훈에게 무슨 말을 하려고 하다 그만두고 시킨 대로 돈을 갈라 내주었다. 도벌꾼들도 얼마간 잃은 듯하고 양복 차림도 별로 따 보이지 않았는데, 돈은 네 사람이 잃은 액수도 다 내주지 못해 없어졌다.

"이거 순 무법천지군. 내일 아침에 특수강도로 수갑은 누가 차려고 이래?"

음침한 얼굴의 사내가 명훈을 위협적으로 노려보며 꿈쩍 않고 말했다. 명훈이 목소리 한 번 높이지 않고 받았다.

"그건 내일 아침에 알아보기로 하고…… 아고(턱) 돌아가기 전에 아가리 닥치고 있어!"

그러자 얼떨떨해 돈을 받아 쥐고 있던 을분 아버지가 20만 원을 헤아려 그 중년에게 던져 주며 소리쳤다.

"나쁜 놈의 새끼, 어서 논문서 내놔라. 이 순 사기꾼 놈아."

하지만 대구 패거리도 끝까지 조용히 당하고만 있지는 않았다. 양복 차림이 앙탈처럼 덤벼들고 중년이 거들어 상두 녀석의 주먹질 발길질이 방 안을 다시 한 차례 수라장을 만들고야 그들의 저항은 끝났다.

"자, 돌아가시오. 모두 돌아가."

방 안이 다시 조용해진 뒤 명훈은 타이르듯 말했다.

"그래믄 우리는 어예라꼬?"

도벌꾼 둘이 억울한 듯 투덜거리다가 명훈이 매섭게 노려보자 찔끔하며 입을 다물었다.

"보자 ― 까딱하믄 사기당했을 뻔한 돈 찾았는데 그양 갈 수 있나? 이거 얼매 안 되지만 개평이라."

황태발이가 꾸무럭거리며 일어나다 백 원짜리 한 줌을 상두 앞에 놓았다. 그러자 가장 큰 덕을 본 타성바지가 제법 만 원은 될 듯한 돈을 헤어 그 위에 얹었고, 매산 아재도 몇 푼을 보탰다.

"안 돼요. 사람 잡으려면 무슨 짓을 못 해? 그냥 가지고들 가쇼."

명훈이 차갑게 거절했다. 무심코 그 돈을 거두려던 상두가 알 수 없다는 표정으로 빈손을 거두었다. 아닌 게 아니라 명훈에게도 그 돈은 적지 않은 유혹이었다.

하지만 정말로 큰 유혹은 그다음에 있었다. 명훈이 쫓아내듯

노름패를 흩은 뒤 상두와 함께 그 방을 나오는데 음침한 얼굴의
중년이 느긋한 목소리로 따라 나왔다.

"형씨, 좀 봅시다아."

"……?"

명훈이 사립문을 나서다 말고 뒤를 돌아보았다. 신발을 찌익찌
익 끌며 뒤따라 나온 그 중년이 마치 아무 일도 없었던 것처럼 멀
쩡한 목소리로 말했다.

"여기 판은 이미 글렀고…… 하지만 형씨, 우리 내일 수비(首比)
로 들어가는데 같이 안 가 보겠소?"

수비라면 군 내에서 연초 수납 대금을 가장 많이 받는 산골 마
을이었다. 노름도 심해 한겨울에 한 번쯤은 여러 집 논밭 날리는
큰 판이 벌어진다는 곳인데, 그들도 그걸 알고 온 듯했다.

"우선 5만 원 드리지. 그리고 한 판 무사히 긁어 나오게 되
면 5만 원 더 드리리다. 여기서는 그만한 돈벌이도 흔치 않을 텐
데……."

떨쳐 버리기 힘들 만큼 진득한 유혹이었다. 그때 명훈을 그 유
혹에서 지켜 준 것이 아직은 꺼지지 않은 대지의 꿈이었다.

"야, 그래도 정신 못 차렸어? 당장 꺼져. 내일 아침에 다시 내 눈
에 띄면 골통을 바숴 놓을 거야!"

해 질 무렵

구식 건물이라 채광이 잘 안 되는 데다 벽의 낙서와 얼룩으로 우중충하기 그지없는 복도를 지나 뒤틀린 현관문을 나오자 갑자기 밝은 햇살이 눈부셨다. 미용 학원 아래층의 상가들은 벌써 크리스마스 분위기였다. 가게마다 은박지 금박지로 번쩍거리는 장식들이 늘어뜨려지고 길 건너 레코드점에서는 「징글벨」이 신나게 울려 퍼지고 있었다.

영희는 갑자기 볼을 조여 오는 매운 바람 끝을 막으려고 얼굴이 반이나 묻히도록 머플러를 목에 둘렀다. 고데 실습을 하느라 두 군데나 난로를 피워 놓은 실내에서는 그냥 어깨에 걸치고만 있던 머플러였다.

'이제껏 해 온 고생의 반만 더하면 끝이다. 한 달만 더 버티면 나

는 어엿한 미용사가 되는 거야.'

영희는 습관처럼 수강 날짜를 손꼽아 보며 속으로 그렇게 중얼거렸다. 미용사가 되는 것이 가슴 설레는 기다림이라기보단 바로 무슨 속 시원한 앙갚음이라도 되는 듯한 기분에서였다.

돌내골에서 새벽길을 걸어 나온 지 두 달 남짓, 생각하면 참으로 숨 가쁜 나날이었다. 처음 서울역에 내릴 때만 해도 영희는 언제나처럼 이 도시에 사는 아는 사람들부터 떠올렸다. 모니카, 창현, 이모, 전에 있던 다방의 마담 아줌마며 이런저런 인연으로 아는 사람들이 한결같이 애타게 자신을 기다리고 있다는 착각마저 들었다.

하지만 서울역에 내려 채 삼 분도 되기 전에 영희의 그런 감상적이면서도 낙관적인 기대는 산산이 깨어지고 말았다.

"아가씨, 어디서 오는 거야? 아홉 시 반, 중앙선에서 내린 거 맞지?"

말쑥하게 차려입었으나 어딘가 음침한 느낌을 주는 눈길의 중년이 출찰구를 나서는 영희에게 따라붙으며 물었다. 이른바 빠리꾼(인신매매단 유인책)이었다. 벌써 세 번째로 그런 형태의 상경을 하는 셈이 되는 영희는 직감적으로 그를 알아보았다.

"잘 아시네요. 잘 아시면서 왜 물으세요?"

영희는 되도록이면 목소리를 차갑게 해서 빤히 쳐다보며 되물었다. 어휘도 억양도 흠잡힐 데 없다고 믿어 온 서울말이었다. 그런데 영희의 어디에 돌내골의 흙 내음이 묻어 있었던 것일까. 영희의 자신과는 달리 사내는 쉽게 물러서지 않았다.

"영주? 문경? 영주 같은데. 혹시 취직 자리 구하러 온 거 아냐?"

"미안해요, 아저씨. 저희 집은 서울이에요. 다른 데 가서 알아 보세요."

영희는 한층 매몰차게 말했다. 그래도 사내는 미련을 버리지 못했다.

"에이, 아닌데…… 그러지 말고 내 말 한번 들어 봐. 우리 어디 조용한 데 가서 얘기 좀 할까?"

아마도 생김이나 차림에서 어떤 확신을 느끼고 있는 듯했다. 그렇게 조심한다고 했지만 가을걷이에 몇 번 따라나선 것 때문에 얼굴이 좀 그을었을 것이다. 옷도 집으로 돌아갈 때 입은 늦은 봄옷이라 지금 같은 늦가을에는 어울리지 않을지도 모른다. 거기다가 가방도 시골 나들이를 하고 돌아오는 아가씨의 가방치고는 너무 크고 낡아서 그럴 테지 —. 영희는 나름으로 그렇게 분석하고 보다 강하게 거부의 뜻을 나타냈다.

"이 아저씨가 정말 왜 이래? 내가 뭣 때메 아저씨하고 조용한 델 가요? 그딴 소린 헛바람 나 집 나온 촌년들한테나 해 보세요."

그제야 사내도 단념했다. 마지막 남은 미련으로 한 번 더 영희를 쓸어 보더니 조금도 무안당한 기색 없이 돌아서서 가 버렸다.

영희는 가만히 안도의 한숨을 내쉬었으나 한편으로는 정신이 번쩍 드는 기분이었다. 돌내골에서 몇 달 열병처럼 그리워하는 동안에 덧입힌 서울의 환상은 그 중년 사내가 일깨워 준 현실의 비정함으로 여지없이 지워져 버렸다.

하지만 유혹의 손길은 그걸로 그치지 않았다. 그 중년 사내 때문에 새삼 갈 곳이 막막해진 영희가 역 광장의 벤치 위에 가방을 내려놓고 잠시 생각을 가다듬고 있을 때였다. 진한 향수 냄새와 함께 누군가 다가와 말을 걸었다.

"저어 아가씨, 한 말씀 드려도 될까요?"

목소리가 젊고 부드러웠다. 영희가 저만의 생각에서 깨어나 힐끗 돌아보니 양복 윗주머니에 선글라스를 꽂은 청년이 뭔가를 살피는 눈길로 영희를 바라보고 있었다. 가로등과 네온사인이 반사돼 번쩍일 정도로 포마드를 발라 빗어 넘긴 머리며 색깔 있는 와이셔츠와 화려한 넥타이가 눈에 거슬리는 대로 단정한 정장 차림이었다. 영희는 이번에도 한눈에 그를 알아본 기분이었으나, 왠지 창현을 연상시키는 데가 있어 처음부터 모질게 대할 수가 없었다.

"무슨 말씀인데요?"

"혹시 마중 나오게 되어 있는 분이 안 나오신 거 아닙니까?"

영희의 태도가 매몰차지 않아서인지 그가 한결 은근하게 다가오는 목소리로 물었다. 나이는 적지만 조금 전의 그 남자보다 훨씬 더 고단수인지 모르겠구나 ─. 영희는 그렇게 짐작하면서도 굳이 목소리를 차게 하지는 않았다.

"아녜요. 마중 나오기로 한 사람 없어요. 근데 왜 물으시죠?"

"왠지, 외로워 보여서요. 마땅히 갈 곳이 없는 분 같기도 하고
……."

청년이 그렇게 말하면서 무엇이 거북한지 오른손으로 넥타이를 매만졌다. 아무도 없는 도시에 다시 홀로 던져졌다는 데서 온 외로움 탓일까, 영희는 그의 정체를 뻔히 짐작하면서도 이상한 감동을 느꼈다. 자칫 그의 말에 수긍할 뻔한 자신을 단속하며 적당한 답을 찾고 있는데, 그가 갑자기 목소리를 차악 깔며 덧붙였다.

"실은 저 윗동네에서 하숙하고 있습니다. 직장은 남대문 쪽이고요. 저녁 먹고 바람이나 쐬려고 나왔다가 아가씨를 보고……"

그가 가리키는 곳은 남영동 쪽의 주택가였다.

'저를 착실한 직장인으로 봐 달라는 거겠지. 하지만 아무래도 아닌걸.'

"그래서요?"

영희가 비로소 목소리를 차게 해서 물었다. 그런데도 청년은 영희의 어디에서 빈틈을 본 것인지 양해도 구하지 않고 벤치 옆자리에 털썩 앉으며 제법 애틋하게 들리는 한숨과 함께 말했다.

"실은 저도 외로운 놈입니다. 여긴 사람이 많이 모이는 곳이니까 혹시나 누굴 만날까 하고 우정(일부러) 나와 본 거죠. 솔직히 말하자면 꿈속에서라도 만나 보고 싶은 애인 같은 거 말입니다. 그런데 아가씨가 서 계신 모습이 하도 외롭고 막막해 보이길래……"

거기서 영희는 다시 한 번 그의 말솜씨에 넘어갈 뻔했다. 그 말투가 연상시키는 창현의 모습 때문이었다. 하지만 그렇다고 그대로 말려들 만큼 영희의 경계심이 느슨해져 있었던 것은 아니었다.

"그렇다면 잘못 보셨어요. 저희 집은 서울이고 택시로 잠깐이면 가요. 시골 외갓집에 갔다가 열차가 만원이라 부대끼는 바람에…… 여기서 잠시 쉬었다 가려 한 것뿐이에요."

영희는 더욱 싸늘해진 목소리로 받았지만 말이 필요 이상 길어지는 것만은 어쩔 수 없었다.

"그렇다면 저기 다방에 가서 차나 한잔하고 가시죠. 제가 택시로 고히 모셔 드리겠습니다."

무슨 말이든 다 믿어 주겠다는 듯한 표정이 아주 잠깐이지만 영희의 마음을 흔들리게 했다. 말투 역시 정중하면서도 간절한 데가 있어 막가는 빠리꾼으로 단정하기에는 좀 망설여지는 데가 있었다. 그러나 영희는 자신의 직감에 충실했다.

"아네요. 전 이제 가 봐야겠어요. 밤이 늦었어요."

그렇게 말하고는 벤치에 놓아 둔 가방을 집어 들었다. 그러자 청년은 손을 뻗어 가방끈을 잡으며 한층 더 다가드는 목소리로 말했다.

"아직 열 시도 안 됐는데…… 그러지 마시고 차나 한잔합시다아. 이것도 인연 아닙니까아."

그러자 무디어져 있던 영희의 경계심에 있는 대로 날이 섰다. 영희는 세차게 가방끈을 잡아당기며 목소리를 높였다.

"안 돼요. 이거 놓으세요. 왜 이러세요?"

청년이 뜻밖에도 단단히 가방끈을 잡고 있어 그때까지만 해도 은근하던 그들의 대화는 갑자기 작은 실랑이로 변했다. 그때 누군가가 그들 곁으로 다가와 한마디 던졌다.

"형님, 무슨 일이슈?"

영희가 움찔하며 돌아보니 차림부터 불량기가 뚝뚝 듣는 녀석이 껌을 쩍쩍 씹으며 영희를 아래위로 훑어보고 있었다. 스물이나 되었을까, 얼굴에는 게 바가지를 덮어쓴 듯 여드름이 충충 돋은 상고머리였다. 그가 끼어들자 영희의 가방끈을 잡고 있던 청년의 태도가 돌변했다.

"이게 말이야, 틀림없이 집구석 뛰쳐 나온 촌닭인데 내숭 떨고 있잖아? 뽕에서도 슬슬 썩은 냄새가 나는 년이 말이야."

그렇게 받는 청년의 말투는 이 사람이 바로 조금 전 그 사람일까 싶을 정도로 야비하면서도 음험했다.

"그러게 내 뭐랬수? 노가리(입심)로 될 게 있고 안 될 게 있지. 어쩌실 겁니까? 애들 부를까요?"

게 바가지가 그러면서 슬쩍 손을 들어 대합실 쪽으로 신호를 보냈다. 영희가 얼결에 눈길을 주니 거기도 비슷한 녀석들이 서넛 어슬렁거리고 있었다. 그때 가방끈을 세차게 채어 영희의 주의를 자신에게로 돌린 청년이 이제 더 감추고 자시고 할 것도 없다는 듯 이까지 드러내 보이며 위협조로 말했다.

"이봐, 촌닭. 어쩔래? 좋은 말로 할 때 따라올래? 쟤들한테 터지며 끌려가 돌림빵 당하고 정신 차릴래?"

아마 상대가 정말로 순진한 시골 아가씨였다면 그런 위협의 심각성을 알아차리지 못했을 것이다. 하지만 지난 몇 년 이미 서울의 밑바닥 삶을 몸으로 겪은 영희는 그의 말을 너무도 잘 알아들었다. 얼핏 생각하기에는 고함치고 악을 쓰면 피할 수 있을 것 같지만 열에 아홉은 틀린 일이었다. 설령 말려 보려고 덤비는 순진한 사람들이 있다 해도 가출한 누이동생이다, 도망친 마누라다, 따위로 둘러대며 그들이 험악하게 눈 한번 흘기면 모든 게 끝이라는 걸 영희는 진작에 들은 적이 있었다.

다급해진 영희는 차라리 가방을 포기하고 다른 녀석들이 합세하기 전에 그대로 달아날까 마음먹었다. 하지만 안 될 일이었다. 옷가지며 자질구레한 소지품들도 쉽게 포기할 수 없었지만 무엇보다도 오빠에게서 받은 돈 만 원이 고스란히 그 안에 들어 있었다.

'이걸 어쩌나.' 영희는 자꾸 아득해지는 기분을 다잡으며 머리를 짜 보았다.

순간 무슨 섬광처럼 머릿속에 떠오르는 게 있었다. 여자답지 않게 타고난 뱃심과 지난 몇 년의 고생스러운 서울살이에서 길러진 강단이 아니었으면 실행하기 어려운 묘안이었다.

"이거 쌍, 증말(정말)…… 아니 오빠들, 왜 이래?"

가만히 가방끈을 놓은 영희가 한 손을 가볍게 허리께에 얹으며 목소리를 깔았다. 가방끈의 다른 한쪽을 힘주어 잡고 있다가 영희가 갑자기 자신이 잡고 있는 쪽을 놓아 버리는 바람에 가볍게 엉덩방아를 찧으며 벤치에 앉게 된 청년이 멍한 눈길로 그런 영희를 올려보았다. 여차하면 영희에게 덮칠 자세를 취하고 있던 게 바가지 녀석도 멈칫하며 영희를 바라보았다.

"이젠 한 식구도 못 알아봐? 그 눈 가지고 장사 어떻게 해먹어?"

"뭐야, 이게? 누가 한 식구고, 장사는…… 또 뭐가 장사야?"

정장 청년이 헷갈린다는 표정을 감추지 못하며 그렇게 더듬거렸다.

"이봐요, 똑똑히 들어. 나 바로 저기서 영업하고 있어. 보여? 조기, 바로 조오기 말이야."

영희는 남은 한 손을 들어 길 건너 양동 사창가 쪽을 가리켰다. 그리고 한층 앙칼진 목소리로 덧붙였다.

"나 하마(벌써) 5년 전에 오빠들에게 끌려가 걸레가 돼도 한참 걸레가 된 몸이야. 그런데 지금 또 날 끌고 가 어쩌겠다는 거야? 날 빼돌렸다고 우리 주인아저씨에게 칼침 맞고 싶어?"

그러자 둘은 그 갑작스러운 반전에 조금 얼이 빠진 듯 서로 멀거니 쳐다보고만 있었다. 영희가 더 시간을 주지 않고 잽싸게 마무리를 했다.

"엄마가 죽었다고 하길래 시골 내려갔다가 오는 길이야. 그것도 한 달 뒤에야 소식 듣고선. 이젠 증말 갈 데 없는 몸이 돼 돌아오기는 했지만 이 밤부터 당장 가랑이 벌리고 손님 받을 생각하니 끔찍해 여기서 잠시 뭉그적거린 거뿐이야. 이제 알겠어? 알았으면 이거 놔!"

그러면서 영희는 벤치에 놓인 가방을 집어 들어 세차게 당겼다. 아직도 가방끈을 쥐고 있던 청년이 거짓말같이 스르르 놓아 주었다. 게 바가지도 무엇 때문인지 굳어 있는 듯 움직임이 없었다.

영희는 그런 그들을 무시하고 천천히 역 광장을 걸어 나갔다.

역 광장을 다 벗어날 때까지도 그들이 다시 정신을 수습해 뒤따라올까 가슴이 조마조마했으나 쓸데없는 걱정이었다.

영희가 광장 끄트머리 버스 정류장에 이르렀을 때 마침 출발하는 시내버스 한 대가 있었다. 영희는 노선을 알아보지도 않고 달려가 버스에 올랐다. 그녀를 안으로 밀어 넣은 여차장이 탕탕 소리 나게 버스 몸체를 두드릴 때에야 영희는 비로소 안도하는 숨을 길게 내쉬었다.

뒷날 돌이켜 보기에는 섬뜩한 일이었지만 그날 서울역 광장에서 빠리꾼들에게 그렇게 시달린 일은, 그러나 영희에게 반드시 해롭지만은 않았다. 돌내골에 있을 때 오빠 명훈이나 어머니에게 장담한 것과는 달리 서울에서 자신의 삶을 새롭게 개척하려는 영희의 의지는 원래 그리 확고한 것이 못 되었다. 어쩌면 내심으로는 힘이 될 만한 아는 사람을 찾아가, 그들에게 기대 적당히 서울에서의 날들을 즐길 생각이었다는 편이 더 옳을는지도 모른다. 그런데 상경 첫머리에 겪은 그 뜻밖의 일이 오히려 돌내골에서보다 더 냉정하고 건실하게 영희의 앞날을 설계하게 만들어 주었다.

'맞아. 이게 오빠나 어머니가 걱정한 서울의 참모습일는지도 모른다. 저들이 나를 끌고 가려고 하는 곳도, 내가 정말로 힘들여 맞서지 않으면 결국은 빠져들게 되어 있는 운명의 수렁일는지 모른다. 그렇게 되어서는 안 된다.

생각해 보면 지금까지의 내 계획은 너무도 안일한 것이었다. 무엇이든 지난날 알던 사람과 연관되어 있었고, 때로는 은근히 그들에게 의지하려고까지 했다. 하지만 이제 다시 그들을 찾아간다는 것은 그만큼 지난날의 나로 돌아갈 위험이 크다는 뜻도 된다. 그리고 지난날의 나로 돌아간다는 것은 바로 얼마 전 빠리꾼들이 나를 끌고 가려 한 그곳으로 이어지는 길이 될 수도 있다. 그래, 온전히 혼자 힘으로 새롭게 시작하는 거다. 아무도 모르는 곳에서 건강하고 성실한 삶을 꾸려 보자. 어머니의 저주에서 벗어나기 위해서도, 나에 대한 저주와도 같은 그 여자의 예측을 빗나가게 하기 위해서도 과거와 같은 날들이 되풀이되어서는 안 된다. 그 악귀 같은 방식이 아니더라도 사람은 얼마든지 성실하고 건강하게 살 수 있다는 걸 보여 주자.'

그날 무턱대고 버스에 올라 서울역 주변에서 벗어난 영희는 서대문 근처의 허름한 식당에서 늦은 저녁을 먹으면서 그렇게 마음을 다졌다. 스스로를 위해서라기보다는 어머니를 향한 원한 쪽에 더 깊이 뿌리한 것이었지만 어쨌든 영희의 삶을 통틀어 몇 번 안 되는 진지하고도 차분한 결의 중의 하나였다. 그리고 그 추상적인 결의를 바탕으로 구체적인 설계들이 이어졌다.

무엇보다도 도회적인 기술을 익혀 떳떳한 직업을 가질 것. 그때까지는 전에 알던 사람들을 되도록이면 만나지 말 것. 직업을 가진 뒤에는 최선을 다해 그 분야에서 첫째가 될 것이며, 반드시 사람들이 성공이라고 부르는 차원까지 자신을 끌어올릴 것 — 그렇게 되뇌고 보니 돌내골에서는 그보다 훨씬 다급하고 절실하게 여겨졌던 창현의 일조차도 뒤로 미루어졌다. 어쩌면 그때는 이미 확신으로 굳어 가고 있는 배신의 예감이 그 최종적인 확인을 두려워하고 있었는지도 모를 일이었다.

하지만 그 장한 출발에도 불구하고 모든 게 마음먹은 대로는 되지 않았다. 우선 배울 기술을 고르는 일부터가 그랬다. 사회 전반이 산업화를 지향하고 있다고는 해도 1960년대 초반에 젊은 여자가 짧은 기간 익혀 삶을 해결할 수 있는 기술이란 그리 많지 않았다. 양재·미용·편물·주산·부기·타이핑 학원 들은 다양하게 열려 있었지만, 이미 하급 사무직의 고단한 처지를 경험한 영희에게는 처음부터 양재와 미용·편물뿐인 거나 마찬가지였다.

영희는 여러 날 이 학원 저 학원 기웃거린 끝에 미용 학원으로 결정했다. 양재와 편물이 자신 없었던 것은 바느질 솜씨가 좋은 어머니에게서 신물이 나도록 들은 '뚝손'이란 말 때문이었을 것이다. 차라리 아예 해 보지 않은 일을 고르다 보니 돌내골에서 불쑥 해 본 소리에 지나지 않은 미장원이 결국은 미래의 일터가 되고 말았다.

학원을 선택하고 난 다음의 어려움은 돈이었다. 견디기 힘들 만큼 피나는 절약으로 버틴다 해도 돌내골에서 가져온 돈 만 원으로는 터무니없이 모자랐다. 3개월 속성 과정을 마치는데 학원에 내야 할 돈만 해도 7천 원이 넘어 남은 2천 몇백 원으로 석 달을 버텨야 했기 때문이었다.

다행히 영희가 등록한 미용 학원에는 기숙사가 있었다. 그러나 학원 선전 포스터의 '기숙사 완비'라는 거창한 문구와는 달리 기숙사란 건 겨우 학원 건물 옥상에 얽은 함바 같은 가건물이었다. 그 안에 여름에는 찌고 겨울에는 얼어붙는 허술한 방이 둘 있었는데, 인원 제한이 없어 기숙생이 많을 때는 모로 누워 칼잠을 자야 했다. 거기 딸린 식당이란 것도 집기부터 식단에 이르기까지 서울역 앞 지게꾼들 상대의 포장집보다 더 형편없었다.

그래도 영희는 비싼 하숙을 구하거나 따로 목돈 들여 방을 얻지 않아도 되는 걸 다행으로 여기며 기숙을 신청했다. 어차피 가진 돈만으로는 그 석 달을 견뎌 내지 못하겠지만, 그건 또 그때 가서 볼 일이었다. 그런데 다시 문제가 생겼다. 기숙사에 들기 위해서는 석 달 치 학원비를 완불해야 된다는 조건 때문이었다. 게다가 개인용 실습 기기와 재료비 따위가 더 있어 그걸 다 물고 보니돈은 한 달도 안 돼 깨끗이 바닥나고 말았다.

영희가 자신이 세운 원칙을 깨고 이모를 찾아가게 된 것은 바로그런 사정 때문이었다. 군사혁명 뒤로 눈에 보이게 살이가 펴진 이모네는 돌내골에서 막연히 상경을 꿈꿀 때부터 필요하면 한 번쯤은 기댈 만한 곳으로 마음에 두어 온 집이었다.

영희가 물어 물어 찾아간 이모네는 동네부터가 옛날과는 달랐다. 하급 장교로 전방을 돌 때는 물론 영관급(領官級)이 되어 서울로 들어온 뒤에도 언제나 변두리 동네를 돌던 이모네였다. 혁명 후좀 살이가 나아져 바꾼 집도 이문동 끄트머리였는데, 이제는 성북동에서도 기품 있는 주택가였다.

집도 달랐다. 언덕바지의 한옥이지만 규모와 격식을 갖춰 돌내골의 고가들을 연상시키는 데가 있었다. 이모부의 처가에 대한 열등감과 이모의 친정집에 대한 향수가 어우러져 이루어진 선택 같았다.

가구들도 거의가 낯설 만큼 크고 번쩍거리는 것들로 채워져 있었다. 특히 안방에 있는 열두 자 자개농은 이모가 마음먹고 들인 것 같은 진품이었다. 혁명이 뭐고 정치가 뭔지 모르지만 영희에게는 그 변화가 무슨 신기한 요술 같았다.

"이게 누구야? 영희 아냐? 네가 이렇게 불쑥 웬일이냐?"

나이 지긋한 식모가 열어 주는 대문을 들어서자 마루에서 무언가를 쓸고 닦고 하던 이모가 당장은 반갑게 맞아 주었다. 그러나 마주 앉아 이리저리 뜯어보는 눈길에는 전에 없이 영희를 살피는 듯한 느낌이 있었다.

"그래, 어디서 왔어? 아니, 고향으로 간다고 했지. 돌내골인가, 그래, 돌내골. 거기서 온 거야?"

"네, 하지만 한참 됐어요."

"한참 됐다고? 그게 얼만데?"

"한 달쯤요."

"그럼 언니하고 명훈이는? 같이 온 거야? 아직 거기 돌내골에 있어?"

"돌내골에 계세요. 아마 서울로 올라오지는 않을 거예요."

"거긴 어때? 그때 명훈이 말 들으니 개간인가 뭔가 한다고 했는데, 개간은 잘됐어? 이젠 살 만해졌어?"

"개간은 마쳤어요. 2만 평쯤 돼요. 하지만 아직 밭이라고 할 수는 없어요. 그냥 야산을 벗겨 놓은 정도예요."

"그래도 명훈이 개 장하다. 나이도 많지 않은 게 맨손으로……. 언니는 건강해? 그리고 살기는 어떻게 살아?"

이모가 그렇게 묻는 바람에 영희는 한동안 마음에도 없는 돌내골 얘기를 늘어놓지 않을 수 없었다. 되도록이면 사실대로 말하려고 애를 썼으나 일부는 자신에게 유리하게 바꿔 말하지 않을 수 없었다. 동기간의 정 때문에 잠시 안 보이던 탐색의 눈길이 이모에게서 되살아난 것은 돌내골 얘기가 거의 끝나 갈 무렵이었다.

"그런데, 넌 어떻게 왔어? 너 혼자 이렇게 서울로 올라온 거야? 절대로 그렇게 보낼 언니가 아닌데."

"실은 어머니보다는 오빠가 우겨 보내 줬어요. 거기서 제가 뭐할 수 있는 게 있어야죠. 더구나 그 땅 수입으로는 아이들 학교고 뭐고 다 틀렸고. 그래서 오빠와 상의해서 따로 서울에 근거를 마련해 보려고요."

"근거? 다 큰 처녀가 객지에 홀로 나와 어떻게?"

"지금 미용 학원에 나가고 있어요. 기술 다 배우면 미용사로 취직해 솜씨를 더 익힌 뒤에 개간지를 일부 팔아 미장원이라도 차리려고요. 그래야 애들 학교도 시키고 오빠하고 어머니 고생도 덜 거 아니에요."

"그래도 어째 좀……. 정말 언니가 동의한 거야?"

어머니와 영희의 관계뿐만 아니라 영희의 가출 전력을 비교적 잘 알고 있는 이모가 고개를 갸웃거리며 드러내 놓고 영희를 뜯어보기 시작했다. 영희는 은근히 켕기는 데가 있었으나 애써 내색하지 않고 말했다.

"저도 이제는 옛날의 철부지가 아녜요. 어머니가 걱정은 좀 하셨지만 이건 어디까지나 셋이서 이마를 맞대고 의논한 끝에 결정한 거라고요."

그리고 영희는 학원 수강증과 그럴 때에 대비해 싸 온 개인용 실습 기구들을 펼쳤다.

"이건 3개월 속성 과정 완불한 수강증이고요, 이건 제가 요즘 배우고 있는 고데기예요. 머리 좀 올려 드려요?"

"아니, 됐다. 아침부터 고데는 무슨……. 그런데 오늘은 웬일로?"

이모는 이상한 조바심 같은 것까지 내비치며 본론을 서둘렀다. 영희도 길게 끌 것 없다 싶어 바로 말했다.

"실은 돈이 좀 모자라서요. 남의 신세 지지 않으려고 집에서 있는 힘대로 긁어 왔지만 아무래도 학원 끝날 때까지 버티기가 어려워서요. 싼 기숙사에 있는데도 벌써 돈이 다 떨어져서……."

그때 식모가 차를 끓여 내왔다. 가정집에서는 마시기 힘든 커피였다. 벌써 사모님 행세에 익숙해진 이모가 턱짓으로 찻잔 놓을 곳을 일러 준 뒤 말했다.

"너희 이모부 항상 겉보기야 번지르르하지만 실속이란 건 모르는 사람 아니냐? 혁명 주체 세력이니 어쩌니 하며 허풍을 떨고 다녀도 사는 건 꼴 난 공무원 봉급이 전부다. 거기다가 빚내 집 늘이고 세간까지 새로 들였으니…… 그래 얼마나 있으면 되겠니?"

궁상을 떨기는 해도 이모의 표정에는 어딘가 안도하는 기색이 있었다. 나중에 한 짐작이지만 적어도 영희가 귀찮은 더부살이를 온 게 아니라는 점이 그녀를 우선 안심시킨 듯했다. 영희가 좀 망설이다가 큰 맘 먹고 말했다.

"한 5천 원은 있어야 시다바리(보조)로라도 취직할 때까지 버틸 수 있을 것 같아요. 좀 빌려 주세요. 취직하면 꼭 갚을게요."

"5천 원씩이나 — 갚고 안 갚고는 다음 문제고, 어쨌든 월급쟁이 집인데 당장 그만한 돈이 어딨어? 그게 어디 애 이름이야?"

이모는 놀라는 척하고 있었지만 영희는 이모가 어렵잖게 내놓을 수 있는 액수임을 알아차릴 수 있었다. 다만 이모가 겁내는 것은 그게 시작이 돼 영희에게 계속해 시달릴 일인 듯했다. 영희는 서둘러 그 걱정을 덜어 주었다.

"실은 거리에서 구걸을 해도 남에게 폐 끼치지 않으려고 맹서하고 올라왔어요. 기숙사란 곳도 한 끼 10원짜리 밥에 바로 눕지도 못하고 칼잠을 자야 하는 곳이지만 여태껏 누구 하나 아는 사람 찾아다녀 본 적 없어요. 지금 한꺼번에 5천 원을 말한 것도 두 번 다시 손 벌리지 않으려고 그런 거예요. 여유가 없으시면 어디 빌려서라도 좀 구해 주세요. 더도 말고 1년 뒤에는 꼭 갚아 드릴게요."

그때까지만 해도 영희는 진심으로 말하고 있었다. 이모가 원래

정에 약한 사람이어서 그런지, 영희의 진심이 통했는지 곧 측은해하는 기색을 감추지 못하고 말했다.

"알았다. 내 한번 구해 보지. 어린게 집 나와 고생한다."

그러고는 몸을 일으키더니 바깥을 향해 소리쳤다.

"아주머니, 애 점심 좀 차려 줘요. 내 나갔다 올 테니."

이모는 별로 외출 채비를 하는 법도 없이 핸드백만 달랑 들고 집을 나갔다. 한참 뒤에 돌아온 이모는 이른 점심을 먹고 있는 영희에게 5천 원이 든 돈 봉투를 내밀었다.

"네 결심을 믿는다만 아껴 써라. 이웃에 사는 동창한테 빌려 왔다. 돈 갚는 일은 너무 마음 쓰지 마라. 우리 형편이 풀리면 조금씩 어떻게 해 보마."

그렇게 빌린 돈으로 당면한 곤궁이 풀리자 옛 사람들은 모든 게 자신의 뜻대로 이루어진 뒤에야 만난다는 영희의 원칙은 다시 굳건하게 되살아났다. 모니카도 보고 싶고 창현의 뒷일도 궁금하기 그지없었지만 영희는 꾹 참았다. 모든 것은 건강하고 성실한 삶을 회복한 뒤, 그러니까 최소한 정식 미용사가 된 뒤로 미루어졌다.

그런데 그날은 뭔가 좀 이상했다. 여느 때 같으면 나이 어린 시골 계집애들과 넷이서 한 방에 복작거리게 되든 말든 곧바로 기숙사로 돌아갔을 터이지만 영희는 왠지 그러고 싶지가 않았다. 크리스마스를 앞둔 세모(歲暮)의 들뜬 분위기거나 잎 진 가로수의 앙상한 가지, 또는 아직도 거리 구석구석을 바람에 쏠려 다니는 낙엽 따위가 굳어 있던 영희의 감성을 건드려 낸 것인지도 몰랐다.

영희는 기숙사가 있는 산비탈 동네로 접어드는 길을 두고 용산 쪽으로 빠지는 번화한 거리를 따라 걸음을 옮기기 시작했다. 모질게 스스로를 다잡아 대고는 있어도 어쨌든 영희는 스물둘의 젊은 여자였다.

하지만 그런 종류의 감상은 길게 영희를 잡아 둘 수 있는 것이 못 되었다. 목적 없이, 그저 막연한 쓸쓸함과 그리움으로 걸은 지 몇 분 되기도 전에 영희의 귓전을 파고드는 현실의 소리가 있었다.

"오늘 국회에서는 제5대 대통령 취임식과 제6대 국회 개원식이 시작되었습니다. 이로써 5·16 그날로부터 꼭 9백 4십 6일 만에 헌정으로 복귀하게 된 것입니다. 하오 두 시 박정희 대통령은 중앙청 앞 광장에서 취임식을 갖고 국헌 준수와 국가 보위, 그리고 국민의 자유와 복리 증진에 노력하며 대통령으로서의 직책을 성실히 수행할 것을 선서했습니다. 미국을 비롯한 자유 우방으로부터 온 89명의 경축 사절들도 이 취임식에 참석해 제3공화국의 발족을 뜻깊은 눈길로 바라보았습니다. 그러면 먼저 박정희 대통령의 선서부터 직접 들어 보기로 하겠습니다……."

길가 전파상의 앰프에서 흘러나오는 아나운서의 목소리였다. 이어 그 몇 년 동안에 귀에 설지 않게 된 목소리가 들려왔다. "나는 국헌을 준수하고, 국가를 보위하며……."

영희는 그 목소리를 듣자 오래 잊고 있었던 악몽을 되새기는 기분으로 그 목소리의 주인과 관계된 다른 목소리를 떠올렸다.

"야야, 이번 선거, 허뿌(혹시라도) 딴생각 마래이. 우리는 박정희 그 사람을 밀어야 된데이. 그 사람 내 알 듯하다꼬. 아이, 그 사람 집안을 내가 좀 안다꼬. 그 사람 연좌제 폐지한다는 공약 내건 거 그거 다 맺힌 게 있어 하는 소리라. 윤보선이 지 아무리 캐 싸도 지는 한민당 찌끄래기라꼬. 싱갱이(승냥이) 꼬리 3년 묻어 둔다꼬 개꼬리 되나? 참말로 무서븐 거는 그 한민당이 경찰 끼고 사람 잡는 기다. 6·25 사변 때도 군인은 갠찮았데이. 참말로 악질은 경찰이었디라. 우리 매이(우리 같은 것) 이왕 이남에 살 바에사 차라리 군인이 정치하는 게 열 배 낫제. 그러이, 니 허뿌 민주니 뭐니 하는 소리에 넘어가지 마라꼬. 그 민주 그거, 우리하고는 아무 상관이 없는 게라. 윤보선이 하마 해글쌌는(해 대는) 거 좀 봐라. 세상에 다른 데도 아이고 군에서 별까지 단 사람을 빨갱이로 몰아대다이. 말이사 바른말이지, 먹물 든 사람치고 그때 젊을 때 쪼매 뽈뜨그래(불그무레) 안 했던 사람 어딨노? 그거 다 빨갱이라 카믄 성한 사람 없다. 세상 사람 모지리 그런 시끼(식)로 잡아 놓고 저만 해 먹겠다는 게 바로 한민당이라. 하마 그 구디기(구덩이)서 잔뼈가 굵었는데 세월 지내갔다꼬 어예 변하겠노? 그러이, 야야, 참말로 민주이(니) 뭐이(니) 하는 헛소리에 넘어가지 마래이. 문민정치 아이라 그 할애비라도 우리가 반길 거 하나도 없다. 그거는 저끼리 하는 얘기라. 우리한테는 차라리 군인이 낫다꼬, 알았제?"

대통령 선거를 며칠 앞두고 오빠 명훈이 술김에 객기를 부리자 어머니가 매달리듯 당부하던 소리였다. 정치의 계절, 특히 대통령 선거를 눈앞에 두고 전국이 달아오르면서 오빠는 문득 4·19 때의 기억을 되살린 듯했다. 영희는 그 자세한 경과를 잘 알지도 못하고 이해할 수도 없었지만 오빠는 어쨌든 의거 부상자였다.

"어머니, 혹시 어머니는 박정희 그 사람이 과거 좌익했다는 소리 듣고 하는 말 아녜요? 그렇다면 아예 꿈 깨세요. 그런 사람들이 우리에게는 더 무서울 수도 있다고요. 혁명 공약 생각 안 나세요? 그 사람, 반공을 국시(國是)의 제일의(第一義)로 삼은 사람이에요. 도둑이 제 발 저리다고 그 방향으로 의심받을까 봐 선수 친 거라고요. 두고 보세요. 그 사람이 당선되면 제일 먼저 때려잡는 게 빨갱이일 겁니다. 그래야 자기가 사니까. 지금도 얼마나 몰리고 있어요? 윤보선이 하는 소리, 그거 꼭 투표만을 염두에 둔 선거 유세만은 아닙니다. 미국에 일러바치는 소리고, 이 땅이 적화되는 날을 바로 자신의 장례일쯤으로 여기는 골수 반공주의자들을 부추기는 소리라고요. 모르긴 하지만 그 부분에서만은 박정희가 뭔가 크게 잘못 계산한 거예요. 얼마 안 되는 좌익 경력자들 표 긁어모으려다 그 몇 배나 되는 보수 우익들의 의심을 사게 된 거란 말입니다. 송요찬에 이어 허정이까지 사퇴한 거 보세요. 아무리 총칼에 돈, 권력 다 가졌다 해도 이번에 이기기는 어려울 겁니다. 사상 문제 끌어내지 않고 치렀으면 너끈히 이길 수 있는 선거를 아슬아슬한 턱걸이로 만들어 놨단 말이에요."

그 몇 달 완전히 농투성이가 되었는가 싶던 사람 같지 않게 오빠가 받았다. 그때 영희는 출발을 며칠 앞두고 있을 때라 자신의 문제만으로도 머리가 터질 듯한 상태에 빠져 있었지만, 두 사람의 말투나 표정이 워낙 심각해 절로 귀를 기울이게 되었다. 어머니가 두 손까지 휘저으며 오빠를 달래려고 애썼다.

"아이다. 바로 그러이 우리 같은 사람이 힘을 모아 박정희 그 사람을 밀어야 되는 게라. 뭐이 뭐이 해도 팔은 안으로 굽는 법이따. 그 사람 대통령만 돼 봐라. 안 할 말로 겁날 기 뭐 있노? 연좌제로 가슴에 멍든 사람들 시원하게 못 봐줄 게 어딨노 말이다. 딴소리 말고 박정희 밀자. 니뿐만 아니라 니 따라댕기는 젊은 아아들도 모도 박정희 찍게 맹그러라 카이……."

"참 내, 어머니도. 아직 못 알아들으셨어요? 그 사람이 되면 더 엄하게 우리를 다룰 거라니까요. 작년에 사형당한 황태성이가 왜 죽어야 됐는지 아세요? 간첩이라도 죽을 죄가 있고 안 죽을 죄가 있다고요. 더군다나 그 사람은 단순한 간첩이 아니라 북쪽의 사자(使者)였다고요. 한창 싸움 중이라도 사자는 죽이지 않는데, 그 사람은 사형선고 받고 바로 사형당했어요. 왜 그런지 아세요? 권력을 쥐고 있는 게 바로 박정희였기 때문이에요. 이승만이 때 내려왔어도, 장면이 때 내려왔어도 죽지는 않았을 사람이 박정희가 실권을 잡았을 때 내려왔기 땜에 죽은 거라고요. 그래도 모르시겠어요? 또 어머니는 대통령만 되면 뭐든 마음대로 될 것 같지만 그것도 꼭 그렇지는 않다고요. 되고 나면 그 자리를 지켜야지요. 그런데 실은 그게 되기보다 더 어려울 수도 있단 말이에요."

"그래도 우리한테는 그 사람뿐이다. 윤보선이, 그 한민당 꼬랑대기 찍어 가지고는 만날 그 장단이라. 바래 볼 게 없다꼬……."

"혹 이머니는 속으로 박정희가 대통령만 되면 어떻게 이북과 합칠지도 모른다고 생각하시는 거 아녜요?"

"거기까지사…… 바랄 수 있을라마는, 뭐 꼭 안 될 일도 아이제."

"그거야말로 꿈이라고요. 꿈이라도 아이들 개꿈만 못한, 이미 최고 권력을 잡았는데 박정희가 뭣 때메 남 밑에 머리 숙이고 들어가려 하겠어요? 그렇다고 김일성이가 머리 숙이고 들어올 리도 없고. 둘이 함께할 수 있는 대통령이라도 있으면 모를까……."

그래서 어떻게 되었더라? 영희는 거기까지 떠올렸으나 그 뒤는 더 생각이 나지 않았다. 확실하지 않은 대로 오빠도 끝까지 자신의 뜻을 굽히지 않았고, 그렇다고 어머니가 생각을 바꾼 것 같지도 않았다. 아마도 어머니가, 논리가 아니라 감정으로 호소하다가 답답한 듯 가슴을 치고 일어나는 것으로 마무리가 된 것 같았다.

결국 박정희가 되고 말았구나. 그런데 그게 과연 오빠나 어머니의 삶에 어떤 변화를 줄까 —. 영희는 까닭 모르게 공허한 기분이 되어 그렇게 중얼거렸다. 어머니 때문에 악몽처럼 시작된 회상이었으나 깨어나고 나니 오빠와 동생들을 향한 갑작스러운 그리움이 가슴에 흥건히 괴어 오는 듯하였다.

그사이에도 쉴 새 없이 걸음을 떼 놓아선지 영희가 문득 정신

을 차려 주위를 돌아보았을 때는 저만치 용산역이 보이는 곳까지
와 있었다. 결국 돌아가야 할 기숙사로부터 정류장 서넛은 되게 벗
어나 있는 셈이었다. 영희는 마치 그 거리가 자신의 정신적인 일탈
을 나타내고 있는 것 같아 갑작스레 경계심이 일었다.

'아직은 아니야. 이렇게 감상에 빠질 여유가 내겐 없어.'

영희는 그렇게 자신을 다잡으며 기숙사 쪽으로 발길을 돌렸다.
공연히 혼자 급해져 그랬는지 앞뒤를 제대로 살피지 않고 몸을 돌
리던 영희의 이마에 무언가 가볍게 부딪혀 왔다. 놀라 쳐다보니 바
짝 뒤따라오던 어떤 남자의 어깨였다.

"아, 죄송해요."

어딘가 낯익다 싶은 느낌으로 영희가 그렇게 사과하는데 그쪽
에서 먼저 알은체를 했다.

"저…… 혹시 이영희 씨 아닙니까?"

영희가 다시 고개를 들어 쳐다보니 분명 아는 얼굴이었다. 그러
나 구체적으로 어디서 만난 누구인지가 얼른 떠오르지 않아 머뭇
거리는데 그가 서양식으로 어깨를 한 번 으쓱하고는 바로 농담조
가 되어 영희의 기억을 도왔다.

"역시 제수씨 맞구먼. 뒤따라오면서도 긴가민가했더니……."

그제야 영희도 그를 알아보았다. 잘생기기는 했지만 어딘가 덜
떨어진 것 같은 얼굴에 훤칠한 키. 바로 창현의 고향 친구였다.
병국이라 했던가, 영화배우를 지망한다며 충무로를 어슬렁거리
던 건달인데 창현과 함께 두 번인가 자리를 같이한 적이 있었다.

"어머, 안녕하세요?"

유별난 사이는 아니라도 어쨌든 그가 창현의 친구라는 사실이 자아낸 감동에 영희가 떨리는 목소리로 인사를 했다. 새삼 기억나는 싱거움으로 병국이 목소리를 높였다.

"요샌 어째 통 뵈지 않더니…… 나는 창현이 그 자식과 헤어진 줄 알았음다. 그래, 요즘은 어떠세요?"

영희로서는 그가 무얼 묻고 있는지 종잡을 수 없었다. 한참 어물거리다가 곧이곧대로 현재의 상태를 털어놓았다. 그래 놓고 창현의 소식을 물을 참이었다.

"그인 군대에 가고…… 전 기술을 배우고 있는 중이에요."

"네에? 그 자식이 언제 군대 갔어요? 9월에 만났을 때도 그런 얘긴 없던데. 아냐, 그 자식 어디가 나빠 군댄 안 가도 됐댔지 아마……."

그가 알 수 없다는 듯 고개를 갸웃거리며 그렇게 받았다. 이번에는 영희가 놀랄 차례였다.

"어마, 그래요? 9월에 그일 보셨다고요……?"

그것은 물음이라기보다는 소리 죽인 비명에 가까웠다. 오랜, 괴로운 의심이 그렇게 어김없는 사실로 드러난 까닭이었다. 영희는 스르르 무너져 내릴 것 같은 몸을 억지로 지탱하면서 후렴처럼 되풀이 물었다.

"9월에 그일 보셨다고요?"

"네에, 정말이라고요. 충무로에서 만났다니까요. 아니 그럼 정말로 헤어졌던 모양이네. 하기야 어쩐지 그 자식도 영희 씨 얘기는 한마디도 안 하더라."

"영…… 헤어진 건 아니고요. 잠시 서로 떨어져…… 창현 씨는 군대를 때우고…… 전 나름대로 길을 찾은 뒤에 다시 만나……."

영희는 버림받은 여인의 처량함을 보이지 않기 위해 거의 필사적으로 말을 꾸며 나갔다. 하지만 오래 버티지는 못했다.

"그런데…… 3월에 받은 영장은 뭐예요? 창현 씨 그때 입대한다면서 머리까지 깎았는데."

억지로 말을 맞춰 나가던 영희가 아무래도 궁금함을 이기지 못해 그렇게 묻고 말았다. 병국의 머리로는 그래도 영희와 창현의 사이가 잘 이해 안 되는 눈치였다.

"그랬어요? 그런데 왜 그랬을까?"

그러다가 문득 영희를 살피더니 멍청하게 물었다.

"어디 편찮으세요? 안색이 영 안 좋으신데……."

영희는 그런 병국의 멍청함이 차라리 고마웠다. 다시 한 번 자신을 추슬러 앞서의 실수를 얼버무리고 물었다.

"9월에 만났을 때 그 사람 어땠어요?"

"저나 나나 별수 있어요? 여전히 떠돌이 악사인 모양인데, 요즘 그쪽으로는 자리가 좀 잡힌 것 같기도 하더군요."

"그이 연락처 알아요? 만날 수 있냐고요? 아냐, 됐어요."

영희가 다시 저도 모르게 물어 놓고 그 물음을 스스로 취소했다. 찾으려면 그녀 자신도 찾을 수 있다는 생각이 들자 구태여 그에게 처량한 꼴을 보이고 싶지 않았다. 다행히도 병국은 아직도 머리가 제대로 돌지 않는 모양이었다. 멀거니 영희를 건너보다가 한껏 걱정스러운 얼굴로 우물거렸다.

"어디 다방에라도 들어가 좀 앉았다 가시죠. 금세 쓰러질 것 같아서……."

"아녜요. 됐어요. 급히 가 봐야 할 데도 있고……."

그와 길게 얘기를 끌다가는 아무래도 끝까지 자신을 지켜 낼 수 있을 것 같지가 않아 영희가 그렇게 말을 맺었다. 그러고는 휘청거리는 다리에 힘을 주어 발길을 떼어 놓았다. 병국이 몇 발짝 따라오며 완전히 저능 내지 지진(遲進)이 드러나는 말투로 물었다.

"창현이, 그, 그 자식을 만나면 어, 어떻게 전해 드릴까요?"

"그러실 거 없어요. 우린 다시 만날 거니까요."

영희는 뒤도 돌아보지 않고 내처 걸으며 잘라 말했다. 그때는 이미 눈물이 쏟아져 뒤를 돌아보았자 무엇 하나 제대로 보일 것 같지 않았다.

그 뒤 한동안 영희는 어디가 어딘지 모를 길을 헤맸다. 말할 것도 없이 처음 영희를 사로잡은 것은 배신감이었고 그에 따른 분노와 복수심이었다. 오래 의심해 온 뒤끝이라 영희의 감정이 더 격렬해졌는지도 몰랐다. 당장이라도 달려가면 창현을 찾아낼 수 있을 듯했고, 찾으면 그 자리에서 모든 걸 끝장내고 싶었다. 그 복수의 방법은 영희의 상상 속에서 이미 여러 번 되풀이되어 따로이 준비

할 필요조차 없었다.

하지만 그것도 성숙일까. 이윽고 불꽃같이 타오르던 복수심은 사그라들고 차가운 이성이 되살아났다.

'어쩌면 그에게도 말 못 할 사정이 있었는지 모르지. 적어도 헤어질 무렵의 태도로 보아서는 계획된 배신은 아니었어. 그리고 …… 설령 계획된 배신이었다 할지라도 지금은 때가 아니야. 지금 할 수 있는 복수는 천박하고 원시적인 것밖에 없어. 그렇게 끝내 버릴 수는 없지. 그래. 이대로 돌아가 원래의 계획대로 밀고 나가자. 먼저 떳떳한 나를 만든 뒤에, 가치 있고 자랑스러운 나를 기른 뒤에 그를 찾아가자. 복수를 하더라도 그때 가서 더 철저하고 멋있는 복수를 하는 거야.'

스스로를 그렇게 되풀이 설득하던 영희는 두어 시간이나 거리를 헤맨 뒤에야 겨우 기숙사가 있는 산비탈 동네로 길을 잡았다. 그때까지의 영희와는 잘 어울리지 않는 그런 결정은 이성 그 자체에서 우러난 것이라기보다는 어떻게든 최악의 결정적인 일격은 피해 보려는 자존심과의 타협인지도 몰랐다.

영희가 비탈길로 접어들었을 때 짧은 겨울 해는 어느새 가까운 고층 건물의 유리창을 빨갛게 물들이며 서쪽으로 내려앉고 있었다. 저녁놀이 까닭 모르게 핏빛으로 느껴지는 해 질 무렵이었다.

1964년 1월, 서울

　황의 생질이 외삼촌의 방이라고 알려 준 곳은 블록집 뒤편에 억지로 덧달아 낸 헛간이었다. 합판으로 된 출입문 외에 창이라고는 가로세로 두 자가 안 되는 창호지 바른 봉창뿐이어서 대낮인데도 방 안은 어두컴컴했다. 황은 자고 있다가 문 두드리는 소리에 깨어난 것 같았다. 방 한가운데 늘어진 백열등을 켜며 눈을 비비는데 길고 헝클어진 머리칼이 한 아름은 되어 보였다.

　"어어, 이게 누구야? 이명훈 씨, 명훈이 아냐?"

　황이 단번에 명훈을 알아보고 반갑게 손을 내밀었다. 2년 가까이 한 직장에 있었고, 몇 달은 한 방에서 한솥밥을 먹으며 지냈다는 게 아직은 끈끈한 정으로 남아 있음을 느끼게 해 주는 악수였다. 이어 황은 이부자리를 걷어 자리를 만들어 주며 명훈에게 앉기를 권했다. 이부자리 머리맡에는 읽던 책들이 여기저기 흩어져 쌓여 있었다.

"정말 뜻밖이네. 내가 여기 있다는 걸 어떻게 알았어?"

앉자마자 황이 그게 가장 궁금하다는 듯 물었다.

"누님에게 황 형 있는 곳을 알아보려고 왔더니, 바로 여기 있다고 그러시더군. 나는 또 대학가 근처의 자취방을 한나절 뒤져야 되는 줄 알았지."

"대학이야 이미 졸업반이니 근처에서 어슬렁댈 건 없고…… 그보다도 한 몇 년 고학에 시달리다 보니 갑자기 쉬고 싶어지데. 그래서 누님에게 미련을 댔지. 마지막 학기는 여기 와서 좀 쉬고 싶다고. 취직 준비도 하면서 말이야. 그러니까 누님이 감격해서 이 방을 꾸며 주더군."

"그럴 만도 하지. 누님은 아마도 하나 있는 동생이 감옥이나 들락거리며 평생을 보내는 꼴 볼까 걱정하셨을걸. 그런데 벌써 졸업반이야?"

"30개월 보병으로 빡빡 기고도. 빵빵 군번으로 때운 동기생들은 벌써 취직해서 월급을 받아도 여러 번 받았어."

그제야 명훈은 황이 수배에 쫓기다 결국은 졸업을 못 하고 입대했다는 걸 떠올렸다. 따져 보면 황의 졸업이 하나도 빠를 게 없는데 그렇게 느껴지는 것은 숨 가쁘게 보낸 명훈 자신의 그 몇 년 때문인 듯했다.

"그래, 이제 취직을 할 거야?"

"실은 아직도 결정을 못 내렸어. 직업적인 혁명가로 계속 나의 길을 갈 것인지, 아니면 취직이란 형식으로 이 사회에 재편입할 건지."

"직업적인 혁명가?"

"이 땅에서는 오래 들어 보지 못한 소리지. 하지만 되어 가는 꼴을 보니 머잖아 무리 지어 나오게 될 것 같아. 1960년 4월에 우리가 흘렸던 피는 정치 경제 어디서도 제값을 받아 내지 못했어. 아니, 군부 파쇼에게 고스란히 탈취당했어."

그러는 황에게는 아직도 옛날의 치기가 남아 있었다. 헤아려 보면 불과 서너 해 전인데도 명훈에게는 까마득하게만 느껴지는 옛날의. 하지만 황도 꼭 그때 그대로는 아니었다. 스스로도 자신의 말이 그 자리에는 별로 어울리지 않는다는 걸 느꼈는지 갑자기 어조를 바꾸었다.

"바보는 변하지 않는다, 싶은가? 그렇지만 딴생각도 있어. 무엇이든 불평등하다는 건 해 먹고 있는 놈들에겐 그만큼 몫이 많이 돌아간다는 뜻도 되겠지. 이제부터라도 생각을 바꾸어 그 '해 먹고 있는 놈들' 틈에 낄지도 몰라. 취직이란 이름으로든 고시란 이름으로든……. 그런데, 명훈인 어때?"

"농사꾼이 뭐 별날 거 있어? 그저 그렇지."

명훈은 그때 문득 지난 한 해의 성취를 과장하고 싶은 충동이 일었으나 그사이 둘의 처지가 너무 달라진 것 같아 그 정도로 얼버무렸다. 황이 그런 명훈에게서 무얼 느꼈는지 자연스레 이야기할 기회를 만들어 주었다.

"맞아, 지난봄인가 들으니 고향으로 개간 사업을 하러 간다 그랬지. 그래, 그거 잘됐어? 규모는 어느 정도야? 전망은 어떻고?"

그렇게 되자 명훈은 크게 과장하지 않고 자신의 지난 1년을 밝힐 수가 있었다. 그러나 왠지 쑥스러워 상록수상을 받은 일까지는 말할 수가 없었는데 황은 그 기회까지도 만들어 주었다.

"그 정도가 아닌 것 같은데. 신수도 훤하고. 뭔가 좋은 일이 있으니까 서울까지 왔지. 안 그러면 네 말대로 농사꾼이 뭐하러 서울까지 올라왔어?"

"실은 조그만 상을 하나 받았어. 황 형은 잘 모르겠지만 상록수상이라고 혁명정부 시절에 정한 상이 있는데 우리 군내에서는 내가 추천돼……."

"상록수상? 「대한뉴스」 같은 데서 본 것 같기도 한데……. 어쨌든 대단해. 내 그럴 줄 알았지."

"대단할 거 없어. 그저 기분이지. 헛일은 안 했구나 하는. 게다가 상금 몇 푼 주길래 나온 김에 서울 구경이나 하러 올라왔어. 그새 어떻게들 지내나 궁금하기도 하고 해서."

"아냐, 가만있자아, 이럴 게 아니라 밖으로 나가자. 나가서 한잔하자고."

황이 그러면서 서둘러 일어나더니 검정 물 들인 군용 점퍼를 걸쳤다. 아직 열두 시도 되지 않은 데다 전날 이모 집에서 실없이 마신 양주도 있고 해서 별로 술 생각이 없었으나 명훈은 말없이 따라나섰다.

새로 사 입은 고급 오버 코트 덕분에 명훈은 별로 느끼지 못했지만 입성이 부실한 황은 몹시 추운지 몸을 웅크리고 걸었다. 그러면서도 일부러 버스까지 다 기며 명훈을 안내한 곳은 동숭동 뒷골목의 대폿집이었다. 아직도 그런 집이 남아 있나 싶을 정도로 찌그러진 오두막을 개조한 집인데 지붕만은 함석으로 덮여 있었다.

"단골이 이 골목밖에 없어서……. 술은 아무래도 아는 집에서 마셔야 마음이 편하지."

안으로 들어서면서 황이 변명처럼 말했다. 안은 겉에서 보기보다는 깨끗하고 또 따뜻했다. 방 둘과 가운데 마루를 틔워 만든 듯한 여남은 평의 술청 가운데선 톱밥 난로가 기분 좋게 타고 있었고, 황이 누님이라고 부르는 마흔 이쪽저쪽의 아주머니가 안내하는 구석배기는 바닥까지 따뜻했다.

"같이 마신 지도 여러 해 된 것 같군. 그때 내가 화전 30사단 면회 가서 한잔한 게 마지막이지? 벌써 3년이 다 돼 가네."

막걸리부터 재촉해 가져오게 한 황이 첫 잔을 따르며 제법 감회 어린 목소리로 말했다. 찾아 나설 때만 해도 황이 과연 자신을 반겨 줄지조차 자신이 없던 터라 명훈의 감회는 훨씬 더했다.

"제대로 마신 건 김 형 유학 가기 전이 마지막일걸. 그렇게 따지면 4년 가깝지. 생각하면 그때가 좋은 때였지."

명훈이 갑작스러운 그리움까지 느끼며 그보다 훨씬 전 그들이 함께 지낼 때를 추억하자 황도 눈길에 그 시절에 대한 그리움을 나타내며 받았다.

"그러고 보니 김가 그 자식이 보고 싶네. 너무 닳아빠져 얄미운데도 있지만 괜찮은 놈이었어. 보내고 나니까 우리가 꽤 친했었구나, 하는 기분이 들게 하는 묘한 자식이야."

"나는 김 형이 닳아빠진 사람이라고는 생각이 안 들데. 빈틈없고, 생각 깊고 …… 그저 그렇게만 보이던데."

"나이가 있잖아. 그 나이에 너무 빈틈이 없는 건 닳아빠졌다는 소리와 같아. 그런데 이상한 일도 있지. 그 자식 미국 가더니 어떻게 된 모양이야. 전공을 바꿨는데 어울리지도 않게 정치학이더라고."

명훈은 둘 사이에는 연락이 있다는 게 영문 모르게 서운했지만 애써 그 서운함을 감추었다.

"그럴 수도 있지 뭐. 그 빈틈없는 사람이 어련히 알아서 결정했을라고. 뭔가 좋은 구석을 보았겠지."

"그게 아니라니까. 학부부터 새로 시작한다는 거야. 그쪽이 더 중요할 것 같아 시작하는 거라나. 게다가 이유가 뭔지 알아? 참 웃기지."

"왜 그랬는데?"

"그놈의 나라에서는 모든 국가 문서를 공개하는 모양이야. 중요성에 따라 20년, 30년 하는 보존 기간은 있지만 궁극적으로는 극비까지도 세월이 지나면 다 나오게 된다는 거지. 김가는 자기 대학 도서관에서 우연히 그걸 알게 된 모양인데, 꽤나 충격을 받은 것 같더라고. 이제까지 공개되어 있는 것 중에도 자기로서는 듣지도 보지도 못한 신기한 게 많더라는 거야. 요즈음에는 1940년대의 중요한 국방 외교 문서들이 공개되고 있는데, 지기 느낌으로는 1970년대만 되면 한국 현대사, 특히 정치사는 새로 써야 될 거라나. 그리고 거의 아무런 정보도 없이 역사의 정곡을 찔러 가는 우리 진보적인 젊은 세대의 추론과 직관이 새삼 놀랍다는 소리까지 하더라고. 추억 속의 김가에게는 어울리지 않게도 꼭 정치 서클에 처음 들어온 신입생처럼 감탄과 호기심에 차 있더라니까."

"그래애?"

명훈은 황이 신이 나서 떠들수록 기분이 어두워졌다. 이제는 둘 사이에만 정기적인 연락이 있다는 데서 느끼는 소외감을 넘어서는, 어떤 울적함이었다. 그때는 그래도 모든 게 비슷했다. 있다면 학년 차이와 거기 따른 학식의 많고 적음 정도였는데 이제는 그들과 세계가 아주 달라졌다…….

"거기다가 더 김가답지 않은 짓이 뭔지 알아? 어학 코스 끝내고 경영학 연구 과정에 들어가서도 1년이나 지난 뒤에 전공을 바꾼 거라고. 여기서 같으면 턱이나 있는 소리야? 10원 한 장 손해 보는 일은 않던 놈이……."

황은 명훈의 미묘한 감정까지는 알아차리지 못하고 계속해서 김 형 얘기로 열을 올렸다. 그런데 다행히 기본 안주로 감잣국을 내오던 술집 아주머니가 그 흐름을 끊어 놓았다.

"영감, 오늘도 감잣국으로 끝낼 거야? 대낮부터 아랫목 차지하고 앉아선……. 차림을 보아 하니 데려온 손님도 이런 데서 마실 분 같지는 않은데."

악의는 없어도 황의 주의를 돌려놓기에는 충분한 물음이었다.

"어이쿠 누님. 봄까지만 좀 봐주슈. 내 취직하면 매일 불고기 안주만 시켜 먹을게. 그리고 이 친구는 제 바닥에서야 잘나갈지 몰라도 서울선 내 손님일 뿐이라고요."

황이 응석을 부리는 아이같이 받았다. 주인 여자도 그냥 해 본 소리지 정말로 뭘 바라고 그러지는 않은 듯했다.

"봄이 돼서 취직을 할지 수갑 차고 징역 갈지 누가 아누? 그럼 안주는 안 시켜도 좋으니까 제발 그눔의 무시무시한 혁명 얘기나 하지 마. 그런 얘기 실속 없이 입으로만 떠들다가 눈앞에서 피 토하고 죽는 사람 나 여럿 봤어."

그러면서 보기에도 먹음 직한 감잣국을 한 냄비 갖다 놓았다. 명훈이 그런 주인 여자에게 물었다.

"여기 안주 뭐 있어요?"

"농담으로 해 본 소리예요. 학생들이 무슨 돈 있겠어요? 그냥 마음 편히 잡수세요. 식으면 데워 달라 그러고."

주인 여자가 조용히 웃으며 그렇게 대답했다. 누님이라고 부르고 싶은 마음이 절로 나는 잔잔하고 따뜻한 웃음이었다. 이미 약간 술기운이 오른 황이 공연히 으스대며 말했다.

"봐, 이게 우리 누님 집이라고. 사람 괴롭히지 말고 그냥 마셔."

명훈은 못 들은 척하고 주인 여자를 향해 눈을 찡긋하며 주문했다.

"내 보니까 이 집엔 수육이 맛있을 거 같군. 우선 수육부터 한 섭시 주십쇼."

그러자 여자가 가운데서 난처하다는 듯 황 쪽을 가만히 쳐다보았다. 황이 크게 인심이라도 쓰는 양 허락했다.

"좋아요. 까짓것, 가져오쇼. 대지주 놈이 한턱 쓰겠다는데 누가 말려? 누님, 오늘 이 친구한테 마음 놓고 매상 올리슈. 이 친구 이래 봬도 논밭이 몇만 평씩 있는 대지주라고요."

그 바람에 김 형에 대한 얘기는 절로 맥이 빠져 버렸다. 황은 명훈이 오히려 다시 그 얘기를 꺼내서야 몇 가지 아는 대로 김 형의 소식을 들려주었다.

"그럼, 돌아오려면 꽤 시간이 걸리겠네. 빠른 사람은 벌써 돌아올 때가 다 돼 가는데."

"미친 자식, 작년 편지로는 다시 5년 잡는다더군. 박사까지 따서 돌아오려면 더 걸릴지도 모르지."

"정치학 박사, 그거 여기 오면 어디 쓰지?"

"대학에서 선생질이나 하겠지 뭐. 잘하면 정부 귀퉁이에 어용으로 붙어먹는 수도 있고."

"나는 김 형이 그보단 뭔가 눈에 번쩍 띄는 일을 해낼 줄 알았는데."

"왜, 알아? 최신의 기막힌 상징 조작 기술이나 민중 통제 기술을 배워 와 군바리들한테 빌려 주고 한 몇 년 개같이 충성하면 장관 자리쯤 얻어걸릴 수도 있지."

대개 그런 식이었다. 하지만 실은 김 형에 관한 얘기야말로 둘 모두에게 공통될 수 있는 흔치 않은 화제의 하나였다. 따라서 그 얘기가 시들해지자 술자리까지도 이내 시들해지는 듯했다.

농촌 문제가 나와 잠시 대화가 활기를 띠었지만 그것도 오래가지는 못했다. 명훈은 정부의 중농(重農) 의지에 감사하고 현장에서의 체험을 바탕으로 소박한 낙관론을 편 데 비해, 황은 학생운동 리더의 싸늘한 비판의 눈으로 정부의 감상적 중농주의를 비판하고 개념과 수치에 의지해 농촌의 장래를 비관했다.

"너무 감격하지 마라. 현 정권의 중농정책이란 기껏해야 그들의 보상 의무를 수행하기 위한 5개년 계획의 프로그램적 항목이거나 합리와는 먼 감상적 차원의 백일몽이야. 공업화가 진행되면 농업이 축소되고 마침내는 사회의 부양을 받아야 하는 상태로 떨어진다는 것은 선진 공업국의 예에서 잘 볼 수 있어. 갑작스러운 성년 인구의 증가가 없는 한 공업화에 필요한 임금 노동자는 어디서 구해 오나? 결국 아직은 인구의 6할이 넘는 농업 인구에서 빼 오는 수밖에 없는데 그때를 위해서도 농촌은 피폐하지 않으면 안 돼. 공업화 초기에는 예외 없이 요구되는 값싼 노동력을 얻기 위해서지. 농촌이 살기 좋은데 누가 도회의 대우 나쁜 임금 노동자로 가려고 하겠어? 그런데도 농업 개발을 5개년 계획의 양대 지주로 버젓이 올려놓은 것은 아직은 심정적으로는 국민의 대다수인 농민을 속이기 위해서라고. 그들을 안심시키기 위해 넣은 프로그램적 항목에 불과하단 말이야. 열 번 양보해서 이 정권의 중농정책의 진정성을 인정한다 해도 결과는 크게 달라지지 않아. 그건 두 마리 토끼를 한끼번에 잡겠다는 과욕이거나 처음부터 실현 불가능이 판명 나 있는 희망 사항일 뿐이라고. 농촌 문화를 배경으로 성장해 우연찮게 정권을 잡게 된 군바리들이 품을 만한 허영이지만, 그래서 더욱 과학도 논리도 없어진 감상적 중농주의에 지나지 않는단 말이야. 고리채 정리, 미곡 담보 융자, 미곡 수매 제도…… 떠들썩하기만 했지 무엇 하나 신통한 효과가 있었어? 하기야 네가 그 덕을 톡톡히 보았다는 국토 개간 사업이 있긴 하지. 그렇지만 — 앞으로 네가 피부로 느끼게 될 테지만 — 경지만 늘려 놓았다고 그게 바로 농업 생산 증대 또는 농촌 발전과 이어진다는 보장은 없어. 게다가 실제에 있어서도 이 정권이 그들이 강조한 만큼 농업에 투자한 흔적은 거의 찾아보기 힘들어. 부족한 재원으로 효과가 더디고 눈에 잘 안 띄는 농업 부문에 투자하는 것보다는 공업 분야에 투자하는 게 대(對) 국민 홍보에 효율적이기 때문이지. 지난 연말에는 정부의 농업 진흥 정책 결과로 농촌 인구가 다시 늘었다고 호들갑을 떨었지만 그것도 허구야. 그 수치가 보여 주는 것은 다만 이 나라 농촌이 아직도 잠재적 실업의 완충 지대로 기능하고 있다는 것일 뿐이라고."

황의 말을 간추리면 대강 그랬는데, 안타깝게도 명훈에게는 그걸 받아칠 만한 논리가 없어 대화는 그대로 토막 나고 말았다. 그밖에도 점점 오르는 술기운에 실제 이상 과장된 옛정으로 그들은 되도록 공통의 화제를 찾아 이것저것 떠들었으나 그 경과는 언제나 비슷했다. 그러다가 황이 갑자기, 내가 왜 이걸 잊고 있었지, 하는 표정으로 무릎까지 치며 말했다.

"아 참, 그 누구야? 경애란 여자 만났어. 미군 중령하고 포르르 날아가 버린 네 애인."

"뭐?"

경애란 이름을 듣는 순간 명훈은 좀 과장하면 가슴에 폭탄이라도 떨어진 것 같은 충격을 받았다. 아득한 과거 속에 묻혀 버린 줄 알았던 그 이름이 그토록 충격적으로 들리는 게 스스로도 놀라울 지경이었다.

"지난가을에 우연히 조선호텔 앞에서 만났어. 우리 옛날식으로 표현하면 완전히 로마의 귀부인으로 변했더군."

"……."

"몰라보고 지나칠 뻔했는데 그쪽에서 먼저 알아보고 인사를 하더라고. 호텔로 따라가 차 한잔 마시고, 그래도 미진해하는 것 같아 바로 옮겨 위스키도 한잔했지. 그땐 안 그랬던 걸로 기억나는데 많이 수다해졌더라."

"……."

"미국으로 간 지 2년 됐다더군. 남편은 대령으로 예편하고 뭐 국방성에 무슨 고문으로 나간다던가."

"그래? 그런데 한국에는 무슨 일로……?"

명훈이 간신히 힘을 모아 그렇게 물었다. 이제 그의 가슴속에는 검고 차가운 비가 자욱이 내리는 것 같았다. 술잔을 비우는 속도가 빨라진 것도 그때부터였다.

"할머니가 돌아가셨다던가. 명훈이 너 경애라는 여자 할머니 알아? 그 할머니 장례 치르고는 줄곧 그 호텔에서 묵고 있다더라."

그러자 인상 깊은 흑백영화의 한 장면처럼 창백하고 야윈 정신 이상의 할머니가 어둑한 방 안을 배경으로 머릿속에 되살아났다. 생머리의 경애와 불량스러워 뵈던 그 남동생도.

"그때 남동생도 하나 있었는데……."

"그 얘기도 하더라. 속깨나 썩이는 모양이야. 그새 두 번이나 사업 자금을 대 줬는데 다 말아먹고 이젠 미국 데려가 달라고 떼를 쓴다면서 한숨을 쉬더군. 그리고 자신이 남편의 돈이나 빼돌린 줄로 내가 의심할까 봐 그러는지 느닷없이 미국에서 하고 있는 비즈니스 얘기를 장황하게 하데. 대학에서 동양화도 가르치고 또 그걸로 문구 회사의 디자인도 맡아 자기 수입만도 1년에 만 불은 넘는다는 거야. 그런데 그 여자 동양화는 언제 배웠지? 아무리 미국이지만 남 가르칠 만한 동양화가 돼?"

명훈은 그것도 알 것 같았다. 마지막으로 그녀를 만났을 때 그녀가 술집에 버려 두고 간 것 중에는 책 말고도 작은 발에 싼 서예 붓도 있었다……. 명훈이 이번에는 그녀를 마지막으로 잃어버린 그 술집을 떠올리고 있는데 황이 짓궂은 눈길로 명훈을 관찰하다 물었다.

"그녀가 명훈이 널 어떻게 생각하고 있던지에 대해서는 아직도 묻지 않는군. 시인의 사랑은 그런 건가? 참, 네 그 시는 어떻게 됐어?"

"농투성이가 시는 무슨……. 그런데 그녀, 경애가 나를 두고는 뭐라고 했지?"

명훈은 기계적으로 황의 말을 받아 물었다. 황이 벌겋게 웃었다.

"일찍 죽어 가슴에 묻은 연인 같다고 그러더군. 한창때의 우리 명훈 씨보다 더 시적이더라고."

참으로 알 수 없는 일이었다. 그새 세 주전자나 비워 어지간히 오른 술 탓일까, 가장 아프게 후벼 들 줄 알았던 그 말은 정작 심상하게 들렸다. 명훈은 그저, 어법으로 보니 경애 네가 한 말이 맞구나, 싶다가 다시 그런데 너는 내게 뭐였지, 하는 막연한 물음에 빠져 잠시 대꾸를 잊고 있었다.

황은 명훈의 말 없음을 무슨 충격 때문으로 짐작한 듯했다. 갑자기 경애에 대한 악의를 키워 명훈을 진정시키려 들었다.

"하지만 쓸데없는 미련은 갖지 않는 게 좋을 거다. 그녀는 그 이상 너에 대해서는 묻지도 않았고 알려고 하지도 않았어. 내가 말을 꺼내도 슬쩍 잘라 버리더라고. 뿐만 아니야. 속국의 원주민 출신으로 무사히 로마 상류사회에 자리 잡게 된 귀부인답게 꽤나 자신의 현실에 만족하고 있는 눈치였어. 대(大) 아메리카 제국의 국방성 자문 위원에다 강력한 다음번 대통령 후보가 될 상원 의원의 극동 문제 참모인 남편과 바비라는 네 살배기 귀염둥이가 있고, 거주하는 지역사회에서는 자신이 한국의 유서 깊은 귀족 가문의 영양(令孃)쯤으로 알려져 있는 그 위치를 말이야. 내게는 뻔한, 그 남편과 처음 만날 때의 로맨스를 제법 환상적으로 윤색해 즐길 줄도 알고……."

그러나 그 말도 명훈에게는 그리 자극이 되지 않았다. 그래, 너는 기어이 신데렐라가 되어 백마 탄 왕자의 황금빛 궁전에 이르렀구나…….

명훈이 황과 헤어진 것은 경애 얘기도 시들해진 지 한참 뒤인 오후 네 시쯤이었다. 그때는 둘 다 이미 술들이 취해 화제는 그리 문제가 되지 않았고 황도 내친김에 밤새도록 마시자고 덤볐으나 명훈은 왠지 혼자 있고 싶어 핑계를 대고 자리에서 일어났다.

못내 불만스러워하는 황을 택시에 밀어 넣고 명훈은 혼자 동숭동 길을 따라 걸었다. 대학이 방학 중인 데다 날이 차서 그런지 거리는 한산했다. 게다가 무슨 특별한 인연이 있는 거리도 아니라 명훈은 곧 어딘가 낯선 땅을 홀로 걷고 있는 기분이 들었다.

어디로 가나. 명훈은 걷잡을 수 없는, 말 그대로의 뼈저린 외로움에 휩싸였다. 알던 사람들은 자꾸 낯설어지고 세계는 자신이 이해할 수 없는 것으로 변해 가는 듯했다.

먼저 그 전날 하루를 보낸 이모네가 그랬다. 고급 관료로 틀이 잡혀 가고 있는 이모부와 취중에서조차 최고권력자에게 신앙과도 같은 충성의 다짐을 되풀이해야 안심이 되는 그의 세계가 그랬고,

이제 풍요와 안락의 맛을 알 만하다는 듯 자족해하는 이모와 부엌에서 안방까지 반짝거리지 않으면 번들거리는 것들로 가득 찬 그 집 안이 그랬다. 많은 게 달라질수록 완강해지는 것은 일선 사단의 보병 중대장 시절 이모네가 빌려 살고 있던 농가의 아래채에 대한 명훈의 오래된 기억이었다.

이번 상경의 드러난 목적 중의 하나인 영희도 그랬다. 이모를 통해 전해 들은 영희의 소식은 명훈을 안심시키는 데도 있었지만 동시에 막연한 이질감을 불러일으키기도 했다. 실습복 차림으로 왔더라는 영희와 학원, 기술 습득, 미용사, 미장원 주인으로 이어지는 영희의 세계는 더 추적할 수 없게 된 그 자취만큼이나 아득하게 느껴졌다.

방금 만난 황과 그의 세계도 그랬고, 황을 통해 듣게 된 김 형, 경애, 그리고 그들의 세계도 그랬다. 특히 김 형과 경애는 한때 분명 같은 세계에 속해 있던 사람들이지만 이제는 상상에서조차 그들의 모습을 그릴 자신이 없었다. 그들의 세계는 더욱.

명훈은 문득 자신만 아득한 벌판 한 모퉁이에 쓸쓸하게 버려진 듯한 느낌으로 방향도 모를 길을 휘적휘적 걸어갔다. 그런데 그렇게 걷기를 얼마나 했을까. 언제부터인가 자신이 걷고 있는 의식 속의 아득한 벌판 저쪽 끝에서 한 그림자가 아물거리며 다가오고 있었다.

따지고 보면 그 그림자가 명훈의 의식 주위를 맴돌기 시작한 것은 그보다 훨씬 전이었다. 황이 경애를 만난 얘기를 꺼낼 무렵부터 명훈은 이미 의식 밑바닥에서 옴지락거리는 그 그림자를 희미하게 느꼈다. 아쉬워하는 황을 억지로 떼 내듯 하며 홀로 있고 싶어 한 것 또한 진작부터 의식 표면으로 떠오르려 안간힘을 쓰고 있던 그 그림자를 위해서였는지도 모를 일이었다.

'누굴까……'

명훈은 그 벌판이 현실로 있고 그래서 자세히 살피면 다가오고 있는 게 누군지 알 수 있다는 듯이 눈을 크게 뜨고 어느새 저물어오는 도회의 잿빛 하늘을 올려보았다. 정말로 보였다. 한 소녀가 무릎이 튀어나온 헌 바지에 할머니들이나 입는 투박한 스웨터를 코트처럼 걸치고 흰 남자 고무신을 질질 끌며 다가오고 있었다. 경진이었다.

'너였구나.'

명훈은 경진을 알아보자 반가움과 실망을 아울러 느꼈다. 그래도 네가 있었구나와 결국은 너밖에 없는가, 하는 데서 온 복합 감정이었다. 하지만 그 상반된 감정이 유지하던 처음의 균형은 곧 깨어졌다. 그 거리에 경진이 있다는 사실은 차츰 온전한 반가움으로 변해 갔고 나중에는 무슨 축복처럼 여겨지기까지 했다.

그러자 명훈은 갑자기 급해져 주위를 둘러보았다. 마침 멀지 않은 곳에 다방 하나가 보였다. 쫓기듯 그 다방으로 뛰어 들어간 명훈은 커피 한 잔을 시키기 바쁘게 카운터 쪽으로 갔다. 명훈이 경진의 전화번호를 대고 그녀를 좀 불러 주기를 부탁하자 카운터를 맡은 아가씨가 생긋 웃으며 말했다.

"애인 아버님이 굉장히 엄하신가 봐요."

명훈은 그 말에 얼굴이 화끈했다. 찬 바깥에서 따뜻한 다방 안으로 들어와 갑자기 오른 술기운 탓만은 분명 아니었다. 경진은 집에 있었다. 다방 아가씨가 넘겨주는 수화기를 받은 명훈이 상대방을 확인하는 물음을 끝내기도 전에 반가움으로 파르르 떠는 것 같은 밝고 높은 목소리가 명훈의 귀를 가득 채웠다.

"아, 아저씨구나. 아저씨 맞죠? 나 어젯밤에 아저씨 꿈을 꿨걸랑요. 오늘 아님 낼이라도 오실 줄 알았다고요. 거기 어디예요? 어디 계세요?"

그리고 명훈이 자신이 있는 다방을 대자 듣기에도 숨 가쁠 만큼 빠른 말투로 말했다.

"거기 꼼짝 말고 계세요. 바로 뛰어갈게요. 얼마가 걸릴지 모르지만 하여튼 갈 수 있는 대로 젤 빨리 갈게요."

그런 경진의 반응에 명훈은 취한 중에도 가슴이 시늘해 왔다. 조금 전 그렇게 다급하게 다방으로 뛰어들 때와는 또 다른 느낌이었다.

'아아, 이 아이를 어떻게 하나……'

지난여름 경진의 편지가 온 뒤로 명훈은 두어 번 답장을 했다. 이제 겨우 스물인 계집아이를, 하고 생각하면 자신이 하는 짓이 스스로 우스꽝스럽기도 했으나 워낙 힘들고 외로울 때였다. 꼭 경진이라는 구체적인 대상을 염두에 두었다기보다는 누군가에게 자신의 힘겨움과 외로움을 털어놓는다는 기분으로 그녀의 철없는 재잘거림을 받아 주었다. 그러다가 차츰 시골살이에 익숙해지고, 또 가을이 되어 여러 가지 다른 곳에 신경을 쓸 일이 생기자 그것조차 그만두어 버렸다. 나이나 환경뿐만 아니라 그 밖의 어떤 것으로도 그녀와 자신의 미래가 연결될 수 있는 것이 없어 보이는 까닭이었다. 가엾지만 성적으로도 경진은 썩 끌리는 데가 있는 여자는 아니었다.

그런데도 경진은 회답도 못 받을 편지를 그 뒤로도 몇 번인가 보내왔다. 그것도 이미 모든 것을 명훈에게 다 바쳐 버린 여자 같은 내용이었다. 명훈은 그게 더욱 부담스러웠다. 어쩌면 서울까지 와서도 그녀를 만날 생각을 안 했던 것 또한 그런 과장된 표현의 편지가 준 부담 때문이었을 것이다.

영등포에서 종로 5가까지를, 어찌 된 셈인지 경진은 삼십 분도 안 돼 왔다. 다방 안의 온기 때문에 다시 오르는 술기운을 못 이겨 의자 등받이에 머리를 기대고 있던 명훈은 반가움보다는 그게 신기해 물었다.

"어떻게 이리 빨리 왔어?"

"택시를 타고 왔어요. 운전사 아저씨를 막 재촉했죠. 큰일이 났다고."

"애들이 무슨 돈이 있어 택시를……."

"저희 집안은 양력설 쇠는 거 모르시죠? 나 큰집 작은집 돌아가며 세뱃돈 많이 탔다고요."

그럴 때의 경진은 한심스러울 만큼 어려 보였다. 차림도 처음

볼 때보다는 나았지만 이제 20대로 접어드는 처녀의 멋부림이나 유행과는 거리가 멀어 보였다. 머리칼은 그저 여고 시절의 단발머리를 면했을 정도의 생머리였고, 옷차림도 겨우 크거나 작거나 눈에 띌 정도로 낡지 않았을 뿐 수수하기 그지없었다. 편지에서의 그 당돌함에도 불구하고 연인을 만나러 나온 젊은 여자의 티는 어디에서도 보이지 않았다.

상념 속에서 그릴 때와는 달리 눈앞에 나타난 경진을 보자 명훈의 감정은 돌내골에서의 그것으로 돌아갔다. 한심하기도 하고 어이없기도 해서 멀거니 건너보는데 그녀가 갑자기 따지는 투가 되어 물었다.

"서울은 언제 오셨어요?"

"그저께."

"그런데 이제야 전화한 거예요?"

"이것저것 일이 좀 있었어. 사람도 만나야 하고."

명훈은 이모네 집에서의 하루와 몇 군데 알 만한 곳을 돌며 영희를 수소문하느라 보낸 하루를 피곤하게 떠올리며 대답했다.

"그래서 이제 일이 다 끝나고 나니 제가 생각난 거예요? 제 차례가 겨우 그거예요? 그것도 술 냄새 푹푹 풍기시면서?"

그럴 때는 몇 번이나 답장도 않은 사람을 만나는 여자 같은 데가 조금도 없었다. 모르는 사람이 들으면 아주 다정한 연인들이 사랑 싸움을 하는 걸로 알았을 것이다. 명훈이 어이없음을 감추며 슬쩍 물어보았다.

"네가 누군데 서울 올라오자마자 보고를 드리고 먼저 찾아뵈야 하나?"

"아저씨 애인이잖아요? 아저씨는 그리 열중해 있지 않은 것 같지만…… 그래도 접때 편지에서 그러셨잖아요. 네가 작은 축복이라고."

"내가 그랬던가."

"시도 보내셨잖아요? 제가 한번 읊어 봐요?"

그러고는 무슨 홍에선지 마지막 답장에 넣어 보낸 시를 읊기 시작했다.

"나의 대지는 붉다.

성장의 단비는 내 뿌리들을 비껴 가고

결실의 햇볕도 내 열매들에게는 이르지 못했다……."

명훈은 그녀가 너무 자신 있게 구는 게 조금씩 이상해졌다. 혹시라도 그녀의 이해력에 무슨 문제가 있는 게 아닌가 싶어 짐짓 짓궂게 물어보았다.

"그렇지만 그 뒤로는 네 편지에 답장도 안 냈는데. 그것도 여러 번이지, 아마."

"마침 그걸 따지려던 참이었어요."

경진이 갑자기 사람이 달라진 것처럼 새침해진 얼굴로 말했다.

"왜 답장 않으셨어요? 남은 밤 새워 가며 써 보냈는데, 뭣 땜에요?"

명훈은 대답 대신 치밀한 관찰의 눈길로 그녀를 살폈다. 감정이나 논리의 전개가 어딘가 모니카를 닮은 데가 있었기 때문이었다. 경진은 그런 명훈의 내심을 아는지 모르는지 정말로 성난 사람처럼 명훈을 쏘아보며 따졌다. 그런 그녀의 두 눈에서 쏟아지는 파란 불꽃 같은 게 다시 모니카를 연상시켰다. 모니카가 나름대로 어떤 위기의식을 느낄 때나 감출 수 없는 기쁨을 나타낼 때 언뜻언뜻 내비치던 눈빛이었다.

하지만 아니었다. 묘한 생명력을 내비친다는 점에서는 두 사람의 눈길에 공통점이 있어도 거기 실린 의미는 아주 달랐다. 모니카의 눈길이 쏘아 내는 생명력은 단순하다 못해 공허함까지 느껴지는 데가 있었지만 경진의 그것에 실린 것은 대답 않고는 못 배길 치열함이었다. 그리고 보니 경진의 쏘아보는 눈길은 오히려 경애와 닮은 데가 있었다. 치열하다 못해 어떤 표독스러움까지 느끼게 하는 점이 특히 그랬다.

"왜 대답이 없으세요?"

경진이 기다리지 못하고 그렇게 다그쳤다. 명훈은 자신도 모르게 변명하는 투가 되어 우물거렸다.

"말해도 넌 이해 못 해. 얘기도 길고 구질구질하고."

"또 어린애 취급이시군요. 절 아직도 그런 취급하는 사람은 세상에 아저씨밖에 없어요. 아냐, 이명훈 씨뿐이라고요!"

경진이 느닷없이 자신의 이름 석 자를 또박또박 부르자 명훈은 까닭 모르게 움찔했다. 그렇게 불리고 보니 정말로 경진이 갑자기 몇 살은 더 먹어 보였다. 경진도 그 효과를 느꼈는지 새삼 다짐했다.

"맞아, 명훈 씨야. 괜히 아저씨라고 불러 나만 어린애 취급을 당했잖아."

그게 다시 어린애 같아 명훈은 저도 모르게 피식 웃고 말았다. 그 웃음에 약이 오른 표정을 보이던 경진이 갑자기 일어나 칙칙한 쥐색 오버코트의 앞 단추를 풀었다. 제 딴엔 열이 올라 그렇게라도 몸을 좀 식히고 한바탕 단단히 퍼붓겠다고 벼르며 하는 짓인 듯했다. 오버코트 앞깃이 젖혀지자 안에서는 뜻밖으로 화사한 색깔의 스웨터가 나왔는데, 그 봉긋한 가슴이 갑자기 명훈의 성감(性感)을 자극했다. 어쩌면 명훈이 경진에게서 여자를 느낀 것은 그때가 처음이었는지도 모를 일이었다.

"좋아, 내가 열심히 답장을 하면 다음은 어떻게 되지?"

명훈이 비로소 답장을 안 한 이유를 설명해 줄 기분이 되어 그렇게 반문했다. 경진이 상기된 얼굴로 빠르게 대답했다.

"그러면 제대로 연애가 되는 거죠."

"연애가 되면 그다음은 또 어떻게 되나?"

"이별을 하든가 죽든가 결혼을 하겠죠."

서슴없이 대답을 하는 경진에게는 다시 모니카처럼 백치 같은 느낌을 주는 데가 있었다. 명훈은 일종의 조바심까지 느끼며 물음을 계속했다.

"이별이 예정된 연애도 가능하단 말이지?"

"필연성과 격식만 갖추었다면 이별도 얼마든지 연애의 훌륭한 종장(終章)이 될 수 있죠."

"소설이나 남의 얘기로서가 아니라 너 자신의 연애에서도?"

"그럴 리는 없겠지만, 정말로 사랑한다면 그렇게 된다 해도 겁내지는 않을 거예요."

거기까지 듣고 나자 명훈은 비로소 좀 안심이 되었다. 또 다른 특이한 개성일 뿐 모니카와는 다르다는 느낌이 든 까닭이었다.

"알겠다. 네 말대로 너도 어린애가 아니고 하니 바로 얘기하지."

명훈이 그렇게 허두를 떼어 놓다가 흘끗 옆자리를 돌아보았다. 거기 앉아 있던 두 중년이 언제부터인가 입을 다물고 자기들의 얘기를 엿듣는 듯해서였다. 경진도 그걸 느껴 온 모양이었다. 이마를 가볍게 찡그리며 오버코트 깃을 여미다가 결심한 듯 말했다.

"우리 자리를 옮겨요. 저녁 식사도 하셔야죠?"

명훈도 그게 좋을 것 같아 말없이 동의했다.

두 사람이 밖으로 나오니 벌써 겨울밤이었다. 명훈이 마땅히 옮겨 앉을 만한 자리가 없는가를 살피고 있는데 경진이 가만히 다가와 팔짱을 끼며 물었다.

"오늘 어디 가시기로 약속된 데 있어요?"

"없어."

"그럼 우리 동네로 가요. 거기서 저녁 먹고 거기서 주무세요."

"나는 술을 한잔 더하고 싶은데."

"술집도 있어요."

경진은 어울리지 않게도 유혹하듯 명훈을 자기 동네로 끌었다.

명훈이 좀 어리둥절해 물었다.

"왜 자꾸 날 너희 동네로 데려가려 하지?"

"실은요. 그래야 아저씨와 조금이라도 오래 있을 수 있으니까요. 거기 같으면 열두 시 십 분 전에 뛰어가도 통금 전에 집으로 돌아갈 수 있어요."

명훈은 감격보다 좀 어처구니가 없어 경진이 하는 대로 버려두었다. 경진은 무엇이 신나는지 명훈의 옷깃을 끌듯 저희 동네의 한 술집으로 데려갔다. 국밥도 말아 주고 됫술도 파는, 당시로는 흔해 빠진 동네 대폿집이었다. 그러나 실내는 그런 집치고는 아담하게 꾸며진 편이었고 음식도 정갈했다.

경진의 알 수 없는 적극성은 술상에 마주 앉은 뒤까지도 이어졌다. 대폿집 안주인이 무심코 가져다 놓은 잔을 집어 들며 경진이 천연스레 말했다.

"저도 한잔할래요."

명훈은 도대체 그런 그녀의 당돌함이 어디까지 갈까 궁금해졌다. 경진은 그 뒤로도 몇 가지 당돌한 짓을 했다. 그런 분위기에는 익숙하다는, 그러니 아이로만 보지 말라는 강조인 셈인데, 예를 들면, 함께 따른 첫 잔을 건배와 함께 한꺼번에 쭈욱 들이켜 버리는 따위였다. 그러나 명훈의 눈에는 그럴수록 그녀가 더 어려 보이기만 했다.

그러다가 명훈이 다시 경진에게서 여자를 느끼게 된 것은 잔을 비우고 몇 분 지나기도 전에 빨개 오는 그녀의 얼굴을 보면서부터였다. 귓불부터 뺨 전체로 번져 가는 홍조가 묘한 자극이 되어 느닷없이 명훈의 욕정을 휘저어 댔다. 그렇게 된 데는 다시 보탠 술기운이 여자를 실제 이상 아름답게 보게 한 탓도 있었다. 뿐만 아니라 그는 또 1년 가까이나 여자를 안아 보지 못한 스물여섯의 건장한 청년이기도 했다.

"술 겁나는 건 줄 알아야 한다. 게다가 집에 돌아갈 때는 어쩌려고 그래?"

겉으로는 그렇게 어른스레 그녀를 말려도 명훈의 마음 한구석에는 그때부터 벌써 경진의 육체에 대한 은밀한 기대가 자라 가고 있었다. 거기다가 어쩌면 취한 경진의 뒤치다꺼리까지 해야 할지도 모른다는 생각이 슬그머니 자신의 술을 절제하게 만들었다.

기대처럼 혹은 걱정처럼 경진은 그렇게 엉망이 되도록 마시지는 않았다. 겨우 막걸리 석 잔으로 마시기를 그치고 그때부터 쉴 새 없이 재잘거릴 뿐이었다. 주로 명훈이 자신을 어린아이 취급하는 것에 대한 불만이었다. 그런데 그중에도 명훈이 섬뜩해할 고백이 들어 있었다.

"어쩌면 내가 아저씨, 아니 명훈 씨를 좋아한 건 순전히 허영에서인지도 몰라요. 처음 입맞춤을 당한 날 제가 얼마나 속상하고 분했는지 아세요? 밤새도록 잠 한숨 못 자고 새벽같이 그 언니에게 달려가 명훈 씨를 알아보았죠. 그 언니 말이 명훈 씨는 시인이라고 그러더군요. 한데 알 수 없는 일은 그 순간부터 갑자기 그날 밤의 입맞춤이 일방적으로 당한 게 아니라 우리가 함께 나누었다는 생각이 드는 거예요. 그 뒤 아저씨는 부인했지만 나는 아저씨가 벌써 시인이거나 아니면 꼭 시인이 될 거라 믿었어요. 그런데…… 사랑이 이런 식으로 시작되어서는 안 되나요?"

명훈은 시가 그렇게 가슴 아픈 짐이 될 수도 있다는 걸 거기서 처음 알았다. 물론 그는 최근까지도 시를 끼적거리기는 했지만 이미 시인으로서의 찬연한 꿈 같은 것은 남아 있지 않았다.

"그건 뭐가 잘못된 것 같은데. 하기는 나도 시인이 되고 싶어 한 적은 있었지. 그렇지만 옛날 얘기야. 잘못 짚었어. 편지나 일기에 시 비슷한 걸 몇 줄 끼적인다고 해서 다 시인이 된다면 세상은 시인으로 넘쳐 날걸."

"아냐, 그렇잖을 거예요. 그 꿈을 버렸다면 최근일 거라고요. 나는 알아요. 아저씨는 시인이 되기 위해 태어난 사람이라고요. 버렸다면 억지로 내팽개친 거예요. 왜 그랬죠? 뭣 땜에 단념하셨어요?"

거기서 명훈은 문득 시를 얘기하고 싶은 충동을 느꼈다. 그래, 실은 아직도 그 꿈을 버리지 못했는지도 모르지. 하지만 이루어질 수 없는 꿈이야. 시인은 태어난다지만 만들어지는 부분도 있어. 특히 시대와의 관계에서는 더욱 그래. 어떤 시대든 그 시대가 요구하는 틀과 양식이 있게 마련이고 그것은 타고나는 부분이 아니라 습득하고 연마해야 되는 부분이라고. 그런데 내 삶은 그 같은 연마와 습득의 기회를 얻는 데 아주 불리했어. 내가 혼자서 습득할 수 있었던 것은 겨우 김소월의 시대 정도였는데 그건 이미 낡았어. 고등학교 때는 그것만으로도 제법 유망한 시인 지망생처럼 보일 수 있었지만 대학에 가니 벌써 아니었어. 그래도 내가 시를 지금까지 붙들고 온 것은 그 밖에 달리 기댈 만한 정신적인 그 무엇이 없었기 때문일 뿐이야 ―. 명훈의 머릿속에서는 그런 말들이 숨 가쁘게 이어졌으나 결국 입 밖에 내지는 않았다. 그 화제가 길어지는 게 갑자기 두려워서였다. 무엇 때문에 일어난 감정의 과장인지는 모르지만 어느새 시는 그에게 건드리면 건드릴수록 괴로운 상처 같은 게 되어 있었다.

"나는 살아가기에도 숨 가쁜 사람이야. 시 같은 사치를 즐길 여유가 없어. 실은 내가 답장을 안 한 것도 너의 그 같은 오해를 키우는 게 싫어서였어. 이 손을 봐. 나는 땅을 파서 먹고살아야 하는 농부일 뿐이라고. 홀어머니와 어린 삼 남매를 부양해야 하는 가장이고."

명훈이 마음속의 대답 대신 그렇게 퉁명스럽게 받자 경진도 뭔가 느껴지는 게 있는지 그 화제에는 더 매달리지 않았다.

"나는 어른들 말 중에서 가장 듣기 싫은 게 '먹고사는 일' 어쩌고 하는 소리더라. 그 말은 누가 해도 천박해 보여. 그걸 강조할 때는 더욱."

그래 놓고는 자연스럽게 화제를 바꾸는 것이었다.

"아저씨네 농장 커요? 2만 평이면 어느 정도예요? 학교 운동장만 해요?"

"웬만한 운동장 대여섯 개 합친 것보다는 넓지. 그렇지만 그걸 농장이라 할 수 있을지……."

명훈이 그렇게 받음으로써 화제는 잠시 돌내골로 옮겨졌다. 그러는 사이 명훈은 차츰 몸을 가누기 힘들 만큼 취해 갔다. 그대로 앉아 있다가는 자신이 먼저 곯아떨어져 버리고 말 것 같은 기분에 조바심이 난 명훈이 서둘러 술자리를 끝냈다. 그때 이미 명훈은 경진의 스웨터 안에서 아직 덜 익었지만 싱싱한 여자의 나체를 보고 있었다. 게다가 늦어도 통금 전에는 그녀를 보내야 한다는 게 더욱 그를 서두르게 했다.

"나는 어디 가서 눕고 싶은데. 낮부터 줄곧 술이었어. 피곤도 하고."

명훈이 자신의 숨은 의도를 애써 드러내지 않은 채 여관방으로 자리를 옮기자는 암시를 했다. 경진이 조금도 망설임 없이 받았다.

"그래요? 그럼 자릴 옮겨요. 이 동네요, 주거 지역이라 여관이 멀어요. 저 아래 크라운맥주 쪽으로 가야 여관 같은 게 있다니까요. 여인숙으로 가요. 여인숙이라면 요 아래 골목에도 있어요. 우리 고등학교 다닐 때만 해도 가정집이었는데 요새 여인숙으로 바뀐 집이에요."

그러면서 일어나 벽에 걸린 코트를 내리러 가던 경진의 걸음이 한 번 휘청했다. 그게 다시 그녀의 경계심 없음과 아울러 명훈에게 야릇한 기대를 주었다.

밖은 차갑기 그지없는 겨울밤이었다. 경진은 명훈의 겨드랑이에 한 팔을 끼운 채 여인숙이 있는 골목으로 종종걸음 쳤다. 집이 멀지 않은 곳이고 또 학교 다닐 때 지나다니던 골목이라면 여인숙 주인이 자신을 알아보는 게 걱정될 법도 한데 경진은 여인숙에 들어가서도 스스럼이 없었다. 오히려 여인숙 주인에게 까딱 인사까지 하고 빈방을 요리조리 둘러보며 골라 명훈이 묵을 곳을 정했다.

경진이 조금도 망설임 없이 방 안으로 들어와 펴 놓은 요 밑으로 발을 들여놓자 명훈은 취한 중에도 아연했다. 유혹이라면 너무도 대담한 유혹이었다. 그러나 이제 다시 못다 한 얘기를 계속하자는 듯 얼굴을 들어 오버코트의 단추를 벗기고 있는 자신을 빤히 올려보며 앉아 있는 그녀의 어디에도 욕정을 자극하는 구석이 없었다. 찬 밤바람이 둘 모두에게서 술기운을 덜어 내 그런지도 모를 일이었다.

명훈은 갑작스러운 낭패라도 당한 기분으로 그런 경진 곁에 앉았다. 명훈이 앉자 경진이 다시 그녀 특유의 재잘거림을 시작했다. 그런데 그 재잘거림의 내용이 또한 모두 명훈의 은밀한 기도를 무력하게 만드는 것들이었다. 명문 여대에 합격하기만 하면 대학을 시켜 주겠다는 아버지의 약속이 있어 지금 재수하고 있다는 얘기, 미국에서 박사를 따 온 형부 얘기, 용인 어딘가 있다는 자기들의 선산과 거기 딸린 논밭 얘기, 6·25 때를 빼고는 한 번도 서울을 벗어난 적이 없다는 엄마 얘기, 그 어느 것도 일부러 꺼낸 얘기 같지는 않은데 하나같이 그녀를 멀게 느껴지게 만드는 것들이었다.

하지만 그렇다고 이미 명훈의 온몸에서 스멀거리기 시작한 욕정이 쉽게 가라앉아 주지도 않았다. 뜻밖의 상황 변화에 일시적으로 억눌려 있기는 해도 이미 초저녁부터 조금씩 불 지펴져 온 욕정이었다. 그게 나름대로 기지를 부려 명훈에게 여러 가지 시도를 하게 했다. 화제를 성적인 방향으로 유도해 보기도 하고 슬며시 몸으로 다가가 보기도 했다. 그러나 경진은 이상하리만치 쉽게 그런 명훈의 시도를 무력하게 만들었다. 명훈이 할 수 있었던 것은 기껏해야 그녀의 작은 손을 손바닥에 올려놓고 그 손등을 쓸어 주거나 처음 만났던 밤처럼 겨우 입술만을 포개는 가벼운 입맞춤을 나누는 정도였다.

이것저것 뜻대로 되지 않자 모니카에게 했던 것처럼 기습적으로 덮칠 궁리도 해 보았다. 그러나 상대가 달랐다. 자신이 그렇게 나온다면 그녀는 틀림없이 놀란 나머지 기절해 버리거나 겁먹어 비명을 지르며 방을 뛰쳐나가 버릴 것 같았다. 게다가 더욱 알 수 없는 것은 그래도 불쑥 고개를 드는 명훈의 그런 충동을 억제해 주는 또 다른 힘이었다. 그 때문에 자신이 당할 낭패가 두려운 게 아니라 그녀가 놀라거나 겁먹을 게 더 걱정이 되어 그것이 저항 못할 힘으로 그의 몸과 마음을 묶어 두었다.

가망 없는 시도로 긴장만 헛되이 쌓아 가는 동안 겨울밤은 깊어가 이윽고 통금 예비 사이렌이 들렸다. 오래 막혀 있던 말문이 일시에 터진 사람처럼 쉴 새 없이 재재거리던 경진이 갑자기 명훈을 빤히 바라보며 물었다.

"아저씨, 나 가요? 같이 더 있어요?"

그야말로 기습 같은 물음이었다.

"더 있어도 돼? 집에서 걱정하지 않아?"

이제는 괴로운 싸움같이 된 내면의 갈등에서 퍼뜩 깨어난 명훈이 미처 그녀의 말뜻도 알아차리지 못한 채 그렇게 반사적으로 되물었다.

"하여튼 내가 가는 게 좋아요, 더 있는 게 좋아요?"

경진이 여전히 명훈을 빤히 보며 그렇게 되풀이해 물었다. 그녀의 말뜻이 뚜렷이 전해져 온 것은 그때였다. 하지만 명훈의 솔직한 심경은 기회가 늘어난 게 반갑기보다는 길어질 긴장의 시간이 더 두려웠다.

"함께 있어 주면 좋지. 하지만 집에서 걱정할 텐테."

"그래요? 그럼 됐어요. 잠깐만 기다리세요."

경진은 명훈이 함께 더 있어 주기를 원한 게 즐겁다는 듯 그렇게 말하며 자리에서 일어났다. 그리고 서둘러 방을 나가더니 채 오 분도 안 돼 되돌아왔다.

"수부에서 집에 전화했어요. 아까 말했죠? 나 재수 중이라고요. 같이 재수하는 여고 동창생 집인데 늦어서 자고 갈 거라고 했어요."

이제는 제법 느긋이 오버코트까지 벗으면서 경진이 무슨 무용담이나 들려주듯 하는 소리였다.

명훈은 그때껏 쌓여 온 술기운이 한꺼번에 싹 가시는 듯한 느낌으로 그런 경진을 살펴보았다. 삶의 밝은 쪽보다는 어두운 구석을, 인간성의 아름다운 측면보다는 추악한 그늘을 더 많이 보아

온 그로서는 아무래도 이해할 길이 없는 그녀의 대담성 또는 무모함의 정체를 알아보기 위한 관찰의 눈길이었다.

다시 드러난 스웨터의 화사한 색깔과 어울린 경진의 얼굴은 그전의 어느 때보다 곱고 환했다. 반쯤은 요 안에 디민 다리 위에 가지런히 놓인 희고 가는 손이며 백열등을 받아 반짝이는 생머리, 그리고 그 아래로 감추어진 듯 드러난 솜털 가득한 흰 목덜미 같은 것들도 전에 없이 신선한 아름다움으로 느껴졌다.

그런데 알 수 없는 일은 그런 아름다움이 성적인 매혹과는 철저하게 절연되어 있는 점이었다. 만지거나 쓸어 좀 더 가깝게 느껴 보고 싶기는 해도 그것은 여인의 육체를 향한 욕망이라기보다는 아름다운 꽃이나 귀여운 동물에게 느끼는 애완(愛玩)의 심리에 가까웠다. 거기다가 조금 전까지도 은은한 불길을 뿜고 있던 명훈의 욕정에 찬물을 끼얹은 것은 그사이에도 줄곧 그만을 향하고 있는 그녀의 눈길이었다. 이젠 걱정 없이 오래 함께 있게 되어 정말 기쁘다는, 마냥 행복해 겨워 있는 그녀의 눈길을 받자 명훈은 섬뜩하면서도 부끄러워졌다. 자신의 내면에서 꿈틀거리는 짐승 같은 욕망을 그대로 그녀에게 들켜 버린 것 같은 느낌 때문이었다.

명훈은 아주 오랜 뒷날까지도 그날 밤 느닷없이 그를 사로잡은 그 순수의 감정을 묘한 기분으로 추억하곤 했다. 그때 이미 그의 나이는 보통의 청년이라도 어느 정도 여자를 알게 마련인 스물여섯이었을 뿐만 아니라, 특히 그 자신은 경애와 모니카 두 여자에게서 그녀들 본성의 깊고 은밀한 비밀까지를 쓰디쓰게 맛본 뒤였다. 짐작건대 거칠고 험한 삶의 굽이를 헤쳐 오느라 경험할 겨를이 없었던 순수였기에 오히려 더 큰 감동으로 그를 사로잡았는지도 모를 일이었다.

까닭 없이 눈이 부셔 오는 바람에 경진을 살피기를 그만둔 명훈이 다시 더듬더듬 대꾸를 시작할 무렵에는 이미 가슴속의 욕정이 씻은 듯 사라진 뒤였다. 세상에 아무 걱정 없는 아이처럼 쉬임 없이 재잘거리다가 이따금씩 그야말로 이가 쏟아질 듯 웃어 대는 그녀를 바라보면서 그가 엉뚱하게 한 결심 중 하나는 언제까지고 그녀의 그런 천진한 기쁨과 평온을 지켜 주리란 것이었다.

그날 밤 경진이 비슷하게나마 처녀다운 조심성을 드러낸 것은 꼭 한 번 있었다. 한 시를 넘긴 지 얼마 안 돼 한 차례 하품을 한 경진이 문득 떼쓰는 아이처럼 말했다.

"나 졸려요. 그러니 아저씨, 빨리 주무세요."

"네가 졸리는데 왜 나보고 자라 그래? 나는 전혀 자고 싶지 않은데."

"아저씨가 깨어 있으면 잠이 올 것 같지 않아서 그렇단 말이에요. 어서 주무세요."

경진은 그러면서 명훈의 몸을 밀듯이 하며 자리에 눕게 했다. 명훈은 다시 어이없어 하면서도 그녀를 위해 억지로 눈을 감고 잠을 청했다. 여기저기 돌아다니느라 피로한 하루였고 술기운도 제법 남아 있었지만 무엇 때문인지 처음에는 통 잠이 올 것 같지가 않았다. 그런데…… 눈을 감자마자 거짓말같이도 쉽게 잠이 왔다.

하지만 그보다 먼저 잠이 든 것은 그녀였다. 명훈이 아슴푸레 잠이 들려는데 발치께에서 먼저 가볍게 코 고는 소리가 들렸다. 무릎을 두 팔로 깍싸 안은 채 벽에 기대 졸고 있던 경진이 내는 소리였다.

명훈은 일어나 그녀를 편안히 뉘려다가 그대로 내처 잠을 청했다. 그리고 아슴아슴 잠 속으로 빠져들면서 무슨 아름다운 추억처럼 어디선가 읽은 짧은 프랑스 소설 한 편을 떠올렸다. 깊은 산속에서 아름다운 주인집 아씨와 단둘이 밤을 지새우게 된 어떤 양치기 소년의 이야기였다. 그래, 너는 어쩌다 내 발치에 내려앉게 된 고귀하고 아름다운 별이다. 네 잠을 훼방 놓아서는 안 되지 ―. 몇 번이고 속으로 그렇게 중얼거리다 잠든 명훈은 그 밤 꿈속 내내 소설 속의 그 순진한 양치기 소년처럼 행복했다.

어떤 눈 온 날

"가기사 간다마는 내사 웬 택(영문, 까닭)인 동……."

인철의 성화에 못 이겨 앞장을 서면서도 진규는 너블바위[廣岩] 골짜기에 이를 때까지 투덜거리기를 멈추지 않았다.

"이거 한나절 헛고생 아인가 몰라. 잘 있어야 한 번 더 있을까 말까 한 눈을 바래 이클(이렇게) 힘든 토끼 틀을 놓다이. 우리 아부지 들었으믄 날 팰라꼬(때리려고) 지게 작대기 을러메고 따라올 일이라. 내가 백지로(괜히) 니한테 토끼 잡는 얘기를 해 가주고……."

그런 진규의 말로 미루어 산토끼 덫을 놓는다는 게 그리 쉬운 일은 아닌 듯했다. 하지만 인철의 호기심은 이미 부풀 대로 부풀어 난 뒤였다. 내 손으로 산토끼를 잡는다. 상상만 해도 가슴이 뛰는 일이 아닐 수 없었다.

"이따가 술 한잔 살게. 덫 놓는 법만 알려 줘."

"그게 한 번 보고 되는 일인 동 아나? 반도(반두) 가지고 거랑(개울)에서 고기 잡는 거하고는 뗄(견줄) 일이 아이라꼬."

그렇게 핀잔을 주기는 했지만 골짜기로 들어서자 진규도 더는 불평하지 않았다. 드디어 돌아가기를 단념한 어조가 되어 인철에게 산토끼 덫을 놓는 데 필요한 일을 지시하기 시작했다.

"가면서 잘 보고 칠기(칡) 줄 쓸 만한 거 비(보이)거든 걷어 놔라. 낫으로 안 치믄 안 끊길 정도로 땐땐하고(단단하고) 매출한(매끈한) 거라야 된데이."

그러면서 자신은 무슨 대단한 전문가처럼 지긋한 눈길로 이리저리 산세를 살폈다. 인철은 충실한 일꾼처럼 그가 시키는 대로 했다. 골짜기 양편으로 늘어진 칡넝쿨을 살펴 새끼보다 더 질겨 보이는 칡 줄기만 골라 걷었다. 날이 푸근하다 해도 늦겨울의 산속이었고, 응달진 곳에는 아직 지난번에 온 눈이 녹지 않고 쌓여 있었지만 조금도 춥거나 귀찮지 않았다.

"인제 그만하믄 되겠다. 고마 걷어라."

여전히 산세를 살피며 앞서 가던 진규가 힐끗 인철을 돌아보더니 그렇게 말했다. 그새 칡넝쿨을 반 지게 가까이나 걷은 인철이 혹시나 그의 마음이 바뀔까 걱정이 돼 저도 모르게 아첨 섞인 목소리로 물었다.

"이걸로 돼? 그럼 산토끼 덫은 칡넝쿨만으로 만드는 거야?"

"그거는 올라가서 보믄 알 께고…… 보자, 어느 대백이(능선)를 막으꼬?"

"대백이를 막다니? 그럼 산등성이를 전부 막는단 말이야?"

인철이 이번에는 궁금해서 물었다. 그새 진규의 투덜거림은 알지 못할 거드름으로 바뀌어 있었다.

"모르믄 가마이 있거라. 막기는 멀 막아?"

그렇게 타박을 주고는 다시 지긋한 눈으로 이 능선 저 능선을 둘러보다가 마침내 마음을 정한 듯 말했다.

"저 대백이가 양지바르이(니) 토끼가 뜯어 먹을 것도 많고 눈도 빨리 녹고…… 그래, 저 대백이에 놓자. 따라온나."

그러고는 말없이 그 능선을 기어오르더니 헐떡이며 뒤따라오던 인철에게 이번에는 가르치듯 말했다.

"토끼 틀은 말이따, 놓는 장소가 젤로(제일) 중요한 게라. 아무리 토끼 틀을 잘 만들어 놓으이 뭐하노? 토끼 안 오믄 헛방 아이가? 여다는…… 보래이, 요쪽 둔들빼기(산등성이)하고 또 조쪽 둔들빼기하고 또 이 개골(골짜기) 안쪽 덤불에 있던 토끼들이 저기 양지 쪽 둔들빼기로 올라갈라 카믄 꼭 지나야 하는 길목이따 이 말이라."

"그럼 여기다 이 칡으로 올가미를 만들어?"

"모르믄 쫌 가마이 있으라 카이. 칡으로 올가미 맨들어 뭐할라꼬? 토끼가 칡을 얼매나 좋아하는데, 그게 올개미라꼬 곱게 덮어쓰고 니한테 잡히겠다. 어디 토끼 좋은 일 씨게 줄(시켜 줄) 일이 있나? 자, 그레지 말고 인제부터는 청소깝(청솔가지) 쪼매 쳐 온나. 나는 토끼 틀을 만들 테이께는. 솔잎이 빽빽하게 붙은 다복솔 가지래야 된데이."

"잔솔가지? 그거 얼마나 쳐 와야 하는데?"

"욜마들(산토끼들) 길 막자 카믄 장골이 짐으로 서너 짐은 넘어야 할 거로. 이 대백이 따라 쭈욱 놔야 되이께는."

그 말에 인철은 비로소 줄잡아도 2백 미터가 가까워 뵈는 능선을 막을 청솔가지를 쳐 날라야 할 일이 걱정되었다. 그러나 그 못지않게 궁금한 게 청솔가지로 능선을 막는 방법이었다.

"그럼 청솔가지로 이 능선에 울타리를 치는 거야? 채마밭 바자 엮듯이?"

"채전 울 엮듯 할라 카믄 어느 천년에 이 대백이를 다 막노? 그거는 내가 알아 할 테이 너는 내 시키는 대로 청소깝이나 쳐 오라꼬. 한 군데 모으지 말고 대백이 따라 내려 오미(오면서) 따문따문(드문드문) 놔뚜믄 된다."

그러면서 자신도 지게에서 낫을 빼 들었다. 따로 할 일이 있는 듯했다. 인철은 쓸데없이 진규의 기분을 상하게 할까 봐 말없이 그가 시키는 대로 했다. 이제는 제법 익숙해진 지게질로 가까운 곳에서 청솔가지를 쳐 능선 곳곳에 져다 놓았다.

그사이 진규는 부근 잔솔밭에서 길이 석 자 남짓의 곧은 소나무 가지들을 쳐 모으고 있었다. 굵기는 대개 아기 손목만 했다. 그런 가지들을 모으는 게 쉽지 않아 여기저기서 쳐 모은 뒤 한곳으로 져 나르는 게 인철보다 일이 쉬워 보이지는 않았다.

거의 한 시간 가까이나 둘은 말없이 맡은 일에 열중했다. 인철이 여섯 번째인가 일곱 번째로 져 날라 온 청솔가지를 능선 한곳에 부리면서 보니 진규도 그새 자신의 재료를 다 모았는지 칡넝쿨을 놓아 두었던 등성이에 앉아 무언가를 만들고 있었다.

"어때? 청솔가지 아직 더 날라야 해? 이만하면 안 됐어?"

자신의 일이 고되기보다는 진규가 하고 있는 일이 궁금해 인철이 그쪽을 향해 큰 소리로 외쳤다. 진규는 돌아보지도 않고 인심 쓰듯 말했다.

"어지간하믄 일로 온나. 토끼 틀을 어예 맹그는지 니도 궁금할 께고. 청솔가지는 모자래믄 이따가 내하고 같이 쪼매 더 쳐 내릇지(쳐 내리지) 뭐."

그 말에 인철이 달려가듯 가 보니 진규는 쳐 모은 소나무 잔가지들로 이미 산토끼 덫을 만들고 있었다. 사다리꼴로 댄 빗대에 소나무 가지들을 얽어 넓은 방석만 한 크기의 나무 소반 같은 걸 만드는데 인철의 눈에는 도무지 덫 구실을 할 수 있을 것 같지 않았다.

"그게 산토끼 덫이야? 거기 어떻게 산토끼가 치여?"

"모르믄 내 시키는 대로만 해라. 이거 니도 맹글 수 있겠제? 잘 보고 함 맹그러 봐라. 이 대백이 길목마다 놓을라 카믄 암만 캐도 일고여덟 개는 있어야 된다."

워낙 그의 말에 자신이 배어 있어 인철도 더는 묻지 못하고 그를 따라 덫을 만들어 보았다. 그러나 보기보다 쉽지 않았다. 아직 칡넝쿨을 제대로 다룰 줄 몰라 덫이 진규처럼 단단하게 매어

지지 않았다.

"토끼가 아나, 여 있다, 날 잡아라 칼따(그러겠다). 어느 눈 빠진 토끼가 그 틀에 칭세(치이)겠노? 마, 촤라(치워라)."

자신이 세 개나 맬 동안 하나도 제대로 매지 못해 끙끙거리는 인철을 보고 진규가 혀를 끌끌 차며 그렇게 핀잔을 주었다. 혀를 차는 모습이 하도 그의 아버지를 닮아 절로 웃음이 나왔다.

저걸로 어떻게 토끼를 잡지 — 인철이 궁금해하는 사이 일곱 개의 덫이 완성되었다. 진규가 그것들에 몇 개의 보조 장치를 하자 덫은 조잡한 대로 그 기능을 갖추었다. 쉽게 설명하자면 옛적 삼태기에 줄을 매단 막대를 받쳐 놓고 그 아래 곡식을 뿌린 뒤 숨어서 기다리다가 참새가 삼태기 아래로 들어가면 줄을 당겨 삼태기 안에 갇힌 참새를 잡던 그 방식을 응용한 틀이었다. 다른 것이 있다면 사람이 숨어 있다가 줄을 당기는 대신 막대를 받쳐 놓아 바윗덩이가 얹힌 토끼 틀의 무게를 다 떠받치고 있는 칡넝쿨을 토끼가 물어뜯어 스스로 덫에 치이게 만드는 고안 정도일까.

"근데 산토끼가 여기 치이고도 가만히 있어?"

그래도 여전히 남는 의문이 있어 인철이 조심스레 물어보았다.

"토끼가 등신이 아닌 담에야 어예 가마이 있겠노? 그러이 이 위에다 청석(靑石) 덩거리(덩어리)를 겹쳐 얹어 놓제. 한번 칭개믄(치이면) 바로 뼈가 뿌사져 꼼짝 못하구로. 자, 인제 다 됐으믄 토끼 길부터 막자."

토끼 길을 막는다는 것도 인철이 상상한 것처럼 그리 철저한 것이 못 되었다. 능선을 따라 작게 잘라 낸 청솔가지를 한 줄로만 주욱 늘어놓는 게 고작이었다.

"이런다고 산토끼가 못 지나가? 그냥 타 넘어도 되고 청솔가지 틈새로 들락거려도 얼마든지 지나가겠는데."

철이 또 참지 못하고 물었다.

"토끼가 어디 다 니 같은 줄 아나? 토끼 욜마(요놈아)들 말이따, 얼매나 조심스러운 동 가다가 뭐가 막히믄 억지로 뚫고 지나가지 않는다꼬. 살살 피해 가다가 뚫랜 데가 있으믄 그적사(그제야) 그리로 살찌기 지나간다 이 말이라."

진규가 산토끼라면 훤하다는 듯이 그렇게 말하며 능선을 따라 청솔가지를 계속해 늘어놓았다. 그러다가 군데군데 틔워 두는 데가 있었는데 그게 인철에게는 또 이상했다.

"여긴 왜 막지 않아?"

"거기가 바로 틀(덫) 놓을 자리라. 청솔가지를 따라오던 토끼가 트여 있다고 지나가게 되는 길이기도 하고."

"그런데 이 산등성이가 토끼 길인지 어떻게 알아?"

진규가 하도 자신 있게 말해 인철은 다시 그렇게 묻지 않을 수 없었다.

"거기 함 잘 보래. 우선 고 앞 싸리 대궁이 옆에 있는 거 그거 토끼 똥 맞제? 똥글똥글하게 소복이 쌓인 거. 그래고 매(단단히) 살펴보라꼬. 졸로(저리로) 쪽 잡풀 사이가 어딘 동 뺀들뺀들 안 하나? 군데군데 나무 순도 물어뜯기(물어뜯겨) 있고……."

진규는 이제 노련한 사냥꾼이라도 된 것처럼 말했다.

"그럼 여기다가 덫이나 올무만 놓으면 되지 왜 청솔가지로 능선을 막이?"

"아까 말 안 했나? 토끼는 지가 가는 길에 뭐가 쪼매만 막해도 돌아간다꼬. 청소깝 없이 토끼 틀만 놔 놓으믄 비켜 가 뿐다꼬. 글치만 청소깝으로 막아 놓으믄 그거 따라 가다가 빼꼼한 데가 나오는데 거기가 바로 토끼 틀이 놓인 데라. 그래서 토끼가 틀 있는 데를 지나가는데 그때 걸리작거리는 게 바로 지 좋아하는 칠기 줄기라. 그래서 배도 채우고 길도 치우고 한다꼬 물어뜯는 게 고만 버팀대를 넘우좋코(넘어뜨리고) 지는 청석 한 짐 덮어쓴 틀에 찡게(치여)…… 인제 알겠나? 그래믄 지금부터는 청석이나 져 나르자. 토끼 틀 우에 얹을 바웃덩거리 말이따."

이어 두 사람은 부근에서 커다란 청석 덩어리를 져 날라 토끼 틀 위에 겹으로 쌓았다. 이어진 칡 줄기가 끊어지면 무너지게 되어 있는 버팀목이 떠받치고 있는 토끼 틀이었다.

그렇게 해서 두 사람이 일곱 개의 산토끼 덫을 다 놓고 산을 내려왔을 때는 벌써 점심때가 훨씬 지나 있었다. 늦은 아침밥을 먹고 출발한 탓이기도 하지만 덫을 놓는 데 걸린 시간도 세 시간은 넉넉히 걸린 셈이었다.

"틀이사 놨다마는 눈 안 오믄 말캉 헛거따. 눈이 푹 쌓애야 먹을 꺼 없는 토끼들이 이 대백이 저 대백이 왔다 갔다 하고 배고픈 김에 칡기 줄기만 보믄 깔가(갉아) 대제."

너블바위 골짜기를 나오면서 다시 진규의 투덜거림이 시작되었다. 자기도 모르게 열중했다가 깨어나고 보니 다시 그때껏 제가 한 일이 헛수고가 될까 걱정이 되는 듯했다.

"걱정 마. 라디오에서 들었는데, 오늘 틀림없이 눈 온댔어. 강원도는 어제부터 눈이 왔다는 거야. 여기도 오늘쯤은 시작되고, 그것도 이번 눈은 폭설이 될 거라던데."

"아이고 대설(大雪), 소설(小雪) 다 지내고 설이 낼모렌데 큰 눈 올따(오겠다). 내가 암만 캐도 니한테 홀캤제(홀렸지)……."

진규가 그렇게 받다가 문득 무엇을 보았는지 말을 멈추었다. 진규의 시선이 가 있는 곳을 보니 골짜기 입새에서 멀지 않은 소 쪽이었다. 작은 운동장만 한 넓이의 그 소는 막바지 겨울 추위로 굳게 얼어 있었는데 그 위에 돌내골에서는 흔치 않은 광경이 연출되고 있었다. 젊은 남녀가 스케이트를 타는 모습이었다.

"저게 누구로? 보자. 국민학교 정 선생이가? 정 선생 맞는 거 같으네. 글치만 저 여자는 누구로? 암만 캐도 낯선데……."

진규가 그들을 유심히 살피면서 혼잣말처럼 중얼거렸다. 그러나 인철은 그게 누구인지가 궁금하지 않았다. 겨울 산등성이의 추위조차 잊게 한 산토끼 덫을 놓을 때의 흥분과 열중이 한순간에 씻겨 가면서 대신 머릿속을 찌르듯 떠올라 오는 광경이 있었다. 유리처럼 맑게 얼어붙은 겨울 남천강(밀양강)과 그 위에서 얼음을 지치던 젊은 남녀였다. 고등학교 체육 선생과 그 약혼녀라 했던가. 아무런 인연 없이 생애의 한순간을 스쳐 간 그들의 영상이 어찌 그렇게도 모질게 사람의 가슴을 할퀴어 놓을 수 있는 것인지. 아마도 그 기억의 한끝에 이어진 밀양에서의 날들 때문이었겠지만 어쨌든 그때부터 그날은 인철에게 특별한 날이 되기 시작했다.

"우리 저기 제재소 옆 가겟방으로 가는 게 어때? 약속대로 내 막걸리 한 되 살게."

인철은 아직도 스케이트를 타는 남녀에게 눈길을 주고 있는 진규에게 미리 준비하고 있었던 것처럼이나 자연스럽게 말했다. 그도 이미 열일곱에 접어들었고, 어른들에게 얻어 마시거나 어쩌다 생긴 술로 또래끼리 몰래 숨어 마신 것으로는 얼큰할 정도로 취해 본 적이 있었다. 그러나 제 발로 술집을 찾아가 제 돈으로 술을 사 마시기는 그때가 일생 처음이었다.

그날 인철이 가지고 있던 돈은 막걸리 한 되에 두부 한 모 값밖에 되지 않았다. 그러나 무엇 때문인가 흥이 난 진규가 인색하기로 동네에서도 소문난 그 아버지의 아들답지 않게 막걸리 한 되와 두부 한 모를 외상으로 달아 스물한 살짜리 순박한 예비 농부와 열일곱 살짜리 소년의 낮술로는 좀 과한 술이 되었다. 점심을 먹지 않아 속들이 빈 데다 가겟집 뒷술이 후한 것도 적지 않이 취기를 더했다.

"고 딸아(여자애) 고거 궁디(엉덩이)가 팡팡한 게 색깨나 쓰겠데. 글타고 논다리(논다니) 같지는 않고…… 정 선생 애인인강?"

술기운을 빌려 대담해진 진규가 그 나이다운 여자에 대한 관심을 평소의 수더분한 그로 봐서는 외설스럽다고 해도 좋을 말투로 드러냈다. 조금 전 너블(너른)바위 소에서 정 선생과 스케이트를 타던 젊은 여자를 두고 하는 말이었다. 그러나 관심의 방향이 다른 인철은 여전히 그들 한 쌍이 자극한 그 유별한 정서에 사로잡혀 얼른 헤어나지 못하고 있었다.

얼마 뒤 진규와 인철이 별 아쉬움 없이 헤어진 것도 함께 있는 시간이 길어질수록 줄어드는 공통의 관심사 때문이었을 것이다. 동네 어귀에서 진규는 농한기라 또래가 모여 있을 동방(洞房)을 찾아가고, 인철은 그대로 집을 향했다. 그 무렵 하늘은 이미 짙고 두꺼운 구름이 자우룩하게 내려앉고 있었다.

인철이 애써 술기운을 숨기며 집으로 돌아가니 집 안에는 아무도 없었다. 약과와 유과를 잘 빚는 솜씨 때문에 어머니가 집안 잔칫집에 불려 가게 되어 있었던 것은 그도 아침에 들어 알고 있었다. 옥경이는 아마도 그런 어머니의 치마꼬리에 묻어갔을 것이고, 형도 서울에서 돌아온 뒤로는 장터 나들이로 자주 집을 비웠다. 그런데도 집 안에 아무도 없다는 게 갑작스레 적막하기 그지없었다.

인철은 점심을 차려 먹을 생각도 않고 곧바로 제 방으로 갔다. 지난가을 이후 어머니와 형이 공부방으로 꾸며 준 건넌방이었다. 방 안이 아침에 나갈 때 그대로인 것으로 보아 어머니는 누군가의 재촉을 받고 서둘러 떠난 듯했다.

방 안으로 들어간 인철은 마치 남의 방을 들여다보듯 자신의 공부방을 둘러보았다. 윗목에 낡은 앉은뱅이책상이 하나 놓여 있고, 그 한구석에는 대패질 않은 송판으로 짠 책꽂이가 얹혀 있었다. 그걸 대강 채운 것은 지난가을 진안장에서 산 입시 참고서 몇 권과 두들에서 얻어 온 헌 참고서들이었다.

책상 위에는 서울에서 고등학교를 다니는 집안 형이 물려준 프린트물, EMI학원 수학 교재가 아침에 해 둔 그대로 펼쳐져 있었다. 그 책갈피에 끼워 둔, 전날 온 용기의 편지도 그대로였다. 인철은 책상 앞에 쭈그리고 앉아 새삼스레 용기의 편지를 읽었다.

인철에게

네가 검정고시를 준비한다기에 이 봄에는 고등학교에서 너와 만날 수 있으리라 기대했는데 또 소식이 없구나. 어떻게 된 거야? 네가 답장이 없다는 것은 답장을 내고 싶지 않거나 낼 수 없는 처지에 있다고 보이지만, 그래도 기다리는 나로서는 답답하기 짝이 없어. 어쩌면 네가 이미 이 편지를 받지 못할 곳으로 떠났는지 모른다는 생각이 들기도 해.

하기는 이런 편지를 쓰다 보면 문득 내가 왜 이렇게 너를 내 친구로 잡아 두려 하는지가 의심스러워져. 따지고 보면 우리의 우정이랬자 자연스러운 것은 코흘리개 시절의 두어 해뿐이고, 나머지는 거의 내가 너를 찾아가서 억지로 이어 온 기분이거든. 중학교에 가서도 편지를 먼저 낸 것은 나였고, 방학 중에도 너를 만나려면 여자아이 꼬여 내는 것만큼이나 힘들었어. 너는 언제나 고아원을 핑계 댔지만 나는 이따금씩 네가 정말로 날 만나기 싫어 하는 것 같아 서운하기까지 했다.

네가 밀양을 떠난 뒤도 그래. 너는 그날 그냥 떠났고, 답답한 내가 수소문 끝에 여섯 달이나 지난 뒤에야 너와 연결될 수 있었지. 그런데 겨우 서너 번 답장이 오는가 싶더니 너는 다시 두 달째 답장이 없어.

얼마 전 재걸이와도 네 얘기를 했다. 재걸이는 네가 신비한 기분이 든다더군. 네가 처음 우리한테 나타날 때도 전혀 다른 곳에서 전혀 다른 경험을 가지고 왔지만, 우리 곁에 살 때도 마찬가지였어. 너희 집이 사는 게 하도 들쑥날쑥하고 네가 하도 여기저기 왔다 갔다 해서 재걸이는 왜 너희들이 그렇게 살아야 하는지 도무지 알 수 없었을 뿐만 아니라 지금은 더욱 그렇다고 하더라. 네 편지에서 말고 다른 데서는 자주 들을 수 없는 장엄이라던가 영광, 허망, 우아, 처절 같은 낱말이라던가 문중·재궁막·서당이며, 개간지·상록수·목초지·4H 클럽 경진 대회·개척 같은 사물도 그 예라던가.

나는 무엇 때문에 네게 이끌릴까. 그 이유를 나는 이렇게 재걸에게 설명했어. 밀양에 있을 때 너는 나보다 공부를 잘한 것도 아니고 집이 잘산 것도 아니며 무슨 특출난 재주가 있었던 것도 아니다. 그런데도 너를 대할 때마다 무언가 날카롭고 비상한 것을 느끼고 거기 함께 끼어들고 싶어 너를 찾게 된 것 같다고.

그 날카롭고 비상한 게 정작 무엇인지는 내게 명확하지 않아. 그러나 실은 지금도 너를 만나면 여전히 그래. 어쩌면 이 편지도 그런 내 마음을 글로 바꾼 걸 거야. 그러나 네 대답이 없으니 나와 이곳에 와 있는 동창들 소식이나 상세하게 전해 두는 수밖에 없겠지. 언제든 네가 나와의 연결을 원할 때를 위해서 말이야.

나는 서울로 진학하는 걸 포기하고 재걸이와 함께 부산에 그대로 남기로 했어. 부산고등학교를 지원했는데 여기서는 경남고와 함께 가장 대학 진학률이 좋은 고등학교라고들 해. 한 해 2백 명 가까이 서울대에 합격한다나. 하지만 시험은 재걸이나 나나 그럭저럭 붙을 것 같아. 나중에 편지할 마음이 생기거든 그리로 해. 그게 안 되면 밀양 집으로 해도 두 달 안에는 내게 전해질 거야.

그 밖에 부산으로 유학 온 다른 동창들도 대개는 부산에 남았어. 여자 동창생들도 비슷한가 봐. 대학 진학에 큰 차이가 없다면 서울이나 대구보다 집 가까운 이곳이 더 낫다는 생각인 것 같아. 전해 들은 말이지만 명혜도 중학교와 같은 미션 계열 여고에 원서를 냈다고 하더군.

그럼 이만 이곳 소식은 마칠게. 언제든 마음 내키거든 편지해 줘.

1964년 1월 20일
너의 벗 용기가

읽기를 마치자 그 아침의 어둡고 무거웠던 정서가 되살아났다. 또래들이 모여 있는 학교란 제도가 떠난 지 한 해도 안 되는 그 사이 아득히 추상화되어 잃어버린 낙원과도 흡사한 의미로 다가들며, 그곳에서 멀리 떨어져 있는 자신을 불안과 슬픔으로 돌아보게 했다. 과연 나는 그 낙원을 되찾을 수 있을까. 정말로 너희들에게로 돌아갈 수 있을까.

지난 늦가을의 인상적인 진안장 나들이를 시작으로 인철은 이미 그 낙원 회복의 길에 들어선 셈이었다. 누나가 목돈을 떼어 내 서울로 올라가는 바람에 겨울을 날 양식조차 넉넉하지 못한 집안 형편으로는 졸업장을 사기라도 해서 인철이 제때 고등학교에 진학하는 것은커녕 가까운 시골 중학교에 학년을 낮춰 편입하는 것조차 기대하기 어려웠다. 그래서 학교에서 배우지 못한 부분의 교과서와 입시 참고서를 마련하고 늦은 대로 고등학교 입학 자격 검정고시 준비에 들어간 게 그 진안 장날부터였다.

하지만 쫓겨난 낙원으로 상처 없이 돌아가기에는 너무 늦은 시작이었다. 그때는 벌써 그해 하반기 검정고시의 원서 마감이 끝난 뒤여서 응시조차 할 수 없었다. 다음 해 상반기 검정고시를 칠 수밖에 없었는데 그것은 바로 고등학교 진학이 한 해 늦어진다는 뜻이기도 했다.

거기다가 인철을 한층 더 불안하고 초조하게 만드는 것은 공부 그 자체였다. 개간에 매달려 있었던 그 여섯 달도 책 읽기만은 게을리하지 않은 그였으나, 오히려 그런 마구잡이 책 읽기는 철이 다시 시작하려는 학과 공부에 예상치 못한 걸림돌이 되었다. 그전부터 은연중에 길러 왔고 그 여섯 달로 완연히 몸에 밴, 몽롱하여 불안하면서도 한편으로는 들큰한 포만감을 주는 그 잡학 취향은 범위와 방향을 가지고 구체적인 지식들을 정확하게 이해해야 하는 정규 학과 공부에 이전과 같은 집중을 허용하지 않았다. 특히 학교에 다닐 때도 그리 친하지 못했던 수학과 물상은 그사이 거의 낯설어져 심할 때는 그쪽의 지식 체계 전반을 하찮은 것으로 무시해 버리고 싶은 유혹까지 느낄 정도였다.

그런데 검정고시는 입학 시험과 달리 득점 총계를 따지는 순위 고사가 아니라 과목마다 최저 점수가 정해져 있는 자격 시험이었다. 한 과목이라도 그 수준에 미달되면 나머지 과목은 모두 만점을 받아도 고등학교 진학 자격을 인정하지 않았는데, 그게 특히 인철을 괴롭혔다. 시작한 지 석 달이 지나도 수학과 물상은 여전히 이렇다 할 진전이 없었기 때문이었다.

나는 돌아갈 수 없게 되어 버린 것은 아닌가. 정규적이고 일관된 체계의 학습 과정을 통해 얻는 지식과는 무관하게 살도록 운명 지어진 것은 아닐까 ─. 용기의 편지가 온 것은 마침내 불안해진 철이 스스로를 향해 그렇게 묻기 시작한 때였다. 지난해 가을 검정고시에 응시하지 못해 고등학교 진학이 한 해 늦게 된 것만으로도 그의 편지에 답장을 내지 못한 인철은 그 편지를 받자 더욱 암담한 기분이 되었다. 더군다나 용기 녀석이 덧붙인 명혜의 소식은 까닭 모를 절망감까지 부추겼다.

'너희들은 잘도 너희들의 길을 가고 있구나. 하지만 나는 길을 벗어나도 너무 멀리 벗어난 것 같다. 어쩌면 다시는 너희들에게로 돌아갈 수 없을 만큼. 그리하여 이제 내가 채워 가야 할 삶도 너희와는 전혀 다른 형태일지 모른다. 우리는 서로 무관한 세상을 살

아가게 될지도 모른다…….'

　그런 섣부른 단정이 팽팽하게 조여졌던 인철의 의식을 느슨하게 만들면서 그나마 해 오던 공부마저 흥이 식고 말았다. 그날 철이 진규를 졸라 산토끼 덫을 놓으러 간 것도 수렵에 대한 철의 유별난 흥미와 열정에서 원인을 찾기보다는 그 무렵의 흐트러진 마음가짐에서 찾는 편이 옳을 것이다.

　'만약 너희들에게로 돌아갈 수 없다면 내 삶은 어떤 모습으로 펼쳐질까…….'

　인철은 아직 방바닥에 펼쳐져 있는 이불 위에 벌렁 누우며 아침부터 줄곧 그것만 생각해 온 사람처럼 중얼거렸다. 그러나 따뜻한 방 안으로 들어오자 새삼 치솟는 술기운 때문인지 치열해지는 것은 의식의 외형일 뿐, 그의 사고는 정연한 이로(理路)를 찾지 못하고 겉돌 뿐이었다.

　그런데 언제부터일까. 무언가가 루핑 페이퍼 위에 가볍고 부드럽게 쏟아져 내리는 소리가 들렸다. 싸르락, 싸르락. 실속 없이 요란하기만 한 상념을 뚫고 그 소리가 청각을 자극하자 인철은 문득 진규와 함께 가겟방을 나설 때와 잔뜩 찌푸린 하늘을 떠올리고 벌떡 몸을 일으켰다. 눈이다. 눈이 오고 있다.

　인철이 집 밖으로 뛰쳐나와 보니 눈이라도 함박눈이 펄펄 날리고 있었다. 인철은 어둡고 아득한 하늘 끝에서 수천수만 마리의 하얀 나비 떼처럼 세상을 뒤덮어 오는 눈송이에 잠시 넋을 잃었다.

눈은 내리는 것이 아니고 날고 춤추고 떠돈다. 어울리고 흩어지며, 손짓하고 미소 짓고 소리친다. 피고 지며 향내를 풍긴다. 이윽고는 순백의 시체로 쌓여 가든, 질척하게 녹아 땅을 적시든, 허늘에 떠 있을 때의 그것은 단순한 물질의 순환태(循環態)가 아니라 어떤 생명 있는 것의 율동이다. 틀림없이 저 드높은 하늘에 속한 영혼이 아득히 추락하며 내지르는 외침이며 그 몸짓이다…….

뒷날 철은 어떤 글에서 쏟아지는 눈송이를 그렇게 묘사한 적이 있는데, 얼핏 듣기에 과장의 혐의가 짙은 그런 은유(隱喩)는 아마도 그날 인철의 기억에 깊이 새겨진 인상과 무관하지 않을 것이다.

내린 눈은 금세 검은 루핑 페이퍼를 덮고, 작물 그루터기와 들풀로 황량하기만 하던 개간지를 덮고, 가까운 산과 들을 덮어, 인철이 현란하게 날리는 눈송이에서 눈길을 돌렸을 때 세상은 벌써 하얗게 변해 있었다. 어쩌면 눈은 훨씬 전부터 내리고 있었고 세상은 인철의 눈길을 받기 전에도 눈으로 뒤덮여 있었는지 모른다. 그러나 인철에게는 그게 눈앞에서 순식간에 이루어진 변화 같아 갑자기 자신이 낯선 세계로 끌려 나온 듯한 느낌마저 들었다.

그 낯섦 때문에 새삼스레 주위를 돌아보던 인철은 이번에는 땅위에 내려앉은 눈송이들이 펼친 마술에 홀려 들기 시작했다. 멀리 삐죽삐죽 솟은 큰 산 발치에 나지막이 엎드려 있던 야산들은 눈보라가 그 위압적인 배경을 대신하자 먼저 자세부터 당당해졌다. 거기다가 그 위를 덮고 있던 뒤틀린 다복솔과 키 작은 참나무붙이,

그리고 흔해 빠진 떨기나무들이며 잡초들마저 순백의 분장으로 특유한 미학을 연출하자 그것들은 전혀 새롭게 창조된 듯 하나하나가 주저없이 저마다의 완성미를 자랑하며 다가들었다.

잇대인 개간지의 변모도 마찬가지로 마술적이었다. 벌써 실패의 예감을 자아내던 2만 평의 황무지는 그 위를 덮은 동일한 색조의 도움을 받아 원래의 몇 배 넓이로 확대되고 풍성해졌다. 겨울과 눈으로 그 비옥함과 다산성을 감추고 있는, 한 넓고 위엄 있는 영지(領地)였다.

아름다움의 특성 중에 하나는 그걸 감지한 사람에게 또 다른 존재의 동참(同參)을 갈망하게 만든다는 점이다. 함께 느끼는 다른 존재가 있다고 해서 아름다움 그 자체가 더해지지는 않지만 그런 존재가 주관적인 누림을 키워 주는 것은 부인하기 어렵다. 그 때문에 사람들은 아름다움을 대하면 누군가 함께 누릴 존재를 갈망하고, 때로 그런 존재의 결여 또는 부재는 아름다움 그 자체마저 빛을 잃게 한다.

그날 갑작스레 대면한 설경(雪景)의 아름다움이 준 충격과 도취에서 깨어난 인철이 다음으로 느낀 것은 바로 그 함께 누릴 존재에 대한 갈망이었다. 누군가 말하였다. 우리가 존재한다는 것은 그저 거기 있다는 뜻이 아니라 누군가와 관계를 맺고 있다는 뜻이다. 그리고 누군가와 관계를 맺고 있다는 것은 어떤 상태를 함께 대면하고 있다는 뜻이기도 하다.

그런 존재에 대한 인철의 갈망은 먼저 기다림과 그리움으로 나타났다. 이 상태는 혼자서 감당하기에는 너무 비상하다. 누군가 함께 대면할 사람이 있어야 한다 ─. 그렇게 말로 풀어낼 수는 없었지만, 그때 그를 몰아댄 것은 틀림없이 그런 감정이었을 것이다.

그 사이에도 눈은 쉼 없이 내리고, 마주한 세상은 홀로는 더욱 감당하기 어려운 것이 되어 가…… 마침내 견디지 못한 인철은 휘날리는 눈송이에 내몰리듯 개간지를 나섰다. 그가 먼저 발길을 멈춘 곳은 개간지 발치의 큰길가였다. 그 길을 따라 누군가 그가 간절히 기다리는 사람이 올 것만 같았다.

그때 인철이 처음으로 기다린 사람은 아득한 그리움의 추상이었다. 그러나 차츰 그 추상은 구체적인 사람의 형상으로 바뀌더니 이윽고 명혜로 구상화(具象化)되었다. 스스로 '추억의 세 기둥'이라 이름 한 그녀와의 세 가지 인상 깊은 추억 중에서 어느 해 눈 내린 밤을 떠올리고, 인철은 그 밤처럼 그녀가 홀연히 나타나 주기를 간절히 빌었다. 하지만 헛된 기구였다. 멀리 아득한 남쪽 항구 도시에 살고 있는 명혜가 어디 있는지도 모르는 그를 찾아 그 깊은 산골까지 올 까닭은 전혀 없었다.

그래도 인철은 단념하지 않고 눈을 맞으며 기다렸다. 눈보라 치는 언덕에서 이미 사람의 발길이 끊긴 가로 길을 아득히 내려다보다가 마침내 단념하고 밀양의 친구들로 기다림의 대상을 바꿀 때는 느닷없이 눈시울이 화끈했다. 하지만 그렇게 대상을 바꿔 놓고 보니 명혜는 어림없는 바람일지 몰라도 용기라면 올 수도 있을 것 같았다. 지금쯤은 고등학교 입시가 끝나 나를 찾아 떠났을지 모른다. 밀양에서의 첫해 어느 봄날 있지도 않은 상여를 찾아 반 아이들을 데리고 나를 따라나섰던 것처럼. 그러나 역시 헛된 기다림이란 것이 금세 명백해졌다. 그날 아침 라디오에서 들은 바로는 아직 고등학교 입시가 한창이었다.

누구라도 좋다. 누구든 나와 함께, 그냥 두면 터져 버릴 듯한 이 감동을 나눌 수 있는 사람이라면 나는 기꺼이 가슴을 열고 맞겠다. 오래잖아 인철은 그처럼 또 다른 타협으로 들어갔다. 누구든 말만 할 수 있는 사람이라면, 아니 내 말을 듣고 이해할 수만 있다면……. 그렇게 진행된 기다림의 절실함은 마침내 그 대상을 오직 살아 있는 것이라면, 에서 움직이는 어떤 것이라도, 하는 데까지로 낮추게 했다.

뒷날 인철은 어떤 중국인이 눈 내린 뒤의 세상을 노래한 시에서 "산에는 새조차 날지 않고/ 길에는 사람의 자취 끊겼네"라는 구절을 읽고 그 묘사의 절묘함에 가슴 저릴 정도의 감동을 느낀 적이 있다. 그 시인은 틀림없이 눈 내리는 날 길가에 나가 누군가 올 리 없는 사람을 기다려 본 적이 있는 사람이었다. 그런 기다림의 절실함, 아니 그 뒤에 숨어 있는 뼈저린 외로움을 인철은 알 듯했는데, 그것은 아마도 그날 자신이 온몸으로 그걸 느껴 본 까닭이었을 것이다.

눈에 묻어 온 지독한 열병에 갑작스레 감염된 듯 거의 제정신을 잃은 채 그런 미련한 기다림에 빠져 있던 인철은 제법 날이 어둑어둑해 올 무렵에야 큰길을 따라 마을로 내려갔다. 그런 기다림이 전혀 가망 없는 일이라는 걸 이성이 깨우쳐 주는 데 꽤나 시간이 걸린 셈이었다. 아무도 오지 않는다면 내가 찾아간다. 누군지 모르지만 내가 너에게로 가겠다.

낮부터 벌어진 술추렴에 와자해진 동방 앞을 지날 때 인철은 잠시 마음이 흔들렸다. 여기라도 들어가 저 소박하고 건강한 감흥에 참여할까. 그러나 그는 이내 유혹을 떨쳐 버리기라도 하듯 빠른 걸음으로 그 앞을 지났다. 왠지 그들과 어울리는 게 너무 값싸고 비굴하게 자신을 내던지는 일처럼 느껴졌다. 차라리 장터로 올라가 보자. 어쩌면 거기서는 내 참여를 기다리는 보다 풍성하고 품위 있는 정신을 만날 수 있을는지 모른다.

그런데 인철이 막 제재소 앞 다리를 건너려 할 무렵이었다. 그때껏 어떤 소리도 빛도 움직임도 볼 수 없던 큰길 뒤쪽에서 무언가 다가오는 기척이 있었다. 돌아보니 벌써 헤드라이트를 밝힌 자동차 한 대가 아직도 날리는 눈발을 헤치며 느릿느릿 다가오는 중이었다. 안동에서 오는 막차였다.

길 한편으로 비켜선 인철이 무심코 차창 안을 올려다보니 평소보다 더 빼곡히 들어찬 차 안이 눈에 들어왔다. 푸른빛 도는 실내등 때문에 언제나 파리하게 보이게 마련인 사람들의 얼굴이 그날따라 유난히 희고 빛나 보였다. 그게 이제 곧 그들이 만나게 될 사람들, 무언가를 그들과 함께 나눌 존재들 때문이란 느낌이 들면서 갑자기 인철의 감상이 비약하기 시작했다. 그래, 나를 찾아온 사람도 저 버스를 타고 왔을지 모른다. 진작에 개간지 입구에 내려 지금은 텅 빈 집 안에서 나를 기다리고 있을지도 모른다.

그러자 잠시나마 반짝했던 이성이 무력해지고 인철의 마음은 갑자기 다급해졌다. 그 사람을 기다리게 해서는 안 된다. 기다리다가 내가 안 오면 그는 그대로 떠나 버릴지도 모른다 ─. 그런 생각으로 인철은 뛰듯이 걸음을 빨리했다. 그사이 쌓인 눈은 벌써 발목까지 차올라 내닫기에 불편했으나 그 때문에 속도를 줄일 마음은 전혀 들지 않았다.

몇 번이나 눈길에 미끄러지며 개간지로 돌아온 인철은 먼저 집 쪽을 보았다. 실망스럽게도 창문에선 불빛 한 줄기 새어 나오지 않았다. 그래도 인철은 기대를 버리지 않고 집 앞으로 달려가 캄캄한 집 안에 대고 소리쳤다.

"누가 왔어요? 안에 아무도 없어요?"

떨리는 목소리가 무색하게도 안에서는 아무런 대답이 없었다. 하지만 그때 다시 인철의 머리에 퍼뜩 떠오른 게 있었다. 집 안에 아무도 없으니까 개간지를 둘러보고 있을지도 모른다. 인철은 얼른 개간지를 올려보았다. 그렇게 보아서 그런지 어슴푸레한 개간지 한가운데 누군가가 서 있는 것처럼 보였다.

인철은 이번에는 개간지로 치달았다. 쌓인 눈에다 약간 경사진 곳이라 몇 번이나 미끄러졌지만 금세 사람이 서 있는 것처럼 보이던 곳에 이를 수 있었다. 그러나 역시 아무도 없었다. 조금 길게 남겨진 메밀 그루터기가 흰 눈 위에 거무스레한 선을 만들고 있는 게 그 같은 착시의 원인임을 짐작하게 할 뿐이었다.

그런데도 그날 인철을 사로잡은 기다림과 그리움은 걷잡을 수 없는 광기처럼 단념을 몰랐다. 개간지 가운데 올라가 서자 이번에는 그 위편 개간지와 야산이 잇대인 곳에서 사람 그림자가 느껴졌다. 야산 끄트머리의 잡목 덤불이나 작은 바위가 유도한 착시였겠지만 인철은 이번에는 틀림없다 싶었다.

"거기 누구예요? 거기 아무도 없어요?"

인철은 그렇게 소리치며 다시 개간지를 치달아 올라가 단번에 야산 발치에 이르렀다. 그런 날씨, 그런 시각의, 야산이라고는 해도 마을에서 제법 떨어진 산등성이에 사람이 있을 리 없었지만 기다림과 그리움은 그래서 오히려 더 간절해졌다. 인철은 이제 온전히 광기로 바뀐 믿음에 휘몰려 산등성이를 기어오르기 시작했다. 거기에 또 누군가가 와서 기다리고 있는 듯했다.

인철이 마침내 올라가기를 멈춘 곳은 쌓인 눈이 아니라도 길을 찾지 못하면 그냥 오르기 힘들 만큼 가파른 산등성이 아래서였다. 눈 빛이 있어도 워낙 날이 저물어 개간지와 집이 희미한 윤곽으로밖에는 보이지 않는 곳이었다. 거기서 인철은 그날 하루 종일 변덕스러운 열정에 시달려 지친 몸을 부려 놓듯 눈 위에 퍼질러 앉았다. 그리고 한동안 으스름해 더욱 적막한 설경을 망연히 내려다보다 자신도 모르게 소리쳤다. 우, 우우, 으워, 으워웍. 인간의 외침이라기보다는 짐승의 울부짖음에 가까워 정확한 의성(擬聲)이 어려운 소리였는데, 그 뜻은 아마도 이러했을 것이다.

"거기 누구 없소? 정말 아무도 없소?"

그 순간 그때껏 인철을 몰아댄 광기는 까닭을 알 수 없는 슬픔으로 변해 몸만큼이나 지친 영혼을 쥐어짜기 시작했다. 인철은 눈 내린 산등성이의 적막과 으스름 속에서 한동안을 흐느끼다 밤이 제법 깊어서야 비척이며 산길을 내려왔다. 뒷날 그는 술회했다.

그때 나를 그토록 속절없이 흐느끼게 했던 슬픔의 본질은 무엇이었을까. 그 앞서의 광기와도 같은 그리움과 기다림은 어디서 온 것이었을까. 그 외양은 성숙해 가는 수컷의 외로움으로 먼저 드러났지만 끝내 내 의식에 와 닿은 것은 분명 우리 존재의 근원적 고독과 연관된 그 무엇이었다. 홀로 태어나 외롭게 찾아 헤매며 절규하다 마침내는 홀로 죽어 가는 것. 그 같은 우리 존재의 섬뜩한 진상이 한 불길한 예감으로서가 아니라 명확한 조짐으로 다가와 내 덜 여문 영혼을 짓이겨 댄 것임에 틀림이 없다……

인철이 개간지를 거의 다 내려왔을 무렵 누가 돌아왔는지 집 안에 불이 켜져 있었다. 그때 그 빨갛게 빛나던 창틀이 외로움과 슬픔에 지쳐 있던 철에게는 얼마나 따뜻하고 다정하게 느껴지던지. 인철은 무슨 구원이라도 얻은 사람처럼 집으로 달려갔다.

"아이고, 저게 덩거리(덩치)만 컸지, 속은 아직 얼라(아기)라. 그래, 집에 아무도 없다꼬 혼자 나가 울고 있었다나? 저 물텅이(물덩어리) 같은 거를 어예노?"

옥경이와 함께 돌아와 늦은 저녁상을 차리고 있던 어머니가 부엌으로 들어서는 인철을 보고 혀를 끌끌 차며 말했다. 김 서린 남폿불이었지만 인철의 얼굴에 남아 있는 울음의 흔적을 알아보기에는 넉넉한 밝기였던 것 같다.

그런데 그로부터 사나흘 뒤였다. 저녁마실(저녁마을: 밤에 이웃으로 놀러다니는 것) 온 진규 아버지가 자못 걱정스러운 얼굴로 말했다.

"그런데 말이씨더, 철이 어무이요. 요새 무슨 산짐승 댕기는 모양이라. 큰짐승(호랑이)은 6·25 때 놀래 다 어디 갔뿌랬지마는 개갈가지(개호주)나 납닥발이(역시 개호주의 사투리. 영남 북부에서는 둘 다 호랑이와는 종[種]이 다른 짐승으로 봄)는 다시 살살 댕기는 같드라카이. 얼매 전 눈 온 날 밤 말이씨더. 요 앞 야산에서 뭐가 우는데, 그게 바로 얼라(아기) 우는 소리 내서 사람 꾀와(꾀어) 낸다는 개갈가지 같더라꼬요. 그날 저물게(저물어서) 솔 모롱이(솔숲 모퉁이)를 도는데 바람에 실래(실려) 오는 그 울음소리가 얼마나 애절복절하던지 듣는 내 맘이 다 쨍하디더 왜. 그러이 밤에는 쪼매 조심하소. 무신 이상한 소리 나디라도 함부로 내다보지 말고요."

듣고 있던 인철은 얼굴이 화끈 달아올랐으나 차마 그게 자신이었음을 밝히지는 못했다. 그러다가 아주 오랜 세월이 지나 진규 아버지가 이미 고인이 되고 난 뒤에야 그때 일을 추억하며 혼잣말로 때늦은 시인을 했다.

"맞습니다, 진규 아버님. 저는 그때 한 마리 짐승이었습니다. 그러나 걱정하신 것처럼 위험한 짐승은 아니었습니다. 그저 외로움에 깊이 상처 입은 한 마리 어리고 슬픈 짐승이었을 뿐입니다."

크지 않는 나무

"아유, 이 먼지. 애, 이 양아, 물 좀 뿌리고 쓸어라. 미련스레 이게 뭐니?"

현 양 언니가 요란하게 문을 열어젖히고 호들갑스레 소리치는 바람에 영희는 비질을 멈추었다. 아닌 게 아니라 열린 문틈으로 쏟아지는 햇살 속에서 뽀얗게 먼지가 피어오르고 있었다. 하지만 미장원 바닥은 이미 다 쓸어 쓰레받기만 대고 쓸어 담기만 하면 될 판이었다. 새삼 물을 뿌리고 어쩌고 하기가 싫어 그대로 쓰레받기를 대는데 현 양 언니의 뾰족한 목소리가 다시 영희의 고막을 쑤셔 왔다.

"애, 너 내 말 들리지 않니? 물 좀 뿌리고 쓸라고 했잖니?"

아마도 자기가 출근한 줄 알면서도 사근사근하게 인사를 하지 않은 게 그녀의 심사를 건드린 것 같았다. 그런 짐작이 들자 영희는 울컥 속이 치밀었으나 애써 억눌렀다.

"이제 쓸어 담기만 하면 되는데요 뭐. 물을 뿌리면 집 안이 축축해서요. 출입구나 이대로 좀 열어 놓으면 될 거예요."

영희가 별 내색 없이 그렇게 대답하자 현 양 언니도 더는 심통을 부리지 못했다. 거처하고 있는 방으로 들어가 가방을 내려놓고 작업복으로 갈아입기 시작했다.

그사이 바닥 쓸기를 마친 영희는 미용 기구 선반 쪽으로 서둘러 다가갔다. 현 양 언니를 보자 고데기 손질을 안 해 둔 게 문득 생각난 까닭이었다. 눌어붙은 머리칼이나 그을음을 씻어 내고 반짝이게 닦아 기름칠을 하지 않으면 현 양 언니가 또 무어라고 핀잔할지 몰랐다.

"불 제대로 피워 놨니? 이제 곧 아침 손님 밀려들 거다."

옷을 갈아입고 흰 가운까지 걸친 현 양 언니가 방을 나오며 그렇게 소리쳐 묻다가 영희가 하고 있는 양을 보고 혀를 찼다.

"쯧쯧, 아직 고데기 소제도 안 해 놨니? 파마 세트도 그대로겠구나. 어쩜 애가 저리……."

완전히 심부름하는 계집아이 취급이었다. 아니꼬움으로 다시 속이 울컥했지만 영희는 이번에도 억지로 눌러 참았다. 한 살이 위라도 언니는 언니, 거기다가 미장원 일로 보면 자기보다 4년이나 앞서 미용사 자격증을 딴 고참이 아닌가. 하지만 현 양 언니는 그런 영희의 속을 아는지 모르는지 계속 깐족거려 댔다.

"얘, 그만둬라. 그걸 뻬빠(샌드페이퍼)로 닦아 내면 어떻게 해, 미용 기구는 내가 손볼 테니 넌 불이나 좀 살펴봐. 아침 손님은 전수(모두) 고데(불파마) 손님들이니까."

그러면서 영희에게 고데기를 뺏어 들고 기름걸레로 문지르기 시작했다.

연탄불은 바닥 청소를 시작하기 전에 보아 둔 것이라 굳이 살필 필요가 없었지만 현 양 언니와 다투는 게 싫어 영희는 말없이 난로 쪽으로 갔다. 그리고 쇠 집게로 난로 뚜껑을 열어 연탄불을 보는 척하고 있는데, 다시 현 양 언니의 깐족거림이 들려왔다.

"요새 애들은 어떻게 된 건지 모르겠어. 우리 시다(시다바리: 보조 미용사) 때는 어땠는지 알아? 하루 종일 엉덩이 한 번 붙여 보지 못하고 돌아치다가 밤에는 또 언니들 핏수건(月經帶)까지 빨았어. 고데기 이따위로 해 놨다간 독한 언니라도 만나면 따귀까지 맞았다고. 일도 요새는 참 거저 먹기지. 너 불파마 알아? 요새야 맨 약이지만 그때는 파마에도 불을 썼다고. 십구공탄이 뭐야, 숯조개탄 피우려면 아침마다 눈물깨나 뺐어. 그러고도 1년은 고데기 근처에 얼씬도 못 했는데, 요샌 뭐야? 학원에서 두어 달 얼렁뚱땅 넘기면 너도나도 미용사야. 거기다가 미장원에 나오면 석 달도 안 돼 고데기부터 들고 설치니……."

전날 영희가 주인아줌마의 허락을 받고 처음으로 여학생 앞머리 고데 한 번 해 준 걸 빗대어 하는 말 같았다. 석 달만 채우면 변두리 미장원의 미용사로 보내 주겠다는 소개소의 말도 있고 해서 웬만하면 참고 지내려던 영희도 현 양 언니가 그렇게까지 나오자 그냥 있을 수가 없었다.

"어제 그거 제가 하려고 한 게 아녜요. 언니는 바쁘고 손님은 급해하니까 아줌마가……."

"아줌마면 다야? 너 미장원에선 주인이라고 뭐든 맘대로 하는 거 아니다."

"그럼 모든 걸 일일이 언니에게 물어보고 해야 한단 말이에요?"

"애 봐, 눈을 있는 대로 다 치뜨고. 너 지금 내게 싸우자고 덤벼드는 거니?"

현 양 언니가 그러면서 닦고 있던 고데기를 소리 나게 내려놓을 때는 영희도 꽤나 심사가 뒤틀려 있었다. 안 되면 까짓것 고달프겠지만 다시 한 집 더 옮기지 뭐, 하는 기분에 한바탕 벌일 생각으로 맞받으려는데 다행히도 첫 손님이 뛰어들어 둘을 갈라놓았다.

"어이, 이봐, 빨리 머리 좀 만져 줘. 후까시(부풀림)는 넣지 말고 우찌마끼(안으로 감는 고데)로 좀 감아 줘요."

영희가 그새 몸에 밴 대로 꾸벅 머리를 숙이며 보니 한눈에 술집 색시 퇴물 티가 드러나는 마흔 줄의 아주머니였다. 현 양 언니도 습관적인 사근사근함으로 첫 손님을 맞아들였다.

"아휴, 옷도 고우셔라. 그래, 이렇게 아침 일찍 어디 가세요?"

"부산 좀 다녀오려고. 요새 그쪽 경기가 좋다고 와 보라는 친구가 있어서……."

그 아주머니가 거울 속의 시들어 가는 자신의 얼굴에 눈길을 주며 까닭 모를 거드름까지 섞어 그렇게 대꾸했다. 현 양 언니가 친한 척 거들었다.

"장사는 아무래도 서울이 낫잖겠어요? 저도 누가 그쪽으로 가서 함께 미장원을 열어 보자고 하지만 뭐라 해도 여기가 부산보다 큰물인 것 같아서……."

그렇게 되자 조금 전까지의 다툼은 아주 없었던 일처럼 되었다. 현 양은 영희가 고데기들을 가져다가 연탄불 위에 얹는 걸 못 본 척 두고 그 손님 머리의 기초 손질을 시작했다. 그러면서 이것저것 장사 얘기를 계속하는데 마치 세상을 다 살아 본 사람 같았다. 미용사는 잡담이 본업이고 머리 손질이 부업이라더니 현 양이 꼭 그랬다.

영희도 속을 가라앉히고 평소의 충실한 보조 미용사로 돌아갔다. 아침 손님도 그 뒤로 서넛 더 와서 현 양과의 시비를 되새기고 앉았을 겨를을 주지 않았다.

영희가 잠깐이나마 자신을 돌아볼 짬을 얻게 된 것은 아홉 시쯤 해서 아침 손님들이 한 차례 지나간 뒤였다. 그때부터 아침 설거지를 끝낸 주부들이 찾아오는 열 시 무렵까지 한 시간은 좀 한가했는데, 그게 영희에게 여유를 준 셈이었다. 하기야 그때도 윗사람의 눈에서 벗어나지 않으려면 해야 할 자질구레한 일이 없는 것은 아니었다. 그러나 현 양과의 다툼에 자극을 받은 탓인지 그날의 영희는 그런저런 눈치를 보고 싶은 마음이 아니었다.

'그래, 이제 여기까지 왔다. 하지만 그래서 어쨌다는 거야.'

영희는 그렇게 자조하듯 중얼거리며 새삼 낯선 기분으로 자신을 돌아보았다. 생각하면 미용 학원을 수료하던 날의 감격이 우스꽝스럽기만 했다. 두 달 전 미용사 자격증을 따서 학원을 나설 때 영희의 가슴을 가득 채운 것은 뿌듯한 성취감이었다. 아니, 그 이상 백조가 된 미운 오리 새끼 같은 황홀함까지도 맛보았다.

그러나 취업길에 들어서면서 그 모든 환상은 깨어지고 말았다. 자격증 취득은 어떤 성취가 아니라 시작일 뿐이었다. 아득히 높은 곳에 미장원 주인이 자리 잡고 있고 그 아래는 현 양 같은 선배 미용사가 역시 드높이 앉아 있었다.

그렇다고 밖에서 보던 것처럼 그 직종의 전망이 그리 좋은 것도 아니었다. 거추장스러운 고데를 대신할 수 있는 간편한 헤어 드라이어가 나오고 일반인도 다루기 쉬운 커트기며 여러 가지 미장원을 대신할 수 있는 기구와 화장품, 약품이 잇달아 선보였다. 거기다가 미장원도 벌써 포화 상태에 다다라 그 재미란 것도 차츰 옛날 얘기가 되어 가고 있었다.

하지만 그때만 해도 영희는 자신이 품어 온 환상을 지켜 보려고 애를 썼다. 그래도 시내에는 웬만한 사업 뺨칠 만큼 잘되는 미장원이 여럿 있고, 학원에서 들은 선배들의 빛나는 성공 사례는 더욱 많았다. 어디든 양지와 음지는 있게 마련, 나는 바로 그 양지를 차지할 것이다 ―. 영희는 그런 중얼거림으로 스스로를 격려했다.

그렇게 되고 보니 창현을 찾는 일은 다시 뒤로 미루어졌다. 창현의 배신을 확인하게 될 경우 철저하고 멋진 복수는커녕 도리어 자신이 먼저 무참하게 허물어져 내리고 말 것 같은 두려움 때문이었다. 그것은 어쩌면 복수를 유(猶)예한다기보다는 차라리 배신을 확인함으로써 받게 될 파멸적인 선고를 회피하는 것에 가까웠다.

그날도 영희는 어떻게든 자신을 추슬러 희망과 믿음 속에 그 새로운 길을 갈 수 있게 하려고 애를 썼다. 그러나 현 양이 의식 깊은 곳의 무엇을 건드렸는지 뜻대로 잘되지가 않았다.

'그렇지만 너무 피로하고 외롭구나, 건강하고 성실하게 산다는 것은……'

영희는 끝내 그 같은 탄식으로 그때껏 퍼질러 앉아 있던 자리에서 일어났다. 그날따라 벌써 스물셋에 접어든 나이가 전에 없이 처참하게 느껴졌다. 그때 누군가 출입구로 걸어 들어오는 발소리가 들렸다. 미장원 주인아줌마였다.

"오늘 아침 손님 좀 왔어?"

"예, 네 사람 왔어요. 고데 둘에 반(半)고데 하나예요. 커트도 하나 있고……"

현 양 언니가 주인아주머니의 말을 받는 걸 보고 영희는 난로 쪽으로 걸어갔다. 불 문을 막지 않은 게 생각난 까닭이었으나 난로 뚜껑을 열어 보니 불꽃이 많이 올라 있지는 않았다.

"쟤는 왜 아침부터 저렇게 부어 있다니?"

영희가 말없이 제 할 일만 하는 걸 보고 주인아줌마가 현 양 언니에게 물었다. 현 양 언니가 문득 아침의 감정이 되살아나는지 뒤틀린 말투로 받았다.

"몰라요. 고데기 소제 안 해 났다고 몇 마디 했더니…… 저도 미용사라고 제 잔소리는 안 듣겠대요."

"그게 무슨 소리야? 이 양아, 정말로 그래?"

주인아줌마가 나무라는 투로 영희를 향해 목소리를 높였다. 가라앉았던 속이 다시 울컥 올라왔으나 영희는 억지로 참았다. 적당한 핑계로 얼버무리려는데 마치 그런 영희를 구해 주려는 듯 한 젊은 여자가 뛰어 들어왔다. 맘보바지에 긴 머리였는데, 늘씬한 몸매가 우선 눈길을 끌었다.

"봐요, 여기 커트 좀 하려는데……."

이어 비음 섞인 목소리가 영희의 시선을 그녀의 얼굴로 끌어 들였다. 많이 낯익은 얼굴이었다. 아니, 짙은 화장에 가려 있어도 누군지 금세 알아볼 만했다. 몇 번이나 찾아보려다 그만둔 모니카였다.

"너, 영희 아냐? 영희지? 어쩜, 이 기집애……."

모니카를 알아보고 묘하게 굳어 얼른 입을 열지 못하는 영희에게 모니카가 먼저 그렇게 소리쳤다. 예전의 왠지 주눅 들어 하고 조심스러워하는 데가 있던 태도와는 전혀 다르게 반가움을 표시했다. 영희도 눈시울이 화끈할 정도의 반가움 때문에 모니카의 그런 변화에 아무런 반감을 느끼지 않고 손을 내밀었다.

"으응, 그래. 정말 오랜만이다."

"너 그동안 어디 있었어? 어째 그렇게 연락도 없었어?"

모니카가 가볍게 팔짝팔짝 뛰다가 등짝까지 두들기며 계속 소리 질러 댔다. 그래도 손님이라고 아니꼬운 대로 참고는 있었으나 현 양 언니의 눈길은 그때 빌써 곱지가 못했다. 그걸 피부로 느낀 영희가 먼저 정신없는 반가움에서 깨어나 여전히 나이 어린 계집아이처럼 떠들고 있는 모니카에게 넌지시 눈짓을 하며 말했다.

"암튼 머리를 하러 왔다니 우선 그것부터 해. 얘기는 나중에 하기로 하고."

그러나 모니카는 눈치가 없기는 예나 지금이나 마찬가지였다. 미용 의자 쪽으로 가볍게 이끄는 영희를 떨치듯 하고 더욱 목소리를 높였다.

"얘는 지금 머리가 문제니, 머리가? 그래, 그동안 어디 있었어? 그리고 갑자기 이건 무슨 청승이야? 네가 왜 여기서 이러고 있냐고……."

"너, 들어올 때 종종걸음이던데 바쁘지 않아? 우선 머리부터 하고 다음에 얘기해. 이러다가 손님 오면 순서 뺏긴다."

영희가 다시 그렇게 말했으나 모니카는 들은 척도 않았다. 나이가 들고 모양도 어른스러워졌지만, 뭔가에 홀딱 빠지면 순간적으로 앞뒤를 못 가리는 것만은 여전했다.

"얘, 정말 미장원 시다 같은 소릴 하네. 까짓 커트 안 하면 어떠니? 널 만났는데……. 그래, 우선 대답해 봐. 그때 해성다방에서는 왜 그리 갑자기 없어졌니? 몇 달 착실하게 카운터 보아 주고 있다더니……."

모니카가 그렇게 거침없이 쏟아 놓기 시작하자 반가움도 잠시, 영희는 난감해지기 시작했다. 그녀의 백치 같은 순진성이 무슨 알려져선 안 될 과거를 들춰낼지 모르기 때문이었다. 영희는 자신의 의식뿐만 아니라 남에게 하는 자기소개에서도 마뜩잖은 과거와는 엄격히 단절하고 있었다. 아주머니도 현 양 언니도 영희에 대해서 알고 있는 것은 시골 여고(女高)를 마치고 일자리를 찾아 서울로 나왔다는 것뿐이었다.

그런 영희의 난감함을 '척하면 삼척'이라는 주인아줌마가 그동안의 눈치로 덜어 주었다.

"맞다. 커트 손님 뭐 대단한 거 아니다. 보아 하니 오랜만에 만난 친구 사이 같은데 이 양아, 너 잠깐 나갔다 와. 어디 다방 같은 데서 한 삼십 분 회포를 풀어야 그 손님, 머리든 뭐든 생각이 나겠다."

하지만 썩 기분이 좋은 것이 아님은 그 뒤 혼잣말처럼 덧붙인 한마디로 짐작할 수 있었다.

"어디 시끄러워서 견딜 수 있어야지."

모니카를 잘 아는 영희는 아줌마의 말을 따르는 수밖에 없다고 생각했다.

이제 곧 밀어닥칠 낮 손님들이 마음에 걸리기는 하지만 어서 모니카를 데려 나가지 않으면 그 입에서 무슨 소리가 나올지 몰라 영희가 모니카의 등을 떼밀듯 말했다.

"그래, 알았다. 우선 여기서 나가자. 아줌마, 현 양 언니, 미안해요. 잠깐 요 앞 다방에 나갔다 올게요."

영희는 한꺼번에 셋을 상대로 그렇게 자리를 정리한 뒤 가운을 벗었다. 함께 걸으면서 흘끗흘끗 모니카를 살펴보니 겉모양엔 약간의 변화가 있었다.

꽉 죄는 바지며 블라우스의 무늬가 한층 야해진 데다 머리칼도 제 색깔이 아니었고, 짙은 화장으로도 잘 감춰지지 않던 뺨의 흉터는 어떻게 했는지 거의 드러나지 않았다. 그러나 전체적으로는 알 수 없는 조화가 이루어져 방향이 칙칙한 대로 성숙함과 안정을 얻고 있었다. 마지막으로 보았을 때의 유행에 들떠 천방지축으로 쏘다니던 철부지 계집아이는 영 아니었다.

'논다니도 세월이 가면 관록이 붙는 모양이로구나……'

영희는 그런 생각과 함께 무턱댄 감정의 과장과 당황에서 조금씩 깨어나기 시작했다. 당황은 보조 미용사로 일하는 자신의 모습을 갑작스레 그녀에게 들킨 데서 온 것이었다. 그때까지는 어느 정도 자랑까지 느끼며 해 온 일이었으나, 그녀에게만은 어떤 말로도 그 일을 자랑으로 바꿀 수 없으리라는 단정이 들면서 영희는 문득 자신이 초라하기 그지없게 느껴졌다.

"해성다방에서 나와 어딜 갔더랬어? 그러고 보니 엄마한테 네가 레지로 나갔다는 말을 들은 것 같기도 하지만 어쨌거나 벌써 1년이 훨씬 넘었잖아? 그리고 지금 이 모양은 뭐야? 미용사 자격은 언제 땄어?"

다방에 마주 앉자마자 모니카는 따발총처럼 질문을 쏘아 댔다.

가슴을 눌러 오는 알 수 없는 열등감을 덜기 위해서도 영희는 성실한 삶으로의 복귀를 과장하지 않을 수 없었다. 창현과의 여섯 달은 쑥 빼고 바로 고향으로 이어, 자신은 대여섯 달 어깨너머로 구경한 것에 지나지 않은 개척의 날들을 끝까지 함께 참여한 것으로 윤색해 들려주었다.

효과는 거의 영희가 노린 대로였다. 그사이 훨씬 유행가 가사 투가 된 모니카가 눈까지 반짝이며 호기심과 경탄을 나타냈다.

"그랬단 말이지, 네가? 거 뭐야, 낮이면 밭에 나가 길쌈을 매고 밤이면 사랑방서 새끼를 꼬고……. 거 신나잖아? 멋있고. 그렇담 서울엔 또 왜?"

그런 말로 난데없는 부러움을 드러냈다. 그 속없는 반응에 다소 자신을 회복한 영희가 만나고 처음으로 핀잔 섞어 쏘아 주었다.

"이 기집애, 너 언제 철이 들래? 어디 농촌이 유행가 가사 같은 줄만 알아? 너, 뜨거운 여름 조밭에 앉아 김을 맨다는 게 어떤 건지 짐작이나 해? 뭐, 사랑방에서 새끼를 꼰다는 게 트위스트 춤 같은 건 줄 아느냐고?"

"그래도 정든 임과 함께라면……"

모니카가 또 다른 유행가 가사로 대꾸했다.

"정든 임이 어딨어? 삶이 그 모양이 되고 나면 정든 임도 뭣도 없는 거야."

영희가 그렇게 받다가 문득 깨우쳐지는 게 있어 물었다.

"애, 너 혹시 오빠 애길 하는 거니?"

"으응, 사실은 그것도 묻고 싶었어. 그래 명훈 오빠 요즈음은 어떻게 지내셔?"

모니카가 낯까지 살짝 붉히며 갑자기 기어드는 목소리로 받았다. 참으로 알 수 없는 일이었다.

영희는 그녀가 깡철이 말고도 두 번이나 더 남자를 바꾸어 붙어다니는 걸 보았었다. 물론 되도록 영희에게는 숨기려 했지만 세상에서 그녀와 가장 안 맞는 일이 있다면 거짓말과 무얼 숨기는 일일 터였다.

그러다 영희에게 그 남자들을 들키면 그녀는 영희가 보기에도 민망스러울 만큼 허둥댔는데, 영희는 그걸 다만 여자의 보편적인 수치감 정도로 이해해 왔다. 아무래도 자신이 잘못 본 것 같았다. 그렇게 모진 꼴을 보고 헤어진 지 4년이 다 돼 가는 데도 오빠 얘기를 평소처럼 못 하는 걸 보니 그때 그녀가 영희에게만은 한사코 새로운 남자들을 숨기고 싶어 한 데는 딴 이유가 있었다. 그 이유를 짐작하자 영희는 한숨부터 먼저 나왔다.

"너…… 아직도 오빠를 생각하니? 정말로 궁금해서 묻는 거야?"

"어떻게 잊을 수 있겠어? 내가 어떻게……."

모니카가 진심을 나타낼 때 늘 그러는 콧소리 섞인 목소리로 나직이 받았다. 영희가 좀 어이없어 빈정대듯 말했다.

"차암 알 수 없네. 깡철이는 또 그렇다 치고, 오토바이씨나 그 춤쟁이는 어떻게 된 거야? 꽤 찹쌀 궁합으로 붙어 다녔잖아?"

"그치들하고 명훈 씨를 어떻게 견줘? 저희 좋아 따라다니고 필요해서 이따금 만나 주었을 뿐이라고. 그런데 그치들이 어떻게 감히 명훈 씨를 대신할 수 있어?"

그쯤 되면 치정이라도 감동하지 않을 수 없었다. 명훈이 자신의 오빠여서가 아니라 모니카의 그 특이한 열정이 주는 기묘한 감동 때문이었다. 모니카는 그곳이 아침나절의 다방 안이라는 걸 조금도 의식하지 못한 사람처럼 예의 콧소리 섞인 목소리로 독백처럼 이어 나갔다.

"내 전에 말했지? 누구에게 안겨 있어도 느끼는 건 언제나 명훈 씨라고. 깨고 나면 한밤을 같이한 남자가 명훈 씨가 아니었다는 게 더 큰 그리움으로 명훈 씨를 그리워하게 한다는 거. 너, 아직도 날 모르겠니? 그새 날 잊은 거야?"

그렇게 되면 모니카의 감정은 이미 영희가 이해하고 간섭할 수 있는 범위 밖이었다. 오빠는 어쩌면 이 애 하나만으로도 행복한 사람일지 몰라 ―. 그런 생각만 막연하게 머리를 스쳐 갈 뿐이었다. 하지만 언제까지고 그녀의 넋두리에 붙들려 있을 수는 없었다. 더구나 못 본 그 한 해 남짓에 그녀의 감정은 전보다 훨씬 빠르고 심한 기복을 보여 그대로 두어서는 안 될 것 같았다.

"하지만 이젠 정말로 잊어. 오빠는 우리하고는 딴 세계의 사람이야. 나도 어쩌면 오빠를 다신 못 만나게 될지도 몰라."

그리고 그녀의 강한 도리질을 외면한 채 불쑥 물었다.

"그래, 넌 어떻게 지내니? 어머님은 여전하셔? 전에 맡아 하신다던 그 요정 잘돼?"

하지만 모니카는 영희의 그런 유도에 쉽게 끌려들지 않았다. 한동안을 디 유행가 가사 같은 넋두리를 늘어놓다가 겨우 물음에 답했다.

"잘될 리 있어? 엄마 나이 벌써 마흔둘이야. 엄마 단골들이랬자 물이 가도 한참 간 자유당 퇴물들이고……. 지난 연말에 깨끗이 말아먹고 이제는 변두리 어디에 대폿집이나 낼 궁리지. 그 작자가 덤벼 털어먹지만 않았어도 그 지경까지는 안 가는 건데……. 요샌 꼴보기 싫어 집에도 잘 안 가."

모니카가 그 작자라 하는 사람은 의붓아버지를 가리키는 말 같았다. 자유당 때는 끗발깨나 있었으나 4·19 뒤 한 몇 달 숨어 지내다가 사업이라고 벌인 게 모니카의 어머니만 빈털터리로 만들고 말았다는 얘기는 영희도 들은 적이 있었다. 영희가 마지막으로 신세를 지러 모니카네 집을 찾았을 때가 바로 그 무렵이었기 때문이다.

"집엘 안 간다면…… 넌 어떻게 지내?"

"친구랑. 윤혜라란 앤데 정말 괜찮아. 정 있고 수완 좋고. 걔랑 따로 방 얻어 지낸 지 몇 달 돼."

"그럼 먹고사는 건?"

"얘 또 궁상맞은 소리 하는 거 봐. 먹고사는 게 뭐 그리 대단한 거니? 꼭 부엌 바닥에 퍼질러 앉은 아줌마같이……."

그러는 사이에 모니카의 말투가 차츰 처음의 활기를 되찾았다.

마뜩지는 않지만 뭔가 재미나고 쉬운 벌이로 궁하지 않게 지내는 것 같았다. 하나하나 뜯어보면 옷차림뿐만 아니라 목걸이 장식까지도 잡지에서나 보는 유행으로 구색을 갖춘 게 어지간한 여유를 말해 주고 있었다.

"그래도 하는 일은 있을 거 아냐? 뭘 하길래 사는 걸 그렇게 쉽게 말할 수 있어? 내게도 좀 알려 줘. 정말 피곤해 못 해 먹겠어."

영희가 제법 진심 섞어 그렇게 물었다. 이상하게도 모니카와 앉아 있을수록 뭔가 자신이 멍청한 짓을 해 왔다는 느낌이 자라 갔다. 지난 몇 달간 무슨 인생의 큰 목표처럼 바라보며 온 정식 미용사도 그녀 앞에 내세우기에는 너무 초라하고 구차스레 느껴지는 직업일 뿐이었다. 고향 얘기를 할 때의 과장 때문인지 이번에는 모니카가 곧이곧대로 영희의 말을 받아 주지 않았다.

"그래도 맘잡고 새로 시작한 일이라며? 건강하고 성실하게 살기 위해 갖는 빚이라며?"

"그래 봤자 미용사지. 나 아무래도 다시 그 심술궂은 마녀의 저주에 걸린 것 같아. 되도록 어렵고 구차스레 살기를 바라는."

"너희 엄마 얘기구나. 아직도 그런 사이니, 너희 모녀?"

"이렇게 몇 년 살다가 적당히 시집이나 가라는 그 여자 말에 홀린 것 같아. 한 1년 그 저주 같은 잔소리를 되풀이 듣다 보니 나도 모르게 귀에 딱지가 앉은 거야."

그렇게 말해 놓고 보니 정말인 것 같아 영희는 갑자기 억울한 기분까지 들었다. 맞아, 그 여자가 내게 주문을 건 거야. 나는 그것도 모르고 멍청하게 넘어가 이 고생과 설움을 당하고 있고.

"그거 좋잖아. 좋은 신랑 만나 행복하게 살면 그보다 나은 게 어딨어?"

"좋은 신랑? 까짓 미용사 한다고 갑자기 백마 탄 왕자라도 찾아 온다든? 맞아, 그 심술궂은 주문에 걸려든 거야."

영희의 그 같은 감정 변화의 밑바닥에는 그날 아침 미장원에서 겪은 일들도 은밀히 작용하고 있었다. 모니카도 영희가 그냥 해 보는 소리만은 아니란 걸 알았는지 조금 진지해졌다.

"살이가 그렇게 고달파? 미용사란 게 그런 거야? 월급은 얼마 나 받는데?"

"미용사가 뭐야? 시다지. 미용사만 돼도 아까 네가 본 현 양 언 니처럼 하늘 같지. 내가 하는 일이 뭔지 알아? 바닥 쓸고 물 데우 고 수건 빨고 기구 소독하고…… . 뿐이야? 점심·저녁상 차려 대령 해야 하고 잘못하면 미용사 나리 핏수건까지 빨아야 될 판이라고. 그런데 월급은 얼만지 알아? 자그마치 10만 원 빼기 9만 5천 원이 야. 그것도 견습 뗀 뒤 큰 선심 써서."

"뭐야? 겨우 5천 원이라고? 한 달 내내 온갖 힘든 일 다 하고?"

모니카도 영희가 받는 대우는 좀 뜻밖인 듯했다. 당시로 봐서 는 꼭 박하다고만 할 수 없는 그 대우에 모니카가 놀라워하는 데 다시 영희는 충격을 받았다.

"겨우 5천 원이라고 하지 마. 그걸로도 서울서 내 한 몸 한 달 살기는 넉넉해."

그렇게 반박은 하면서도 마음속은 이상하게 씁쓸했다. 진지하면 오히려 백치 같아지는 표정으로 모니카가 물었다.

"너 참 이상하다. 넌 벌써 작년에 해성다방에서도 5천 원은 넘게 받지 않았어? 그런데 미용 학원 다니고 기술 배워 아직 5천 원이야? 게다가 일은 그렇게 고되다면서?"

"나아질 거야, 정식 미용사가 되면."

영희는 그래 놓고 나니 갑자기 화가 치밀었다. 모니카가 워낙 눈치 없이 자신의 수입을 얕보는 게 무엇이든 남에게 지기 싫어하는 그녀의 성미를 건드린 것이었다.

"너, 이 기집애 못 본 새 간이 많이 커졌구나. 너 요즈음 뭐 해? 집에도 안 들어간다면서 돈 보는 눈은 왜 그리 높아졌어?"

"아니, 뭐 그런 건 아니고……"

영희가 눈을 치뜨자 모니카가 갑자기 움츠러들며 어물댔다. 영희가 그때껏 느꼈던 열등감을 한꺼번에 앙갚음하듯 거칠게 쏘아붙였다.

"이 못된 기집애. 요새도 놈팽이들 돈이나 뜯어 지내? 나이도 몇 안 되는 게."

"아냐, 그건."

모니카가 강하게 부인했지만 모니카의 태도는 어느새 옛날 학교 시절로 돌아가 있었다. 공연히 주눅 들어 하고 눈 한번 부릅뜨면 겁을 먹고 어쩔 줄 몰라 하는.

"그럼 뭐야? 너 아까 혜라란 애 어쩌고 했지? 걔와 뭘 하고 지

내?"

"실은…… 하꼬미 나가."

"하꼬미?"

"응, 정식으로 요정 색시는 아니고, 이따금씩 색시가 모자라서 불러 주면 가는……"

"술상에 앉으면 색시지. 그래, 그게 그렇게 수입이 대단해?"

"그런 건 아니지만…… 일당 5백 원에 손님 잘 만나면 팁도 한 5백 원……"

그 소리에 영희는 다시 잠깐 말문이 막혔다. 하룻밤에 천 원. 그렇다면 자신의 월급을 얕볼 만도 했다. 하지만 그렇다고 기죽기는 싫었다. 일부러 모니카의 약점이 되지 싶은 곳을 골라 찔러 보았다.

"너 이 기집애, 벌써 몸까지 파는구나."

"아냐, 거기 오는 손님들은 점잖은 사람들이야. 거기다가 우리는 색시로 나가는 게 아니고……"

"색시가 아니면 술상 앞에 뭐하러 나가?"

"대학생이야, 아르바이트하는 대학생. 혜라 걔는 정말로 대학물 좀 먹은 애거든. 만약 외박 나가면 ― 3천 원 이상 받아. 구로도(고참) 언니들보다 한 금 더 나가거든. 한번은 혜라 걔 하루 저녁에 만 원 받는 것도 보았는걸."

영희는 거기서 다시 말문이 막혔다. 모니카 때문이 아니라 이상하게 뒤틀려 있는 돈의 가치 때문이었다. 전해 여름 돌내골에 있을 때 개간 인부들의 평균 하루 벌이는 백 50원 정도였다. 새벽부터 나와 부지런을 떨고, 잡목과 풀이 적게 난 곳을 운 좋게 만나도 3 백 원을 넘기는 인부는 거의 없었다. 서울에 와서도 마찬가지였다. 일당으로 치면 2백 원밖에 안 되는 정식 미용사가 될 날을 손꼽아 기다리던 자신이 아니었던가. 그런데 무엇을 파는지 하룻밤에 3천 원이라, 더군다나 만 원까지……. 비록 다방 레지 때 언뜻언뜻 스쳐 본 적은 있었지만 아직 성(性)의 자본주의적 상품화 양식에 속속들이 익숙해 있지 못한 영희로서는 말문이 막힐 만도 했다.

영희의 말없음을 이해로 단정한 모니카가 약간 기세를 회복해서 덧붙였다.

"혜라 걔는 애인이 둘씩이나 있어. 한 달에 두어 번 같이 밤을 지내 주고 만 원씩 얻는……. 그렇지만 난 아냐."

"시끄러워, 이 기집애야. 그렇다고 그게 다방 안 사람들 다 듣게 떠들고 나설 일이야?"

겨우 말문이 다시 열린 영희가 짐짓 이맛살을 찌푸리며 쏘아붙였다. 모니카가 금세 겁먹은 눈길로 돌아가 입을 다물었다. 그러다가 문득 잊고 있었던 비장의 무기를 다시 생각해 낸 것처럼 울상을 지으며 호소하듯 물었다.

"왜 자꾸 야단치고 그래? 이렇게 오랜만에 만나서, 내가 뭘 잘 못했다고……."

영문 모르게 영희의 맘이 약해지게 만드는 표정과 어조였다. 갑자기 더는 몰아세울 마음이 사라져 말이 궁해 있는데 모니카가 다시 입까지 비죽이며 물었다.

"아까 성실하고 건강하게 산다고 했는데 그게 뭐야? 고단하고 궁상맞게 살면 나 그리 되는 서야?"

"돈이라도 다 같은 게 아냐. 깨끗한 것과 더러운 게 있고, 자랑스러운 것과 부끄러운 게 있어."

"그게 무슨 소리야?"

"떳떳한 노동으로 버는 것과 자신의 몸이나 인격을 팔아서 받는 것은 다르지."

"그럼 고데기로 손님 머리를 볶는 건 노동이고, 술상 곁에 앉아 술 따르는 건 나를 파는 거란 말이지? 난 그것도 일이라고 보는데. 너와 종류는 달라도 말이야."

모니카는 여전히 진심으로 말하고 있었다. 그것도 잔뜩 겁을 먹어 조금만 몰아세우면 금세 눈물을 떨어뜨릴 것 같은 표정으로. 거기에 할 수 없이 약해진 영희가 몰아세우는 기색 없이 물었다.

"너 정말 그렇게 믿니? 그럼 바로 몸을 파는 것도 일이겠네?"

"실은 그것도 그래. 어른들이 하도 나무라니까 그런가 싶어 되도록 그러지는 않으려고 하지만, 만약 누가 돈 벌려고 그런다면 그것도 일 아냐? 노동한다는 거 결국은 자신이 별로 원하지 않는 동작을 돈 받고 하는 거 아니냐고? 남이 돈을 내고 사 간다면 우리가 하는 건 다 노동 아냐?"

어쩌면 모니카는 가장 광범위하게 노동을 정의한 것일 수도 있었다. 모자라도 많이 모자라는 것 같은 모니카의 말인데도 듣고 보니 그렇기도 하다는 게 다시 영희의 심사를 건드렸다.

"이 바보 같은 기집애가…… 너 정말로 하는 소리야? 정말로 그 차이를 몰라서 묻는 거야?"

"모르겠어. 가만히 보면 사람들은 뭔가 제가 가진 걸 팔아서 사는 것 같아. 어떤 사람은 힘을 팔고, 어떤 사람은 지식을 팔고, 어떤 사람은 목소리를 팔고……. 그런데 왜 몸을 파는 것은 안 되는 거야? 더군다나 다른 것보다 힘은 덜 들고 값은 많이 나가는데. 그거 혹 어른들이 무슨 꿍꿍이속 있는 편견을 우리가 너무 순진하게 받아들인 거 아냐?"

영희가 더 성내지 않는 것에 자신을 얻었는지 모니카가 좀 길게 얘기했다. 꽤 논리가 정연한 데다 편견이니, 순진하게 받아들였다느니 하는 그녀답지 않은 어법이 문득 영희에게 그 말의 근원지를 짐작하게 했다.

"못 본 새 제법 똑똑해졌다 했더니, 알고 보니 어디서 주워들은 덜 돼먹은 수작이로구나. 그 기집애지? 혜란가 뭔가 하는 그 못돼 빠진 애. 보나마나 그 이름도 가명일 테지만……."

"맞아, 실은…… 걔가 한 소리야. 그리고 뭔가 더 길고 멋있는 소리도 했는데……."

모니카가 다시 백치 같은 순진함을 유감없이 드러냈다. 그러나 모니카가 한 말의 근원까지는 용케 밝혀 내도 그걸 논리적으로 반박할 만한 능력까지는 영희에게 없었다.

그녀가 말한 것이 노동이라 할 수 있더라도, 그 노동에 의해 팔려 나가는 것이 단순히 시간과 에너지가 아니라 인격과 밀접하게 연관된 귀중한 그 무엇이라는 것, 더구나 그 무엇은 휴식으로 회복되지도 않고 영양의 보충이나 약물로 치유되지도 않는 것이며, 일반의 노동과는 달리 상품화의 기한도 몹시 짧다는 것, 그 한시성 때문에 종종 교환가치는 다른 어떤 노동보다 극대화되지만 또한 그로 인해 그 주체가 입는 영육의 감가상각은 그만큼이나 더 급속하고 처참하다는 것 — 그런 것들이 막연한 감정으로 영희의 가슴속을 떠다니고 있었으나 말로 구성되어 나오지는 못했다. 다만 그냥은 받아들일 수 없다는 느낌이 가벼운 윽박지름으로 나타났을 뿐이었다.

"너 말이야. 정말로 큰일나겠어. 혜란지 뭔지 하는 그 기집애와 헤어져 집으로 돌아가라고, 엄마한테."

영희는 자신의 말이 그녀에게 어떤 구속감을 주리라는 기대 없이 내뱉었지만 모니카는 여전히 백치 같은 성실함으로 받았다.

"어쩜, 넌 그 앨 만나 보지도 않고……. 그리고 집으로는 어떻게 돌아간단 말이야? 엄마하고 그 남자가 단칸방에서 밤낮 없이 으르렁대는데……."

그 말에 영희는 비로소 턱없이 주제넘은 소리를 했음을 깨달았다. 현실적으로는 아무런 대안도 없으면서, 더군다나 자신의 선택에 대한 믿음조차 흔들리고 있는 터에 공연한 간섭을 한 것 같았다.

"어쨌든 말이야. 그 기집애 너한텐 아주 안 좋은 애 같아. 내가 정식(미용사) 되거든 그때 함께 지낼 궁리를 해 보는 게 좋겠어."

자신 없어진 영희가 그렇게 말하자 모니카가 눈을 반짝이며 다가들었다.

"그러지 말고, 오늘 저녁 당장 우리 집에 가자, 응. 혜라 걔 정말 좋은 애다. 너도 좋아할 거야, 방도 넓고……."

저 애의 머리에는 도대체 한 가지 생각이 몇 초나 남아 있을까, 싶은 의문이 절로 들 만큼 구김살 없는 정으로 가득 찬 표정이었다. 호되게 때려 쫓은 강아지가 비명이 채 멎기도 전에 되돌아와 꼬리를 흔들 때와 같은 역겨움과 안쓰러움이 한꺼번에 일어 잠시 어떻게 반응할지 몰라 하던 영희가 한숨과 함께 말했다.

"할 수 없는 애로구나, 넌. 하지만 난 아직 밤엔 미장원을 비울 수 없어."

"피, 까짓 미장원에 뭐가 있다고. 그러지 말고 우리 집에 가자. 여기서 멀지도 않아. 저쪽 언덕배기 양옥집 많은 데 있지? 거기라고."

같은 여자끼리라도 고혹을 느낄 만큼 살짝 눈을 흘기며 모니카가 손을 내밀었다. 영희를 어쩔 수 없게 만드는 그녀의 또 다른 몸짓이었다.

"기집애, 하지만 밤에는 안 돼. 다음 주 노는 날에 한번 찾아갈게."

"그럼 내가 가지 뭐. 우리가 어떤 사이였는데……."

"남 일하는데 짤랑거리고 훼방 놓지 마. 거긴 명색 내 직장이야."

"매일매일 내가 커트하고 고데하면 될 거 아냐?"

그러면서 모니카가 다시 점심을 사겠다고 붙들고 늘어질 때는 웃음까지 짓지 않을 수 없었다.

모니카와 헤어져 돌아온 영희가 그 뜻하지 아니한 만남에 대해 다시 조용히 생각해 볼 수 있게 된 것은 오후가 되어 미장원이 좀 한가해졌을 때였다.

'어쩌면 세상에는 그 기집애처럼 편하고 즐겁게 살기로 정해진 사람이 따로 있는지도 몰라. 가볍고 유쾌하게……'

먼저 영희의 머리에 떠오른 것은 그런 부러움 같은 것이었다. 그리고 왠지 자신의 선택이 불리하고 미련스레 느껴지며 공연히 맥이 빠지는 느낌이었다.

하지만 그때만 해도 영희에게는 도덕적 복원력(復原力)이랄까 그런 것이 살아 있었다. 자신이 팔게 되는 것이 무엇이든 더 나은 벌이가 바로 행복한 삶에의 지름길일지도 모른다는 생각이 들어 다방이며 갑자기 늘어나기 시작한 비어홀의 구인 광고를 유혹처럼 떠올리다가 소스라쳐 중얼거렸다.

"아냐, 이 기집애를 만난 건 아주 불길한 징조야. 많은 사람이 그 기집애가 풍기는 삶의 분위기를 싫어한다는 걸 기억해야 돼. 여기야 이미 들켰으니 할 수 없지만 시다 끝나고 미장원 옮기면 다시는 만나지 말아야지. 그 애는 그저 망가졌을 뿐 아니라 이제는 병들어 썩어 가고 있는 거야……"

봄

햇볕은 따스하고, 하늘은 약간 습기 머금은 대로 맑은 봄날을 보여 주고 있었다. 푸른 기운이 완연한 백양나무 가로수 끝도 봄을 한층 실감 나게 했다.

명훈은 집을 나설 때 목까지 채웠던 야전점퍼의 지퍼를 내리며 한숨과도 같은 심호흡을 길게 했다. 공기마저도 차고 메마르고 냄새 없던 그 겨울의 공기가 아니었다. 따뜻하고 풋풋한 기운이 무성한 생명의 예감과 함께 가슴을 가득 채워 오는 듯했다.

'드디어 봄이 왔다. 길고 어둡고 쓸쓸하던, 그러면서도 열병 같은 기다림의 내 겨울은 갔다. 하룻밤 새 소리 없이 퇴각한 대군처럼……'

명훈은 꼭 시를 생각하는 것도 아니면서 실용에서와는 다른 어법으로 소리 없이 중얼거렸다. 하지만 집을 나설 때의 무겁고 참담한 기분은 조금도 나아지지 않았다.

"야야, 쫌 일나 바라. 야가 먼 술을……."

전날 밤 도가에서 소금을 핥으며 선 채로 들이켜고 온 됫술 막걸리에 취해 자고 있는 명훈을 어머니가 조심스레 깨운 것은 벌써 들창 가득 햇볕이 쏟아지고 있을 때였다. 인철과 옥경이는 어디 갔는지 둘 다 보이지 않았다.

"니 어쩔라고 이래노? 인제 봄이데이, 이랠 때가 아이라."

어머니가 다시 그렇게 몰아세울 때야 자리끼로 목을 축인 명훈이 흐릿한 머릿속을 더듬어 말을 끼워 맞추듯 대답했다.

"제가…… 어때서요?"

"니 요새 왜 그래노? 철이 어느 철인지 알기나 하나? 그래고 집안은 어예 돌아가는 동……."

"왜 무슨…… 일 있어요?"

"야가 이래 천황씨(天皇氏) 같은 소리를 한다 카이. 에미하고 동생들이 굶는지 먹는지도 모르고."

그제야 명훈도 조금 긴장이 되었다. 대강 식량이 떨어질 무렵이란 걸 알면서도 방책이 없어 허둥거리는 사이에 벌써 형편이 그렇게 되었나 싶었다. 실은 전날 도가 신 서기에서 억지를 쓰다시피 외상술을 두 되나 퍼마신 것도 식량 구하는 일과 무관하지 않았다. 어릴 적 한때 지겟다리 친구였던 면 산업계에게 대여곡(貸與穀) 보리쌀 두 가마를 신청했다가 한마디로 거절당한 응어리를 그렇게라도 풀지 않을 수 없었다. 하지만 명훈은 아무리 어머니에게라도 자신의 그 같은 무능이 속속들이 드러나는 게 싫어 짐짓 모르는 척해 보았다.

"부녀회 계(契) 쌀 빌려 온 거 벌써 떨어졌어요?"

"그게 하마 언제로? 까짓 소두 닷 말에 선이자(先利子) 한 말 띠고(떼고) 가지고 온 게 벌써 한 달 다 돼 간다. 니 없으믄 삼시 세끼 죽으로 느라(늘려) 먹어도 쌀 떨어진 게 벌써 어제 아침이라. 교회 절미(節米) 쪽에도 말해 봤다마는 이번 공일(주일)에나 보자 카고, 동네에서 됫쌀 빌려 먹을라 캐도 인제는 쌀 있는 집보다 없는 집이 더 많은 눈치라, 이거 어예믄 좋을로? 참말 임시낭패라도 이만저만 임시낭패가 아이데이."

어머니가 유달리 임시낭패란 말을 강조했다. 명훈을 위해서라기보다는 스스로 그렇게 믿고 싶은 눈치였다. 실은 명훈도 그렇게 믿고 싶었다. 방금의 곤궁은 큰 성취를 앞둔 마지막 시련에 지나지 않는다는 것, 이제 생산의 계절이 돌아오면 대지는 풍요로 그 겨울의 궁핍과 불안을 보상하리라는 것, 그런 믿음이 없다면 명훈은 벌써 초겨울에 주저앉고 말았을 것이다.

연초 군 추천으로 상록수상을 받고 내친김에 서울을 다녀온 며칠을 절정으로 내리막을 걷기 시작한 살이는 그 겨울을 돌아보기조차 끔찍한 것으로 만들었다. 겨울 양식은 넉넉하리라던 자투리 땅도 초가을에 논 한 뙈기를 판 걸로 끝이었다. 한 마지기도 안 되는 천수답(天水畓)이나 대대로 봄가을 나락 말[斗]만 내면 살아오

던 집터를 팔겠다고 내놨지만 그나마 사겠다는 사람도 없었거니
와, 설령 사려는 사람이 나서도 팔기에는 값이 너무 턱없이 쌌다.
명훈네의 어려움을 일고 이용하려 헤서가 아니라, 그것도 땅이라
고 사려는 사람의 구매력이 그뿐이었다.

물론 개간지를 쪼개 판다면 더러는 살 사람도 있었다. 특별한
교육비나 문화비의 지출 없이 식구대로 들에 나가 열심히 일하는
농가의 경우에는 땅을 사들일 여유를 가질 수가 있었고, 또 큰길
에 접했을 뿐만 아니라 경사도 그리 심하지 않은 명훈의 개간지는
그들이 탐을 낼 만도 했다.

그러나 그 개간지는 명훈의 긍지와 자존심 그 자체였다. 식구대
로 구걸을 나서는 한이 있어도 그것만은 줄이지 않겠다는 게 명
훈뿐만 아니라 어머니의 결의이기도 했다. 따라서 그 겨울 그들 일
가의 생계는 그 개간지를 담보로 한 신용에 의지할 수밖에 없었
는데, 그럴 때도 명훈이나 어머니를 정말로 화나게 하는 것은 거
절보다 그 담보에 대한 불신이었다. 글쎄 그것도 땅이라고 뭐가 나
오겠어 — 하는 따위의.

"오늘은…… 어떻게 되겠지요. 몇 군데 얘기해 둔 데가 있어요.
마침 오늘이 장날이고 하니……."

명훈이 자신 없는 대꾸를 하며 몸을 일으켰다. 그때 어머니가
참다못한 듯 갑자기 물기 머금은 목소리를 냈다.

"어예(어찌) 되겠지요, 가 아이라 꼭 돼야 한데이. 아아들 어데
갔는 동 아나? 진규 아버지가 데리고 갔다. 귀신 같은 영감쟁이가

우리 굴뚝에 연기 안 난 거 어예 알고 가자꼬 안 왔나? 철이만 해도 하마 안 갈라 카드라마는 내가 억지로 머라캐서(나무라서) 보냈다. 나는 니 일라믄(일어나면) 같이 갈 께라 캐 놓고……."

명훈은 그런 어머니의 얘기에 번쩍 정신이 들었다. 머릿속에 흐릿하게 남아 있던 술기운이 한꺼번에 씻기는 듯했다. 그대로 앉아 있을 수가 없어 옷가지를 꿰는데 어머니가 완연히 울음기 섞인 목소리로 넋두리처럼 말했다.

"송충이는 솔잎을 먹어야 된다 카디, 사람이 지가끔 사는 방도가 따로 있는데 우리가 뭔 농사를 짓는다꼬……. 이게 참말로 잘하는 짓인 동 몰따. 이 땅 이거 돈대로 팔아 서울 가서 쪼매는(작은) 점방이라도 채리는 게 옳은 게 아일라(아니겠니)? 아아들마다 무식쟁이 안 맨들고, 배 안 골려도 되고. 니도 이 고생 저 고생 안 하고……."

무던히도 참아 온 소리여서인지 한번 입을 떼자 어머니의 넋두리는 줄줄이 이어졌다. 언제부턴가 그런 유혹을 희미하게나마 마음속으로 느껴 온 터라 명훈이 가장 듣기 겁내던 소리이기도 했다.

"어머니, 그만하세요. 그게 무슨 말씀입니까? 장성한 자식이 마음먹고 시작한 일을……."

명훈이 거칠게 야전점퍼 지퍼를 올리며 그렇게 목소리를 높이자 어머니도 자신의 실수를 깨달은 듯했다. 그 서울이 경험 없는 도시가 아니며, 개간지는 또 그들의 마지막 재산이란 걸 그녀 또한 잊지 않고 있었다.

"하기사 너무 답답하이 해 보는 소리라. 맞다. 이번에는 어예튼

동 여다서 끝을 봐야제. 아무리 산전(山田)이라도 밭이 2백 마지기라. 낸들 어예 그걸 팽기칠라 카겠노?"

어머니가 얼른 말을 바꾸었다. 끝의 말은 명훈에게라기보단 스스로에게 하는 다짐 같았다. 명훈은 그런 어머니에게 필요 이상의 허세를 섞어 한마디 던지고 집을 나왔다.

"그럼 사람 힘 빠지게 하지 말고 기다려 보세요. 오늘 중으로 봄 양식 마련되면 농사일 시작할 겁니다. 이제 여름만 넘기면 양식 걱정은 안 해도 돼요. 애들 학교도 보낼 거고."

벌써 농사철이 시작되어선지 장터는 전 같지가 않았다. 장차(場車)가 짐을 부려 놓는 지 오래인 듯 장마당의 가점포마다 이런저런 전이 벌여져 있었으나 장꾼들은 별로 없었다. 조금 장날다운 데가 있다면 농기구와 종자를 겸해 파는 난전 앞 정도였다.

어머니에게는 큰소리를 치고 왔어도 딱히 누구를 지목해 찾아나선 것은 아니어서 명훈은 절로 어슬렁 걸음이 되었다. 정말로 막막했다. 원래 그 면(面) 자체가 동족 부락에서 출발한 것인 데다 해방 뒤 늘어난 타성도 지난 1년 남짓에 낯이 익어 만나는 사람 태반이 인사를 나눌 정도였으나 답답한 속을 털어놓을 사람은 아무도 없었다.

'강 약방이 다시 고리채를 놓는다는 소문이던데, 거기라도 한번 찾아가 봐? 개간지 잡히고 월 5부 선이자 떼어 주면 보릿고개 넘길 양식과 가을까지 농비는 빌릴 수 있겠지. 소문에 그 작자에

게 땅문서 잡히는 날이 바로 땅 날아가는 날이라지만 제깐 놈이 감히 날 어쩌지는 못하겠지…….'

더 이상 길이 없다 싶자 며칠 전에 들은 게 다시 한 유혹이 되어 머리를 들기 시작했다. 그러나 명훈은 이내 끔찍한 생각을 떨쳐 버리듯 세차게 고개를 저었다. 고리채의 무서움은 뒷골목 생활을 해 본 그가 시골 사람들보다 오히려 더 잘 알고 있었다.

'아니, 어떻게든 이대로 버틴다. 버텨서 이길 테다.'

제 김에 격해진 명훈이 그렇게 스스로를 다잡고 있는데, 문득 코끝을 찔러 오듯 자극적인 냄새가 그의 눈길을 한곳으로 끌었다. 장마당 한구석에 걸린 장국밥 가마였다. 그 곁 초가집 병길네가 내건 모양인데 부엌 쪽 축대에는 두 말들이 막걸리 초롱도 보였다.

벌써 끓고 있는 것은 장국밥을 말기도 하고 그냥 술국으로 내놓기도 하는 선짓국이었다. 구수한 냄새에 이어 얼큰해 보이는 국 가마가 눈에 들어오자 명훈은 갑자기 속이 뒤틀리는 듯한 시장기를 느꼈다. 그러고 보니 그 또한 전날 점심 이후부터는 술밖에 마신 게 없었다.

"병길 어머니, 여기 장국밥 하나 말아 줘요."

명훈은 주머니에 돈이 없다는 걸 생각할 겨를도 없이 그 집 툇마루에 털썩 앉으며 부엌 쪽을 향해 소리쳤다. 부엌 쪽에서 머릿수건을 쓴 병길네가 생나물이라도 무치다 나왔는지 벌건 손등으로 이마를 훔치며 알은체를 했다.

"안죽(아직) 때도 안 됐는데 벌써 국밥가?"

그 말을 듣고서야 명훈은 비로소 난처한 자신의 처지를 깨달았다. 돈이 없으면 외상을 달아야 하는데, 앞뒤로 미뤄 보아서는 자신이 국 가마를 마수걸이하는 게 틀림없었다. 하지만 점점 마장으로 몰리고 있는 듯한 느낌이 갑자기 뒷골목 시절의 야성을 되살렸는지, 마수걸이를 외상으로 한다는 게 이상하게도 그리 미안하지가 않았다. 어쩌면 그때 이미 명훈은 누구에게 물리든 외상은 않을 자신이 있었는지도 모를 일이었다.

"엊저녁에 술을 좀 마셨더니 아침을 먹을 수 있어야지. 에이, 이왕이면 막걸리도 한 되 주쇼. 독은 독으로 풀랬다고 이참에 해장이나 제대로 해야지."

오히려 배짱이 생긴 명훈은 그렇게 술 한 되까지 얹었다.

"거참, 얄궂다. 대처 물까지 먹은 사람치고는 착실타꼬 소문났디, 아침부터 웬 술까지……."

병길네가 이상한 듯 그렇게 중얼거리며 부엌으로 사라졌다. 하지만 명훈의 주머니 사정이나 속마음엔 전혀 의심이 안 가는지 금세 손을 씻고 나와 상을 차려 냈다.

"밥은 아직 새 밥이 안 돼 식은 밥이따. 국도 아직 매매(푹) 달지(고아지지) 않아 어떨 동(어떨지)."

병길네는 그렇게 자신 없어 하며 상을 차려 냈지만 상황이 그래서인지 명훈에게는 장국밥도 술맛도 기대보다 나았다.

명훈이 외상이라는 궁색한 방법보다는 알맞은 봉을 찾아 음식값을 떠맡기기로 작정한 것은 술 주전자가 거의 비어 갈 무렵이었다. 때마침 멀지 않은 농기구전에서 낫을 살피고 있는 두 청년 가운데 하나가 낯익은 걸 안 명훈은 가만히 손짓해 둘을 불렀다.

소리 없는 손짓인데도 둘 중 하나가 알아보고 일행의 허리를 찔러 머뭇거리며 다가왔다.

"장에 나오셨디껴?"

낯익은 쪽이 꾸벅 머리를 숙여 알은체를 했다. 가만히 보니 작년 당수를 가르칠 때 수련생들 중에서 몇 번 본 얼굴 같았다.

"음⋯⋯."

명훈은 짐짓 거드름 섞어 코대답을 한 뒤 낮고도 태연스러운 소리로 말했다.

"내가 마침 돈을 가지고 나오지 않았다. 너희 둘 중에 하나가 여기 국밥값 좀 치러라."

그러나 둘은 그 갑작스러운 주문이 얼른 이해가 되지 않는 표정이었다. 명훈의 어조나 표정과 그 주문의 내용이 잘 안 맞는 탓인 듯했다. 눈만 멀뚱히 뜨고 명훈을 쳐다보았다. 그때 어디선가 상두 녀석이 부른 듯 달려왔다.

"아이고, 형님 여다 계셨니껴? 어서 가 보시더."

"어딜?"

명훈은 불려 온 둘에게는 눈길도 주지 않고 몸을 일으키며 상두에게 물었다.

"개척단 놈아(놈아이) 둘이 장에 내려와 어척도 없니더(어처구니 없는 짓을 합니다). 술을 얼매나 처먹고, 안동옥(安東屋) 다 뿌쇄 났다 카이요. 형님이 가서 손을 좀 봐줘야 될씨더. 하이고, 얼매나 숭악한 놈들인지……."

싸움만 있으면 명훈을 끌이들이지 못해 안달인 녀석답게 상두가 손짓 발짓 해 가며 허풍을 떨었다. 하지만 명훈이 자연스럽게 그곳을 떠나기에는 꼭 알맞은 구실이었다.

"그래? 고 쥐새끼 같은 놈들이…… 가자."

그러면서 돌아설 때 명훈은 이미 조금 전 불려 온 둘이 대단찮은 자신의 부탁을 거절하지 않을 걸 확신했다.

명훈이 상두와 함께 안동옥에 이르렀을 때는 이미 모든 게 끝나 있었다. 경비 전화 같은 거라도 있어 연락이 간 건지, 아니면 진작부터 무단이탈한 그 둘을 뒤따라온 것인지 거기서 50리나 떨어진 산중에 있는 개척단 본부에서 사람이 나와 일을 수습했다는 것이었다. 안동옥으로 들어가는 골목 어귀에서 구경하다 쫓겨 나온 장꾼들에게 그 얘기를 듣자 명훈은 문득 허전한 느낌이 들었다. 영문 모를 울분으로 한바탕 화끈한 싸움이나 벌여 보려던 게 진작부터 품었던 그의 내심이었기에 그런지도 몰랐다.

"그래도, 함 가 보기나 하시더. 글마들이 어예 됐는 동."

명훈이 걸음을 멈추자 그런 쪽에 유별나게 관심 많은 상두 녀석이 명훈의 옷깃을 끌었다. 명훈도 거기까지 왔다가 그냥 돌아서기도 뭣 해 그대로 안동옥 대문을 밀었다.

상두의 말대로 집 안은 아직 한바탕 소동을 치른 흔적이 여기저기 널려 있었다. 깨어진 장독에서 흐른 간장이 마당에 흥건히 괴어 고약한 냄새를 풍겼고, 향나무니 장미니 하는 도회풍의 정원수와 관목들로 제법 모양을 내고 있던 앞마당은 무엇이 뒹굴었는지 말 그대로 엉망진창이 되어 있었다. 중간 방 미닫이 둘이 하나는 안으로 자빠지고 하나는 바깥쪽으로 자빠져 있는데, 그 방 안은 또 둘러엎어진 술상으로 어지러웠다.

사람들은 안방 앞 마루 쪽에 몰려 있었다. 사고를 친 개척단원 둘은 자는지 기절했는지 리어카에 짐 실리듯 포개져 움직임이 없었고 둘을 그렇게 처리한 듯싶은 개척단원 셋은 마루에 걸터앉아 담배를 피우고 있었다. 그들 어깨 뒤로 무슨 여장군처럼 팔짱을 끼고 서서 그 모두를 흘겨보는 안동옥 안주인의 눈길이 전에 알던 사람같지 않게 흉맹스러웠다. 마루에 앉아 있는 셋의 발밑에 떨어져 있는 곡괭이 자루에다 리어카에 실려 있는 둘의 몸 여기저기서 보이는 핏자국과 피멍이 어떤 방식으로 그 난장판이 수습되었는지를 잘 말해 주었다.

집 안이 그런 난장판의 뒤끝치고는 너무 조용한 게 이상했지만, 그 까닭도 이내 알 수 있었다.

"보소, 대장인가 뭔가 하는 양반아, 사람이 양심이 있으믄 그런 소리는 못 할 께라. 집 안을 이 꼬라지로 맹글어 놓고 미안하다는 말로 되겠니껴? 나도 흙 파서 장사하는 거 아이인께는 대장이 다 책임지소. 국토개척단이란 게 대낮에 술 퍼마시고 양민에게 행짜 부리라 카는 건강? 이거 안 물어 주믄 내 당장에 고소할 께라. 고소로 안 되믄 높은 곳에 진정이라도 낼 끼고."

명훈과 상두가 들어서는 걸 보고 힘을 얻었는지 안동옥 안주인이 갑자기 목소리를 높였다. 그걸로 미뤄 변상 문제를 놓고 따지다가 의견이 엇갈려 잠시 입을 다물고 있을 때 명훈이 들어선 것 같았다.

"아지매, 그런 게 아이고……."

대장이라고 불린 사내가 좋은 말로 안동옥 안주인을 달래려 하다가 역시 인기척을 느꼈는지 힐끔 명훈 쪽을 돌아보았다. 목소리가 어딘지 귀에 익다 싶었는데, 돌아보는 낯은 더욱 눈에 익은 것이었다.

"어……?"

너무 뜻밖인 만남이라 명훈이 얼른 말문을 열지 못하고 있는데 명훈을 알아본 상대가 몸을 일으키며 먼저 소리쳤다.

"야, 너 명훈이 아냐? 그럼 네 고향이……? 맞아. 그러고 보니 들은 것도 같아."

"날치, 너 기어이……."

그제야 명훈도 그렇게 입을 열었다. 1960년 5월이던가, 뒷골목이 깨어지면서 헤어진 뒤로 4년 만에 만나는 날치였다. 그 4년이 명훈에게도 그러했듯 날치에게도 많은 변화를 준 듯했다. 그 뒤로도 계속 뒷골목에 붙어살았다면 5·16 직후의 깡패 소탕령에 걸려 국토건설단에 끌려가게 된 것까지는 예상할 수도 있지만, 인근에 악명 높은 국토개척단 지대장은 아무래도 명훈이 알고 있던 날치와는 어울리지 않았다.

"왜, 이 권영길이 꼴이 너무 한심하냐?"

명훈이 그리 듬직하지 못한 자신의 옛 별명을 부르는 게 마음에 안 드는지 날치가 명훈에게는 기억조차 희미한 제 이름을 내세우며 그렇게 허세를 부려 놓고 다시 안동옥 여주인을 향했다.

"좋시다. 변상으로 천 원 더 드리면 되겠소? 미친개한테 물린 셈 잡고 이만 봐주슈. 생각하면 쟤들도 불쌍한 애들이오."

그러면서 작업복 윗주머니에서 지갑을 꺼내 백 원짜리 열 장을 헤아렸다. 불룩한 지갑이 이번에는 다른 의미로 뜻밖이란 느낌을 주었다. 날치는 되도록 단원들 앞에서 명훈이 자신의 과거를 들추는 걸 피해 보고 싶은 눈치였다. 어떻게 어물어물 넘어가 보려던 생각을 버리고 시골의 관례로는 그리 박해 보이지 않는 변상으로 안동옥 안주인의 입을 막은 뒤 단원들을 향했다.

"저 새끼들 끌고 올라가. 간병실(看病室)에 집어넣고 내 갈 때까지 물 한 모금 주지 마."

리어카에 실린 둘을 턱짓으로 가리키며 그렇게 내쫓듯 하다가 문득 명훈의 어깨에 손을 얹으며 한마디 보탰다.

"나는 이 친구하고 한잔하고 화계(花溪) 막차로 올라가지. 참, 인사들 드려. 5·16 전만 해도 동대문에서 '간다'라고 하면 주먹깨나 쓰는 놈들은 다 알아서 모시던 분이야."

명훈에게 자신의 볼 것 없는 이력을 들출 기회를 주지 않을 뿐만 아니라, 이번에는 명훈을 추켜세움으로써 자신도 그 등에 올라타려는 의도 같았다. 그만한 눈치를 모를 명훈이 아니라 날치가 바라는 대로 해 주었다.

"고생들 하는구먼. 곧 좋은 세월이 오겠지."

날치의 말에 따리 머리끼지 꾸벅하며 인사를 하는 개척단 둘에게 점잖게 한마디 해 주었다.

하지만 명훈과 날치의 만남에 가장 신나 하는 것은 상두 녀석이었다. 이제야말로 명훈을 존경해도 좋을 진짜 이유를 찾아냈다는 듯 둘을 제쳐 놓고 제가 앞장서서 덤벙거렸다.

"형님, 어디로 가실라이껴? 암만캐도(아무래도) 주막집은 안 될 꺼 아이껴? 차라리 고마 차 한 대 가시끼리(대절)해 진안으로 나가까요? 만내도(만나도) 어지간한 분들이 만내야제⋯⋯."

"너무 그럴 거 없어. 어디 네가 잘 아는 집으로 가서 소주나 한잔하자."

"헤이 참, 그거사 아무 데나 가자는 말 아이껴? 이 돌내골 장터, 내 단골집 아닌 데 어딨니껴? 보자⋯⋯ 이거 어디 모시가노? 어디가 좋으꼬?"

그렇게 부산을 떠는 상두를 한눈에 알아본 날치가 그를 슬쩍 추켜 주었다.

"명훈이가 아우 삼았으니 알 만하지만, 성질 한번 화끈한 친구구먼."

하지만 장춘관(長春館)이란 거창한 이름의 새로 생긴 술집 뒷방에 마주앉자 날치에 대한 명훈의 감정은 묘한 갈등을 경험했다. 모든 것은 일시에 지나간다. 그리고 지나간 것은 그리워지는 법 ─ 그런 흔한 시구처럼 날치는 어느새 그리워진 과거에 속한 사람이란 사실과 '개척단 대장'에게 지역 사람들이 느끼는 공포와도 흡사한 위압감 같은 것들은 그와의 갑작스러운 만남을 반갑게 만들었다. 그러나 한편으로 그 만남은 자신이 의지로 지향하고 있는 새로운 삶에는 알지 못할 불안으로 다가들기도 했다.

"나도 4·19가 나자 불안하기는 했지. 그러나 너 알다시피 내가 뜨려 한들 어디 갈 곳이나 있어? 그래도 미련스럽게 그 골목에 붙어 있을 수는 없어 안동으로 날랐지. 마침 외로워진 잇뽕 형이 생각보다는 반갑게 맞아 주더군. 거기다가 그것도 경력이라고 그 바닥에 오래 놀다 보니 실속 없이 서열만 오르는 거라. 따기(소매치기)는 그만두고 그때부터 잇뽕 형과 어울려 좀 굵직하게 놀았지. 똘마니도 서넛 붙고. 그런데 하루는 똘마니 중 한 놈이 헌병에 갔다가 권총을 가지고 탈영한 친구를 데려왔더군. 처음에는 신기하기도 하고 해서 그 권총을 맡아 두었는데 그게 탈이었어. 권총이 있으니까 어떻게든 그걸 써 보고 싶더란 말이야. 형사를 가장하고 노름판을 덮쳐 판돈을 쓸기도 하고, 못 받게 된 빚도 받아 주고…… 꽤 괜찮은 세월이었지. 그런데 말이야, 결국은 일이 터졌어. 한번은 안동극장에서 한 프로 보고 나오는데 조무래기들이 싸우잖아? 딴에는 형뻘 된다고 따귀나 붙여 말리려 했는데, 요새 애들 영 아니더군. 분명 날 알아본 눈친데 똘마니 서넛 있다고 그러는지 슬슬 다구리(뭇매)라도 놓으려는 수작이라 아마도 주머니에 권총이 없었으면 개들을 피해 갔거나 적당히 구슬러 보냈을 거야. 그런데 깔치(여자)도 달고 있고 구경꾼까지 있으니 그게 더 안 되데. 처음에는 겁이나 주어 쫓으려고 했는데 기어이 달라붙는 놈이 있어 한 방 먹였지. 그거야. 그 자리에서 붙들리고 나니 이 판에서는 어마어마한 거물이 되어 있더군. 특급 폭력배로 분류돼 국토건설단 1년에 이어 지역 국토개척단에 끌려와도 보시다시피 지대장이야. 여기 온 지는 이제 한 대여섯 달 되나……."

그게 술자리에 앉은 날치의 경력담이었다. 그러나 말투나 몸짓은 만년 남의 똘마니 노릇이나 할 것 같던 옛날의 날치가 이미 아니었다. 제법 우두머리 노릇이 몸에 배, 그의 과거를 잘 아는 명훈에게는 당연할 아니꼬움조차 느껴지지 않았다. 오히려 그보다는 은근한 시새움 같은 게 일 뿐이었다.

명훈은 알 수 없는 경쟁 심리까지 느끼며 자신의 변화를 과장하여 요약했다. 상록수의 꿈, 그 자체를 실현하기 위해 모든 도회적인 유혹을 뿌리치고 떠난 것처럼, 그리고 지금은 이제 막 그 꿈의 실현을 앞두고 있는 사람처럼.

그렇게 얘기하다 보니 명훈은 자신이 빠져 있는 절박한 상황마저 깜박깜박 잊을 지경이었다. 만약 바깥 술청에서 떠들썩하게 주고받는 장꾼들의 얘깃소리가 명훈을 자극하지 않았더라면 명훈은 그날도 날치와의 술타령으로 때우고 말았을 것이다.

"아이고, 참 살기 힘들다. 힘들어."

"왜?"

"암만 캐도 보릿고개 넘을 일이 꿈 같아. 대양곡(대여곡. 춘궁기에 농촌에 빌려주던 쌀)이라도 한 가마이 얻어 볼라 캤디 그것도 우리 매이한테는 그림의 떡이라. 거다도(거기에도) 빽 아이믄 와이로(뇌물)가 있어야 된다 카이."

"그기 무신 소리로?"

"황 총대(總代) 말이라. 그 사람이 돈이 없나? 쌀이 없나? 그런데 아까 보이 대양곡 보리쌀 세 가마이 처억 얻어 구루마에 신꼬 가드라꼬."

"총대 그 사람이사 봄 양식 떨어질 사람이 아인데……. 그래고 대양곡 그거 그런 사람한테 빌려 주는 거는 아일 껜데."

"면장한테 얘기했거나 대양곡 담당하는 박 서기 술잔깨나 받아 먹었겠지 뭐."

대여곡이란 말에 얼큰한 술기운에서 깨어난 명훈은 거기까지 듣자 속이 욱 치밀었다. 어제 그렇게도 차갑게 거절하던 박 서기의 얼굴이 떠오르며 그냥 앉아 있을 기분이 아니었다. 그때 더 결정적인 말이 명훈의 귀에 들어왔다.

"하기사 그래고 보이 우리 동네도 대양곡 말이나 얻어먹은 사람은 다 박 서기하고 친한 사람들이라."

그 말까지 들은 명훈은 날치가 눈치채지 못하게 술자리를 마무리 짓기 시작했다. 술기운에 되살아난 날치의 수다가 잠깐 숙어지기를 기다려 조용히 말했다.

"야, 오늘 정말 반가웠다. 자주 보자. 너 알지? 솔머리 길가 개간지. 면에 내려오거든 꼭 들러라. 내 해 놓은 일도 보고……."

오랜만에 만난 회포를 다 풀지 못했는지 날치가 서운한 어조로 물었다.

"왜, 무슨 일 있어?"

"응, 이제 농사철이 시작되니까 오늘 장에 해야 할 일이 여러 가지야. 다음에 한번 날 잡아 코가 비뚤어지게 마셔 보자고."

아직도 날치에게는 명훈에 대한 두려움이 남아 있음이 분명했다. 명훈이 정색을 하자 선선히 놓아주었다.

"알겠어. 그럼 가서 일 봐. 나는 여기서 저 젊은 친구하고 좀 더 마시다 화계 막차 오면 올라가지."

술집을 나와 보니 해는 어느새 중천에서 서편으로 약간 기울어 있었다. 낮술이어서인지 하루 중에 가장 기온이 높을 때라 그런지 따가운 봄볕 아래 나서자 방 안에서는 대단찮던 술기운이 온몸으로 나른하게 퍼져 갔다.

장은 역시 제대로 서 보지도 못하고 걷히는 듯했다. 종자나 농기구, 비료 따위 농사와 관련된 물품을 사러 나왔던 사람들도 품을 아끼려고 일찍들 돌아가 장바닥은 오전보다 훨씬 한산해져 있었다. 가점포의 포목상들 중에는 벌써 전을 거두고 있는 사람도 보였다.

명훈은 그런 장바닥을 지나 면사무소로 가는 언덕길로 접어들었다. 언덕배기에 서 있는 오래 묵은 느티나무 줄기에 푸른빛이 돌고 있었지만 분노로 감정이 거칠어진 명훈의 눈에는 들어오지 않았다.

면사무소는 장날답게 분주했다. 별것 아닌 증명 서류를 떼는 것조차 장날로 미루는 시골 사람들의 습성에다 대여곡이며 영농 자금 신청, 비료 수령 따위의 일들이 겹친 까닭이었다.

명훈이 찾고 있는 박 서기는 자리에 없었다. 점심 먹으러 나갔 다가 아직 돌아오지 않았다는 게 촉탁으로 일하는 친척 아저씨 의 말이었다. 국민학교를 나와 면사무소 급사로 있다가 어찌어찌 서기로 올라간 박 서기는 계장까지 되었는데 농림학교를 나온 자 신의 숙항(아저씨뻘 친척)은 촉탁 서기로 있다는 게 새삼 명훈의 심 사를 건드렸다.

명훈은 생각 같아서는 바로 면장실로 들어가 따져 보고 싶었지 만 그것까지는 참았다. 면장과의 어쭙잖은 안면 때문이었다.

면장은 예비역 육군 대위로 5·16 뒤 군정 시절 면장 직대(職代) 로 왔다가 민정으로 이양된 뒤에도 그대로 눌러앉은 사람이었다. 시골 면장 같지 않게 젊은 데다 운동을 좋아해 이런저런 이름으 로 체육대회를 잘 열었다. 그 바람에 명훈도 몇 번 만날 기회가 있 었는데, 특히 작년 가을 면민 운동회 때 명훈이 수련생 20여 명과 함께 당수 시범을 보이고부터는 턱없이 명훈을 좋게 보아 주었다.

"이 사범같이 훌륭한 무도인이 향토에 있는 줄 몰랐소. 나도 지 도관(知道館)에서 다년간 당수를 수련한 무도인(武道人)의 한 사람 으로서……."

그런 말로 미루어 은근한 자기과시의 의도가 있기는 했지만 그리 기분 나쁜 일은 아니었다. 그런데 대여곡 같은 일로 따지고 들어 궁한 자신의 형편을 드러내고 싶지는 않았다.

일이 그렇게 되려고 그랬는지 박 서기가 돌아온 것은 공교롭게도 명훈이 막 면사무소 건물을 나설 때였다. 얼굴에 약간 붉은 기가 도는 게 점심 먹으러 나갔다가 술깨나 걸친 모양이었다.

"어이, 박정태, 나 좀 보자."

명훈이 굳은 얼굴로 자신을 부르자 박 서기는 일순 찔끔했다. 그러나 무엇 때문에 자신을 회복했는지 곧 깐깐한 표정으로 돌아가 명훈의 말을 받았다.

"으응, 명훈이 자네가? 왜 그래노?"

"여긴 사람들 눈도 있고 하니까 저쪽으로 가지."

명훈이 사람의 왕래가 뜸한 창고 뒤쪽을 가리키며 조용히 말했다. 언뜻 박 서기의 눈길에 불안이 스치더니 갑자기 목소리가 높아졌다.

"명훈이 자네 술 먹었구나? 글체?"

그렇게 면사무소 마당에 있던 사람들이 다 들을 만큼 큰 소리로 말해 놓고 다시 자신에게 유리한 장소로 명훈을 끌었다.

"할 얘기가 있다면 드가자, 이 사람아. 안에도 니 앉을 자리는 있다."

"너 정말 여럿 앞에서 창피당하고 싶어서 그래?"

그의 속이 빤히 들여다보여 울컥 화가 치민 명훈이 목소리를 높였다. 하던 일을 멈추고 흘끗흘끗 그들에게 눈길을 주고 있는 사람들을 의식해서인지 박 서기도 뻣뻣하게 나왔다.

"아이, 이 사람, 그게 뭔 소리고? 내가 무신 여럿 알믄 안 되는 죄라도 졌나?"

"그래?"

명훈은 그러면서 빤질빤질하게 나오는 그의 얼굴을 한동안 무섭게 쏘아보았다.

"사람을 꼬나보기는 왜 그리 꼬나보노? 아이고 무서버라. 어디 세상이 안죽도 옛날 같은 줄 아는 모양이제. 아무리 법은 멀고 주먹은 가깝다 카지마는 인제는 맞고 지내는 세월이 아이라. 그런 세월은 자유당 시절에 다 지나갔다꼬. 어디서 술 취해 와 가주고 뭔 시비를 할라꼬……"

박 서기는 겁을 먹기는커녕 오히려 그렇게 선수를 치고 나왔다.

"너 면서기 되더니 뵈는 게 없어?"

"면서기가 높지는 않다만 그래도 나랏일 보는 공무원이라. 어른도 정태, 아아들도 정태 카든 옛날의 그 면(面)소사 박정태는 아이라꼬."

"큰 벼슬 했군."

"이게 글케 쉬워 비(보이)거든 모도 면서기 한번 되 보라믄."

명훈이 보기에 박 서기는 이미 명훈이 자신을 찾은 까닭을 짐작하고 있는 듯했다. 어떻게든 여럿 있는 곳에서 기죽지 않고 말로 때워 보려고 악을 쓰며 뻗대고 있었다.

명훈도 구석진 곳으로 데려가 분을 풀려던 마구잡이 감정을 냉

정한 계산으로 바꾸었다. 박 서기가 믿는 게 법과 사람들의 눈이
라면 명훈에게는 또 그걸 피하면서도 상대방에게 고통을 줄 방법
이 얼마든지 있었다. 오래 익힌 당수와 뒷골목 시절에 겪은 실전
으로 터득하게 된 방법이었다.

"이 친구, 형편없군. 영 말로 안 될 친구네."

명훈은 짐짓 목소리를 낮추어 그렇게 말해 놓고 가만히 그를
살폈다.

"말로 안 되믄 주먹으로 치겠다 이 말가? 어디 함 때리 봐라. 면
서기질도 귀찮은데 몇 대 맞고 봄 한 철 살구로(살게)……."

박 서기가 그렇게 맞받으며 윗몸을 숙여 왔다. 그의 중심이 자
기에게로 쏠리는 걸 보고 명훈이 슬쩍 몸을 피하며 오른발로 재빨
리 그의 복숭아뼈 근처를 중심이 쏠리는 쪽과 반대 방향으로 쳐
냈다. 당수에 묻어서 배운 가라테에서 '아쇼빠라이[換格]'라고 하
는 공격법이었다.

사람들이 보기에는 박 서기가 대들고 명훈이 피하면서 발이 걸
린 것 같았지만, 워낙 마음먹고 넣은 기술인 데다 상대가 전혀 방
비가 없어 효과는 기대 이상이었다. 박 서기의 몸이 공중제비를
하듯 머리부터 땅으로 떨어졌다.

박 서기는 본능적으로 몸을 털고 일어났으나 얼른 정신이 돌
아오지 않는 모양이었다. 엉거주춤 일어난 자세로 명훈을 빤히 올
려보기만 했다.

명훈은 틈을 주지 않고 그의 멱살을 잡아 올렸다. 그러나 실

은 그것도 명훈의 악의가 담긴 공격이었다. 휘감긴 옷깃 속으로 박 서기의 유난히 튀어나온 목울대(목젖)를 힘껏 움켜잡고 있었다. 그 고통에 박 서기가 비명조차 제대로 내지 못하고 명훈이 흔드는 대로 흔들렸다. 비로소 그의 눈에 고통 못지않게 두려움의 그늘이 어렸다.

"너 잘못한 거 없다고 했지? 그럼 어디 물어보자. 대여곡이 네 거야? 죽 솥 맡은 부엌데기같이 마음대로 퍼 주면 되는 거냐고."

"……."

목젖을 세게 잡힌 박 서기가 대답이 있을 리 없었다.

"그거 춘궁기에 절량(絶糧) 농가에 빌려 주라고 나온 거 아냐? 그것도 되도록 여럿에게 골고루 혜택이 돌아가도록."

"……."

"그런데 남계동(南溪洞) 황 총대가 절량 농가야? 대여곡이 뭐 장리(長利) 쌀에 보태라고 나온 거냐고?"

"……."

"그 밖에도 들은 거 많지만 이만하겠어. 술잔 얻어먹어도 좋은 일이 있고, 안 되는 일이 있는 거야. 앞으로 조심해."

그쯤 해 놓고 나니 속이 좀 후련해 왔다. 박 서기는 아픔과 두려움에 핼쑥하게 질린 얼굴로 꼼짝 않고 서 있었다. 처음 울대를 잡힐 때만도 어떻게 몸을 비틀어 빠져나가 보려 했으나 그럴수록 고통이 심해질 뿐이라는 걸 깨닫자 체념하고 명훈에게 몸을 맡긴 채였다. 그런 그의 이마 어름에 진땀이 비죽이 배어 나와 있었다.

'이쯤 해서 놔줘야겠군. 이 정도로도 아마 일주일은 물 한 모금 넘기기조차 괴로울걸. 고소를 하기 위해 진단서를 떼려 해도 상처 는커녕 X레이조차 나오는 게 없을 테고……'

명훈은 그런 생각으로 빙긋 웃음까지 지으며 박 서기의 목울대를 놓아주었다. 그때야 어떻게 둘을 뜯어말려 보려고 다가들던 구경꾼들이 다시 머쓱해 물러났다.

"이, 이……"

박 서기가 두 손으로 목을 감싸 잡고 캑캑거리며 무어라고 말을 하려 애썼다. 그러나 처음처럼 악을 쓰며 대들 기색은 아니었다. 두 번이나 거푸 일찍이 겪어 보지 못한 고통을 맛본 몸이 먼저 움츠러들며 평소 품어 온 자신의 영리함에 대한 믿음을 잃게 하였음에 틀림없었다.

"어어, 이게 누구야? 이명훈 씨 아뇨?"

이제 놈이 어쩌는가 보자 하는 기분으로 명훈이 박 서기를 살피고 있는데 누군가 등 뒤에서 그렇게 말을 건넸다.

명훈이 돌아보니 어디 운동이라도 하러 가는지 하얀 트레이닝 셔츠 차림인 면장이었다. 짐작으로는 면사무소 안에서 모든 걸 다 보고 나온 듯했다.

"아, 네. 안녕하십니까?"

명훈이 자신도 모르게 낯을 붉히며 어색하게 인사말을 건넸다. 면장이 당수의 기술을 알아보는 자신의 안목을 뽐낼 기회라는 듯 아는 체를 했다.

"내 보니 멋진 아쇼빠라이던데, 왜 박 서기가 무슨 잘못을 했소?"

"잘못은 뭘요. 그저 개인적으로 따질 일이 좀 있어서, 아쇼빠라이는 일부러 넣은 게 아니고……."

명훈이 그렇게 얼버무렸다. 박 서기도 그 일이 면장 귀에 들어가는 건 싫었던지 명훈에게 맞장구를 쳤다.

"저 사람이 뭔 소리를 들었는 동…… 애맨(애매한) 사람한테…… 아이고 목이야. 면장님, 아무 일도 아이씨더(아닙니다)."

그러나 면장의 눈은 생각보다 밝았다. 박 서기의 말은 들은 체도 않고 명훈을 안으로 끌 듯하며 말했다.

"아니야. 명훈 씨는 단단히 벼르고 온 것 같았어. 들어오시오. 아마도 내가 알아야 할 일 같은데……."

그 바람에 면장실로 끌려간 명훈은 결국 모든 걸 털어놓았다. 어쩌면 자존심보다는 당장의 궁핍이 더 다급해서 그랬는지도 모를 일이었다. 듣고 난 면장이 크게 선정(善政)이라도 베푸는 옛 목민관 같은 표정이 되어 말했다.

"면장으로서 면목 없소. 내가 알아서 조치하리다."

그러고는 불안해 면장실 주위를 기웃거리는 박 서기를 소리쳐 불러들였다.

"이봐, 박 서기. 도대체 일을 어떻게 하는 거야?"

"회수에 자신이 없어서……. 뭐, 얻어먹은 게 있어 있는 사람들한테만 빌리 준 게 아이고요. 회수가 안 되면 담당계인 지가 변상

해야 하잖니껴? 그래서 미더운 데를 골라 내준다는 게 그만……."

"시끄러워요. 사람을 몰라봐도 어떻게 그렇게 몰라보나?"

면장은 그렇게 박 서기를 나무라 놓고 긴말 할 것 없다는 듯
물었다.

"대여곡 재고, 지금 얼마 남았나?"

"쌀은 없고, 보리쌀만 일곱 가마이 남았니더."

"그럼 지금이라도 세 가마니 내드려. 보증은 내가 하지."

면장의 호의는 그것으로 그치지 않았다. 박 서기가 불만스러운
얼굴로 면장실을 나가기 바쁘게 물었다.

"그만한 농사를 짓자면 영농자금도 필요할 텐데 그건 어떻게
해결됐소?"

"실은…… 그 때문에 한 번 해 보고 싶은 게 있어도 내년으로
미뤘습니다."

명훈은 이미 내친김이라 숨김없이 털어놓았다. 그러자 면장이
정말로 복음 같은 소리를 했다.

"그럼 빨리 영농자금 대출을 신청하시오. 얼마 안 있으면 영농
자금이 내려오는데 한 만 원까지는 내가 어떻게 힘써 보겠소. 신
청서는 바로 내게 가져오도록 해요."

그 겨우내 궁핍에 시달려 온 명훈에게는 얼른 믿기지조차 않
는 제안이었다.

해 질 무렵 해서 명훈은 그날로 나온 대여곡 보리쌀 세 가마를
리어카에 싣고 벌써 술이 취해 해롱거리는 상두 녀석과 함께 개간

지로 돌아갔다. 아침에 나올 때와 같은 길로 되돌아가는 것이었으나 마음은 아침과는 딴판이었다.

이제 봄이 왔구나. 새로운 개척의 날들이 밝아 온다. 내 반드시 일어서리라. 나의 대지 위에 우뚝…….

어린 이카루스

'가야겠다. 나도 떠나고 싶다……'

인철은 하던 삽질을 멈추고 방금 낮 버스가 나가고 있는 국도를 바라보며 속으로 중얼거렸다. 하얀 먼지를 달고 국도 위를 달려가고 있는 버스가 비탈길에서 피어오르는 아지랑이 때문에 묘하게 환상적이었다. 땅 위에는 있지 않은 어떤 빛나는 도시로 떠나는 것 같았다.

"에헤이, 벌써 낮차 나가는가 베."

저쪽 밭머리에다 바소쿠리에 지고 온 석회를 부리던 강씨가 인철이와 어머니에게 들으라는 듯 큰 소리로 말했다. 점심때가 다 됐음을 알리는 소리였다.

"벌써 그래 됐나? 자, 인제 고만하고 점심 먹으로 가시더."

어떻게 몇 이랑의 보리라도 건져 보려고 아침나절부터 보리밭 아래쪽에서 호미질을 하고 있던 어머니가 허리를 펴며 말했다.

인철이 강씨와 하고 있던 일은 작년 가을 보리를 묻었던 개간 지에 석회를 뿌리는 일이었다. 산성 땅을 중화시킨다는 석회는 정부의 보조로 거의 공짜나 다름없었지만, 그걸 넓은 개간지에 뿌리는 품값이 무서워 겨우내 개간지 여기저기서 허연 먼지만 날리며 무더기 져 있었다.

"명훈이 그 사람, 백지로 헛일 하능 거 아잉가 몰라. 이 품 들여 가지고 풀이라도 한 줌 더 비(베어) 엿는 게 날걸. 생땅에는 그저 거름이라. 뭐이 뭐이 해도 풀 비 여(베 넣어) 쎄기(썩이)는 게 젤이라 카이……."

강씨가 바소쿠리에 깔린 비료 부대 종이를 너풀거리며 철에게로 다가와 중얼거렸다. 그런 느낌은 철에게도 마찬가지였다. 보리도 못 견뎌 태반이 하얗게 말라 죽어 버린 그 척박한 땅에 아이 장난처럼 여기저기 한 삽씩 뿌려진 석회 가루가 무슨 대단한 효능을 보일 것 같지 않았다.

그렇지만 형은 농촌 지도소가 말한 걸 그대로 믿는 것 같았다. 오히려 보리가 그렇게 말라 죽은 게 지난가을 제때 석회를 뿌려 주지 않은 탓이라는 듯 품까지 사서 그 일을 서둘렀다.

"어차피 보리는 말라 버린 거고…… 갈아엎어 고추나 심어 보지요. 석회 뿌리고 비료나 제대로 넣으면 올해는 돈 좀 사겠지요. 워낙 평수도 있고 하니까. 담배도 해 봤으면 싶지만 그건 아직 담뱃집(연초 건조실)도 없고 기술도 없으니 올 한 해 눈여겨봐 두었다가 내년쯤 어째 보기로 하고……."

어머니에게 말하는 형의 계획은 대강 그랬다. 그러니 어머니의 생각은 달랐다.

"보리가 북쪽 비알(비탈)이사 쫌 얼어 죽었더라마는 그래도 갈아엎는 기 아이라. 그게 여름 양식인데 갈아엎고 어엘라꼬? 밑으로 성한 골(이랑)은 한 천 평이라도 남과(남겨) 겉보리 몇 가마이라도 건지야 여름 날 꺼데이."

그러면서 석회 뿌리는 쪽은 돌아도 안 보고 며칠째 비교적 성한 보리가 많은 남쪽 이랑에 붙어살다시피 하고 있었다.

그렇지만 인철이 보기에는 그 어느 쪽도 그리 희망적이진 못했다. 작년 그 땅에서 겨우 한 뼘 길이의 줄기에 콩깍지란 게 포기당 여섯 개도 달리지 않은 콩을 손으로 일일이 따내 추수해야 했던 때부터 인철은 그 땅에 조금씩 절망해 오고 있었다. 글쎄, 넣은 씨앗보다 더 많은 수확을 한 게 있다면 고구마와 메밀 정도일까.

그러나 그것도 씨앗의 세 배를 크게 넘지 않는 수확이었다. 어머니가 키질을 하자 키 안에 남는 것보다 날아가는 쭉정이가 훨씬 많던 그 메밀…….

'언젠가는 떠나야 할 땅. 그렇지만 나는 지금 떠나고 싶구나.'

들고 있던 삽을 석회 더미에 꽂고 개간지를 내려오면서 인철은 다시 어른스레 속으로 중얼거렸다.

형은 그 무렵 들어 개간지에 더 열을 올렸다. 작년 여름 이후에는 듣지 못하게 된 알팔파며 레드클로버 같은 목초의 이름과 사일로, 엔실리지 같은 목장 용어들이 다시 들먹여지고, 개간지의 3분의 1 정도에 방목용 울타리가 쳐진 평면도가 방바닥을 굴러다녔다. 듣기로 대여곡과 농자금에다 농사일을 할 수 있는 정도의 면배냇소(배내기 소)까지 내어준 면장은 앞으로도 최대한 명훈을 지원하기로 약속했다는 소문도 있었다. 그러나 인철은 왠지 지난겨울 실의에 빠져 술로 지내던 형보다 그 무렵 들어 부쩍 자신 있고 희망에 찬 모습을 보이는 형이 오히려 더 불안했다. 아무런 근거는 없지만 어쩐지 꺼지기 전에 한 번 빛나는 촛불을 보고 있는 것 같은 불안을 떨쳐 버릴 수가 없었다.

인철에게 떠나고 싶다는 생각이 든 것도 그 불안과 무관하지 않았다. 어린 날 파산(破産) 같지 않은 파산을 이미 수없이 경험했지만, 성숙해 가는 의식으로 무력하게 이 새로운 파산을 보고 있기는 더욱 힘들었다.

물론 인철의 떠남을 은근히 채근하는 것은 그것 외에 스스로에 대한 불안도 있었다. 용기 녀석의 편지는 아직도 이름을 기억하고 있는 많은 아이가 부산과 서울의 일류 고등학교로 진학했음을 알려 주었다. 그런데 자신은 아직 고등학교 입학 자격 검정고시조차 통과하지 못하고 있었다. 한 이름 없는 농부로 나머지 삶을 채우기 틀렸다는 것은 이미 지난 1년으로 뚜렷해졌고…….

거기다가 계절은 봄이었다. 그들 일가에게는 언제나 떠남의 계절로 이용되곤 하던 그 봄.

'그래, 떠나야지. 어딘가로 가서 거기서 새로 시작해 봐야지……'

인철이 이윽고 그렇게 마음을 굳힌 것은 서편 호밀 밭을 지날 때였다.

야산이었을 때도 벌거숭이 민둥산이었을 만큼 땅이 척박한 곳이라 아무런 기대 없이 호밀을 묻었는데 그것만은 이상하게 무성했다. 벌써 키만 해도 철의 가슴에 닿을 정도였다.

"아이고, 이 집 농사는 호밀뿐이구나. 글치만 저 호밀 저거 농사 잘돼 뭐할로? 가루를 빻아 먹어 내나? 하다못해 누룩이라도 밟을 수 있나……"

진규 아버지도 그 호밀 농사만은 빈정거림 섞인 대로 그렇게 인정했다. 하지만 인철은 그 무성한 호밀 밭을 보면 오히려 일가(一家)의 절망이 확인되는 느낌이었다. 보리밥은 배불리 먹을 수 있으리라며 땅이 얼기 직전까지 그렇게 기를 써 씨앗을 묻은 보리밭 3천 평을 무참히 짓밟아 버린 자연의 냉소가 그 호밀 밭에도 머무른 듯하였다. 우리의 대지는 쓸모없는 것만 풍성하게 길러 주는구나…….

한번 어두운 방향으로 자리를 잡은 상념은 점심을 먹고 다시 개간지로 나와도 바뀌지 않았다. 그 바람에 인철의 오후 일도 절로 건성이 되었다. 몸은 기계적으로 강씨를 따라다니며 석회를 뿌리고는 있었지만 마음은 멀리 딴 곳을 날고 있었다.

봄 늦도록까지 흰 먼지를 펄펄 날리던 석회 무더기가 대강 치워진 뒤 강씨는 어머니를 도와 보리밭을 매기 시작했다. 군데군데 겨우 한 자 남짓 자라 작은 이삭을 피우고 있는 이랑들이었다. 그러나 이미 마음이 뜬 인철은 그런 자질구레한 일까지 도울 기분이 아니었다. 호밀 밭 모퉁이에 지게를 내려놓고 지게 등판에 기대 망상에 빠져들었다. 어머니도 그런 인철을 못 본 척해 주었다.

망상은 대개 미래를 향하게 마련이다. 그런데 그날 인철은 그렇지가 못했다. 처음 한동안은 그곳을 떠나는 것과 그 뒤에 있을 일들 쪽을 기웃거리던 그의 망상은 왠지 과거로 뒷걸음질 쳐 멀지도 않은 전해 초봄의 어느 날에 멈추었다. 그리고 이내 섬뜩한 추억으로 바뀌어 그날을 생생히 떠올려 주었다.

그날 인철은 아침부터 불안하고 긴장된 시간을 보냈다. 겉으로 보기에는 평범한 일요일이었지만 그로 보아서는 삶의 양상이 크게 달라지는 계기가 되는 날이기 때문이었다. 고아원 쪽으로 보면 가출이고 그에게는 탈출이 되는 일을 그날 결행하기로 한 게 그랬다.

고아원을 빠져나가기로 한 것은 오후 한 시, 역전에서 만나 떠나기로 한 아이들은 셋이었다. 한 아이는 인철과 같은 반에 다니는 쇠전거리 주막집 운호였고 다른 하나는 같은 고아원 베드로실(室)에 있는 삼식이었다. 운호는 성질 고약한 의붓아버지와 살아야 하는 쇠전거리 주막집을 못 견뎌 했고, 삼식이는 자신을 고아원에 맡기고 돈 벌어서 찾으러 오겠다며 떠난 뒤 돌아오지 않는 어머니를 찾고 싶어 했다.

인철은…… 아마도 끊임없이 모욕받는 느낌으로 지내야 하는 고아원의 나날을 참지 못해서였을 것이다. 수원이 형이 있어 고비들을 그럭저럭 넘길 수 있었고, 추억으로 편입되면서 때로는 그리운 것으로 윤색되기도 했지만 당시 그에게 그곳 생활은 고통스럽기 짝이 없었다.

그 나이로는 당연하게도, 먼저 인철을 괴롭힌 것은 먹을 것과 입을 것의 형편없는 질과 양이었다. 당시의 일반적인 생활수준을 감안하더라도, 그리고 거친 음식과 헐벗음에는 어느 정도 단련된 그였지만, 그 고아원이 제공하는 의식(衣食)은 참으로 견뎌 내기 힘들었다.

하루 한 끼 나오는 밥은 곱삶은 보리에 된장 한 숟갈을 떠 놓은 것이 전부였다. 된장도 나이 든 형들과 총무가 읍내를 돌며 이 집 저 집에서 얻어 모은 것인데, 태반은 맛이 가거나 쉬가 슨 것이었다. 그런데도 어쩌다가 그 된장을 풀고 호박 토막에 굵은 멸치라도 띄운 국이 나오면 아이들에게는 진수성찬이나 다름없었다. 거기다가 특별한 명절이 아니면 점심은 사카린을 푼 강냉이 가루 죽이었고 저녁은 냄새 나는 밀가루로 만든 면발이 손가락만 한 칼국수거나 성의 없이 빚어 넣은 수제비였다. 입성은 더했다. 원래 고아들에게는 헌옷이지만 구호품이 넉넉하게 나왔으나 그것들은 대개 도시의 암시장으로 흘러 나가고, 고아들에게는 가장 헐한 천으로 가장 간편하게 재단된 제복 같은 게 돌아왔다. 여름에는 시마지, 겨울에는 광목이 주재료인 옷으로 읍내 사람들은 그 옷만 보고도 그걸 입은 아이가 고아원에 수용되어 있음을 금세 알아차렸다.

중학교에 들어가 교복이 생기면서 국민학교 때보다는 한결 나아졌지만 그렇다고 입성에서 고아원생 티가 아주 없어진 것은 아니었다. 여름 교복을 예로 들면, 같은 쑥베라도 값싼 천이라 몇 번 빨지 않아 허옇게 물이 날아가는 바지에다 역시 값싼 옥양목으로 지어 금세 누레지는 윗도리는 산뜻한 쑥베 바지와 하얀 포플린 남방을 걸친 다른 아이들과 원생들을 쉽게 구분 지을 수 있게 했다. 거기다가 신발에 이르면 어쩔 수 없이 고아원생 티를 내지 않을 수 없었다. 비싼 운동화 대신 검정 고무신을 내주었기 때문이었다

하지만 인철을 더욱 괴롭힌 것은 내면적인 부분이었다. 백 5십 명이나 되는 원생들을 다루기 위해서는 어쩔 수 없는 일이었겠지만, 그곳에서도 단체 생활은 불합리하고 자의적이어서 거의 초자아(超自我)가 결여된 상태로 자라 온 인철에게는 적응이 여간 어렵지 않았다. 수원이 형이 구석구석 감싸 주어도 철은 뒷날 늦게 간 군대에서나 다시 맛보게 될 그런 모욕감 속에 매일매일을 보내야 했다.

더군다나 그 무렵에는 순전히 개인적인 어려움도 있었다. 인철이 맡아 보는 문고(文庫)에서 누군가 책을 훔쳐 가, 헌책으로 팔아도 값나갈 만한 책만으로 벌써 여러 권이 비어 있었다. 총무 선생이 알면 틀림없이 인철에게 그 도둑질의 혐의를 걸거나 관리 소홀을 엄하게 문책할 것만 같았다.

운호와 삼식이가 인철에게 기대하는 것은 서울 생활의 경험이

었을 것이다. 이미 떠난 지 4년이나 지났고, 인철이 아는 것도 안암동 일대에 지나지 않았지만, 그래도 한때 서울에서 살았다는 게 난생 처음 서울로 올라가는 그들에게는 적지 않이 든든함을 느끼게 한 듯했다. 이에 대해 주막집이라 돈을 훔치기 쉬운 운호는 서울까지의 기차표 석 장을 끊는 일을 맡았고, 삼식이는 어머니를 찾을 경우 나머지 두 사람이 자리를 잡을 때까지 돌봐 주기로 약속했다.

며칠간의 숙의 끝에 그들은 그 일요일 한 시 오십 분에 떠나는 서울행 보급(普通急行)을 타기로 결정을 보았다. 한 시 반에 밀양 역에서 만나 기차에 오르기로 되어 있었는데, 그럼에도 불구하고 철이 한 시가 되어야 고아원을 나서기로 한 것은 되도록이면 역에서 머뭇거리는 시간을 줄이기 위해서였다.

봄철이면 원생들의 가출이 잦아 원장 이하 직원들이 경계심을 풀지 않았고 특히 총무는 거의 매시간 고아원을 돌며 아이들의 머릿수를 점검했다. 그때 이상이 있으면 곧바로 역전 파출소에 연락해 개찰구를 막아 버리기 때문에 세밀한 첩보 작전처럼 행동 계획을 짜지 않을 수 없었다. 그래서 비교적 직원들의 주목을 적게 받는 삼식이는 점심을 먹자마자 고아원을 빠져나가고, 인철은 될 수있는 대로 기차 출발 시간에 근접해 빠져나가기로 했다.

일요일 오후 한 시는 다른 때에 비해 여러 가지로 경계가 느슨해지는 시간이었다. 읍내 교회의 장로인 원장은 교회 운영을 둘러싼 회의 같은 걸로 오후 늦게까지 잡혀 있는 수가 많았고, 그 교회 청년부를 지도하는 수원이 형도 그때까지 돌아오지 못하는 경우가 자주 있었다. 보모니 침모니 하는 나머지 네댓 명 직원도 그 날은 외출이 많아 대개는 총무만 혼자 바쁘게 돌아칠 뿐이었다.

원내 도서실에서 책을 정리하는 척하면서도 총무의 동정을 눈여겨 살피던 인철은 한 시가 가까워지자 스스로 총무를 찾아갔다. 총무는 그 무렵 들어 회초리를 대신하고 있는 짐실이 자전거 바퀴살로 휙휙 공기를 가르며 건물 구석구석 아이들을 살펴보고 있는 중이었다.

"저어 작은아버지, 이제 가 봐야겠습니다."

인철은 태연하게 보이려고 애쓰면서 공손하게 입을 열었다.

"응? 뭐? 어딜?"

총무가 별로 유쾌하지 않은 얼굴로 그렇게 반문했다. 마치 또 무슨 수작을 부리려고? 하는 듯한 눈초리였다.

"어제 말씀드리지 않았습니까? 내일 장학사 시찰이 있어 학교 미화 작업 도우러 나간다고……. 담임선생님도 나오신다고 했습니다."

그때를 위해 이미 전날 밑자리를 깔아 둔 거짓말이었다. 월요일에 장학사가 오는 것도 그날 오후에 학급에서 미화 작업이 있는 것도 사실이었으나, 인철은 시설 수용 아동이란 이유로 그 작업에서 제외돼 있었다.

"아 참, 그랬지. 그런데 너 말이야, 이인철이……."

총무가 선선히 고개를 끄덕여 놓고 갑자기 인철을 불러 세웠다. 그의 탐색하는 듯한 눈길에 인철은 저도 모르게 가슴이 철렁했다. 교복을 입고 몇 가지 소지품을 자연스럽게 챙겨 갈 수 있게 핑계를 삼은 것이지만 혹시라도 그가 학교에 확인해 보았을까 걱정이 되었다.

"잘해. 여기서처럼 요령 피우지 말고. 나중에 담임선생님한테 물어볼 거야."

인철의 겉돎을 요령 피우는 걸로만 이해한 그다운 엄포였다. 하지만 그뿐이었다. 인철이 옷을 갈아입고 고아원 문을 나설 때까지도 특별히 의심의 눈길을 보내는 것 같지는 않았다.

뱃다리거리 조금 지난 곳에서 기차 시간에 맞춰 나가는 합승 버스를 잡아탈 때만 해도 그날의 계획은 어김없이 성공할 듯 보였다. 역전 거리에 이를 때까지 십여 분간 철은 새로 시작될 서울에서의 앞날을 공상하며 가슴 설레기까지 했다.

그런데 합승 버스가 역전 광장으로 들어설 무렵 이상한 일이 있었다. 광호라고 하는 원생들 중에서 가장 나이 많은 형과 역시 그 또래의 필성이 형이 자전거를 타고 나란히 합승 버스를 뒤따라오고 있는 것이 아닌가. 전속력으로 달려오고 있는 게 무슨 급한 일이 있는 듯했다.

'저 형들이 웬일일까……?'

아직도 그게 자신과 관계된 일이라고는 짐작조차 못 한 인철은 두렵기보다는 성가셔하는 기분으로 차창에서 떨어져 얼굴을 감췄다. 광호 형과 필성이 형은 역전 광장에 자전거를 세우기 바쁘게 곧바로 대합실로 뛰어들었다. 그사이 버스에서 내린 인철은 가까운 국밥집 입간판 뒤에 숨어서 그들이 하는 양을 살펴보았다.

둘은 오래지 않아 누군가를 끌고 나왔다. 허리춤을 단단히 잡혀 끌려 나오고 있는 것은 바로 먼저 가 기다리던 삼식이였다. 그 뒤에는 운호가 어쩔 줄 몰라 하는 얼굴로 따라오고 있었다.

'그랬구나. 우리를 잡으러 온 것이었구나……'

생각이 거기에 미치자 인철은 갑자기 심장이 얼어붙는 듯했다. 들켰구나. 그런데 어떻게 이리도 빨리 알고 뒤쫓아 오게 되었을까. 하지만 그때까지도 그 같은 사태의 급전(急轉)이 전혀 실감 나지 않았다. 삼식이 녀석은 재수가 없어 우연히 나타난 형들에게 잡힌 걸 거야. 나는 이대로 숨어 있다가 기차가 오면 운호 녀석과 함께 타고 떠나야지.

그렇지만 시간이 지날수록 삼식이가 꼭 재수가 없었던 것이 아니고, 형들이 나타난 것도 우연이 아니라는 것이 명백해졌다. 필성이 형은 삼식이의 허리춤을 움켜잡은 채 대합실을 지키고 있고, 광호 형은 여기저기 기웃거리며 누군가를 더 찾고 있었다. 그게 자신을 찾고 있는 것이란 짐작이 들자 인철은 온몸에서 힘이 쭈욱 빠졌다.

그런데 먼빛으로도 난처하기 짝이 없어 보이는 것은 운호였다. 운호는 삼식이와 서너 걸음 떨어진 곳에서 거의 울상이 되어 주위를 두리번거리고 있었다. 인철을 기다리고 있음이 분명했다. 학급에서도 바닥을 기는 성적이라 삼식이가 그 모양이 되었으면 인철도 갈 수 없다는 게 뻔한데도 그렇게는 생각이 돌아가지 않는 듯했다.

그사이에도 시간이 흘러 개찰이 시작되었다. 운호는 이제 완연히 울상이 되어 개찰구에 줄을 선 사람들과 역 광장 쪽을 번갈아 돌아보았다. 가끔씩 들여다보는 손바닥 안에는 이미 끊어 둔 기차표가 있는 것 같았다.

이윽고 기차가 도착하고 사람들이 개찰구로 쏟아져 나왔다. 그때까지도 운호는 여전히 사방을 두리번거리며 인철을 기다렸다. 사람들이 북적거리는 틈을 타 개찰구로 숨어들어 볼까. 인철은 슬몃 그런 유혹을 느꼈으나 어림없는 일이었다. 삼식이를 잡고 있는 필성이 형의 눈길도 빈틈이 없었지만, 그보다는 이제 아예 개찰구만 지키는 광호 형 때문이었다.

운호는 미련스럽다고 할 만큼 마지막 순간까지 기다렸다. 그러다가 기차가 출발 신호 삼아 기적을 울릴 때야 다급하게 개찰을 하고 철길 쪽으로 달려갔다. 드디어 홀로 떠날 결심을 한 것 같았다. 그걸 본 인철이 다시 한 번 마음을 다잡아 보았지만 이제는 두 형만이 지키고 선 텅 빈 대합실을 돌파할 용기가 끝내 나지 않았다.

인철이 광호 형에게 잡힌 것은 그로부터 삼 분도 되지 않아서였다. 시내로 들어가는 합승 버스도 떠나 광장이 한산해져 갈 무렵 갑자기 누가 인철을 쿡 찌르며 말했다.

"학생, 아까부터 여다 숨어 머하노?"

인철이 움찔하며 돌아보니 입간판 뒤 식당 아주머니가 바닥을 쓸고 있던 빗자루로 숨어 있는 인철의 등을 찌르며 하는 소리였다.

"저, 그저, 조금만…… 아주머니."

다급한 인철이 두서없이 그렇게 우물거리며 더욱 몸을 웅크렸다. 그러나 그 아주머니는 인정사정없었다.

"고마 비키라. 남우 장삿집 간판 뒤에 숨어 멀 그래 살펴 쌌노? 간첩맨키로. 아이, 학생 니, 먼 죄짓제? 어디서 몬댄 짓 하고 달라빼 온 거 아이가?"

"그게 아니고요. 잠깐 저어기……."

"비키라 카이. 재수 없구로……. 내사 고마 숨어서 빼꼼빼꼼 내다보는 거 딱 질색이라."

그 아주머니가 그러면서 소리 나게 입간판을 한쪽으로 밀어붙였다. 그 바람에 인철의 몸이 절반 이상 드러났다. 그녀가 목소리를 높일 때부터 그쪽으로 눈길을 주고 있던 광호 형이 인철을 알아보고 한달음에 달려왔다.

그제야 인철은 퍼뜩 달아나야 한다는 생각이 들었으나 오금이 얼어붙었는지 발걸음이 떼어지지 않았다. 달려온 광호 형이 인철의 팔을 낚아채며 뜻밖이라는 듯 말했다.

"너였어? 네가 왜……?"

그걸로 미뤄 그때까지도 삼식이는 함께 가출하려 한 것이 누구인지를 밝히지 않은 듯했다.

나중에 안 일이지만 그날 그들의 가출이 그토록 빨리 알려진 것은 순전히 삼식이의 감상 탓이었다. 뒷날 택시 기사로 늙어 가면서도 인쇄될 가망이 별로 없는 시작(詩作) 노트를 끼적이게 될 운명의 조짐이었을까, 그래도 오래 몸담아 온 곳을 떠나는 서운함을 이기지 못한 녀석이 친하게 지내던 또 다른 원생에게 편지를 남긴 게 원인이었다. 그 편지가 녀석이 떠나고 오래잖아 총무 손에 들어가 일이 그렇게 틀어져 버리고 말았다.

어려서부터 고아원에서 자랐지만 서울만 가면 어머니를 찾을 수 있다고 큰소리치던 삼식이가 그날 치른 대가는 엄청났다. 나이 든 형들과 총무에게 몽둥이로 엉덩이를 맞아 며칠이나 바로 눕지 못할 정도였다. 하지만 인철은 처음 형들이 총무에게 인계했을 때 삼식이와 함께 자전거 바퀴살로 몇 대 맞은 걸 빼고는 이렇다 할 체벌을 받은 게 없었다. 어머니가 있고, 또 그 어머니가 한때 교우였다는 게 그럴 때 발작하게 마련인 총무의 가학 심리를 자제시킨 듯했다. 대신 총무는 원장에게 사건의 전말을 보고하는 자리에서 평소 인철에게 품었던 악의를 여지없이 드러냈다.

"형님, 제가 뭐랬습니까? 부모 있는 아이들은 받지 않는 거라고요. 수원이가 뭣 때문에 쟤를 끼고 도는지 모르지만 쟨 정말 무서운 아이예요. 공동 작업이라면 손가락 한 번 까닥하는 것도 요리조리 피하면서 밤낮으로 못된 책만 읽어 젖힌다니까요. 예배도 핑계만 있으면 빠지고……. 거기다가 바깥에 있을 때 뭘 보고 들었는지 세상의 악이란 악은 모르는 게 없는 눈치예요. 순진한 우리 아이들 버려 놓을까 걱정했는데 기어이 일을 낸 겁니다. 안 되겠어요. 보내 버립시다. 아니면 아예 제게 맡겨 처음부터 확 뜯어 고치던지……."

그러자 좀체 아이들에게는 손을 대지 않는 원장이 자리에서 벌떡 일어나더니 철의 따귀를 호되게 올려붙이고 자르듯 말했다.

"조(曺) 집사에게 편지 써. 조 집사 주소 어디 있지? 와서 얘 데 려가든지 하라고 그래. 중학교라도 마치게 해 달라고 애걸하길래 받아 줬더니 이건 독사를 기른 거 아냐."

그러고는 더 물어볼 것도 없다는 듯 방을 나가 버렸다.

그때 내가 떠났으면 어떻게 되었을까. 회상이 끝난 뒤에도 인철 은 한동안 반드시 달콤할 것도 없는 그 여운에 젖어 있었다. 그사 이 해는 벌써 서편으로 뉘엿했다.

"끼이익."

갑자기 내리막을 내려가는 자전거의 브레이크 소리가 인철을 어두운 상념에서 깨어나게 했다. 장날이 아니라도 그 언덕길에서 흔히 듣는 소리였으나 그날따라 이상하게 인철의 청각을 자극하 는 데가 있었다.

브레이크 소리를 낸 사람은 반드시 우리 집을 찾아오는 사람일 것이다. 인철은 아무런 근거 없이 내린 그런 단정으로 펄쩍 뛰듯 몸을 일으켰다. 그 사람을 맞기 위해 벗어 두었던 빈 지게를 서둘 러 지고 걸음을 빨리해 개간지를 내려오고 있는데, 정말로 산소 모퉁이를 누군가가 돌아왔다. 먼저 우체부의 제모가 불쑥 솟고 이어 자전거와 붉은 가방이 드러나는 게 얼마 전에 생긴 별정 우체국의 우체부 홍씨였다.

"야아 철이 니 있었구나. 오늘은 철이 니 때문에 왔다아."

홍씨가 먼저 인철을 보고 그렇게 소리쳤다. 인철은 그 말만으로도 직감적으로 그가 가져온 소식의 내용을 알 것 같았다. 갑자기 두근거리는 가슴을 누르고 걸음을 한층 빨리했다.

"철이 니 뭔 시험 쳤나? 지국장님이 니 그거 됐다고, 여 났다 카드라. 그래, 한 장 갖다 줄라꼬……."

홍씨가 신문 한 장을 들고 흔들면서 소리쳤다. 인철이 거푸 사흘이나 장터에 올라가 신문지국을 찾았지만, 끝내 발표가 없는 바람에 떨어진 줄만 알았던 검정고시 소식이었다.

인철은 고맙단 소리도 잊고 빼앗듯 신문을 받아 들었다.

"거다 어딘 모양이드라. 내사 문자를 잘 모르이……. 거 왜, 사람 이름 주르륵 씌였는 데 있제?"

홍씨가 신문 2면 끝 쪽을 가리키며 일러 주었다. 1단 기사에 본문 글자는 몇 줄 안 되고 백여 명의 사람 이름만 빽빽히 씌어 있었지만 인철은 한눈에 자신의 이름을 찾아낼 수 있었다. 안동 지구 합격자 가운데 일곱 번째로 인철의 이름이 올라 있었다.

"그게 뭔 시험이로? 신문에 다 나는 것 보이 디기(매우) 높은 시험인 갑제?"

인철이 별 내용도 없는 기사와 자신의 이름을 정신없이 보고 있는데, 홍씨가 그렇게 물었다. 그런 물음이 오히려 그 시험이 인철에게 가지는 의미를 조금 경감시켜 주었다.

"아뇨, 그냥…… 이제 나도 고등학교에 갈 수 있게 된 거죠. 중학교 졸업장 없이."

인철이 그렇게 가볍게 대답하자 홍씨는 은근히 실망하는 눈치까지 보였다.

그러나 홍씨가 돌아가 버리자 그 시험은 수많은 불면의 밤에 값하는 무게로 다시 인철의 머리를 눌러 왔다.

'그래, 좀 늦긴 했지만 아주 늦어 버린 것은 아니다. 길을 좀 돌기는 했지만 영영 그 길에서 벗어나 버린 것은 아니다. 책과 앎의 삶으로부터, 머리와 정신의 삶으로부터……'

한번 그렇게 시작된 상념은 한동안이나 인철을 마비와도 같은 정지와 침묵 속에 몰아넣었다. 그런 인철을 다시 깨운 것은 마침 남의 못자리 일에서 돌아온 형 명훈이었다. 형은 그날 품앗이로 소와 함께 동네 사람의 못자리 일을 하러 갔었다.

"철이 너 거기 서서 뭐 해?"

"……"

인철이 얼른 말문이 열리지 않아 멀거니 건너다보기만 하자 형이 다시 물었다.

"웬 신문이야? 조금 전 홍 체부가 지나가더니, 얻은 거야? 거기 뭐가 났어?"

"예, 그 시험, 4월에 친 검정고시 합격했어요."

철이 겨우 그렇게 더듬거렸다.

"뭐야?"

형이 갑자기 들고 있던 농구와 소 고삐를 팽개치듯 놓고 철에게로 달려왔다. 그리고 못자리 써레질 하다 튀긴 논 흙이 채 마르지 않은 손으로 인철을 껴안으며 소리쳤다.

"잘했다. 아니, 잘됐다. 이제 정말 뭐가 제대로 되려는가 보다. 어쩌면 네가 나보다 더 큰일을 했는지 모르겠다……."

그때 형제의 그 같은 소동에 저녁밥을 짓기 위해 내려오던 어머니의 놀란 목소리가 끼어들었다.

"쟈들이 뭐하노? 뭔 일고? 엉?"

"에헤이, 이 집에 뭐 억시기 좋은 일 생겼는가 베."

먼저 내려와 길가 도랑에서 손발을 씻고 있던 강씨까지 끼어들어 집 안은 금세 작은 축제 분위기가 되었다. 어머니와 형은 진심으로 기뻐했다.

"정말 잘됐다. 가슴에 늘 무거운 바윗덩이를 달고 있는 기분이더니."

"말은 안 했지만 그동안 니를 볼 때마다 어미 애간장이 말랐다라. 저거 저대로 뿔뚝농군 되고 말믄 어예노 싶어…… 다 하나님 은총이라."

그러면서 가슴을 쓸고 두 손을 모으는 게 어머니가 그동안 인철의 일로 얼마나 걱정해 왔는지를 알 만했다.

하지만 형과 어머니 그 어느 쪽도 당장 떠나고 싶어 하는 인철의 가슴속 은밀한 열망에는 아무런 대안이 없었다. 기껏해야, 이번 가을하고 나면 내년 봄에는 무슨 일이 있어도……가 고작이었다. 합격의 기쁨으로 잊은 것도 잠시, 인철의 가슴속은 한층 더 세찬 출발의 유혹에 휘몰리고 있는데도.

아주 오래 뒤에 인철은 그날에 대해 이런 술회를 남겼다.

그때 나는 어린 이카루스였다. 고향과 자연은 1년도 안 돼 친화와 안주의 대상에서 나를 가두는 감옥으로 변해 갔다. 말할 것도 없이 그 드러난 원인은 갈수록 실패의 예감이 짙어지는 형의 개간 사업이었고, 그에 비례해 개선의 희망이 줄어드는 열악한 삶의 조건들이었다. 좀 나아진 것이 있다면 오직 우리의 소유라는 점에서 전보다 편안해진 주거 정도였을 뿐, 나머지는 도회에서와 마찬가지로 최소한의 의식을 확보하는 일조차 힘겨워지기 시작했다.

그러나 그보다 더 나를 못 견디게 한 것은 열일곱의 나이였을 것이다. 모든 것이 가능성인 그 나이에는 풍요하고 안정된 환경 속에 살아도 끊임없이 다른 세계를 동경하게 되는 법이다. 그런데 하루하루의 살이조차 고단한 고향과 집이 무슨 수로 내 덜 여문 영혼을 붙잡아 둘 수 있었겠는가.

나는 이윽고 나의 크레타에 절망하고 그 탈출을 열렬히 꿈꾸게 되었다. 나는 매일 밤 나를 내 암담한 크레타에서 끌어내 새롭고 넓은 세계로 옮겨 줄 날개를 만들었다. 그러나 그 날개들은 타오르는 불면의 밤이 지나가면 흩어지고 마는 환상의 날개였다.

그러다가 마침내 나는 한 날개를 만들었다. 비록 밀랍으로 만들어진 것이긴 해도 나를 당장은 저주받은 내 크레타에서 떠오를 수 있게 해 줄 날개였다. 대개는 고삐 없는 언어와 설익은 관념을 어거지로 두들겨 맞춘 그 날개의 현실적인 명칭은 바로 대부분의 우리에게 새로운 출발의 구실이 되는 진학 자격의 획득이었다.

내가 처음 그 날개를 어렵게 만들어 달게 되었을 때 느꼈던 유혹은 뒷날의 기억에서조차 강렬하기 그지없다. 너무 높이 날아오르면 필경에 그 날개는 태양의 열에 녹아내리고, 나는 지중해에 거꾸로 처박히고 말 것이었지만, 그 상쾌한 비상의 유혹은 거역할 수 없는 힘으로 나를 몰아댔다. 그 끝이 어떻게 되든 나는 날아올라야 했다…….

이탈, 혹은 회귀

무언가 소란스러운 소리에 영희는 깊은 잠에서 깨어났다. 자꾸만 흐릿해 오는 정신을 모아 들어 보니 누가 양철 씌운 덧문을 요란스럽게 두드려 대고 있었다. 아직 말을 잘 듣지 않는 몸을 추슬러 일어나려는데, 높고 앙칼진 여자의 목소리가 양철 판 두드리는 소리에 섞여 들렸다.

"야, 얘. 이 양아 너 아직 자니? 안에 아무도 없어요?"

미장원 주인아줌마의 목소리였다. 영희가 오래 대답을 하지 않아 안에서 무슨 일이라도 벌어진 줄 알고 놀란 것 같았다.

"예, 나가요. 조금만 기다리세요."

번쩍 정신이 든 영희가 황급히 몸을 일으키며 대답부터 먼저 내보냈다. 방을 나가면서 흘긋 시계를 보니 일곱 시 가까웠다. 어제저녁 틀림없이 알람을 여섯 시 반에 맞춰 두고 잤는데 시계가 고장인 것 같았다. 주인아줌마는 들어서자마자 싫은 소리를 늘어놓았다.

"너는 처녀 애가 무슨 잠이 그리 깊어? 문을 부수고 물건 다 들고 나가도 모르겠다. 그래, 십 분이나 두들겼는데 못 들었단 말이야?"

그런 그녀의 목소리에는 아직도 전날의 앙금이 남아 있는 듯했다. 영희는 늦게 일어난 잘못에다 간밤에 한 짓이 있어 일단 수세에 들어갔다. 소주병은 나갈 때 이미 감췄지만 반찬을 안주 삼느라 펼쳐져 있는 밥상은 아직 그대로였다. 그 밥상에 얼른 보를 씌우고 한쪽으로 밀어 놓는데 주인아줌마가 벌써 낌새를 알아차렸는지 코를 쿵쿵거리며 물었다.

"이게 무슨 냄새야? 엊저녁 누가 여기 와 술 마셨어?"

"아녜요. 오긴 누가 와요?"

영희가 턱없는 오해까지 받기는 싫어 얼른 그렇게 부인했다. 그런 영희에게서 충혈된 눈길이라도 보았던 것인지 아줌마가 대뜸 악의의 강도를 높였다.

"네가 마셨구나? 얘 보자 보자 하니 정말 못쓰겠네. 아니, 그래, 너 잘되라고 몇 마디 했는데 그게 고까워 처녀가 술을 퍼마셔? 시다[下張: 하급도제]라고 옛날같이 야단치려 들었다가는 큰일나겠네."

그래 놓고는 방문턱에 걸터앉더니 본격적으로 시작했다.

"세상 참 많이 변했어. 변해도 아주 망하게 변했다고. 요샛것들은 도무지 고마운 걸 몰라. 우리 때 시다바리는 그저 밥 얻어먹는 죄로다가…… 부엌데기라도 그런 부엌데기가 없고 종년이라도 그보다 더한 종년이 없었지. 기술은 또 어땠어? 제대로 된 미용사 행세하려면 몇 년씩은 착실히 걸렸다고. 그런데 요샌 파마도 제대로 말 줄 모르는 게 미용사라네. 먹여 주고 입혀 주고 월급까지 보태도 입이 한 발이나 나와 가지고선……."

완전히 전날의 계속이었다. 그때까지 수세로 있던 영희도 거기까지 듣자 불쑥 전날의 감정이 되살아나 참을 수가 없었다.

"너무 그러지 마세요. 저도 자격증 딸 거 다 땄고, 시다 생활도 할 만큼 했다고요."

"그까짓 잘난 자격증 종이쪽지가 무슨 소용이야? 실력이 문제지. 그리고 시다 노릇 10년을 하면 뭐 해? 배울 걸 제대로 배워야지. 파마 한번 말아 보랬더니 남의 머리칼만 비스게또(비스킷)처럼 바스러지게 해 놓지 않나……."

"그건 새로 나온 약이라 용량을 잘 몰라 그리된 거 아녜요?"

"고데기 쥐어 줬더니 손님 머리 가죽을 지져 놓지 않나……."

"원숭이도 나무에서 떨어질 때가 있다고요."

"무슨 원숭이가 보름 만에 서너 번씩이나 나무에서 떨어져? 어디 그뿐이야? 매니큐어 좀 칠하랬더니 남의 손톱 밑만 후벼 놓지 않나……."

"그 아줌마가 갑자기 손을 움찔거려 그리된 거라고요."

그렇게 주고받다 보니 감정의 강도는 오히려 전날보다 훨씬 높아졌다. 아직 남은 술기운이 영희를 전날보다 전투적으로 만들었는데, 주인아줌마가 그걸 못 참아 싸움이 격화되고 말았다.

"어이구, 그 뚝손에 입은 살아 가지고. 기술이 없으면 성질이나 곱든지."

"지렁이도 밟으면 꿈틀한다고요. 말조심하세요. 누가 어디 종살이라도 온 줄 아세요?"

그렇게 되면 이미 고용주와 피고용인 사이에 있을 수 있는 다툼의 한계는 벗어난 것이었다. 간밤 독한 소주로 스스로를 달래며 어떻게든 그 집에서 다시 몇 달의 경력을 보태려고 마음먹었던 영희도 그쯤 와서는 이미 생각을 바꾸고 있었다. 그 또한 아직 남은 술기운의 충동질인지 모르지만 미장원이 이 집밖에 없으랴 싶었다.

그런데 주인아줌마가 건드려서는 안 될 뇌관을 건드리고 말았다.

"어, 쟤 봐. 이젠 막보고 덤비네. 눈까지 치뜨고……. 얘, 너 그거 어디서 배워 먹은 짓거리야?"

그렇게 영희를 나무라다가 갑자기 소리를 높였다.

"이 기집애 이거 안 되겠어. 처음부터 하는 꼴이 수상하더니. 야, 너 혹시 니나노 출신 아냐? 술 처먹고 주인한테 대드는 게 그것들밖에 더 있어? 나가! 난 이런 꼴 더 못 봐. 이게 어디서 돌아먹다가……."

일찍부터의 불길한 예감이면서도 한사코 그것으로부터는 도망치고 싶은 운명을, 그러나 한때는 그 언저리까지 간 적이 있는 운명을 그녀가 단정적으로 말하자 영희는 그게 꼭 실현되고 말 것 같은 저주처럼 들렸다. 그 말을 듣자 영희는 그대로 그녀의 머리채를 휘어잡고 짓이겨 버리고 싶었다. 하지만 그때만 해도 남아 있던 품위란 것에 대한 동경이 그런 최악의 추태는 피해 가게 했다. 대신 영희가 채택한 방책은 뒷골목 건달들의 허세를 흉내 내는 것이었다.

"이봐요, 아줌마. 이왕 그렇게 족집게로 사람을 알아보셨으면 그대로 대접해 주셔야지. 눈은 밝으신 것 같은데 머리는 왜 그리 안 돌아가실까?"

영희는 두 손을 허리에 얹고 그녀를 쏘아보며 할 수 있는 한 낮고 차가운 목소리를 내어 그렇게 말했다. 그 돌연한 변화에 주인 아줌마가 악을 쓰다 말고 멍하니 영희를 바라보았다. 악바리고 또 순이라도 그것은 자기들끼리의 평일 뿐 영희가 연출한 그런 분위기는 또 처음인지 그녀의 얼굴에는 숨길 수 없는 긴장이 떠올랐다. 그런 그녀 앞으로 영희가 한 발짝 조용히 다가가며 말했다.

"싫으면 곱게 그만두라고 하지, 썅. 맘잡고 살아 보려는 사람 속은 왜 건드려? 우리 서로 한번 막봐 볼까? 이렇게 아득바득 벌어 놓은 거 아깝지도 않아? 이까짓 미장원 신나(시너) 한 통이면 끝나. 아까 파마 약 들먹이던데 그 원액으로 샤워 한번 해 볼래? 나? 그건 걱정 마. 한 몇 년 빵깐(감옥) 갔다 와서 네 말대로 니나노 판 다시 나가면 그만이야."

영희가 그렇게 심한 방책을 쓴 것은 시간이 갈수록 쓰려 오는 위에도 원인이 있었다. 이왕 끝낼 것 어서 빨리 끝내고 어디 가서 시원한 국물이라도 퍼마셨으면 싶었다. 효과는 기대 이상이었다. 처음의 기세는 어디 갔는지 주인아줌마는 그새 얼굴까지 하얗게 변해 있었다. 옛날 이력이야 어땠든 지금 그녀는 공무원인 남편을 도와 하루바삐 한 재산 모으는 데 조급해 있는 부업 가진 주부에 지나지 않았다. 뚱뚱하게 불어난 몸만큼이나 지켜야 할 게 많은.

"무슨 일이야? 왜들 이래요?"

그때 출근하던 미용사 김 양이 뭔가 심상찮은지 내실 쪽을 건너보며 물었다. 주인아줌마의 등쌀에 쫓겨 남 안 하는 일곱 시 출근을 해야 하는 스물아홉의 노처녀였다. 영희는 그런 김 양의 물음을 무시하고 주섬주섬 소지품 가방을 챙겼다. 자신의 결의를 확고하게 보여 줌으로써 한 번 더 주인아줌마의 기를 꺾어 놓기 위해서였다.

"아주머니, 우리 고용 계약은 해약된 겁니다. 하지만 나가란 건 아주머니니까 일당은 정확하게 쳐 주셔야 해요. 그럼 좀 준비해 주세요. 전 해장 좀 하고 와야겠어요."

가방을 다 챙긴 영희는 조금 전과 조금도 다름없는 억양으로 그렇게 말해 놓고 미장원을 나왔다. 아무것도 모르는 김 양이 어이없다는 듯 몇 발짝 따라 나오면서 영희의 가방을 잡았다.

"얘, 이 양아, 무슨 소릴 하는 거야? 어딜 가려고 그래?"

"어차피 갈 사람은 가야죠. 언니, 그동안 고마웠어요. 그리고 여러 가지로 소란 떨어 죄송해요."

영희는 김 양마저도 그렇게 전에 없이 예절 바른 말씨로 겁을 주어 떨쳐 버리고 이제 한창 깨어나고 있는 거리로 나왔다.

젊은 여자가 아침 일찍 커다란 가방을 들고 시장 골목의 국밥 집에서 술꾼들 사이에 끼어 해장국을 먹고 있다는 건 좀……이란 생각이 퍼뜩 영희의 머리에 떠오른 것은 반쯤 비운 해장국 덕분에 어느 정도 속이 추슬러진 뒤였다. 가만히 주위를 둘러보니 아주 값싼 집인지 손님들은 주로 시장의 막벌이꾼들이었다. 그들의 추 레한 입성이나 처진 어깨가 까닭 없이 자신이 떨어져 있는 처지를 상징하고 있는 듯해 영희는 갑자기 울적해졌다. 저들이 저런 꼴로 새벽같이 시장에 나와 값싼 해장국을 게걸스레 퍼먹어야 하는 것 도 어쩌면 정직하고 건강하게 살고 있기 때문일지도 모른다…….

생각하면 고단한 아홉 달이었다. 학원 때는 전혀 느끼지 못했 지만 보조 미용사로 일한 지 몇 달 되기도 전에 영희는 자신이 기 술을 잘못 골랐다는 걸 알았다. 실제로 미장원에서 일을 해 볼수 록 그쪽으로는 적성도 맞지 않고 흥미도 전혀 느낄 수가 없었다. 아무리 마음을 다잡아 먹고 배워도 학원을 갓 나왔을 때로부터 한 걸음도 나아가지 못하는 느낌이었다.

거기다가 성격까지 고분고분하지 못하고 보니 고용살이가 고달 파지는 것은 어쩔 수 없는 일이었다. 주인아줌마도 선배 미용사도 그런 영희를 곱게 봐주지 않아 결국은 첫 번째 미장원에서 겨우 석 달을 채운 게 가장 긴 취업이 되고 말았다. 그다음 집이 두 달,

그리고 이번이 벌써 세 번째 집인데 겨우 한 달 만이었다.

그래도 시다로 1년 경력만 차면…… 하는 막연한 바람으로 버티고는 있었지만 세 번째 집에서 다시 한 달 남짓 만에 나오게 되자 영희는 슬며시 자신의 앞날이 불안해지기 시작했다. 길을 잘못 들어 헛되이 힘과 시간을 낭비하고 있는 게 아닌가 하는 의심이 일고, 자신이 가야 할 길은 무언가 더 끔찍하고 고통스러운 운명의 길인 듯해 덜컥 겁까지 났다.

하지만 당장의 영희를 더 심하게 몰아대고 있는 것은 자포자기와도 같은 피로와 무력감이었다.

'어쨌든 좀 쉬고 싶다. 이대로는 아무것도 할 수가 없어. 그래, 모니카를 찾아가자. 거기서 더도 말고 일주일만 푹 쉬어 보자. 그다음에 다시 시작해 보는 거야. 어쩌면 나는 너무 지쳐 있어서 모든 게 이렇게 엉망이 되는지도 몰라.'

이윽고 영희는 그렇게 마음을 다독이고 국밥집을 나왔다.

다행히도 주인아주머니는 더는 군소리 없이 그날까지의 일당을 계산해 주었다. 영희도 그때는 갑작스레 확대된 피로감에 입조차 떼기 싫어 그럴 때 그녀에게 해 주려던 좋은 말도 그만두어 버렸다. 자신이 가장한 여자 불량배처럼 간단한 인사와 함께 고개만 끄덕하고 그 미장원을 나왔다.

남의 집으로 달려들기에는 너무 이른 것 같아 영희는 동네 다방에서 느긋하게 커피를 마시며 시간을 죽였다. 그러다가 아홉 시가 넘어서야 택시를 잡은 영희가 모니카네 자취방이 있는 신설동에 이르렀을 때는 열 시에 가까웠다. 신설동 로터리로 접어들려던 택시가 갑자기 방향을 틀더니 가까운 샛길로 접어들었다.

"또 시작이군. 오늘은 아주 아침부터야."

이런저런 잡생각에 빠져 있다가 그 같은 택시 운전사의 중얼거림에 퍼뜩 정신이 든 영희가 차창 밖을 내다보니 청량리 쪽에서 데모대가 밀려들고 있었다. 미장원에 갇혀 지내느라 보지는 못했지만 그 몇 달 데모가 심하다는 소리는 손님들에게 들은 적이 있는 터라 영희가 물었다.

"한일회담이 어찌 돼서 학생들이 저런대요?"

"몰라. 이쪽은 이 말 하고 저쪽은 저 말 하니 어떤 놈이 수까마귀고 어떤 놈이 암까마귄지 알 수가 있어야지."

운전사가 심드렁한 얼굴로 그렇게 받았다. 데모에 대한 일반의 그 같은 둔감이 그간 세월이 많이 변했음을 알려 주었다. 영희가 아련한 추억처럼 4·19 첫해를 떠올리다가 묘한 호승심 같은 게 일어 귀동냥한 걸로 짐짓 학생들을 편들어 보았다.

"그래도 순수한 학생들이 저렇게 들고 나설 때는 뭔가 잘못된 게 있을 거 아녜요? 들으니 이승만 대통령이 기를 쓰고 지킨 평화선(平和線)도 그냥 내줄 모양이던데요?"

"순수만 가지고 다 되는 세상이야? 그리고 박 대통령이 미치지 않은 담에야 뭣 땜에 왜놈들에게 평화선을 거저 내줘?"

운전사는 많잖아 뵈는 나이에도 꽤나 완고하고 보수적이었다. 그렇게 받아 놓고는 짜증 비슷이 덧붙였다.

"한 두어 해 그놈의 데모 좀 안 보고 사는가 싶더니……."

"그래도 옳은 일이라면 해야 되잖아요. 36년 동안 왜놈들에게 그렇게 당하고도 원수 갚음은커녕 빌붙으려 든다던데요."

"빌붙고 들 만하면 빌붙고 들어야 하는 게 사는 이치고 정치 아녀? 보니 학생은 아닌 것 같고…… 아가씨, 지금 세상이 어찌 돌아가는지 알아? 이대로 있다가는 시들시들 김일성이 좋은 일만 시키고 말 거라고. 해 본 사람은 다 알 듯이 이 택시는 바로 경제를 다는 저울이야. 이 난판에도 돈 뿌리고 다니는 놈들이 없는 건 아니지만, 뭣 하나 돈 벌 짓 해서 돈 벌었다는 소린 없다고. 제 살 파먹기가 고작이야."

그걸로 보아 운전사는 나름대로 의견이 뚜렷한 사람 같았다. 그게 이번에는 은근한 호기심을 불러일으켜 영희는 다시 딴소리로 건드려 보았다.

"그럼 한일회담 한다고 일본 사람들이 돈을 공짜로 막 퍼다 준대요?"

"막 퍼다 줄지 아닐지는 모르지만 적은 돈은 아니더만. 원조 하면 미국이고 구호물자 하면 미국인데, 미국이 해방 뒤부터 지금까지 이 땅에 퍼부은 거 몽땅 합친 것보다 일본이 주는 게 많다던가."

"그렇다고 그게 우리한테 돌아올까요? 그야말로 정치가들 좋은 일만 하는 거 아니냐고요?"

"그거야 그때 가서 따지면 될 거 아냐? 왜 있을지 없을지도 모를 나중 일 가지고 미리부터 지레짐작으로 난리들이야?"

"버티면 이보다 낫게 받아 낼 수도 있다던데요."

"적당할 때 한 뜸이라는 게 있는 법이야. 몇 푼 적게 받아도 때가 맞으면 그게 나을 수도 있어."

"지금이 빚붙어 손해 봐 가면서라도 일본 사람한테 손 내밀어야 할 바로 그때라는 건 어떻게 알죠?"

커피를 마시며 좀 쉰 덕분인지 실은 그렇게 관심 있는 문제가 아닌데도 영희는 제법 순발력 있게 받아쳤다. 운전사는 생김보다 성질이 마른 편인지 영희가 그렇게 나오자 신경질적인 한마디로 대화를 끝내 버렸다.

"그럼 마음대로 하라믄. 대가리가 터지든지, 쪽박이 깨지든지."

영희도 시비를 해 가면서까지 그 화제에 매달리고 싶은 마음은 없어 그쯤에서 입을 다물었다. 마침 모니카네 자취방 골목도 그곳에서 멀지 않았다.

모니카와 혜라는 집에 있었다. 둘 다 외출복 차림인 걸로 보아 방금 어디 나갔다가 돌아온 것 같았다. 모니카가 영희의 가방을 받아 들고 속없이 반기며 물었다.

"어어, 오늘은 웬일로 이렇게 아침 일찍……. 그리고 이 가방은 또 뭐야?"

"그렇게 됐어. 당분간 니네 신세 좀 져야겠다."

막상 와 놓고 보니 윤혜라가 신경 쓰여 그녀를 곁눈질하며 영희가 한숨 섞어 말했다. 방세는 모니카만 내는 것이 아니라 그녀도 같이 물고 있었기 때문이었다. 게다가 몇 번 어울려 본 뒤 영희가 느낀 바로는 어딘가 자신과 잘 안 맞는 데가 있는 그녀였다.

그런데 윤혜라는 뜻밖이랄 만큼 너그럽고 친절했다. 모니카가 무어라고 대답하기도 전에 웃는 얼굴로 영희의 말을 받았다.

"짐 챙겨 나온 거 보니 아주 나온 모양이구나. 들어와."

"이번엔 좀 오래 신세 져야 할 것 같은데 그래도 되겠니?"

혜라가 너무 친절하게 나오는 바람에 영희가 새삼 쭈뼛거리며 다시 그렇게 양해를 구했다. 혜라가 한층 환하게 웃으며 오랜 친구 대하듯 했다.

"얘는 얼마나 있을 건데 그렇게 사람을 겁줘? 한평생이라도 살러 온 거야?"

"그건 아니지만 적어도 일주일은 넘을 것 같은데……."

"그걸 갖고 친구간에. 어서 들어오기나 해."

그때 모니카도 안심하는 표정으로 환하게 웃으며 맞장구를 쳤다.

"그래, 맞아. 내 친구면 혜라한테도 친구지 뭐. 친구간에……."

그러고는 영희의 가방을 윗목으로 날라다 놓았다. 영희가 안으로 들어서며 진작부터 궁금하던 걸 물었다.

"근데 너희들 오늘 웬일이니? 둘 다 일찌감치 나들이 차림으로. 어디 나가려다 나 땜에 잡힌 거 아냐?"

"실은 나가려는 게 아니고…… 우리도 방금 돌아온 거야."

모니카가 겸연쩍을 때 잘 짓는 웃음을 배시시 흘리며 대답했다. 그러나 영희는 그 웃음이 뜻하는 바를 잘 알 수 없었다.

"그럼 벌써 어디 나갔다 온 거야? 니네들한테는 지금이 꼭두새벽일 텐데."

"가긴 어딜 가. 엊저녁에 외박 나갔다 들어온 거지. 한 호텔에 든 바람에 같이 돌아온 거야."

윤혜라가 아무 거리낌 없이 그렇게 대답했다. 그녀가 영희와 잘 안 맞는 데가 있다면 바로 그런 당돌함일 것이다. 모니카가 갑자기 볼이 불그스레해져 혜라를 흘겨보았다.

"쟨 그런 소릴, 영희에게……."

"기집애, 난데없이 웬 새침은. 엊저녁에는 제일 신나 깔깔거리더니."

윤혜라가 그렇게 퉁을 주어 놓고 남자처럼 블라우스를 벗어젖혔다. 모니카도 그게 부끄러움을 감추는 묘수라도 괸다는 듯 뒤따라 나들이옷을 훌훌 벗어 던지고 헐렁한 파자마로 갈아입었다. 잠옷으로 갈아입기는 혜라도 마찬가지였다. 둘 다 밤새 어지간히 시달렸는지 이제부터 한잠 늘어지게 잘 작정인 듯했다.

"얘, 너도 눈에 핏기가 있는 걸 보니 간밤에 제대로 못 잔 것 같은데 벗고 누워. 얘기는 한잠 자고 나서 해."

혜라가 그렇게 권해 영희도 그녀들과 함께 누웠다. 모니카가 가만히 영희에게로 다가와 두 팔로 감싸 안으며 소리 죽여 말했다.

"너하고 이렇게 함께 자는 거 오랜만이다, 그치?"

"하긴 2년도 넘네."

"너한테 살을 붙이고 자면 참 따뜻하고 좋아, 누구처럼."

"기집애 입 다물지 못해?"

그 '누구'가 누구를 말하는 것인지를 잘 아는 영희가 짐짓 모니카를 밀어내며 눈을 흘겼다. 그럴수록 모니카가 떼쓰는 아이처럼 영희의 가슴으로 파고들며 콧소리를 냈다. 천장을 보고 누웠던 혜라가 벽 쪽으로 몸을 돌리며 하품 섞어 말했다.

"저 기집애, 저거 레즈비언도 하는 모양이네. 하지만 영희 너 넘어가지 마라. 엊저녁에 쉰도 넘은 대머리 영감 품에서 헤헤거린 년이다."

그러자 모니카가 발딱 몸을 일으켜 혜라의 뒤통수를 노려보며 앙칼지게 쏘아붙였다.

"혜라, 너 정말 자꾸 그럴래? 뻑하면 직장 일을 끌어내다간……. 뭐 영희한테 일러바칠 일이라도 있어? 아까부터 깔깔거렸느니, 헤헤거렸느니, 사람을 우습게 만들고……."

곤두선 눈썹에, 눈가에는 물기까지 도는 게 정말로 성난 얼굴이었다. 영희는 그걸 보자 '대머리 영감'이란 말을 들었을 때의 불결감 대신 까닭 모를 연민에 가슴이 찡해 왔다. 혜라도 모니카의 그 특이한 성냄에는 당해 낼 재간이 없는 것 같았다. 더군다나 모니카에게 들은 말이 있는지 항복을 해도 줄항복을 했다.

"아 참, 영희가 있었지. 네 영원한 애인 명훈 씨의 여동생……. 미안, 미안. 정말로 미안해."

그래도 모니카는 성이 풀리지 않는 모양이었다. 이불을 쓰고 팩 돌아눕더니 혜라가 잠들 때까지 꼼짝도 하지 않았다.

혜라는 곧 코까지 가늘게 골며 잠이 들었다. 그러나 영희는 아침의 그 지독한 피로감과는 달리 얼른 잠이 오지 않았다. 아직 술기운이 남은 흐릿한 머리로 잠을 청하고 있는데 모니카가 살포시 이불을 걷으며 걱정스러운 말투로 물었다.

"왜, 주인과 싸웠어? 저번에 왔을 때도 관둔다는 말은 없었잖아?"

"그렇게 됐어. 그 여우 같은 여편네가 해도 너무하잖아. 어제는 참았지만 또 새벽같이 해 대니 견딜 수 있어야지."

"근데 이번에 그 집에 간 지는 얼마나 됐지?"

모니카가 문득 중요한 사실을 발견했다는 듯 눈을 깜박이며 다시 그렇게 물어 왔다. 영희가 애써 별거 아니라는 투로 받았다.

"글쎄, 한 달이나 제대로 채웠나?"

"실은 그게 걱정이야."

모니카가 그러면서 몸을 일으키더니 한층 심각해져 덧붙였다.

"첨 취직했던 그 집엔 한 석 달 있었지? 두 번째 집에서는 두 달쯤 되고 그런데 이번에는 한 달……. 점점 한집에 있는 날수가 짧아지잖아?"

모니카는 뜻밖으로 예리하게 그 점을 보고 있었다. 아침에 영희도 언뜻 그걸 떠올리고 불안해한 적이 있지만 모니카가 그렇게 꼭 집어 말하자 반발이 일었다.

"남의집살이 하다 보면 이럴 수도 있고 저럴 수도 있지 뭐. 그럼 다음에 들어가는 집은 하루 만에 나오겠네."

"그게 아니고 갑자기 그 일이 네게 맞지 않는지도 모른다는 생각이 들어서 그래. 자기한테 안 맞는 일 그거 백날 해 봐야 말짱 헛 거다, 너."

모니카가 그때는 제법 철든 얼굴로 영희의 아픈 곳을 찔렀다. 영희가 드디어 성을 냈다.

"그럼 기집애야, 너처럼 요정에 나가 술이나 따르는 게 맞아 보이니?"

그렇게 모니카의 입을 막은 뒤 눈을 감고 안 오는 잠을 억지로 청했다.

영희가 눈을 뜨니 둘은 벌써 깨어 있었다. 모니카는 밖에 나가 푸푸거리며 세수를 하는 중이었고, 윤혜라는 손지갑을 뒤적이면서 뭔가를 헤아리는 중이었다. 영희는 먼저 기지개를 켜 자신이 깨어난 걸 알린 뒤 몸을 일으켰다. 혜라가 낯선 지전 한 장과 달러 몇 장을 만지작거리다가 영희를 돌아보며 멋쩍게 웃었다.

"일당 계산하는 중이야. 계산 거 꽤 복잡해지네."

그러나 영희는 그 말이 무슨 뜻인지 얼른 알 수 없어 적당한 대꾸를 못 했다. 그때 세수를 마치고 수건으로 얼굴을 닦으며 들어오던 모니카가 호들갑스레 끼어들었다.

"히야, 정말로 쪽발이가 다르네. 몇 달러야? 얼마 받았어? 그리고 곁에 그건 일본 돈이야? 뭐야?"

"50달러. 그리고 이건 기념으로 가지라고 준 건데 만 엔짜리래."

"그럼 도대체 얼마 받은 거야? 요새 달러 얼마 해? 만 엔은 또 우리 돈으로 얼마나 되고?"

"글쎄다. 나도 지금 그 계산이 안 돼 해골 굴리는 중이다. 엔화는 바꿀 데나 있는지 몰라. 하여튼 그럭저럭 우리 돈 만 원은 넘을 것도 같은데……."

"그 쪽발이 보기보다 기마에 좋네. 너 이래서 쪽발이들 좋아하는 거니?"

그러자 혜라가 정색을 했다.

"자꾸 쪽발이, 쪽발이, 그러지 마. 나도 많이는 상대해 보지 않았지만 그 사람들 무턱대고 나쁘게 볼 거 아니다, 너. 예절 바르고 상냥하고 씀씀이 좋고……. 오히려 우리 같은 직업여성에겐 최상의 고객이라고. 게다가 두고 봐. 앞으로 그 사람들 점점 많이 올걸. 따로 그 사람들만 상대하는 술장사가 생길지도 몰라."

그때 영희는 말없이 그들이 주고받는 말을 듣고만 있었다. 무엇보다 영희에게 충격이 된 것은 만 원이란 액수였다. 혜라가 어떤 끔찍한 짓을 당했는지는 모르지만 하룻밤에 만 원을 벌었다는 게 아무래도 믿어지지 않았다. 자신이 구박 덩어리로 미장원 바닥을 두 달은 기어야 쥐어 보는 돈. 게다가 갑작스러운 일본 사람들의 출현도 그랬다. 그때까지도 영희는 그들을 이 땅에 얼씬도 못 하는 종족으로 알고 있었다. 기껏해야 역사 교과서에서나 만날 수 있는 추상적인 악령 같은 것이었는데 그들이 그렇게 가까이, 벌써 이 땅 젊은 여자의 몸까지 사 가며 드나들고 있다는 게 충격이 아닐 수 없었다. 그러다가 문득 오다가 본 데모가 생각나 그들의 대화에 불쑥 끼어들었다.

"그 사람들 쉽게 오지는 못할걸. 아까 오다 보니 학생들 데모가 굉장하던데. 벌써 신설동 로터리를 꽉 메웠더라고. 고등학생들까지 보이고……."

"그래 봤자지 뭐. 듣자 하니 이 정부는 한일회담 빨리 성사시키지 않을 수 없을 거래. 왜 너도 어제 듣지 않았어? 예전에 대학 선생 했다는 그 이 전문가, 이 상문가 하는 사람. 그 사람이 이유까지 설명하지 않데?"

"어제 그런 얘기도 했어? 난 아무것도 못 들은 것 같은데……."

모니카가 맹한 얼굴로 그렇게 받는 걸 무시하고 영희가 물었다.

"그 이유가 뭔데?"

"좀 유식하게 말하면 이 정부는 본질적으로 군사정권이고 군사정권은 어김없이 보상적 특징을 가지기 때문이라나. 물질적으로 잘살게 해 주는 길밖에는 국민들의 지지를 끌어낼 수 없는 까닭에 이 정부는 반드시 경제 발전에 매달리게 되어 있다는 얘기야. 그런데 바로 그 경제 발전을 위해서 절대적으로 필요한 게 일본의 자본과 기술이고, 그래서 과거의 잘못을 구실 삼아 일본으로부터 그걸 끌어내려는 게 이번 한일회담의 목적이래. 또 다소 미흡하고 국민 감정을 거스르는 한이 있더라도 정부가 서두를 수밖에 없는 데는 그 나름의 급박한 사정이 있대. 이대로 가면 우리 경제는 머지 않아 파탄이 나고 말 거래. 그동안은 미국의 원조로 겨우겨우 버텼지만 이젠 한계에 이르렀다나. 게다가 그 미국은 벌써 몇 년 전부터 원조를 슬슬 줄여 가는 중이래. 그리고 슬며시 자기의 짐을 일본에 떠넘기려 하고 있다는 거야. 한국에도 일본에도 은근히 압력을 넣어 되도록 조속히 회담을 매듭짓게 하려고 보이지 않게 애쓰고 있다더라. 그러면 다 된 거지 뭐. 정부가 사생결단으로 밀어붙이고 미국이 뒤에서 돕는데 이 나라에서 안 될 일이 어디 있어?"

윤혜라가 대학물 먹은 적이 있는 걸 자랑하듯 유식한 말투로 그렇게 단언했다. 꼭 못 알아들을 정도는 아니지만 주제의 엄청남과 예상 밖으로 정연한 논리에 약간 기가 죽은 영희는 잠시 대꾸할 말을 찾지 못했다. 신이 난 혜라가 다시 덧붙였다.

"4·19도 미국이 이승만에게서 손을 뗐기 때문이라나. 순수하게 학생들의 힘만으로는 어려웠을 거래. 후지야마 상도 아마 회담이 곧 성사되리라고 믿는 것 같았어. 다시 보자고 하는데 그 표정이 아주 자신 있어 뵈더라고. 실은 그 만 엔짜리도 다시 만나자는 약속의 표시래. 내 느낌에도 그는 다시 올 것 같아."

"맞아. 그 사람 이름이 후지야마였지. 그럼 너, 그 사람도 애인 삼을 거니?"

그제야 끼어들 데를 찾은 모니카가 눈을 반짝이며 물었다.

"다시 오기만 한다면 안 될 것도 없지."

혜라는 그렇게 받아 놓고 갑자기 어색해지는지 급히 화제를 바꾸었다.

"애, 우리 점심 어떡할래? 어머, 벌써 두 시잖아?"

"우리 오늘 나가서 맛있는 거 사 먹자. 아주 명동쯤 가서. 영희도 왔고, 너 달러도 바꿔야 하잖아?"

단번에 넘어간 모니카가 조금 전의 화제 따위는 깨끗이 잊고 그런 제안을 했다. 영희는 국수 같은 걸로 간단히 때우고 그대로 방안에 늘어져 쉬고 싶었으나 뜻대로 되지 않았다. 모니카가 끌어내듯 성화인 데다 혜라도 그냥 해 보는 소리 같지 않게 함께 나가기를 권했다.

"같이 가. 내 한턱 쓸게. 저 멍청한 빈털터리 기집애 안 벗겨 먹을 테니 걱정 말라고."

택시는 용케도 집 앞 골목에서 잡을 수 있었지만 그날은 그런 종류의 나들이에는 적합하지 않았다. 택시에 오른 세 사람이 행선지를 대자 운전사가 고개를 설레설레 저었다.

"그리론 못 가요. 지금 종로고 을지로고 청계천이고 꽉 막혔다고요."

"왜요?"

모니카가 눈이 똥그랗게 되어 물었다. 왜 그런 일이 벌어졌는지 전혀 짐작이 가지 않는다는 표정이었다. 혜라가 그런 모니카를 어이없어 하며 운전사에게 물었다.

"데모가 그렇게 심해요?"

"말도 마세요. 4·19 때보다 더한 것 같더라니까요. 학생만 해도 2만이 넘는다죠, 아마. 대단해요. 박 대통령이 시국 수습을 위한 모종의 조치를 구상하고 있다고 발표를 해도 도무지 먹혀 들지가 않아요. 좀 전에 들으니 총리 공관에서도 정일권 총리하고 공화당 간부들이 모여 대책을 강구 중이랍니다."

운전사의 대답에 혜라가 잠시 애매한 표정이 되었다가 이내 행선지를 바꾸어 댔다.

"아저씨, 그럼 돌아서 퇴계로나 충무로 쪽으로 명동 가까운 곳에 내려 줘요."

지금 벌어지고 있는 일이 무엇이건, 그리고 어떻게 결과가 나든 자신이 심각해야 할 이유는 하나도 없다는 투였다. 운전사도 그렇다면 자기도 굳이 마다할 까닭이 없다는 듯 차를 몰기 시작했다.

중심가를 피해 돌아가는데도 오래잖아 차 안으로까지 매캐한 최루탄 냄새가 스며들었다. 어떤 때는 샛길 저쪽 멀리 큰길가에서 밀고 밀리는 시위대와 경찰을 볼 수도 있었다. 시위대 중에는 일반 시민들도 보였다.

4·19를 직접 본 적이 없는 영희였지만 그것만으로도 어떤 역사적인 긴장을 느끼기에는 충분했다. 영희가 저도 모르게 목소리를 죽이며 등 너머로 운전사에게 물었다.

"어떻게 될까요?"

"글쎄요. 원체 일본이라면 감정들이 나빠서. 하지만 계엄령 얘기도 있던데 그리 되면 별수 있겠어요?"

운전사가 그렇게 대답하자 거기 힘을 얻었는지 혜라가 아까의 기세를 회복해 영희에게 가볍게 퉁을 주었다.

"앤 아까 그렇게 설명해 놓으니까. 또 어떻게 되든 우리하고 무슨 상관이야? 암튼 난 이기는 게 우리 편."

"그 아가씨 말 한번 시원스럽게 하네. 맞아요. 이젠 뭐가 뭔지 알 수 있어야지. 나도 이기는 게 우리 편이오."

운전사가 그렇게 맞장구를 쳐 차 안의 분위기는 다시 가볍게 흘러갔다. 그리고 그 분위기는 차에서 내린 뒤에도 그대로 유지돼 이젠 최루탄 가스로 제법 눈이 따가운 중국집에 자리를 잡은 뒤에도 혜라와 모니카는 헤헤호호였다.

핏줄 속에 흐르는 정치 지향성 탓일까. 영희는 그런 그녀들이 한동안 속으로 못마땅했다. 그러나 혜라가 인심 써서 시킨 이런저런 요리에 배갈까지 한 잔씩 곁들이는 동안 그녀의 그런 감정도 차츰 풀리기 시작했다.

그녀들의 직업에 대한 편견 없이 보면 혜라와 모니카의 삶은 유쾌하기 짝이 없었다. 그녀들은 사고 싶은 대로 사고 즐기고 싶은 대로 즐겼다. 혜라는 명동에서도 고급스럽기로 소문난 양장점에서 여름 원피스 한 벌을 맞췄고 모니카는 가까운 백화점에서 한창 유행하는 색상의 블라우스와 화장품을 한 아름 샀다. 돌체라는 음악실에 들러 음악을 듣고 나오는 길에 개봉관에서 70밀리 대형 화면으로 영화도 봤다. 어느 쪽도 영희에게 보이려고 일부러 그러는 것 같지는 않은데도 영희는 거의 충격과도 같은 부러움과 시새움을 느껴야 했다. 그게 인격의 일부를 상품화한 값, 보편적인 내일을 포기한 대가라는 데서 오는 어두운 그늘은 두 사람 중 그 누구의 표정에서도 내비치지 않았다.

동네 시장에서 찬거리 약간을 산 것을 마지막으로 그들이 자취방으로 돌아온 것은 밤 열 시에 가까울 때였다. 크게 틀어 놓은 안집의 라디오가 서울 일원에 비상계엄령이 선포된 것을 되풀이 알리고 있었다. 잠깐 귀 기울여 내용을 확인한 혜라가 무슨 대단한 승리의 증거라도 잡은 듯이 영희를 보고 자못 양양해하며 얼마 전 제가 한 말을 일깨워 주었다.

"거 봐. 내 뭐랬어?"

하지만 그때 영희는 자신만의 상념에 골몰해 있었다. 조금 전 시장에서 찬거리를 살 때의 일이었다. 콩나물, 멸치, 새우젓, 두부 하는 사이에 생활의 감각이 되살아나며 그녀는 문득 불길한 예감에 소스라쳤다. 모니카와 혜라의 호의에 얹혀 하루를 즐기는 동안 내내 속으로 시달려야 했던 부러움과 시새움이 갑자기 거꾸로 뒤집히며 자아낸 예감이었다.

'어쩌면 내가 내몰리고 있는 것은 바로 저 애들의 길 쪽인지 몰라. 바로 저런 삶으로 내몰기 위해 무언가가 나를 이리도 괴롭게 허덕이도록 만들고 있는 것 같아. 저 애들은 저리도 유쾌하고 즐거워 보이게 하고……'

하지만 영희는 이내 세차게 고개를 내저으며 중얼거렸다.

'아니야. 저건 아니야. 저건 고향 집에 있는 그 마귀할멈의 저주를 실현시켜 주는 것에 지나지 않아. 괴롭지만 나는 바른길을 잡았어. 여기에서 너무 오래 쉬어서는 안 되겠어. 되도록 빨리 떠나야지.'

혜라는 영희의 그 같은 몸짓을 자신의 말에 대한 반응으로 본 듯했다. 모니카를 보고 입을 한 번 비쭉하고는 몸을 홱 돌려 수돗가 쪽으로 가 버렸다.

일탈 연습

1964년 6월 초순은 한일회담 반대 시위가 절정으로 치달았다가 비상계엄으로 막을 내린 시기였다. 그때 인철이 만약 감수성 예민한 도회의 고등학교 1학년으로 석 달에 걸친 대학생들의 힘겨운 투쟁과 그 마지막 무참한 패배를 목도했더라면 그 일련의 사태는 뒷날까지 그의 의식 밑바닥에서 꿈틀거리는 어떤 진지하고도 강렬한 인상으로 남게 되었을는지도 모른다. 그러나 그것도 무슨 운명인지 그는 생애에서 여러 역사적 사건을 겪었으나 한 번도 현장에서 자신의 눈으로 볼 기회는 갖지 못했다. 동시대의 일이건만 그가 역사적 사건과 만나는 것은 거의 모두가 전문(傳聞)이나 활자를 통해서였다.

그때도 그랬다. 그 봄 내내 자신만의 문제에 골몰해 보낸 인철은 그 무렵 멀리 집을 떠나 낯선 가로수 길을 걷고 있었다. 여행자로서의 필요한 차림이나 휴대품은 거의 없고, 주머니에 돈도 넉넉하지 못한데도 방향은 여전히 집과는 반대였다.

그 출발의 동기나 여정, 그리고 그 뒤의 경과에 대해 보편적인 감정에 이해를 구하는 일은 그리 쉽지 않을 듯싶다. 누구에게나 나름의 특수성은 있지만 나중에는 그 특유의 습벽 내지 행태(行態)를 이룬 철의 그러한 길 떠나기는 말과 글의 어지간한 투자로는 남을 이해시키기 어려운 유별남이 있다. 그런데 다행히도 이 부분은 뒷날 그가 쓴 자전적인 소설에 잘 그려져 있어 구차하게 말을 빌리고 이치를 꾸며야 하는 일은 면할 수 있게 됐다. 그의 초기 작품이라 감정 과장과 미문 취향이 눈에 거슬리는 데가 더러 있지만 객관적 서술이 따라잡을 수 없는 주관적 진술의 미덕도 있으므로 그대로 인용해 보자.

국어사전에서 방랑이란 말을 찾아보면 "정처 없이 떠돌아다님"이란 풀이가 대부분이다. 그러나 그 낱말이 문학에 수용되면 엄청난 의미의 심화와 확대가 일어나 젊은이들에게는 거의 신비에 가까운 감정까지 품게 한다. 내가 그 방랑을 처음 경험한 것은 열일곱 나던 해의 늦봄이었다. 나는 그전에도 이미 이곳저곳을 떠돌며 살았고, 때로는 가출 시도로 혼자서 객지살이를 꿈꿔 본 적도 있다. 그러나 그것은 대개 우리 불행한 일가(一家)나 자신의 살이와 관계된 떠돎이어서 방랑이라기보다는 유랑(流浪) 또는 부랑(浮浪)이라는 편이 더 정확할 것이다.

그 출발의 동기는 지금에 와서 돌이켜 보아도 조금은 가슴 서늘해지는 데가 있다.

그 무렵 나는 내 삶의 한 중요한 굽이를 막 지나치고 있었다. 내가 노동과 육체의 사람으로 성장하느냐 또는 문자와 정신의 사람이 되느냐의 갈림길을 막 지난 일로, 더 구체적으로 말하면 벌써 두 해째나 정규 과정에서 벗어나 있던 배움의 길을 검정고시로 되찾게 된 게 그랬다.

시골 우체부가 친절하게 전해 준 지방신문의 한 귀퉁이에서 고입 자격 검정고시 합격을 확인한 그날 나는 그 나머지 시간이 전혀 기억나지 않을 정도로 벅찬 감격과 기쁨에 사로잡혔다. 잃어버린 낙원에로의 길을 드디어 되찾고 만 기분이었다.

하지만 날이 저물어 내 골방에 혼자 앉게 되면서부터 그 감격과 기쁨은 차츰 그전보다 더한 절망으로 변하기 시작했다. 어렵사리 낙원에로의 길을 되찾았지만 거기 이르기까지의 남은 거리가 너무도 멀어 보인 까닭이었다.

그때 형은 오랜 도회지 생활을 집어치우고 돌아온 신출내기 농부의 열정으로 흙과 1차 생산을 바탕으로 한 꿈에 한창 취해 있었다. 그러나 어찌 된 셈인지 나는 진작부터 그런 형의 꿈이 이뤄지지도, 오래가지도 못할 것이란 짐작으로 불안해했다.

이 땅이 어차피 자급자족의 경제 형태로는 번영할 수 없는 세계 제국의 변경(邊境)이며, 따라서 결국은 그것이 세계적인 착취 구조의 매뉴팩처(공장제 수공업) 또는 제 살 베어 먹기의 하청(下請)으로 끝장나더라도 우리 경제가 매달린 것은 이른바 산업화라 부르는 2차 산업 위주의 생산 체제밖에 없다는 따위 거창한 분석에서 비롯된 것은 아니었다. 그전 한 해 형과 함께 흙에 묻혀 지낸 애늙은이의 눈썰미 또는 1차 산업의 비효율성에 대한 어쭙잖은 직감 같은 것 때문이었다. 그 뒤 10년은 지나야 비교 우위란 자로 무지막지하게 재단되어 드러날 이 사회의 산업구조를 예감한 것이라면 약간은 감탄해 주어도 좋을.

어쨌든 — 그때의 소박한 심경으로 돌아가 — 고등학교 입학 자격을 획득하자, 그래도 고등학교에 갈 수 없다는 게 오히려 더 큰 절망으로 나를 괴롭혀 왔다. 수없이 나를 앞질러 가는 날래고 영악한 아이들의 환영이 무슨 못 견딜 고문처럼 이어지고 그때는 거의 이념화된 첫사랑도 구체적인 소녀의 모습으로 내 열일곱의 상처 받기 쉬운 가슴을 할퀴고 지나갔다.

그리하여 그해 늦봄 어느 새벽 창이 희부옇게 밝아 올 무렵 어느새 나를 사로잡고 있는 것은 가출의 결의였다. 예전 고아원에서 경험한 몇 번의 가출 시도는 판판이 열정의 낭비와 쓰디쓴 후유증으로 끝장 보고 말았지만 이번에는 다를 것 같았다.

그새 내 몸은 자라 키는 웬만한 어른들의 귀를 넘기고 지식도 중학교 졸업의 학력을 인정받은 만큼, 도회로 나가 일하면 야간이라도 학업을 이어 갈 길이 있을 것 같았다. 그래, 나는 다시 한 번 떠난다. 또 한 번 나 혼자만의 기차를 탄다…….

날이 훤히 밝았을 무렵 드디어 나의 결의는 흔들림 없는 것이 되었다. 나는 그 결의의 실천을 대담한 거짓말로 시작했다.

"형님, 나 돈 좀 구해 주세요."

얼마 전부터의 기척으로 형이 깨어나 있음을 안 나는 방문을 열고 들어서기 바쁘게 불쑥 말했다. 이제 막 일어나 앉아 식전 담배를 피우고 있던 형이 놀라움과 우려의 눈길로 나를 보았다.

"돈은 갑자기 뭣 때문에?"

"안동엘 나가 봐야겠어요. 합격증도 찾고 책도 사 올까 해요."

미리 준비된 것이라 거짓말은 술술 잘도 나왔다. 그러나 형은 새벽같이 뛰어든 내게서 무언가 심상찮은 낌새를 느낀 듯했다.

"책?"

"예, 대입 검정고시를 준비하려면 책이 있어야 해요."

"그건 저…… 어떻게든 고등학교로 가도록 해야지. 한 번도 무서운데 두 번씩이나 검정고시를……."

"고등학교라면 언제요? 지금 당장요? 아니면 내년 신학기에는 보내 주실 수 있어요?"

"내년 신학기엔 보내 주지."

"무얼로요? 이 개간지를 팔아서요?"

나는 그렇게 형의 기를 죽여 놓고 이번에는 은근한 협박까지 곁들였다.

"내년 신학기에 못 가면 전 벌써 두 해나 늦게 돼요. 그런데 정말 이 농사로 나를 큰 도시로 유학 보낼 자신 있어요? 혹시라도 개간지를 파실 생각이라면 차라리 내가 가출을 하는 편이 나아요. 그래서 고학이라도 해 보는 게……."

그때 형이 황급히 내 말을 막았다.

"안 돼, 그건. 벌써 잊었어? 모든 게 네 생각 같을 줄 알아?"

형은 그래 놓고 오히려 사정하듯 내게 말했다.

"그때 어머니로부터 고아원에 있던 네가 가출하려 했다는 소리를 듣고 나는 탈영이라도 하고 싶었다. 그런 건 한 번이면 돼. 그러지 말고 이 형을 믿어라. 내년 신학기엔 꼭……."

"그렇다 해도 지금부터 대입 검정 준비해서 안 될 건 없잖아요?"

나는 형을 속이는 게 안됐지만 마음을 다잡아 먹고 그렇게 우겨 댔다.

"그래…… 돈은 얼마면 되겠니?"

이윽고 형은 할 수 없다는 듯 한숨 섞어 그렇게 말했다.

"2천 원만 만들어 주세요."

"2천 원이라……."

형은 그 뜻밖의 액수에 암담한 표정이었다. 자세한 기억은 없지만 그때는 지방 도시의 하룻밤 여관비가 백 원을 넘지 않을 정도였다. 거기다가 때가 보릿고개로 접어든 만큼 형에게는 엄청난 돈이었을 것이다.

그렇지만 나의 가출이 두려웠던 형은 결국 한나절도 안 돼 그 돈을 구해 왔고 나는 낮차로 돌내골을 떠났다. 안동에 이르렀을 때까지도 내 결의는 흔들림이 없었다. 나는 서점은커녕 교육구청마저 들르는 법 없이 똑바로 안동역으로 갔다.

어디로 갈까 ─. 안동역 대합실에 이른 나는 비로소 거기에 생각이 미쳤다. 그때까지의 계획은 모두가 떠나는 데 급급해 새로이 찾아갈 곳조차 정하지 않고 있었다. 나는 먼저 누나가 있는 서울을 떠올렸다. 하지만 누나가 서울 어디에 있는지 알 수 없었고 누나를 빼면 서울은 지난 5년 동안에 이미 기억마저 희미해진 낯선 도시였다.

나는 또 몇 해 전 여름방학에 탐색 삼아 며칠 가 보았던 대구를 생각해 보았다. 그러나 이번에는 그곳에서 겪은 혹독한 일들이 나를 주저하게 했다. 고아원에서도 가출의 의도가 있었음을 눈치채지 못했을 만큼 합법적인 구실을 만들어 다녀온 것인데, 그때 경험한 그 도시라면 여전히 고학이고 뭐고가 다 어려울 것 같았다. 아예 낯선 곳으로 찾아가? 부산쯤 ─ 그런 생각도 해 봤지만 그곳에는 또 내 초라한 꼴을 보이고 싶지 않은 사람이 너무 많았다.

그런데 역 대합실에 앉아 찾아갈 곳을 그렇게 한참이나 헤아리고 난 뒤의 일이었다. 나는 문득 자신이 그런 목적으로는 그 어떤 곳으로든 떠나기 싫어 함을 알아차렸다. 내가 홀려 있던 것은 떠남 그 자체, 혹은 낯선 곳을 헤매는 그 자체였을 뿐, 그 구실이 되어 준 구체적인 목적에는 기실 그렇게 대단한 열정을 품지 않았음이 그제야 조금씩 드러나기 시작한 것이었다.

어떤 도시를 생각해 내도 동시에 그곳으로는 갈 수 없는 까닭이 떠올랐다. 거기서 하게 될 일도 상상 속에서 이미 자신이 없었다. 내 몸과 지식을 한꺼번에 기를 수 있는 재원을 마련하기 위해 살이의 진창을 뒹굴며 싸우고 부대낄 결의 같은 것은 애초부터 없었음이 분명했다.

시간이 지날수록 내 떠남의 진정한 목적이 뚜렷해지자 나는 잠시 낭패한 기분이 들었다. 하룻밤을 하얗게 밝히며 만들어 낸 결의라는 게 기껏 감상적인 방랑의 구실에 지나지 않다니, 이중의 거짓에다 위협까지 곁들여 무리하게 형에게서 짜낸 돈이 실은 그 염치없는 정신적 허영의 경비였을 뿐이었다니. 그렇게까지 자기 분석이 진행되자 나는 스스로가 한심해지기까지 했다.

하지만 그때 나는 열일곱이었고, 계절은 한창 길 떠나기 좋은 늦봄이었다. 이성은 그쯤에서 집으로 돌아가기를 권유했으나, 감정은 그대로 내처 떠나기를 부추겨 댔다.

거기서 한동안 이성과 감정의 뻔한 싸움이 벌어졌다. 아니 싸움이라기보다는 오히려 그 어이없는 감정을 해석하고 변호하는 도구로 내 이성을 써먹었다는 편이 옳을지도 모르겠다. 어쨌든 역 앞 식당에서 늦은 점심을 먹으면서 내가 내린 결정은 대강 이랬다.

'이대로 떠난다. 그러나 곧 돌아온다. 영영 집을 떠나 돌아오지 않는 게 아니라 잠시 답답한 나날에서 벗어났다가 되돌아간다. 어찌 보면 사치스러운 감상이지만 내게 그만한 권리는 있다. 이제 나는 다시 외롭고 힘든 독학의 날들을 보내야 할지 모른다. 그날들을 버텨 내기 위해서도 이만한 정도의 낭비는 필요하다……'

그러자 나는 식당을 나오는 길로 가까운 문방구에서 엽서 한 장을 샀다. 나는 거기에다 썼다.

형님, 며칠 바람 좀 쏘이고 돌아가겠습니다. 늦어지더라도 걱정하지 마십시오.

그리고 그 엽서를 우체통에 던져 넣은 뒤 무턱대고 도심을 벗어났다.

이제 와서 돌아보면 어이없이 충동적인 데가 있지만 그때로서는 그런 자신이 조금도 이상하게 느껴지지 않았다.

참으로 즐거운 첫날이었다. 가야 할 곳과 걸어야 할 거리가 정해지지 않은 길이라 그날 나는 백 리 가까이나 걸었지만 별로 피로를 느끼지 못하고 어떤 주막거리의 가게 건넌방에서 눈을 붙였다. 다시 말하거니와 그때 내 나이는 열일곱이었고, 계절은 걷기 좋은 봄이었다…….

하지만 그 이튿날이 되면서 내게도 목적지가 생겼다. 무의식의 작용이 있었던지 내가 잡은 방향이 남쪽이란 게 밝혀지면서 갑자기 밀양에 가 보고 싶어졌다.

한번 밀양이 떠오르자 머릿속은 그동안 애써 되새기기를 피해 왔던 그곳의 추억으로 가득해 왔다. 안개 자욱하던 새벽, 그곳을 떠나던 날로부터 역순으로 더듬어 가던 기억은 그곳에서의 4년을 잘 정리된 기록영화처럼 내 의식 속에 펼쳤다.

그 춥고 길던 고아원의 겨울밤과 두렵고 싫던 단체 생활에 이어 추억의 세 기둥이 차례로 내 가슴을 아리게 하고 다시 처음 어머니와 함께 그곳을 찾아가던 이른 봄날이 아련한 그리움 속에 떠올랐다. 그래, 그곳으로 가 보자. 어쩌면 나는 처음부터 그곳을 향해 떠난 것인지도 모르지…….

그러자 밀 그대로 방랑에 가까웠던 그 길은 이내 구체적인 목적지를 가진 여행으로 바뀌었다. 일정이 생기고 걸어야 할 거리가 정해졌으며 그곳에 도달해야 할 날짜가 결정되었다. 나는 되도록이면 토요일 늦게나 일요일 아침쯤에 그곳에 이르고 싶었다. 아마도 일요일을 이용해 집으로 돌아와 있을지 모르는 첫사랑의 소녀를 먼빛으로나마 훔쳐보기 위함이었을 것이다.

하지만 그런 여행은 오래가지 못했다. 그날 저녁 무렵 무리하게 걸어 부르튼 발바닥과 시큰거리는 발목을 길가 개울의 찬물로 찜질하면서 황홀하게 키워 가던 공상이 그 발단이었다. 그곳에 이르면 새벽같이 일어나 그녀의 집 뒤 강둑을 배회한다. 마침 그녀도 아침 산책을 위해 강둑으로 나온다. 나는 멀찌감치서 뒤따르다가…… 그때 문득 잔잔한 수면에 비친 내 얼굴이 눈에 들어오며 나는 펄쩍 놀라 머릿속으로 이어가던 공상에서 깨어났다.

두 발을 담근 채 꼼짝 않고 앉아 있어 잔잔해진 수면에는 낯설기 그지없는, 정체 모를 얼굴 하나가 떠 있었다. 그 겨울의 충분치 못한 영양 공급과 시험이 끝나자 불려 나가기 시작한 들일에서 쬔 봄볕이 바꾸어 놓은 꺼칠하고 거무죽죽한 피부에, 그것도 제2차성징(性徵)의 하나인지 점점 각져 가는 얼굴선, 거기에 또 분명 솜털은 아닌 노란 털이 숭숭 돋고 상고머리는 아니지만 그렇다고 제대로 길러진 것도 아닌 머리칼이며, 나이에 어울리지 않게 깊이 파인 미간의 주름…….

정말 아이도 아니고 어른도 아닌, 그리고 결코 사람들의 호감을 살수 없을 듯한 얼굴이 장터에서 막 사 입은 허름한 점퍼 깃 위로 비쭉 솟아 있었다.

소년 시절에는 언제나 은근하게 자신을 가졌던 내 얼굴이 그날따라 내 눈에 왜 그렇게 비쳤는지 그 정확한 원인을 알 길은 없다. 다만 한 가지 추측할 수 있는 것은 그 직전까지 내가 빠져 있던 공상이 그 돌연한 자기 비하의 원인이었는지도 모른다는 점이다. 자신이 진정으로 사랑하거나 우러르는 대상 앞에 서면 무슨 저항 못 할 열정처럼 우리를 사로잡는 그 자기 비하의 충동. 『신곡(神曲)』은 읽지 못했어도 그걸 쓴 사람의 감상적인 전기(傳記)는 대강 꿰고 있던 내가 그 개울가의 공상 속에서 그리고 있던 다음 장면은 틀림없이 베키오 다리였다. 위대한 시인과 한 숙녀로 자란 그 구원(久遠)의 여인 사이에 있었던, 실은 허망하기 그지없으나 그때의 내게는 달콤하게만 여겨지던 그 재회가 그때 다시 찾아보려는 소읍(小邑)의 강둑에서도 일어날 줄 알았다.

하지만 나는 아직 시인도 뭣도 아니었다. 아직은 내가 무엇이 될지도 잘 모르는, 꿈만 거창한 시골의 반건달에 지나지 않았다.

'그래, 아직은 아니다. 나는 너를 만나러 가지 않겠다. 그게 뭔지는 모르지만 그 뭔가가 되기 전에는 나를 보여 줄 수 없어. 부끄러움으로 고통받느니보다는 차라리 영영 만나지 못하는 운명을 택하겠어.'

나는 마치 내 첫사랑의 소녀가 간절히 만나기를 청해 온 것처럼이나 그렇게 중얼거리며 분연히 일어섰다.

그러자 그 얼마 전까지도 무슨 환한 빛무리에 싸이기라도 한 것처럼 느껴지던 그 여행길은 이내 쓸쓸하기 그지없는 방랑길로 바뀌었다. 그 전날과 같은 일탈의 홀가분함이나 낯선 곳을 헤매는 즐거움까지도 참담한 자기 비하의 감정에 씻겨 가 버린 탓이었다. 이제는 목적지도 서두를 것도 없어진…… 그 바람에 갑자기 망연해진 나는 가까운 산골짜기에 저녁 이내가 끼일 때까지 그 개울가에 앉았다가 제법 어둑해서야 일어났다.

내가 이 세상에 태어나서 처음으로 술다운 술을 마신 것은 그날 이미 날이 저문 뒤에야 들게 된 어떤 삼거리의 주막에서였다. 하기야 그전에도 나는 이미 몇 번인가 술을 마신 적이 있고, 한 번은 곯아떨어져 보기도 했다. 그러나 그것은 실없는 어른들이 억지로 권해서였거나 또래들끼리의 호기심이 상승 작용을 일으켜 맛도 모르고 퍼마신 탓이었다.

그런데 그날은 달랐다. 이미 처마 밑에 호롱불이 매달린 시골 주막 마당으로 접어들면서부터 신기하게도 내가 느낀 것은 시장기가 아니라 멋모르고 마셔 보았던 술맛의 아련한 기억이었다. 거기다가 저녁밥을 청하는 내게 대꾸하는 주막집 할머니의 시큰둥한 대답이 한층 나를 대담하게 했다.

"이 밤에 어예 새로 불 때 밥하노? 식은 밥 남은 것도 없고. 총각, 고마 국시나 한 그릇 말고 탁배기나 한잔 걸치라. 밥은 낼 아침에 뜨끈뜨끈하게 해 주꾸마."

그 할머니는 아마도 희미한 호롱불 때문에 나를 나이보다 더 어른스레 본 듯했다. 그러나 내게는 그런 권유가 더할 나위 없는 유혹이었다. 나는 별로 망설임도 없이 거기에 동의하고 말았다. 자신 없는 기억이긴 하지만 그때 나는 목소리까지 짐짓 굵고 의젓하게 지었던 것 같다.

처음으로 누구의 억지스러운 권유도 없이, 그리고 시작부터 은근한 기대로 마시게 되어서 그런지 그날의 술맛은 각별났다. 할머니는 국수가 삶아지는 동안 시장기나 달래라고 반 넘게 술이 든 두 되들이 주전자와 대폿잔으로 쓰이는 듯한 사발 하나, 그리고 취나물 무침 한 접시만 덩그렇게 올려진 개다리소반을 들여보냈는데, 정말로 나는 달게 마셨다. 뒷날 나는 참으로 많은 술을 여러 가지 안주와 함께 마셔 보았지만, 그때의 그 막걸리와 취나물이 내던 맛은 두 번 다시 느껴 보지 못했다.

주막집 할머니가 기계국수를 막 삶아 들여왔을 때 나는 이미 주전자를 비운 뒤였다. 되는 대로 몇 젓가락 국수를 건져 먹은 내가 주전자에 남은 술을 마저 따르다가 사발에 주전자 뚜껑을 떨어뜨리는 걸 보고 할머니가 놀란 시늉을 했다.

"하이고, 하마 다 마셨나? 그거 오이(온전히) 한 되는 될 낀데…… . 총각, 나(나이)도 얼마 안 돼 보이는데 우얀 술을 벌씨로 글케…… ."

"에이, 할머니도. 막걸리 한 되로 술 마신다 그러겠어요? 한 되만 더 주세요."

나는 노련한 술꾼처럼 그렇게 받았다.

그 할머니는 희미한 호롱불 빛이 아니더라도 나에게 넉넉히 속아 갈 만큼 눈이 어두웠던 듯했다.

그런 나를 조금도 의심하는 눈치 없이 다시 술 주전자를 채워 왔다. 그러고는 봉놋방 구석에 자리 잡고 앉으며 제법 말동무까지 해주는 것이었다.

"총각, 그런데 어에 이리 밤길을 걷게 됐노? 보이 근처 사는 총각은 아인 거 같고…… 막차 띄웠나(놓쳤나)?"

이미 술기운이 온몸에 퍼져 무언가를 떠들어 대고 싶어진 내게는 더할 나위 없이 알맞은 물음이었다.

뒷날 언어의 그런 비실제적 효용과 결국은 거짓말의 일종에 지나지 않는 허구에 삶을 걸게 될 아이답게 나는 그 어설픈 방랑을 마음껏 미화하고 과장했다. 그때 한 말은 자세한 기억이 없지만 어쨌든 나는 그 주막 할머니로부터 이런 대꾸까지 끌어낼 수 있었다.

"그라믄, 그 뭐꼬, 총각이 시방 김삿갓이 하고 있는 것가?"

그리고 이어 어떻게 그 할머니를 쑤석였는지 어린 나를 잡고 눈물까지 찔금거리며 신세 한탄을 하게 만들었다. 하나 아들은 6·25 전쟁에 나가 죽고, 핏덩이 같은 손자를 늙은 내외가 기르는데, 농사로는 외지 유학을 보낼 수 없어 돈 만지는 장사라고 시작한 게 그 주막…… 하는 식이었다. 한(恨)이데이, 한이라아. 어예 무꾸(무) 구덩이에라도 감촤 둘 생각은 못 하고 피난이라꼬 보낸 게 그길이(그길로) 뿌뜰리가(붙들려서) 군대에 갔는지 징역을 갔는지도 모르는 새 하얀 뼛가루 봉다리(봉지)만 돌아왔으이…… 그런 소리도 들은 것 같다.

하지만 턱없이 서두른 내 첫 술자리는 두 번째 주전자를 다 비우기도 전에 무참하게 끝이 났다. 점점 더 심하게 오르는 술에 나도 모르

296

게 목소리가 높아져 무언가를 떠들고 있는데 갑자기 방문이 열리며 머리를 빤질빤질하게 배코 친 늙은이가 들어왔다.

"이 할마이가 미쳤나? 웬 아아한테 술은 이리 퍼 맥여 가지고……."

그 늙은이는 성난 소리로 대뜸 주막 할머니에게 타박을 주었다. 눈 어두운 죄밖에 없는 할머니가 못마땅하다는 말투로 받았다.

"기차 화통을 삶아 먹었나? 아무데나 꽥꽥 나대기는(소리치며 나서기는)…… 총각 저만하믄 술 한잔쓱(씩) 하기도 여사(예사)지."

"총각은, 무신 놈의…… 야야, 니 몇 살고?"

나는 그 늙은이가 한눈에 모든 걸 다 알아본 것 같아 술이 확 깨는 기분이었다.

"스물……이에요."

나는 애써 어른스러운 목소리를 지어 그렇게 버텨 보았으나 눈이 밝은 그 늙은이에게는 소용없었다.

"택도 없는 소리. 스물은 무신……. 열댓 살밖에 안 될따. 못됐구로. 어서 안 일나나?"

그가 그렇게 몰아댈 때는 술기운 속에서도 덜컥 겁까지 났다. 그 때쯤은 그 할머니도 자신의 실수를 알아차린 듯했다. 그러나 그동안 말동무하고 지낸 정분에서인지 이것저것 재는 법 없이 나를 위해 팔 걷고 나서 주었다.

"아이, 참말로 왜 이래노? 날 저물어 하룻밤 자러 온 손님을 가라카이, 이 밤에 어디로 가란 말고? 개를 몰아도 궁글(구멍을) 틔워 주고 몰아야제. 백지로 옹총망총(되나 마나 함부로) 주끼다가(말하다가) 젊은 사람한테 욕볼라꼬……."

그렇게 늙은이의 기를 죽여 놓고 나를 그 갑작스러운 낭패에서 구해 주었다.

"봐라, 총각 니도 인제 올라가 자라. 건넌방이따. 내굴(한 아궁이로 이어진 온돌)이라 춥지는 않을 끼다."

일이 이미 그쯤 된 마당이고 보면 그런 술자리에 더 미련이 있을 턱 없었다. 나는 무참함과 낭패감에서 벗어나기 위해서도 얼른 몸을 일으켰다. 마음 한구석에서 술기운에 도발된 전의 같은 게 꿈틀대지 않은 건 아니었으나, 그보다는 열일곱의 나이를 짓누르는 죄의식이 그때의 내게는 더 힘이 있었다.

그 배코 머리 늙은이 때문에 꽤나 참담하게 건넌방으로 쫓겨나긴 했어도 그날 밤 잠만은 쉽게 들 수 있었다. 하루 내내 걸은 피로에다 알코올의 최면 효과가 곁들여진 결과로, 그 뒤 술은 내 불면의 젊은 날에 가장 효과적인 수면제로 기능하게 된다.

주막집 영감은 이튿날 아침에도 나를 보는 눈길이 곱지 않았다. 할머니도 날이 밝자 내가 뜻밖으로 나이 적은 소년에 지나지 않았음을 뚜렷이 알아차린 듯했으나 간밤의 정을 거두지는 않았다.

"야 보래이, 인제 보이 참말로 아아(아이)데이. 우리 손자 가아(그 아이)보다 어예믄 더 안 어릴라."

그렇게 놀라면서도 시원한 술국을 끓여 주는 걸 잊지 않았다. 뿐만 아니라 어쨌든 두 끼에 하룻밤을 자고 막걸리까지 두 되나 마신 내게 청구한 돈은 겨우 백 원이었다. 술이나 밥 둘 중에 하나는 공짜인 계산이었다.

"봐라. 나이 어린 기 뭣 땜에 이리 떠돌아댕기는지 모르겠다마는 어지간하거든 집에 돌아가거래이. 안직 설백인(제대로 자리 잡지 못한) 오장육부에 독한 술 자꾸 붓지 말고……. 딱 돌아갈 데가 없다 카믄 어디 저짝 마실에 일꾼 자리라도 알아볼까? 새경(머슴꾼 1년 치 품삯)은 우예 될지 모리겠다마는 일할 데는 있을 끼라."

떠나는 나를 사립문까지 따라 나오며 축축한 목소리로 그렇게 말해 올 때는 나까지도 공연히 콧마루가 시큰하였다. 하지만 한번 그 마을을 떠나 볕 밝은 봄 길 위로 들어서자 내 마음은 또 달라졌다. 간밤의 술이 어떤 정화 작용을 했는지, 속이 거북한 대로 첫날의 순수한 여정이 되살아났다. 특히 이제 진달래가 한창인 북편 산비탈로 붙어난 국도를 걸을 때는 고향 산에 지천으로 피어 있는 진달래를 바라볼 때와는 또 다른 감정이었다.

이제는 완전히 방향이 없어져 어디서 어디로 가는 길인지도 기억에 없건만 그 고갯마루에서 올려다보던 흰 구름은 지금도 눈앞에 뚜렷이 그려 낼 수 있을 것 같다. 어떤 보리밭 둑에서 그 지저귐 소리 때문에 하늘 높이 뜬 종달새를 찾다가 갑자기 눈시울을 적신 적이 있는데, 그게 눈이 시려서인지 아니면 파란 봄 하늘이 자극한 어떤 슬픈 감회 때문이었는지는 아직도 분명치 않다.

요즘에야 상상조차 어렵겠지만 벌써 한 세대 넘는 세월이 훌쩍 흘러가 버린 그때의 국도는 대개 트럭 두 대가 스쳐 가기 어려운 자갈길이었다. 또 거리란 게 일쑤 그만큼 가는 데 드는 시간으로 측정된다는 점에서 그때는 읍과 읍, 마을과 마을 사이가 지금보다 적어도 몇 배는 멀었다. 옛적에 한나절을 걸어야 했던 사오십 리 장 나들이 길이 포장되어 잘 나가는 승용차로 십여 분 만에 지나고 보면 우리가 기억 속에 간직하고 있는 옛적의 거리감이라는 것이 허망하게까지 느껴지는 때가 있다. 아마도 그것은 우리가 거리를 온전히 시간으로 바꾸어 버린 까닭일 것이다.

따라서 그때의 엄청난 거리감은 한 읍에서 다른 읍에 이르는 것은 물론 한 마을에서 다른 마을에 이르는 것까지도 대단한 성취감을 주었다. 호젓한 산길을 한 시간 넘게 혼자 걷다가 어느 굽이를 돌아서면 갑자기 나타나는 낯선 마을은 저물녘이 아니라도 반갑기 짝이 없었다. 어떤 때는 1960년대의 가난에 절어 무심한 얼굴로 지나가는 시골 사람들조차도 오래 그리워하던 사람처럼 반갑게 느껴졌다.

그 사람들 중에서도 가장 인상 깊은 것은 아무래도 내 또래의 소녀들이었다.

나는 길을 걷다가 저만치 내 또래의 소녀가 가는 걸 보면 헐떡이며 뛰어가 그 얼굴을 확인했고, 어떤 때는 먼눈으로도 갓 시집온 새색시로 보이는 젊은 여인네들까지 같은 방식으로 확인했다.

내 첫사랑의 소녀가 그런 곳을 그런 모습으로 그 시간에 지나갈 리 없다는 걸 뻔히 알면서도 번번이 가슴 두근거리며 뛴 것은 아직도 내 의식에 무겁게 가라앉아 있는 피학 성향의 한 징표는 아닐는지. 나는 어쩌면 그 실망과 쓰라림을 오히려 즐기기 위해 그토록 열심이었던 것은 아니었는지.

그야말로 정처 없이 떠도는 것이 된 그 여행은 그로부터 한 열흘이나 더 계속됐다. 결국은 출발점인 내 집으로 돌아가게 되어 있는 한 원(圓) 운동에 지나지 않았지만, 적어도 그때 내가 구체적으로 행선지를 정해 놓고 걸은 기억은 없다. 당연하게 일정 따위도 있을 리가 없었으며 타고난 평발 때문에 나중에는 하루 삼사십 리밖에 걷지 못할 때가 흔했는데, 그때도 그 때문에 조급해했던 적은 없었던 것 같다.

하지만 길은 아무래도 향한 곳이 있게 마련이어서, 무심결에 골라잡은 곳이라도 결국은 어딘가에 이르게 된다. 그때의 내게도 예외는 아니어서 그 시골 주막에서 길을 떠난 지 사흘째 되던 날 오후 나는 뜻밖에도 동해 바다와 마주치게 되었다. 남하(南下)를 그만둔 내가 새로 잡은 방향이 동쪽이었던 듯했다.

그 전날 영천을 지난 나는 다음 날 아침 영천에서 포항으로 가는 국도를 걷다가 운좋게 트럭 한 대를 얻어 탈 수 있었는데, 그게 길을 줄여 주어 그날 점심때는 흥해(興海)의 장터 거리를 어정거릴 수 있었다. 마침 그날이 그곳에 장이 서는 날이었고, 트럭은 그 장에 볼일이 있었던 것 같다.

내 고향의 장날이나 별반 다를 것 없는 그 장터를 한동안 일없이 돌아다니던 나는 장마당의 국밥 한 그릇으로 점심을 때우고 곧 국도를 따라나섰다. 이번에는 북쪽으로 방향을 잡았는데, 그것은 아마도 주머니에 남은 돈이 2백 원밖에 되지 않았다는 것과 연관이 있을 것이다. 1960년대 중반의 빈곤에다 내 두둑하지 못한 배짱이 무일푼의 여행을 자신 없게 만든 듯하다.

그런데 거기서 한 10리나 걸었을까. 흰 페인트칠을 하고 4H 마크와 함께 동네 이름을 써 놓은 넓적한 돌 곁에 앉아 쉬고 있을 때였다. 별 생각 없이 주위를 둘러보는 내 눈에 아주 낯선 풍경이 들어왔다. 국도 오른편으로 올망졸망하게 따라오던 야산들이 갑자기 끝나고 탁 트인 공간이 나타났는데, 지평선이라고 여겨지는 곳이 이상하게 짙푸르렀다. 넓은 보리밭으로 보려 해도 그 푸른색은 한창 무성한 보리밭의 푸르름과는 전혀 달랐다.

솔직히 말해 그때껏 나는 실물로서의 바다를 본 적이 한 번도 없었다. 그러나 한참을 바라보던 나는 그곳이 바로 바다란 것을 어렵잖게 알아차렸다. 그러고 보니 내게는 처음이지만 역시 금세 알아챌 수 있는 바다 냄새가 그곳까지 풍겨 오는 것 같았다.

마침 내가 앉은 길가에서 멀지 않은 곳에서 그쪽으로 향하는 길이 하나 보였다. 국도는 아니지만 자동차는 다닐 만한 길이었다. 나는 그게 집으로 돌아가는 길을 더 멀게 할지 모른다는 걱정에도 불구하고 서슴없이 그 길로 접어들었다.

보기와 달리 길은 내가 예상한 것처럼 툭 트인 곳으로 나 있지 않았으나 어쨌든 그로부터 한 시간 뒤쯤 나는 바닷가에 이르러 소금기 섞인 바닷바람을 쐬며 바다를 내려볼 수 있었다. 납작한 초가집 여남은 채와 고기잡이배 몇 척이 묶인 작은 포구에서 약간 비껴 선 바위 언덕 위였다.

그림이나 영화에서만 보던 바다를 처음 발 아래 두고 섰을 때의 감동은 실로 대단한 것이었다. 내륙 지방에서 태어나 그때껏 내륙의 도

시들만 떠돈 나에게 그 감동은 차라리 충격이라는 편이 옳았다. 잘생긴 봉우리들이나 멋지게 굽이친 강줄기가 주는 미학적 감동과는 또 다른 종류의 감동 ─ 장엄이나 신비 같은 종교적 수사(修辭)가 어색하지 않게 쓰일 수 있는 대상과 처음으로 마주친 까닭이었다.

바닷가 바위 위에 허옇게 부서지는 파도나 구성지게만 들리는 갈매기 울음, 바다 가운데 가랑잎처럼 떠 있는 고깃배 같은 것들만으로도 이발소에 걸린 값싼 임화(臨畵) 액자 안에서나 영화 화면 속의 죽은 바다가 주던 느낌과는 판이하게 달랐다. 거기다가 끝 간 데 모르게 펼쳐진 짙푸른 해원(海原)과 희미하게 하늘에 맞닿은 수평선은, 밤하늘의 별을 우러를 때보다 훨씬 구체적으로 무한과 영원을 떠올리게 해 주었다.

나는 그때 이미 생명의 기원이 바다에 있다는 생물학적 지식을 가지고 있었다. 그러나 맹세코 단언하지만, 그날 내가 그 바다에서 영원한 생명의 고향을 느낀 것은 그런 생물학적 지식과는 무관했다. 지금도 나는 누구든 바닷가에 삼십 분만 서 있으면 아무런 생물학적 지식의 도움 없이도, 우리 생명의 출발점이 그 바다라는 것을 직관으로 알아낼 수 있으리라 믿는다.

그때 바다가 내게 준 첫인상의 강렬함은 그 밖에도 여러 가지가 있었을 것이다. 그러나 속절없는 세월은 내 기억에 그리 많은 것을 남겨 놓지 않았다. 어떤 것은 나이와 더불어 두텁고 단단해진 감정의 표피 속에 깊이 묻혀 버렸고, 어떤 것은 지성이란 시건방진 말에 주눅 들어 씻겨 가 버린 탓이리라. 아직까지도 확실하게 남아 있는 것은 다만 추상적인 강렬함이지만 그것도 갈수록 희미해져 가는 것이 쓸쓸하기 그지없다.

그로부터 한 20년쯤 뒤 나는 동해안의 월포(月浦)라는 곳에 새로 개장한 해수욕장에서 여름 며칠을 보낸 적이 있다. 하루 만에 해수욕에 싫증이 난 나는 바다낚시의 미끼를 구하기 위해 북쪽으로 한참 떨어진 바닷가 마을을 찾아간 적이 있는데, 그곳 풍경이 몹시 눈에 익어 기억을 더듬어 보게 되었다. 분명하게 잘라 말할 수는 없지만, 아무래도 내 첫 방랑 때 들러 본 적이 있는 그 포구 같았다. 그런데도 그 마을 어디에서 바다를 돌아보아도 옛적의 느낌이 전혀 되살아나지 않아 공연히 울적해한 일이 있다.

하지만 그 바다의 더 큰 효용은 그다음에 있었다.

결코 뜻한 바는 아니었는데도 한동안의 감동에서 깨어나자마자 나에게 갑자기 무언가 한 도달점에 이른 듯한 느낌이 들었다. 꼭 처음부터 그 바다를 향해 떠났던 것 같은 착각이 일며, 드디어는 이르고 말았다는 뿌듯한 성취감까지 이는 것이었다. 이제 와서의 짐작인지는 모르지만 그때 처음 계획처럼 남하해서 내 첫사랑의 소녀를 운 좋게 만났다 해도 그때와 같은 성취의 느낌은 받지 못했을 것이다. 아니, 그 소녀에게서 느끼게 된 여러 거리감은 오히려 한 참담함으로 내 삶을 뒤틀어 놓았을지도 모른다.

'이제 돌아갈 수 있다. 나를 기다리는 게 무엇이건 이제는 땅에 굳건히 발 디디고 헤쳐 갈 수 있다…….'

그때 내 감정의 추이는 자세히 기억나지 않지만 어쨌든 그 바닷가 바위 언덕을 내려가면서 나는 그런 결정을 내렸다. 보기에 따라서는 느닷없고 황당한 데마저 있지만 적어도 내게는 그 같은 결정이 조금도 어색하지 않았다. 따져 보면 그 뒤로도 나는 몇 번인가 그 비슷한 여행을 떠난 적이 있는데, 그때도 내게 필요한 결론의 도출 방식은 언제나 논리와는 멀었다. 어쩌면 내게 가장 절실한 욕구는 떠돌아다님 그 자체였고, 제법 엄숙하게 중얼거리곤 했던 막바지의 결정 또한 기실은 그 욕구가 채워진 뒤에 급조된 돌아갈 구실에 지나지 않았는지도 모를 일이다.

한번 그러한 결정이 내려지자 그 나머지는 약간 고달프기는 해도 평범한 귀환 일정에 지나지 않았다. 그날 늦게 이번에는 스스로 애를 써서 얻어 탄 트럭으로 장사(長沙)라는 바닷가 마을까지 가서 잠을 잔 나는 다시 이틀이 더 걸려서야 집으로 돌아왔다.

내가 비로소 형과 어머니를 대면할 일을 걱정하게 된 것은 고향 집을 10리쯤 남긴 지방도(地方道)로 접어들면서였다. 엽서를 한 장 띄웠다고는 하지만 나는 보름이 넘게 가출했다 돌아온 아이에 지나지 않았으며, 더구나 적지 않은 돈까지 떳떳하게는 설명할 수 없는 방식으로 탕진한 터였다. 형과 어머니가 나이 이상으로 나를 믿어 주기는 해도 내 그런 일탈까지 그냥 보아 넘길 것 같지는 않았다.

그 바람에 남은 10리 길은 궁색한 변명을 지어내는 데 고스란히 바쳐졌다. 하지만 아무래도 상식적으로는 그 두 사람을 납득시킬 만한 변명이 생각나지 않았다. 실은 나 자신도 잘 이해 못 하는 일탈의 동기를 무슨 수로 남에게 이해시킬 수 있단 말인가.

두려움보다는 난처함으로 그들에게 나를 설명할 길을 찾던 내가 마침내 한 가지 길을 찾아낸 것은 저만치 개간지가 보일 때였다. 나는 무슨 섬광 같은 암시라도 받은 것처럼 형의 시인(詩人)에게 나를 이해시키기로 결정했다. 어머니의 나무람은 형을 통해 막으면 될 것이었다.

내가 개간지로 올라섰을 때는 제법 해가 뉘엿할 때였는데, 형은 보리밭을 갈아엎은 곳에다가 고추 모종을 옮기고 있었다. 더 정확히 말하면 밭에 모종을 하는 것은 어머니와 낯익은 동네 아주머니 둘이었고, 형은 모종에 줄 물을 물지게로 져 나르는 중이었다.

나는 짐짓 당당하게 그들이 해 질 녘의 마무리를 서두르고 있는 밭머리로 다가갔다. 나를 먼저 본 것은 앞치마로 모종을 담아 나르던 어머니였다.

"에이고메야, 저거 철이 아이라? 철이 왔데이……."

먼저 어머니가 고추 모종이 쏟아지는 줄도 모르고 앞치마를 놓으며 허둥지둥 달려왔다. 이어 심긴 고추 모종에 바가지로 물을 주고 있던 형도 나를 보자 바가지를 밭둑에 떨어뜨리고 성큼성큼 다가왔다.

"하이고오, 야야. 니가 에미 속을 어예 이래 썩후노(썩이나)? 온다 간다 말도 없이……. 그래, 어디 갔드노? 어디 갔다 왔노?"

어머니가 그렇게 울먹이며 내 손을 쓸고, 이어 형이 노여움보다는 우려 섞인 눈길로 지그시 나를 보며 물었다.

"네 엽서는 받았다만…… 어찌 된 거냐?"

"여기저기 돌아다니다 왔어요. 시인으로 삶을 낭비하고 싶지는 않아서요."

언젠가 내가 시인이 되고 싶다는 뜻을 비쳤을 때 형이 못마땅해하던 걸 이용한, 변명이라기보단 일종의 역습이었다. 형은 잠시 아연한 눈길이었으나, 이내 사실상의 부권(父權) 행사를 하는 아홉 살 손위의 맏형다운 위엄을 되살리며 받았다.

"뭐야?"

"제가 먼저 감정을 낭비해 버리는 겁니다. 냉철한 계산으로 살려면……."

"닥쳐, 요 건방진 놈."

형이 버럭 고함을 지르며 손을 치켜올렸으나 그것으로 끝이었다. 한참이나 나를 쏘아보다가 말없이 돌아서서 일하던 곳으로 가 버렸다. 그 참을성을 다한 납득이 어떤 영향을 끼쳤는지 뒤이어 내 얼굴을 손바닥으로 쓰다듬는 어머니의 울먹임에서도 나무람의 어투는 전혀 끼어들지 않았다.

"어예 아아 얼굴이 반 쪼가리로? 주꾸재비(죽을상)가 따로 없데이……. 내리가자. 우선 밥부터 해 믹이야 될데이……."

그렇게 내 일탈은 큰 소동 없이 끝났다. 다음 날부터 나는 아무런 불리 없이 가족의 울타리 안으로 재편입되고 다시 무엇인지 모를 내 길을 힘들여 가게 된다.

그런데 30년이 다 되어 가는 지금까지도 알 수 없는 것은 그때 형이 그토록 관대하게 나의 일탈과 재편입을 받아들여 준 일이다. 비록 내 머리를 다 짜내 얽은 변명이었지만 형이 정말로 거기에 넘어간 것일까. 아니면 그때의 내 태도에서 자신의 노여움을 억눌러야 할 또 다른 이유를 찾아낸 것일까.

진작부터 나는 그게 궁금하였지만 젊을 때는 겸연쩍어 묻지 못했고, 이제는 형이 고인이 되어 물을 수가 없게 되고 말았다. 그러나 한 가지, 이 오늘의 내가 길을 잘못 든 것이라면, 그 어긋남의 원인 중에는 그때 시작된 내 일탈과 재편입의 되풀이도 들어 있으리라는 짐작만은 꼭 말해 두고 싶다.

피어나는 거리

"저 집이야."

자동차 두 대가 스쳐 가기 어려운 골목 좌우로 즐비하게 늘어선 한옥들 가운데 한 집을 가리키며 모니카가 말했다. 딴생각에 빠져 그녀들을 뒤따라 걷고 있던 영희가 퍼뜩 정신을 차려 모니카가 가리킨 곳을 보았다. 비슷비슷하게 생긴 기와집들이라 그녀가 어디를 가리켰는지 얼른 짐작이 가지 않았다.

"왜 그리 시큰둥한 표정이야? 너 저 집 얕보지 마라. 흔치 않은 집이다."

윤혜라가 말했다.

나올 때부터 기가 꺾여 있던 영희는 꾸지람이라도 들은 아이처럼 움찔했다. 이왕 그녀들을 따라나선 이상 그 길로는 선배 격인 그녀들에게 기가 죽지 않을 수 없었다.

하지만 영희의 억센 성격이 곧 반발했다. 어쩌면 만만히 보여서는 안 되겠다는 계산에선지도 몰랐다.

"흔치 않아 봤자 고급 요정이겠지 뭐."

영희가 갑자기 그렇게 뒤틀린 소리로 받자 모니카가 할끔할끔 영희와 윤혜라를 곁눈질하다 윤혜라를 편들어 말했다.

"아니다, 너. 자유당, 민주당 때 힘깨나 쓰던 사람치고 저 집에서 술 한잔 안 해 본 사람 없대. 그런데 그 사람들은 가도 저 집은 오히려 더 흥청거리거든. 가 보면 알겠지만, 너 저 집에 있으면 손님이란 게 맨 어디서 본 것 같은 사람들뿐이다. 신문에 자주 나서 말이야……."

"또 그 소리야? 그거야 오는 손님이 대단한 거지, 저 집이 대단한 거야?"

영희가 죄 없는 모니카를 흘겨보며 퉁을 놓았다. 모니카는 찔끔하며 입을 다물었다.

"하기야 저 집이 대단해 봤자지. 그래 봤자 그건 저 집이고 우리야 기껏 저 집 가요이(통근 기생) 아가씨일 뿐이니까."

영희의 말이 자신을 겨냥하고 있다는 걸 안다는 듯 혜라가 그렇게 받았다. 기죽지 않으면서도 영희의 반발을 처리하는 그녀 특유의 말투였다.

그러면서 걷는 사이에 영희에게도 독특한 느낌을 주는 한옥 한 채가 눈에 들어왔다.

'백운장(白雲莊)'이란 크지 않으면서도 사람의 눈길을 끄는 현판이 달린 대문을 가진 집이었다. 현판의 글씨는 검은 바탕에 흰 것이었으나 어쩐지 흔한 페인트 같지는 않았고, 글씨도 그냥 쓴 게 아니라 목판에 양각되어 있었다.

그러고 보니 대문도 그 맞은편이나 아래윗집과는 달랐다. 새로 지은 것이건 예부터 있었던 집이건 근처의 대문은 한결같이 대패질한 판목(版木)에 노란 물을 들이고 니스를 칠해 번쩍거렸는데, 그 집만은 비바람에 적당히 삭은 짙은 잿빛인 데다 표면까지 우툴두툴해 낡아 보이면서도 이상한 무게를 느끼게 했다.

"마담 언니, 시장에서 돌아왔는가 몰라."

윤혜라가 힐끔 손목시계를 보면서 앞장서 대문을 열었다. 삐꺼덕하는 소리가 갑작스레 영희에게 고향의 고가(古家)를 연상시켰다. 겉보기와 마찬가지로 집 안도 오래된 한옥 그대로였다.

산뜻한 것은 새로 한 지 얼마 안 돼 보이는 회벽뿐, 모든 게 다시 한 번 영희에게 고향의 옛집을 떠올리게 했다. 역시 잿빛으로 삭은 기둥과 그 기둥에 더께처럼 발린 입춘(立春). 남향으로 앉은 디귿 자 본채와 작은 연못 사이로 떨어져 있는 별채. 다듬지 않고 키운 한 그루 큰 재래종 향나무. 소음을 막기 위해서인 듯 툇마루 끝과 처마를 이어 집을 두르다시피 한 유리창 미닫이만 아니었으면 고향의 고가에 들른 것으로 착각이 들 정도였다.

"너희들 왜 이제 오니? 언니가 시장도 안 가고 기다리는데……"

마당 가운데 드문드문 놓인 포석을 밟으며 들어서는 그녀들을 보고 바지 차림의 젊은 여자가 대청에서 물었다. 머리칼의 물기나 화장기가 지워진 얼굴로 보아 이제 막 세수를 하고 화장을 하러 들어가는 길인 것 같았다.

"얘들이 버스를 타자고 우겨서. 그래, 어느 방에 계세요?"

윤혜라가 머리를 까닥하고 그렇게 묻자 여자가 들고 있던 수건으로 방금도 물이 뚝뚝 듣고 있는 귀밑머리를 훔치며 안방을 가리켰다.

"거기야, 들어가 봐."

영희가 곁눈질로 슬쩍 둘러보니 집 안에는 그녀 말고도 그 집에서 먹고 자는 젊은 여자가 여럿 되는 것 같았다. 방금 그녀가 들어가려 하는 건넌방에도 빼꼼히 열린 문으로 짙은 화장을 한 젊은 여자의 얼굴이 둘이나 보였다.

들은 대로 마담은 안방에서 그녀들을 기다리는 중이었다. 보살이라는 별명에 어울리게 순하기 그지없게 생긴 얼굴이었다. 거기다가 단정하게 받쳐 입은 수수한 빛깔의 한복은 그녀가 요정 주인이라고 짐작하기 어렵게 했다.

"어디 보자, 이름이 뭐라 했지?"

혜라와 모니카의 호들갑스러운 인사가 끝나자 마담이 영희를 지그시 살펴보며 물었다. 때에 따라서는 뚜쟁이 노릇도 마다 않는 기생 출신의 마담과는 전혀 맞지 않게 맑고 깊은 눈길이었다.

"이영희라고 해요."

절로 기가 죽은 영희가 나지막이 대답했다. 마담이 다시 한참 영희를 뜯어보다가 물었다.

"무슨 학교를 다녔다고 했지?"

영희는 더욱 움츠러든 목소리로 옛날 사기꾼에게 속아 목돈을 내고 입학 허가까지는 받았지만 끝내 등록은 못 하고 만 삼류 여자 대학의 이름을 댔다.

"그래애?"

마담이 이렇다 할 억양 없이 그렇게 대꾸했으나 별로 믿는 눈치는 아니었다. 다시 한참이나 영희를 뜯어보다가 좀 엄하게 물었다.

"그런데, 이제 하려는 게 무언지는 알아?"

"쟤들에게 들었어요."

영희가 모니카와 혜라를 턱짓으로 가리키며 대답했다. 마담은 그래도 이건 꼭 확인해야 된다는 듯 되풀이 물었다.

"말하자면 기생이야. 그것도 황진이처럼 그윽하게 시조나 읊조리는 기생이 아니라 활딱 벗으라면 벗어야 하는. 아니, 손님이 원하면 그보다 더한 짓도 마다할 수 없는. 그래도 해 보겠어?"

"……"

"쟤들이 뭐라 했는지 모르지만, 혹 좀 궂은 아르바이트쯤으로 말했는지 모르지만, 거기 넘어가면 안 돼. 더도 덜도 아닌 기생이야. 요정 색시라고. 그걸 알고 있어?"

실은 그 모든 게 영희의 짐작에 있는 일이었다. 혜라가 아무리 안개를 피워도 모니카의 말을 종합하면 그 술상머리가 들여다보이듯 훤했다. 그러나 마담이 맞대 놓고 그렇게 묻자 영희는 얼른 대답할 수가 없었다.

마담은 확실히 별난 여자였다. 삶의 어둡고 추악한 면을 속속들이 겪고 맛본 사람들의 반응은 대개 두 가지로 나타난다. 하나는 그 자신도 그 삶을 닮아 적당히 물크러지고 썩고 둔감해지는 경우이고, 또 하나는 달관한 듯 보이거나 오히려 더 교훈적이 되는 경우이다. 말할 것도 없이 두 번째 경우가 훨씬 드문데 마담은 바로 그런 여자였다. 이어 한동안 이것저것 영희의 경력을 묻던 마담이 갑자기 긴 한숨과 함께 말했다.

"어떤 선지식(善知識) 한 분이 내가 하는 이 요정을 색도가(色都家)라 했다. 그래, 색도가지. 술과 이 고풍스러운 분위기는 색(色)을 꾸미는 또 다른 색에 지나지 않고. 그런데 여기서 한 10여 년 너희들을 모아 팔다 보니 너희 중에는 두 가지 부류가 있더구나. 한 부류는 업(業)에 쫓겨 온 부류이고, 다른 하나는 새로이 업을 지으러 오는 부류지. 나는 업에 쫓겨 온 부류는 기꺼이 맞고, 거리낌 없이 팔아 준다. 그러나 둘째 부류, 새로이 업을 지으러 찾아오는 애들은 받아들이기도 팔아 주기도 영 마음 안 내켜. 내 말 알겠어? 그런데 영희랬지? 네가 아무래도 업에 쫓겨 온 아이 같진 않단 말이야. 피할 수 있으면 피해 봐."

영희는 그 여자의 별명이 왜 보살인지 알 것 같았다. 선지식이니 색이니 업이니 하는 불교적인 용어보다 사람을 꿰뚫어보는 듯한 눈길이나 까닭 모르게 사람을 압도하는 기품 같은 것 때문이었다. 구구한 사정을 늘어놓을 엄두조차 나지 않을 만큼 이상한 힘이 느껴지는 여자였다.

하지만 윤혜라의 의견은 또 달랐다. 영희를 바래다준다며 거리까지 따라나와 영업이 시작될 때까지의 한 시간 남짓을 함께 앉았던 다방에서 그녀가 뒤틀린 어조로 말했다.

"수 쓰고 있네. 나는 저 능구렁이가 보살 같은 수작을 하고 자빠지면 정나미가 뚝 떨어진다니까."

"언니, 그건 또 무슨 소리야?"

모니카가 백치 같은 얼굴로 혜라를 보며 물었다. 혜라가 슬쩍 영희의 눈치를 보며 무언가를 망설이다가 내뱉듯 말했다.

"말은 그럴싸하지만 보살의 참뜻이 뭔지 알아?"

"뭔데?"

"쟤 얼굴이 상품으로 별로 가치 없다는 뜻이야. 저희 집에 오는 고급스러운 손님의 까다로운 취향에는 안 맞는……."

그 말에 영희는 자신도 모르게 낯이 확 달아올랐다. 한번도 자신의 얼굴이 남달리 예쁘다고 생각해 본 적은 없지만, 그렇다고 못생겨 남의 조롱을 받을 정도라는 생각도 해 본 적이 없는 영희에게는 충격이 아닐 수 없었다. 그런 영희를 더욱 못 견디게 만든 것은 모니카의 생각 없는 맞장구였다.

"아, 그 얘기였어? 하긴 나도 쬐끔 걱정은 했어. 쟤 코가 너무 죽은 것 같지 않아? 그치? 눈꼬리도 치켜져 괜히 무섭게 보이고……."

"시끄러, 이 기집애야!"

영희는 우선 비참한 기분에서 벗어나기 위해 모니카에게 쏘아붙였다. 그러나 모니카가 찔끔해 입을 다무는 걸 보자 이번에는 영문도 잘 모를 분노가 둘 모두를 향해 터져 나왔다.

"오냐, 잘났다. 이 기집애들아. 그 잘난 얼굴로 걸레 같은 몸뚱어리 많이 팔아먹어라."

영희가 그렇게 소리치며 몸을 일으키자 모니카가 금세 파랗게 질린 얼굴로 매달려 왔다.

"왜 그래, 너. 널 화나게 하려고 한 게 아닌데……"

그러나 윤혜라는 차가운 웃음으로 영희를 가만히 쳐다볼 뿐이었다. 영희는 갑작스러운 증오로 그녀의 머리채를 휘어잡고 흠씬 두들겨 주고 싶은 충동을 느꼈다. 하지만 그곳은 한창 손님이 북적거리는 퇴근 무렵의 다방 안이었다. 거기다가 가만히 따져 보면 혜라도 머리채를 잡혀야 할 만큼 잘못을 저지른 게 없었다.

"너, 이 기집애. 잘난 척하지 마. 넌 처음부터 이리 될 줄 알고 있었지? 그러면서 모르는 척 사람을 끌고 가 이 꼴을 보고 즐기려 한 거 아냐?"

겨우 억누른 속으로 혜라에게 그렇게 내뱉고 다방을 나왔다.

영희가 서너 발짝 걷기도 전에 모니카의 다급한 목소리가 뒤따라왔다.

"얘, 어딜 가니? 같이 가. 언니, 안 되겠어. 나 쟤하고 갈 테니 마담 언니한테 얘기 잘해 줘. 어쩜 오늘 저녁은 거기 못 나갈지도 몰라."

다방을 나와 무턱대고 걷는 영희의 기분은 참담했다.

미장원을 나와 윤혜라와 모니카의 자취방에 얹혀 지내게 된 뒤에도 한동안은 요정에 나가는 걸 생각조차 안 해 본 영희였다. 생각잖게 일자리를 잃게 되어 급한 대로 신세를 지고는 있어도 '나는 너희들과는 달라' 하는 기분이 며칠 전까지만 해도 영희를 당당하게 해 주었다.

같이 지내게 되면서 눈여겨보게 된 혜라와 모니카의 생활 방식은 마구잡이였다. 무엇보다도 영희를 혼란시킨 것은 도대체 그 계집애들이 가난한지 넉넉한지 알 수가 없다는 점이었다. 어떤 때, 특히 둘이 나란히 외박을 하고 온 다음 날 같은 때, 그녀들은 따라다니는 영희가 눈이 핑핑 돌 만큼 흥청망청 써 댔다. 언젠가는 둘이서 이렇다 할 물건 하나 제대로 사는 것 없이 한나절 동안에 영희의 한 달 치 봉급을 써 버리는 걸 본 적도 있었다. 하지만 또 어떤 때, 어쩌다가 요정에서 사나흘 내리 부르지 않은 뒤 같은 때는 담뱃값도 없어 금반지를 들고 전당포로 달려가는 것이었다. 그런 어처구니없는 불균형은 그녀들의 소유품에서도 잘 드러났다.

외제 화장품과 명동에서 맞춘 게 아니면 백화점에서 고른 비싼 옷과 엄청나게 큰 전축이 새까맣게 때가 낀 냄비와 찌그러진 양은 밥그릇, 해지고 때 묻은 싸구려 누비이불 따위가 한 방 안에 있었다.

특히 윤혜라를 살펴보고 있으면 그런 불균형은 그녀의 정신 속에서도 쉽게 발견되었다. 어떤 때 그녀는 자신이 학생회 간부로 졸업하였다는 명문 여고와 2학년 때까지 다녔다는 여대를 제법 분위기 있게 추억했고, 영희도 제목쯤은 알고 있는 세계 명작들이나 명곡들을 주워섬겼다. 세시봉이니 돌체니 하는 음악실을 들먹이고, 「새드 무비」, 「서머 타임」 같은 서양 팝송들을 처음부터 끝까지 원어로 불러 은근히 영희와 모니카를 위압했다. 그런가 하면 〈파친코〉 사건이 어떻고 〈새나라〉 비리 의혹이 어떠니 하며 그 무렵의 시사 문제도 훤하다는 듯 해설해 주었다.

하지만 한번 나사가 풀어져 본바탕이 나오면 그게 아니었다. 비싼 맥주를 박스째 사 놓고 남자처럼 마셔 대다가 변소에 가기 귀찮아 방 윗목에서 세숫대야를 타고 앉거나 외박 다음 날 대낮에 술 냄새를 풍기며 돌아와 모니카를 상대로 풀풀 웃으며 어지간한 영희도 듣기 민망한 음담패설을 해 댈 때는 영락없이 막가는 창녀였다.

"장군인지 사장인지 그 새끼 거 되게 크데. 꼭 말만 하더라니까. 그걸 디미는데 나는 그대로 맞창이 나는 줄 알았지……."

못 보고 지낸 그 이태 사이에 모니카도 많이 변해 있었다. 그 전만 해도 희미한 본능처럼 남아 있던 도덕감이나 수치심은 그새 거의 자취를 감추었다. 그 대신 여러 해 성을 상품으로 팔아 오는 동안에 늘어난 그 방면의 기교와 계산이 영희를 견딜 수 없을 만큼 역겹게 했다.

변하지 않은 게 있다면 오빠 명훈을 향한 그 측은한 연모 정도일까. 하지만 그것도 이따금씩은 그녀의 진정에서라기보단 필요에 의해 애써 지켜지는 환상일지도 모른다는 의심이 갈 때가 있었다.

더 지킬 것도 없이 자기를 팔아 살아가는 여자들에게 흔히 하나쯤은 소중하게 간직되는 추억 같은 것. 이래 봬도 나에게는 아름다운 사랑이 있었다고요…….

따라서 영희는 처음 한동안 둘의 자취방에서 더부살이를 하면서도 속으로는 한껏 그녀들을 경멸했다. 그녀들이 택한 삶의 방식은 미래뿐만 아니라 현재도 어김없이 불행으로 보였고 보조 미용사로 남의집살이를 할 때 그들의 흥청거림만 먼빛으로 보며 느꼈던 선망은 싸늘한 비웃음으로 변했다.

영희는 되도록 빨리 그들의 자취방을 떠날 작정이었다. 그런데 그게 뜻 같지가 않았다.

대여섯 달 미장원에서의 피로가 풀리기 바쁘게 영희는 일자리를 찾아 나섰다. 물론 정식 미용사로서였다. 작아도 좋고 변두리라도 좋으니 미용사로 써 주기만 하면 열심히 일할 생각이었다. 그러나 영희의 경력으로는 그게 쉽지가 않았다. 보조 미용사 경력을 아홉 달로 부풀렸으나 아무 데서도 거들떠보지 않았다.

그 바람에 보조 미용사 경력을 자꾸 부풀리던 영희는 1년으로 엉터리 없이 부풀린 뒤에야 겨우 이태원의 조그만 미장원을 소개 받았다. 하지만 그 취업은 에누리 없이 하루 만에 끝나고 말았다. 미용 학원 단기반 수료증 발급 날짜로 거짓말은 곧 들통 나고, 그래도 일손이 모자란 아주머니가 준 기회는 기술 미숙으로 날아가 버렸다. 그날 영희는 거기서 커트와 고데를 한 번씩 해 줬는데 두 손님 모두 거센 항의와 함께 돈도 안 내고 미장원을 나가 버린 탓이었다.

영희에게 남은 길은 다시 보조 미용사로 들어가는 것뿐이었다. 그러나 그 무슨 변덕인지, 다시 '시다' 소리를 들으며 허구한 날 손님 머리나 감기고 미장원 바닥이나 쓰는 일은 정말로 싫었다. 또 다른 현 양 언니, 또 다른 뚱보 주인아줌마를 만나 인간적인 모멸을 받는 것은 상상만으로도 소름이 끼칠 지경이었다.

영희가 하는 양을 심술궂게 보고 있던 윤혜라가 요정 얘기를 꺼낸 것은 영희가 이태원의 미장원에서 하루 만에 보따리를 싸서 되돌아온 지 사흘째 되는 날이었다. 그날도 아침 일찍 그녀들의 자취방을 나서는 영희에게 윤혜라가 말했다.

"애, 고깝게 들릴지 모르지만 너도 우리하고 같이 일해 보는 게 어때?"

"맞아. 너도 같이 나가자. 돈만 많이 벌면 되지 뭐. 그래서 까짓 미장원 하나 차려 버려."

언제부터인가 영희의 눈치만 살살 보던 모니카가 그렇게 냉큼 받았다. 너도 별수 없어, 하는 듯한 혜라의 눈길에 이미 마음이 상해 있던 영희는 애꿏은 모니카에게 화풀이를 해 강한 거부를 대신했다. 그러나 '시다바리' 소리를 들으며 낮은 월급과 궂은일로 다시 시작할 결심이 서지 않는 한 영희의 갈 길은 달리 없었다. 좋아, 내 미장원을 차릴 때까지만……. 그런 단서로 마침내 영희는 그녀들을 따라가 보기로 했다. 바로 이틀 전의 일이었다.

"어딜 자꾸 가? 어딜 가는 거야?"

말없이 걷고 있는 영희 뒤를 한참이나 가만 따라오던 모니카가 갑자기 걸음을 빨리해 곁에 붙어 서며 물었다. 영희가 참담한 기분을 감추기 위해 짐짓 성난 표정으로 쏘아붙였다.

"건 알아 뭐 해? 어서 가. 너희 잘난 것끼리 갈 데가 따로 있는데 왜 사람을 따라와 귀찮게 굴어?"

"그러지 마. 그렇게 째려보면 겁나."

모니카가 울상을 지어 영희의 마음을 약하게 해 놓고 다시 착 달라붙듯 말했다.

"그러지 말고 저리 가. 저녁이나 먹어, 내 맛있는 것 사 줄게."

모니카가 가리키는 곳은 제법 번듯하게 간판을 내건 중국집이었다. 그 중국집 간판과 멀리서도 희미하게 맡아지는 기름 냄새가 문득 영희의 식욕을 자극했다. 그리고 보니 그날도 혜라와 모니카가 늘 하는 대로 아침 겸 점심으로 한술 뜬 게 전부였다.

"우리 저기 가, 응? 내 탕수육 사 줄게."

모니카가 그 중국집을 턱짓하며 영희를 끌었다. 성이 나면 뭐든 마구 먹어 대는 영희의 버릇을 이용하고 있었으나 영희는 그걸 알아채지 못했다.

"기집애······."

별 뜻도 없이 모니카를 쏘아보던 영희가 이윽고 못 이기는 척 따라 들어갔다.

모니카가 시킨 대로 이것저것 한동안 집어 먹고 나니 속이 좀 풀려 왔다. 그러나 아직 모니카와 입 섞어 떠들어 댈 기분까지는 아니어서 말없이 빈 접시만 보고 있는 영희에게 모니카가 조심스레 말했다.

"그런데 저어, 이렇게 해 보는 게 어떻겠어?"

말까지 더듬는 걸로 보아 제 딴에는 꽤 중요한 의논을 하는 것 같았다.

"말해 봐, 뭔데?"

영희가 좀 부드럽게 모니카의 말을 받아 주었다. 그게 격려가 됐는지 모니카가 눈을 반짝반짝하며 뭔가 신날 때의 코맹맹이 소리를 했다.

"성형수술을 해 보는 게 어때? 좋은 병원이 있어. 내 쌍꺼풀 옛날에는 한쪽이 좀 작아 약간 짝짝이지 않았어? 그걸 감쪽같이 해 준 집이다. 그리고 있지? 내가 아는 들창코 하나는 거기서 최은희 코로 바뀌었다고. 너 한번 가 봐, 코 좀 세우고 쌍꺼풀 넣으면 꼭 영화배우 도금봉이같이 될 거야."

"그래, 기껏 요정 나가 기생 노릇 하려고 얼굴에 칼을 대란 말이지?"

"아냐, 아냐. 요정 때문이 아니라고. 뭘 하든 얼굴이 예뻐지면 좋잖아? 왜 사람의 말을 자꾸 삐딱하게만 듣고 그래."

모니카가 투정 부리는 아이 같은 얼굴로 영희를 바라보았다. 일껏 재워 둔 속이 다시 꿈틀 일어났지만, 모니카의 그 얼굴을 보고는 더 몰아댈 마음이 없어져 영희는 그저 시큰둥히 받았다.

"성형수술, 거 얼마나 비싼데. 넌 내가 뭐 돈병철이 딸이라도 되는 줄 알아?"

"아냐, 내가 아는 그 집 그리 비싼 집이 아니라고, 5천 원이면 될 거야."

"5천 원은 누구 집 애 이름이니? 시다바리 미용사 한 달 월급이야."

"내 딸라변(달러 이자)이라도 내줄게. 우리 요정에 오는 일수 아줌마 있어. 한 5천 원 빌려 쓰고 나중에 일 나가 갚지 뭐."

"성형수술하자고 딸라변 내란 말이야? 한 달에 1할 5부씩 이자 주고?"

영희가 나무라기보다는 한심하다는 말투로 그렇게 받자 모니카는 영 서운하다는 표정이었다. 제 딴에는 꽤나 깊이 생각하고 생각해서 권한 것임에 틀림없었다. 셈은 엉터리라도 그렇게 깊이 자신을 생각해 준 게 기특해 영희가 피식 웃으며 분위기를 풀어 주었다.

"아, 알았어. 알았어. 그렇지만 이 기집애야, 덜떨어진 수작은 그만 하고 이제 가 보는 게 어때? 혜라 그 기집애한테 가보라고. 아직은 늦지 않았을 테니까."

"왜 남은 일껏 생각해서 해 준 말에 피식피식 웃고 그래? 속상하게. 그리고 그 집은 오늘 안 간다고 그랬잖아?"

모니카가 새침하게 눈을 흘겼다. 영희는 그런 모니카의 볼을 두 손으로 가볍게 쓸어 주며 달랬다.

"생각해 준 건 고맙다. 하지만 그럴 생각은 없어. 나는 내가 가진 이 얼굴로 살아갈 거야. 자, 고집 피우지 말고 가 봐. 혜라 말로는 그것도 일이라며, 직업이라며? 뭐라더라? 그래 산업사회가 되면 가장 각광을 받게 될 서비스산업의 꽃이라며?"

애써 비꼬는 투 없이 한 말이라서 그런지 모니카는 이렇다 할 반발 없이 따라 주었다. 그러나 영희 혼자 두고 가는 게 아무래도 마음에 걸리는지 일어나기 전에 한 번 더 살풋 울상을 지었다.

"그렇지만 너 혼자 어떻게 보내? 기분도 별로 좋지 않을 텐데."

"걱정 마. 실은 나 기분 별로 상하지 않았어. 그냥 좀 걷다가 버스 타고 돌아가 있을게."

영희가 그렇게 모니카를 안심시켜 주었다.

하지만 모니카와 헤어져 홀로 터덜터덜 밤거리를 걷게 되자 영희 가슴속에서는 다시 좀 전의 참담함이 되살아났다.

사실 보살 마담은 그런 말을 입에 올리지 않았는데도 윤혜라와 모니카가 찧고 까부는 통에 그 퇴짜가 절로 못생긴 인물 탓이 돼 버린 것이지만, 스물셋의 젊은 여자에게는 어쨌든 그 일이 충격적이 아닐 수 없었다. 그 바람에 영희는 종로통으로 나오는 동안 몇 번이고 얼굴이 비치는 쇼윈도 앞에 걸음을 멈추고 갑자기 싫어진 자신의 얼굴을 들여다보았다. 특히 두 눈 사이에 이르기도 전에 죽어 버린 콧등과 약간 치째진 두 눈꼬리를. 그러다가 그 며칠 매달려 온 고민과는 전혀 다른, 새로운 종류의 고민에 넋을 놓고 어디가 어딘지 모를 길을 한참이나 걸었다.

"어서옵셔어, 어서 옵쇼, 안주 실비 제공, 예쁜 아가씨 서비스 만저엄……."

갑자기 누군가가 귀에 대고 외치는 것 같은 소리에 영희가 펄쩍 놀라며 제 생각에서 깨난 것은 종로로 접어든 뒤였다. 영희가 소리 나는 곳을 보니 그즈음 들어 늘기 시작한 비어홀 간판 아래서 스무 살이 채 안 돼 보이는 젊은이가 나비넥타이에 검은 정장 차림으로 길 가는 사람들을 끌어들이고 있었다.

얼결에 걸음을 멈춘 영희는 이어 작은 깜박이 등으로 장식된 요란한 그 간판을 쳐다보았다.

무슨 뜻이 있어서라기보다는 붉은색과 푸른색의 깜박이 등이 눈길을 끈 탓이었다. '하이눈'이란 비어홀 이름 외에 호객꾼이 외던 말이 제법 큰 글씨로 곁들여져 있었다. '안주 실비 제공.' '미희(美姬) 서비스.'

영희가 다시 발걸음을 떼어 놓기 시작한 것은 그 비어홀 입구에 붙어 있는 작은 구인(求人) 광고 쪽지까지 읽은 뒤였다.

여종업원 구함, 25세 미만의 용모 단정한 여성. 월수(月收) 최저 1만 원 보장.

시험지 크기만 한 모조지에 붓글씨로 휘갈겨 쓰고 '월수 1만 원' 옆에는 특히 붉은 동그라미까지 그려 놓은 것이었다. 하지만 간판 그늘에서 우연히 그 쪽지를 찾아 읽을 때만 해도 영희는 아무런 유혹을 느끼지 못했다. 아직은 백운장과 윤혜라 때문에 받은 충격이 가라앉지 않은 탓이었다.

'이제 어떻게 한다?'

그쯤에서 자신이 무교동 쪽으로 방향을 잡고 있다는 걸 알아차렸지만 영희는 내처 걸으며 생각에 잠겼다.

그녀가 받은 충격은 그사이 조금씩 막막함으로 변해 가고 있었다. 다시 보조 미용사로 몇 달이고 힘들고 욕스러운 나날을 보내지 않으면 안 된다는 생각이 들자 영희는 갑자기 외로움마저 느꼈다. 그리고 집 떠난 지 1년 만에 처음으로 돌내골과 그곳의 식구들을 떠올렸다.

'결국 별수도 없는 걸 이쯤에서 돌아가? 가서 정말로 한두 해 죽은 듯 박혀 있다 시집이나 가?'

한번 상념이 고향 집으로 치닫자 울컥 설움이 치밀어 오며 그런 생각까지 들었다. 자신이 꿈꾸는 행복이란 어쩌면 끝내 붙들 수 없는 무지개에 지나지 않을지도 모른다는, 제법 사변적인 불안도 일었다.

하지만 이 세상에서 영희와 가장 잘 맞지 않는 게 있다면 바로 그런 사변적인 기질일 것이다. 그날도 받은 충격이 워낙 커서 그녀의 정서가 그 정도까지는 움직였지만 더는 깊이 들어가지 못했다.

먼저 그녀를 어두운 사념에서 끌어낸 것은 거리의 불빛들이었다. 1년이나 살아온 도시였지만, 정말 전에도 그랬던가 싶게 다시 돌아온 밤의 종로통은 밝게 피어나고 있었다. 가로등과 네온사인과 간판, 진열장의 불빛……. 그것들의 번쩍임과 밝음에 눈길을 뺏기게 되면서 영희의 막막함과 괴로움은 차츰 걷혀 갔다. 그 거리가 살아 있고 피어나는 것 같은 느낌이 그녀를 사로잡고, 마침내는 아무런 근거도 없는 희망과 애착을 되살려 냈다.

'그래도 이 도시는 살아 있다. 피어나고 자라고 있어. 역시 나는 여기 남아야 해. 어떻게든 여기서 싸워 이겨야 해.'

이윽고 영희는 가볍게 도리질까지 치며 조금 전의 어두운 상념들을 모조리 털어 버렸다. 그런 그녀의 의식 밑바닥에는 틀림없이 오빠 명훈과 메마르고 시들어 가는 듯한 개간지에 대한 기억도 어떤 작용을 하고 있었다. 그러나 그녀의 의식 내면을 더 깊이 지배하는 것은 창현이었다. 이제는 사랑이나 그리움보다는 미움과 원한의 대상으로 가슴 깊숙이 자리 잡게 된.

이틀 전이었다. 혜라에게 보살 마담을 만나게 해 달라고 부탁한 날 오후 영희는 무슨 결별의 의식이나 치르듯 수원으로 내려갔다. 창현의 집을 찾아가 그가 있는 곳을 알아보기 위함이었다. 그동안 영희는 하룻밤에도 몇 번씩 애증의 극과 극을 오가면서도 창현을 만나기를 미루어 왔다. 그를 만남으로써 직면하게 될 끔찍한 진실이 두려워서였을 것이다. 그러나 이제 그녀가 새로이 접어들려는 길이 더는 그 일을 미룰 수 없게 했다.

'만약 그가 정말로 나를 배신한 거라면 나는 홀가분하게 요정으로 나갈 수 있다. 나는 오직 나만을 위해 나의 길을 고르면 된다. 하지만 열에 하나 그가 아직도 나를 사랑하고 있다면 이 일은 나 혼자 결정할 수 없다. 그는 내 삶에 관여할 권리가 있고, 최소한 그의 양해라도 있어야 이 새로운 길을 갈 수 있다.'

영희는 그렇게 자신에게 중얼거렸지만 그녀를 내몬 것은 그래도 단념할 줄 모르는, 끈질긴 미련이라는 편이 옳았다.

셋방살이였고 그새 1년이 훨씬 넘었는데도 창현의 집은 저번에 왔을 때 그대로였다. 영희가 희미한 기억을 더듬어 수원 시 변두리의 허름한 한옥 뒷방을 찾아가자 이번에도 그때처럼 창현의 어머니만 혼자 집 안에 있다가 맞았다. 전과 다른 게 있다면 그때처럼 음험하게 느껴지는 얼굴이 낮술에 불그레하게 달아 있었다는 정도일까.

"안녕하셨어요. 어머니."

영희가 마련해 간 선물을 내밀며 머리를 숙였으나 그녀는 방 안에 앉은 채 한동안 멀거니 바라보기만 했다. 보기보다 많이 취해 있는 듯했다.

"저예요. 작년에 창현 씨하고 찾아와 뵈었잖아요? 창현 씨 군대 가기 전에."

영희가 다시 한 번 그렇게 상기시키자 그녀가 비로소 영희를 알아보았다. 그러나 조금도 반기는 눈길이 아니었다. 취한 중에도 경계하는 빛이 뚜렷했다.

"그려? 그란데 무신 일로?"

그런 그녀의 반문에는 전에 느끼지 못했던 남도 사투리가 섞여 있었다. 그게 까닭 모르게 거슬렸으나 영희는 억지로 웃음기를 지어 말했다.

"그런데 창현 씨 군대 어떻게 된 거예요? 군대 간다고 기차까지 탔는데 그냥 돌아왔으니 말이에요."

영희는 그동안 창현과 연락이 끊겨 있었다는 걸 숨기기 위해 모든 걸 다 알고 있는 양 물었다. 일순 그녀의 얼굴이 굳어지더니 갑자기 모든 게 귀찮고 성가시다는 듯 받았다.

"몰러, 몰러. 난 몰러. 지가 군대 간다고 하니 가는 줄 알았고, 안 갔다고 하니 안 간 줄 알제. 창현이 갸는 하마 고등학교 때부터 내 품을 벗어난 자식인게."

"지금 어디 있는 줄 모르세요? 제가 시골 가서 좀 오래 있다 오는 바람에 서로 연락이 끊겨서 그래요."

"그것도 난 몰러. 지 애빌 닮아 바람 먹고 구름 똥 싸는 놈이여. 천지사방 싸돌아다니는 걸 내가 어떻게 알어?"

"그래도 집이고 어머닌데…… 서로 급한 연락은 할 수 있어야 할 거 아녜요?"

"모른다니께. 그냥 지가 들어오면 들어오는가 부다 싶고, 나가면 나가는가 부다 싶은 게 우리 모자 사이여. 급한 연락 같은 것, 그런 거 읎어."

갑자기 그녀의 말투가 강경해졌다. 어딘가 무조건 잡아떼는 것 같은 느낌이 들어 영희는 자신도 모르게 추궁 조가 되었다.

"하지만 호적초본이나 졸업 증명서 같은 걸 떼 갈 수도 있고 설,

추석도 있잖아요?"

"서류 같은 게 필요하면 지가 후딱 와 떼 가. 설, 명절? 내가 좀 전에 말했잖여? 오면 오는가 부다여. 그라고오, 주소 같은 거 알아 봐야 헛거여. 석 달이 멀다 하고 갈려 버링게. 편지라고 내 봤자 우표만 못 쓰게 만들고 돌아와. 그래서 인자는 그런 짓 안 한다고."

"그래도 여기서 고등학교까지 다녔으니 친구들은 있을 거 아녜요? 서로 연락하는 친구들 말이에요. 혹시 그런 친구 모르세요?"

"것두 옳어. 학교 때 몇 얼려 다니는 거 보기는 했지만 졸업하자 싸그리 서울로 내뺐응게."

거기서 벌써 욱 치미는 게 있었으나 영희는 애써 그런 속을 달랬다. 모른다고 말하라는 당부를 들어도 단단히 들었구나 —. 그런 짐작이 들긴 해도 아직 그녀에게 함부로 대들 만큼 분별을 잃은 것은 아니었다.

"그런데 어머니, 정말로 저 기억하기는 하시는 거예요?"

잠시 후에 생각을 바꾼 영희가 목소리를 가다듬어 차분하게 물었다. 어차피 성깔대로 풀어 갈 수 없을 바에야 인정에나 호소해 볼 작정이었다.

"그렇다고 했잖여?"

"그때 창현 씨 제대 후에 결혼하기로 했던 것도요?"

"그랬나? 아니, 것도 그런 것 같은디."

"그럼 어머니도 너무하세요. 그래도 자식 일인데…… 며느리도 자식 아녜요? 그런데 어떻게 이리 무심하세요?"

영희가 짐짓 목소리를 애절하게 꾸몄다.

"어디 그게 한둘이어야지⋯⋯."

그녀가 무심코 그렇게 받았다가 화들짝 놀라며 말을 바꾸었다.

"그럼 색시하고는 깨진 게 아녀? 아직 그라고 있단 말이여? 결혼이니 뭐니⋯⋯?"

"네, 다만 어쩌다 연락이 끊겨⋯⋯ 석 달째 못 만났을 뿐이에요."

그래 놓고 나니 자신도 그 말을 믿고 싶어졌다. 거기다가 자신의 방법이 효과를 보고 있는 듯한 느낌이 들자 영희는 더욱 슬픔을 과장했다.

"어머니, 부탁이에요. 그일 좀 만나게 해 주세요. 정말 중요한 의논이 있어요. 어머니도 딸자식 키우시잖아요?"

"몰러, 난 몰러. 정말 모른다니께."

그녀는 무엇 때문인지 다시 완강해져 그렇게 잡아뗐으나 영희는 그녀의 얼굴을 언뜻 스쳐 간 동정의 빛을 놓치지 않았다. 내가 조금이라도 진실을 알아내려면 이 여자밖에 없다, 더 밀고 나가자 ─. 그런 생각이 들자 그녀 특유의 순발력이 작동했다.

"어머니가 정 이러시면 저는 죽는 수밖에 없어요. 아실지 모르지만 저는 이미 창현 씨에게 모든 걸 다 바친 몸이에요. 딴 사람에게는 시집갈 수 없는 몸이란 말이에요. 죽어도 이 집 귀신이라고요."

그러면서 우는 시늉을 하기 위해 엎드렸다. 정히 눈물이 나오지 않으면 눈에 침이라도 찍어 바를 작정이었다. 그런데 알 수 없게도 정말 눈물이 쏟아지기 시작했다. 배신의 예감이 들면서부터 줄곧 억눌려 온 슬픔이 거기서 한꺼번에 터진 것일까, 영희가 다시 고개를 들었을 때는 자신도 주체할 수 없는 눈물이 두 볼을 타고 줄줄이 흘러내렸다.

술이 확 깨는 듯한 눈길로 영희를 보며 잠시 말을 잃고 있던 그녀가 이윽고 동정 어린 어조가 되어 영희를 달랬다.

"색시, 울지 마. 그라고오…… 내가 하는 말 잘 들어. 색시 말마따나 나도 딸자식 기르는 에미로 하는 말인게. 남자란 말이여, 내 새끼 넘의 새끼 가릴 거 읎이 모두 도둑놈이여. 내 보니께 색시가 순진혀 그렇제, 일은 하마 그래 울어 쌌는다고 될 일이 아닌 것 같구먼. 갸가 이미 석 달이나 소식 끊었다면 무신 먹은 마음이 있는겨."

그래 놓고 영문 모를 한숨을 길게 쉬더니 이번에는 넋두리 조가 되어 이었다.

"차라리 잘됐다고 생각하라고. 내 자식이지만 씨가 나뻐. 바라볼 데라고는 손톱만큼도 읎는 씨여. 내 말 한번 들어 보더라고. 내가 창현이 아부지 워뜨케 만났는지 알어? 말서마이(말광대)라고 들어 봤제? 싸카스. 하루는 내 사는 동네에 그 말서마이 패가 들어왔는디 갸 아부지는 거기 따라온 나팔쟁이였제. 햇빛에 꺼멓게 탄 농군들만 보다가 하얗고 갸름한 그 얼굴을 보니 얼마나 잘나"

보이던지. 거기다가 그 나팔 소리는 또 어땠고. 날 위해 분다고 불어 대면 꼬옥 가슴이 찢어지는 것 같았제. 하지만 그뿐이여. 어린 마음에 해까닥해 따라나선 뒤로 30년이 굽이굽이 그대로 고생길이여. 예펜네를 모르거든 집을 아나, 자식새끼를 아나. 그저 지 한 입 막고 지 한 몸 처바르면 그뿐이여. 천날 만날 나팔 하나 꿰차고 집 나가면 달이 가는지 해가 가는지…… 어디 그뿐여? 구석구석 눈 까진 계집은 또 어찌 그리 흔한지. 물어 물어 찾아가면 끼고 누운 건 그때마다 딴 계집이더라고. 그래서 인자는 아예 찾아가들 않어. 그런데 말여, 창현이 갸가 꼭 지 애비여. 자식 아는 데 부모만 한 이 옶다고, 그냥 하는 소리가 아니여. 생긴 것부터 하는 짓까지 그 몹쓸 화상이 하는 짓만 가려 가며 따라 하는겨. 내 더 아는 것 있지만, 차마 색시한테 말 못 해 그러는데, 차라리 잘 된겨. 그쯤 알어."

그러는 그녀의 목소리에는 진심으로 딸을 대하는 어머니의 자상함 같은 것이 있었다. 그게 영희의 가슴속 어디를 건드렸는지 그녀의 넋두리를 듣는 동안 잠시 멈췄던 눈물이 다시 솟았다. 창현의 어머니는 그 뒤로도 한동안 넋두리를 계속하다가 흐느끼는 영희의 어깨까지 쓸어 주며 달랬다.

"그래도 처억 식까지 올려 빼도 박도 못 하게 되기 전에 이래 된 걸 다행으로 여기드라고. 아직 젊으니께 새 길 찾아봐. 버린 몸이라고 하지만 요새 세상에 그런 게 워디 있어? 막말로 한강에 배 지나간 자국 아녀? 미친개한테 물린 것이려니 여기고 새로 시작하는 거야. 알어?"

　나중에 곰곰이 돌이켜 보니 그 같은 그녀의 대응이 세상일에 닳고 닳은 중년 여인의 간계일지도 모른다는 의심이 없지는 않았다. 영희를 여지없이 단념시키는 데는 어쩌면 그게 더 효과적이었을는지도 모른다. 하지만 영희도 얻은 것이 전혀 없었던 것은 아니다. 그것이 전락이든 상승이든 삶의 한 단계에서 다른 단계로 전이할 때 필요하게 마련인 의식의 일부를 그 만남이 대신해 주었기 때문이다. 그날 저녁 서울로 돌아오는 기차에서 영희는 결연히 중얼거렸다.

　'김창현, 이제 너와의 사랑은 끝났어. 그러나 모든 인연이 끝난 건 아니야. 그게 네 어머니의 말대로 핏줄에서 이어받은 것이든 순전히 네 개인의 악성에서 비롯된 것이든 너는 배신의 대가를 받아야 해. 나는 이 서울을 떠나지도 않을 것이고 볼품없이 주저앉는 일도 없을 거야. 두고 봐. 반드시 여기서 이기고 얻어 너를 뼈저린 후회 속에 몰아넣겠어.'

　그사이 영희는 종각 근처까지 와 있었다. 창현 생각에 빠져 잠시 자신을 잊고 있었던 영희는 거기서 다시 퍼뜩 정신이 들었다. 이렇게 감상에 빠져 있을 때가 아니다. 보다 굳건하게 현실을 딛고 서야 한다. 어서 자취방으로 돌아가 저녁을 지어 먹고 모니카나 윤혜라와는 다른 방법으로 이 도시에서 살아남을 길을 찾아 봐야 한다.

그런데 버스 정류장을 찾으려고 주위를 돌아보는 영희의 눈에 네온사인이 유별나게 번쩍이는 비어홀이 들어왔다. 아까보다 훨씬 간판이 요란스러운 '파라다이스'란 이름의 비어홀이었다.

그 집 입구에는 구인 광고 쪽지가 붙어 있지 않았으나 간판 테두리에 둘러진 깜박이 등에 무슨 암시라도 받은 듯 영희는 거기서 문득 새로운 시도를 해 보기로 마음먹었다. 요정이나 비어홀이나 무슨 차이냐. 그래, 여기서 혼자 한번 부딪쳐 보자.

"어서 옵쇼, 어서 옵셔어."

먼젓번 비어홀 입구에 서 있던 청년과 크게 다를 것 없는 차림으로 서 있던 청년이 역시 비슷한 목소리와 어조로 영희를 맞았다. 영희를 손님으로 안 듯했다. 영희는 그가 자신에게 깍듯이 머리를 숙이는 데 찔끔했으나 이내 마음을 도사려 먹고 좁은 2층 계단으로 올라갔다. 홀 안에서 다시 나비넥타이를 맨 청년이 큰 소리로 영희를 맞았다.

"어서 옵셔어."

"저……."

영희는 그가 자리 안내를 하겠다고 나서기 전에 먼저 찾아온 목적을 밝히려고 그렇게 입을 뗐지만 얼른 말이 이어지지 않았다.

"여기서 만나기로 약속한 분이 있으십니까?"

청년이 다시 사근사근하게 물어 왔다. 영희는 그의 오인이 계속되는 게 부담되어 얼른 말했다.

"그게 아니고 지배인님을 만나러 왔는데요……."

그러자 나비넥타이가 흘끗 영희를 살펴보았다. 하지만 아직은 영희가 뭣 때문에 왔는지 잘 가늠이 되지 않는다는 눈치였다. 어쩌면 그만큼 영희의 차림이나 생김이 비어홀 여급 지망생으로는 보이지 않아서인지도 모를 일이었다.

"지배인님은 아직 안 나오셨는데요."

"그럼 멤버씨라도……."

이리저리 주워들어 어느 정도 비어홀의 구조를 알고 있는 영희가 자신도 모르게 움츠러들며 찾는 사람을 바꾸었다.

"멤버씨? 어떤 멤버 말이에요?"

"아무 분이나……."

그제야 나비넥타이도 영희가 왜 찾아왔는지 짐작이 간다는 눈치였다. 잠시 어떻게 할까를 망설이는 듯하더니 아까와는 다른 말투로 한마디 툭 던지고 주방 쪽으로 갔다.

"기다리슈."

테이블과 테이블 사이에 어른 어깨 높이 정도의 칸막이를 세워 놓은 데다 실내가 밝지 않아 잘 보이지는 않았지만 홀 안에는 손님이 그리 많지 않았다. 하기는 시간으로 봐서도 아직 술꾼들이 모일 시간은 아니었다. 그러나 홀 안의 장식이나 고급해 뵈는 테이블과 탁자는 영희를 압도하기에 충분했다. 두 해 전 창현과 한번 들러 본 적이 있는 그 비어홀과는 비교도 안 되게 꾸며진 실내였다.

그렇게 느껴서인지 언뜻언뜻 보이는 검은 정복 차림의 웨이터들이나 입구 쪽에 보이는 테이블에 앉아 있는 손님들도 보통 사람들 같지는 않았다. 특히 정면으로 보이는 손님의 새하얀 와이셔츠와 단정하게 맨 넥타이는 술을 마시러 온 것이 아니라 중요한 회담을 하러 온 고급 관리같이 느껴졌다.

그러나 무엇보다도 영희의 관심을 끈 것은 테이블 가에 붙어 서서 술을 따르는 아가씨였다. 그 비어홀의 제복인 듯 노란 원피스를 입고 있었는데 허리께에 찬 동그란 번호판이 무슨 굉장한 신분증 같았다. 어두워 자세히 알아볼 수는 없어도, 하얀 얼굴과 오뚝한 콧날, 그리고 속눈썹 짙은 눈은 영화배우를 연상시킬 만큼 예뻐 보였다. 그 안쪽 서너 개 건너 테이블 가에도 역시 노란 원피스의 아가씨가 서 있었는데, 멀긴 해도 그 얼굴이 주는 인상은 앞의 아가씨와 비슷했다.

그 바람에 다시 주눅이 든 영희가 창가 쪽 테이블에 붙어 선 또 다른 아가씨에게로 눈길을 돌리고 있는데 누군가 등 뒤에서 말했다.

"어떻게 왔어?"

영희가 저도 모르게 움찔하며 돌아보니 키가 큰 양복 차림의 나이 든 남자가 살피는 눈길로 영희를 내려보고 있었다. 그 곁에는 처음 영희를 맞은 웨이터가 약간은 빈정대는 듯한 표정으로 영희와 그 남자를 번갈아 쳐다보고 있었다.

"저…… 여기 여종업원 필요하지 않은가 해서요."

"필요하지. 왜, 아가씨가 해 보려고?"

그런 멤버의 말투에는 경멸기가 섞여 있었다. 그걸 감지한 영희는 그냥 돌아서고 싶었으나 이상한 오기로 버텨 서며 여느 때 같지 않게 또렷이 대답했다.

"예."

"그래애?"

멤버가 길게 끄는 소리로, 그러면서 다시 한 번 영희를 훑어보았다. 얼굴만이 아니라 몸매까지 핥듯 살피는 것이었다. 그의 눈길이 블라우스와 스커트를 파고드는 것 같아 영희는 절로 몸이 움츠러들었다.

"이런 데 경험은 있어?"

"예, 길지는 않지만……."

영희는 혹시라도 도움이 될지 모른다는 생각에 그렇게 거짓말을 했다.

"얼마나 돼?"

"오래전에…… 한두 달쯤."

"두 달이면 뭐 이 바닥에서는 구로도(구로우도: 전문가)가 될 수도 있지. 그런데……."

그가 그래 놓고 다시 영희를 살폈다.

얼른 마음이 정해지지 않는 눈치였다. 그때 웨이터 녀석이 끼어들었다.

"아니, 형, 애를 쓸 거예요?"

"왜, 안 되겠니?"

"그래도 우리 파라다이스 체면이 있지. 쟤 모찌방(상판, 낯짝)을 한번 보세요, 모찌방을."

그러나 오히려 그 웨이터 녀석의 섣부른 간섭이 멤버의 마음을 영희 쪽으로 기울게 한 듯했다.

"짜샤, 네가 뭘 안다고? 요새 세상에 모찌방이 따로 있냐? 붙이고 처바르면 그게 그거지."

그렇게 웨이터 녀석에게 핀잔을 주고 영희를 향했다.

"너 정말 이런 데 경험 있어?"

"예."

영희는 그가 벌써 자신의 거짓말을 알아차린 것 같아 가슴이 철렁했지만 애써 태연히 대답했다. 그러나 그는 더 캐묻지 않고 다시 다른 걸 물었다.

"올해 몇 살이야?"

"스물셋이에요."

"학교는?"

"고등학교 졸업했어요."

"집은?"

그런 식으로 몇 가지를 더 성의 없이 묻다가 앞도 뒤도 없이 말했다.

"너 화장은 좀 고쳐야겠다. 속눈썹 달고 마스카라로 눈꼬리를 좀 죽여. 하이힐도 되도록 굽이 높은 걸로 신고."

"그럼 절 써 주시는 거예요?"

영희는 그의 뜻이 짐작은 가면서도 얼른 믿을 수 없어 그렇게
확인해 보았다.

"그래, 내일부터 나와. 오후 다섯 시까지 여기 와야 해."

그 같은 그의 대답에 곁에 있는 웨이터 녀석이 알 수 없다는 듯
고개를 기웃거렸다.

"고맙습니다."

영희는 그렇게 인사하고 돌아서려다 문득 중요한 걸 빠뜨렸다
는 생각이 들었다. 월급을 정하지 않은 것이었다. 우선 나와서 천
천히 알아보지, 하는 생각도 없지 않았으나 아무래도 미리 정하
는 게 좋을 것 같았다.

"그런데, 멤버 아저씨, 저…… 봉급은 얼마쯤 돼요?"

"뭐, 봉급?"

멤버가 어이없다는 눈길로 영희를 보았다. 웨이터 녀석이 기다
렸다는 듯 끼어들었다.

"거 봐요, 형. 쟤 순 구라(거짓말)라니까. 틀림없이 이런 데 처음
나오는 시로도(시로우도: 풋내기)라고요."

그러자 멤버는 오히려 빙긋 웃었다.

"시로도니까 써 보기로 한 거야. 손님 중에는 얼굴만 반반하고
발랑 까진 애들보다는 쟤 같은 순덕이 시로도를 좋아하는 축도
있잖아? 넌 인마, 빨리 가 네 일이나 해."

그렇게 웨이터를 쫓아 보내고 어린애에게 뭘 가르쳐 주듯 영희
에게 일러 주었다.

"여긴 월급 같은 거 없어. 테이블에서 나오는 팁이 수입의 전부야. 하지만 수입은 괜찮을 거다. 여기 애들 중에는 한 달에 3만 원 이상 올리는 애도 많아. 물론 외박까지 나갈 때의 얘기지만……."

외박이란 말 뒤에 숨은 칙칙한 뜻을 영희는 이미 알고 있었다. 그러나 거기에 대한 거부감보다는 '3만 원 이상'이란 수치가 훨씬 유혹적으로 들렸다.

그래, 나는 어떻게든 이 거리에 남을 거야. 쓰러져도 여기서 쓰러질 거야. 모니카네 자취방으로 돌아가는 버스에 오르면서 영희는 다시 한 번 그렇게 중얼거렸다. 그러나 다짐보다는 안도의 기분이 더 앞섰던지 차창 밖으로 보이는 거리는 그전 그 어느 때보다 생생하게 피어나고 있었다.

첫날밤

인간이 스스로를 혐오하지 않을 수 없게 만드는 문서들 가운데서도 손꼽을 만한 것들에는 에두아르트 푹스의 풍속과 성에 관한 방대한 저서도 끼일 것이다. 한 사람의 논객으로서보다는 수집가, 역사가로서의 능력이 훨씬 두드러져 보이는 그는 그 저서를 통해 생산구조와 성의 관계에 대해 통시적(通時的)인 관찰을 시도하였다. 하지만 미리 설정된 대전제를 향해 억지로 논리를 끌어간 듯한 혐의와 수집가로서의 예외적 사료(史料)를 일반화시킨 무리는 설득력을 떨어뜨려 그 책이 불러일으킬 인간 혐오에 대한 휴머니스트들의 우려를 다소간 덜어 주기도 한다.

그는 자신의 논리적 근거를 당시의 일반론이나 보편적인 현상보다는 그가 일생에 걸쳐 수집한 풍속화, 캐리커처, 만화, 사진, 삽화, 그리고 신문이나 여타 고발, 혹은 폭로적인 문서들에 의존하고 있다. 그러나 다 알다시피 그런 것들은 어떤 시대의 한 징표를 드러내는 것들이긴 하지만 그 시대 전체를 보여 주는 것은 되지 못하며, 따라서 엄격한 논리의 근거로 삼을 수 있을 만큼 보편성을 획득한 것은 아니다.

오늘날에도 그가 수집한 것들과 같은 종류의 그림과 문서 들은 여전히 존재하고 있지만 그것들이 우리 시대의 보편적인 사회상을 보여 주는 것은 아니라는 것을 우리는 경험으로 알고 있다. 이를테면 직장 상사의 성희롱 문제만 하더라도 그 많은 사례가 신문 기사나 잡지를 통해 드러나고 때로는 희화(戱畵)나 만평(漫評)의 주제가 되기도 한다. 그리하여 마치 이 시대에는 모든 직장 여성이 상사의 성적 노리갯감이 되어 버린 것처럼이나 호들갑을 떨지만, 아직은 보다 많은 수의 직장 여성이 그런 일들과는 무관하게 자신의 업무를 수행하고 있다는 게 보다 진실에 가깝다. 그런데도 그 진실이 우리에게 그리 자주 상기되지 않는 것은 바로 그러한 그림과 문서 들의 선정적인 특질 때문이다. 앞뒤 안 가리는 호색한들보다는 훨씬 수가 많은 성실한 중견 간부의 직장 생활은 신문의 기사가 되는 법도 없고 만화나 풍속도의 주제가 되지도 않는다.

같은 논리로 푹스가 수집한 것들도 그 시대의 보편적이라기보다는 예외적인 현상에 가까우리란 추측은 얼마든지 가능하다. 그런데도 그는 그것들을 불변하고 확고한 근거인 양 드러내고 그걸

바탕 삼아 모든 시대를 재단하고 있다. 그렇지만 생산구조와 성의 관계를 해명해 보려 한 그의 시도는 설령 그게 마르크스적 사고의 틀 안에서 시작된 것이라 해도 경청할 만한 데가 있다.

그는 자본주의의 성적 타락을 설명하는 데 부르주아의 방탕과 프롤레타리아의 빈곤을 그 기본 구도로 사용하고 있다. 그런데 여기서 다시 그 논리의 무리함을 발견할 수 있는 것은 방탕이란 개념의 내용과 빈곤이란 개념 사이에 있는 의미의 본질적인 차이를 간과하고 있다는 점이다.

방탕은 심리적이고, 그중에서도 자발적이며 능동적인 의미를 띤 말이다. 그러나 빈곤은 구조 내지 환경과 관계를 맺는 말이고, 거기에 어떤 심리적 상황이 있다 해도 그것은 어디까지나 소극적·피동적인 의미를 띤다. 그런데도 아무런 의혹 없이 그 두 개념을 나란히 세워 그것만으로 부르주아 시대의 성적인 타락을 해석하려 드는 푹스의 방식은 기실 매음에 관한 가장 단순하고 오래되고 인정머리 없는 해석의 답습에 지나지 않아 보인다.

그는 그 야심만만한 저서 곳곳에서 꽤 상세하게, 그리고 제법 풍부한 문서들까지 인용해 가며 부르주아 계급의 방탕을 설명하고 있다. 다소 일방적이고 피상적인 대로 부르주아들의 욕망에 대해서는 심리적 측면을 중심으로 꽤나 정연한 해명이 이루어진 것처럼 보인다. 그들(부르주아들)은 수백만에 달하는 대중을 마치 미치광이처럼 혹사시키기 위해서는 비상하게 머리를 굴려야 했으므로 그 배출구로 (성적 쾌락이란) 강력한 마약을 탐하게 되었다든가, 순진한 양치기가 지은 전원시 따위는 혼란해진 그들의 신경을 진정시킬 수도, 순화시킬 수도, 새로운 자극이 될 수도 없어 지극히 일시적인 향락만을 추구할 수밖에 없었다는 식이다.

그렇지만 그가 논의의 근간으로 삼고 있는 생산구조와 관련된 부분의 해명은 소홀하기 짝이 없다. 생산구조의 변화가 가져온 방탕의 환경적인 요인에 대해서는 거의 언급이 없거나 있더라도 행간을 통해 추측할 수밖에 없도록 되어 있는 까닭이다. 이를테면 벼락부자가 된 공장주가 거의 완벽하게 자기자본의 지배 아래 있는 공장에 수십 명의 젊고 아름다운 아가씨를 공원으로 거느리게 됨으로써 받게 되는 성적인 자극 정도가 그런 방탕의 환경적 요인으로 암시되고 있을 뿐이다.

그러나 논객으로서의 취약점이 한층 두드러지게 나타나는 것은 그가 프롤레타리아 계급의 도덕적 타락을 해명할 때이다. 그는 꽤나 많은 지면을 할애해서 그 원인을 분석하고 있지만 이번에는 부르주아의 경우와는 반대로 환경적 요인만 너무 강조하고 있어 그 시대의 프롤레타리아를 마치 영혼이 없는 인간처럼 그려 놓고 있다. 더운 작업장에서 남녀가 뒤엉켜 일해야 하기 때문에, 또는 남녀 숙소의 구별이 허술한 기숙사에서 합숙하기 때문에, 좁은 공간에 여러 가구가 모여 사느라, 성적으로 문란해진다는 식이다.

그렇지만 성행위에는 아무리 타락한 인간에게라도 어느 정도의 수치감이 동반되며 비록 순간적이고 불완전하더라도 상대방에 대한 선택이 끼어들게 마련이다. 좁은 작업장에서 허술한 입성으로 몸을 비비며 일한다 해서 모든 공장의 남녀 공원이 반드시 성적으로 방탕해진다면 그것은 프롤레타리아들의 영혼에 대한 지나친 모욕이 아니겠는가. 허술한 잠금장치의 기숙사에 합숙하게 된다고 해서 모든 남녀 공원이 혼음(混淫)의 상태에 빠져들며, 좁은 주거 공간에 여러 가구가 몰려 복작거리며 살게 된다 해서 내 남편 네 남편이 뒤섞이고 남매와 부녀간이 없어진다고 한다면 그것은 프롤레타리아뿐만 아니라 인간성 전체에 대한 모독일 것이다. 아무리 그런 환경이 부르주아의 탐욕에서 기인된 것이라 할지라도 말이다.

어쩌면 푹스의 그 같은 논의 방식은 매음을 부르주아의 악덕을 상징하는 현상으로 보고 모든 매춘부를 그러한 생산구조의 희생자로 규정하기 위한 준비 작업으로 필요했는지도 모른다. 그러나 그의 저서에서도 상세하게 다루어져 있는 것처럼 매음은 생산구조를 달리하는 시대에도 존재했고, 그중에는 신전 매음(神殿賣淫)같이 생산구조와는 무관해 보이는 매음도 있다. 다시 말해 매음에는 그의 논리만으로는 설명이 충분하지 않은 특성이 있다는 뜻이 된다.

그 특성에서 중요한 것으로는 매음이 거래와 합의의 단계를 거친다는 점에서 볼 수 있는 자발성이다. 요컨대 매춘부가 거부하는 매음은 성립될 수가 없다.

하기야 이 자발성에도 반론은 가능하다. 금전의 폭력성을 인정하고 매음을 금전의 저항할 수 없는 힘에 의해 강요된 일종의 준강간(準强姦)으로 해석하는 경우이다. 그때는 거래와 합의가 모두 비진의(非眞意) 의사 표시 내지 강요된 의사 표시가 되어 그 자발성을 부인할 수 있다. 하지만 부르주아를 한층 파렴치하게 몰아갈 수 있는 논리이긴 하나 일반화시키기에는 아무래도 무리해 보인다.

그때 먼저 문제가 되는 것은 금전의 폭력성일 것이다. 틀림없이 금전의 유혹은 많은 경우 거의 저항할 수 없는 힘으로 상대방의 의사를 제압할 수 있다. 그렇지만 많은 돈으로 우겨 다른 사람이 아끼는 물건을 샀을 때는 어떻게 되는가. 저항할 수 없는 돈의 힘으로 빼앗은 셈이니 준강탈이 되는가. 또 금전 이외의 여러 다른 힘과의 형평에도 문제가 있다. 누구든 반할 만큼 매력적인 미남이 아가씨를 유혹해 동침했을 때 그도 준강간으로 비난받아야 하는가. 저항할 수 없는 힘으로 사람을 끄는 인품이나 재능의 매혹도 폭력의 일종으로 취급되어야 하는가.

따라서 결코 장려되어서는 안 된다 하더라도 매음에 개재하는 쌍방의 자발성은 인정되지 않으면 안 되고, 생산구조와 연관해서 매음을 보더라도 먼저 그 자발성에 유의하지 않으면 안 된다. 한 계급에 대한 애정에 휘몰려 다른 계급의 악덕 속에 그 자발성을 은폐하는 것은 그 시대의 풍속과 성에 관한 논의를 왜곡시킬 우려마저 있다. 푹스는 오히려 적극적으로 그걸 인정하고 그런 자발성을 조장하는 생산구조의 특징을 해명하는 데 더 많은 노력을 기울였어야 했다.

　이제 영희가 처음으로 매음의 길로 나아간 그 쓸쓸한 밤을 얘기할 때가 되었다. 영희는 비어홀 파라다이스로 나간 지 꼭 스무 날 만에 오래된 예언을 실현하듯 그날 처음 만난 술손님과 외박을 나갔다. 그렇지만 그날 저녁 영희가 출근할 때만 해도 그 새벽 그녀가 느껴야 했던 그 별난 쓸쓸함을 예감케 하는 일은 특별히 없었다.

　실은 그전의 보름도 그랬다. 처음 미장원을 포기하고 비어홀로 옮길 때의 망설임과는 달리 영희는 며칠도 안 돼 그 새로운 일자리에 만족해하기 시작했고 어떤 안정감까지 느끼며 그 새로운 세계의 질서들에 자신을 길들여 나갔다. 오히려 어떤 때는 그 비어홀이 진작부터 자신이 있어야 할 곳이었다는 느낌까지 들어 스스로도 이상할 지경이었다.

　영희에게 그런 심리 변화를 일으킨 것은 무엇보다도 크게 늘어난 수입이었을 것이다. 들쭉날쭉하기는 해도 테이블에서 나오는 팁은 예상 밖으로 많아 첫 한 주일 만에 벌써 영희는 보조 미용사의 한 달 치 봉급을 거뜬히 벌게 되었다. 그리고 둘째 주일 들어서는 약간의 행운까지 겹쳐 그대로 간다면 그달 말쯤에는 사글세라도 자신의 방을 얻어 나갈 수 있을 것 같다는 계산까지 나왔다. 그것도 외박 한 번 나가지 않고 번 돈이라 영희는 은근한 자부심까지 느꼈다. 아직은 모니카나 혜라 같은 낭비벽에 젖지 않은 때라 돈이 쉽게 불어 더욱 그랬는지도 모를 일이었다.

일도 예상 밖으로 편했다. 보조 미용사 시절에는 아침 일곱 시부터 저녁 열 시까지 거의 열다섯 시간을 쉴 틈 없는 잡일에 시달려야 했고, 그전에 있어 본 다방도 보조 미용사 때같이 눈치를 덜 보아도 된다는 것뿐 아침부터 밤늦게까지 시달리기는 마찬가지였다.

그러나 비어홀에서의 봉사는 길어야 일곱 시간이었다. 그것도 정해진 근무 시간이 일곱 시간이지 실제는 자신의 번호가 딸린 테이블에 손님이 앉아 술 시중을 들어야 하는 것은 서너 시간에 지나지 않았다. 그리고 통금 시간부터 다음 날 오후 다섯 시까지의 긴 휴일과도 같은 시간은 영희의 삶에 여유와 생기까지 되찾게 해 주었다.

가장 걱정했던 인격적 모멸도 그리 못 견딜 정도는 아니었다. 모든 매음에 언제나 인격적 모멸이 동반되는 것은 아니다. 틀림없이 질 낮은 매음에는 인격적인 모멸이 동반되는 법이지만 고급하고 세련된 매음에는 자발성에 은폐되어 그런 요소가 거의 없어지거나 있다 해도 기술적으로 처리되어 쌍방 모두 잘 느끼지 못한다. 특히 문화의 후광을 두르고 있는 고급한 매음은 오히려 그 자체가 하나의 사회적 신분으로 기능하기도 한다.

그런데 그때 영희가 나가는 비어홀에서 이루어지는 매음은 비록 최고급의 형태는 아니었다 할지라도 노골적인 모멸을 느껴야 할 정도는 아니었다. 초기의 고속버스 안내양이 오늘날 항공사 스튜어디스보다 더 사회적 대우를 받았던 것처럼 이제 막 대중화되기 시작한 비어홀의 여급(女給)도 그 문화의 생소함 때문에 오늘날의 고급 요정이나 룸살롱의 호스티스보다는 더 정중한 대우를 받았다. 말로 추근거리는 손님은 있어도 상스러운 욕설로 모멸감을 주거나 몸에 함부로 손을 대는 일은 아주 드물었다. 게다가 그때까지만 해도 영희는 아직 매음에 종사하고 있는 것이 아니라 그저 좀 별난 종류의 육체적 노동을 하고 있었을 뿐이었다.

하지만 그동안에도 영희의 내면에서는 결국 그녀를 매음으로 몰아갈 요인들이 은밀하게 자라고 있었다. 그중에서도 가장 먼저 그녀를 변화시킨 것은 모니카와 혜라의 충동질에서 비롯된 지출의 증가였다.

"애, 옷 좀 해 입어라. 화장품도 좀 나은 것 쓰고. 그게 뭐니? 아직도 미장원 시다바리 그대로잖아? 너 우리 같은 직업, 입고 바르는 데 쓰는 거 사치만은 아니다. 어디까지나 투자라고. 확대 재생산을 위한."

혜라가 그렇게 유식까지 떨어 가며 영희의 옷차림과 화장품에 타박을 주었고 모니카는 모니카대로 할금할금 눈치를 봐 가며 충고랍시고 말했다.

"접때도 한 번 말한 적 있지만 성형수술 말이야. 그거 한 번 함 어떨까? 너 코만 오뚝하게 세우고 그 쌍꺼풀 조금만 깊게 넣으면 정말 손님들에게 인기 있을 텐데. 나 수술한 데 소개시켜 줘? 내

왼 볼의 상처, 그거 얼마나 흉했니? 그런데 지금은 봐. 도랑(파운데이션)만 찍어 바르면 감쪽같다고. 그 집에서 코 세우는 사람도 봤는데, 정말 신기하더라. 김지미 코로 해 달라면 김지미 코로 해 주고 최은희 코로 해 달라면 최은희 코로 해 주는 거 있지? 며칠만 고생하면 사람이 아주 달라지더라고."

사실 그런 압력은 영희가 나가는 비어홀의 멤버씨에게서도 은근히 느껴졌다. 출근한 지 닷새쨌가 엿새째 되던 날 홀 입구에서 영희를 만난 그는 한심하다는 듯 말했다.

"사정을 해 아가씨로 받기는 했지만 너 이 동네에서는 많이 어렵겠다. 하마 며칠인데 매일 그 옷이 그 옷이니? 화장도 그래. 작고 치켜 달린 눈이야 어쩌지 못 한다 쳐도 인조 속눈썹도 있고 마스카라도 있잖아? 누가 널 보면 우리 주방에 설거지 거들러 오는 앤 줄 알겠다."

그 바람에 영희는 결국 명동에 나가 고급 투피스 한 벌을 사고 외제 화장품 일체를 갖추었다. 비어홀에 나간 지 열흘 만의 일로, 그러고 나니 그동안의 비축은 깨끗이 날아가 버리고 말았다.

사실 영희에게도 그런 옷차림이나 화장이 생판 낯선 것은 아니었다. 창현과 동거하며 다방에 나가던 시절에는 그녀도 꽤나 진한 화장을 했고 옷차림에도 신경을 썼다. 그러나 돌내골에서 예닐곱 달 어머니의 간섭에 시달리고 다시 미용 학원과 보조 미용사 시절의 예닐곱 달 남의 눈치를 보는 동안에 그 같은 화장은 멀어지고 전에 장만했던 옷도 구닥다리로 변하고 말았다.

그런데 다시 한 번 그런 방향으로 애써 다듬고 보니 효과는 신기할 지경이었다. 거울 속의 모습은 영희 스스로에게도 아주 사람이 달라진 것처럼 보였고, 그런 데에 밝은 모니카와 혜라도 그 변모에 감탄을 아끼지 않았다. 비어홀에서 일하는 사람들도 그 같은 영희에게 한마디씩 놀라움을 나타냈고 주관적인 느낌일 뿐인지 모르지만 손님들도 무언가 이전과는 다르게 대해 주는 듯했다.

그렇게 되자 성형수술도 반드시 해야 할 투자가 되고 말았다. 남보다 좀 많이 죽은 듯한 콧등이며 풀렸다 말았다 하는 엷은 쌍꺼풀 때문에 더욱 퉁퉁해 보이는 눈두덩, 그리고 약간 치째진 듯한 눈꼬리를 거울 속에서 만나기가 갑자기 싫어졌다. 그 얼굴 때문에 손님들에게 퇴짜를 맞은 적은 없는데도 왠지 그대로는 테이블에 나갈 자신이 점점 없어지는 것이었다.

하지만 성형수술을 하자면 모니카와 혜라에게 다시 한 달은 더 부살이를 해야 할 판이었다. 게다가 한 번 효과를 톡톡히 보고 나자 옷차림과 화장에 대한 관심도 부쩍 늘어나 비축의 속도는 전보다 훨씬 느려지고 있었다. 영희는 비로소 자신의 수입이 결코 많은 것이 못 됨을 깨달았다. 그리고 그 깨달음은 차츰 그녀에게 돈에 대한 야릇한 기아 심리를 일으켰다.

돈에 대한 욕구가 커지자 언제나 영희의 주변을 떠나지 않는 매음의 유혹도 전보다 강하게 느껴져 왔다. 아무도 강요하지 않았으며, 설령 강요로 해석될 구석이 있다 해도 충분히 저항이 가능하다는 점에서 영희는 그때 이미 자발적으로 매음의 의사를 길러 가고 있었다고 보아도 좋다.

손님들로부터 오는 유혹도 많았다. 노골적으로 고액권이 수북한 지갑을 내보이며 흥정을 해 오는 중년도 있었고, 알아듣기조차 힘든 고상한 이야기와 그럴듯한 분위기로 한몫 보려는 지성파도 있었다. 생김에서 결코 창현에게 뒤지지 않는 제비족이 빤지르르한 얼굴과 겉멋을 밑천 삼아 기웃거리는가 하면 슬슬 살아나는 뒷골목의 건달들이 주먹을 앞세워 끌고 가려고 덤비기도 했다.

그런 갖가지 형태의 유혹은 개별적으로는 실패로 돌아갔지만 전체적으로는 조금씩 성공으로 다가가고 있었다는 편이 옳았다. 거절을 하면서도 매음은 차츰 피할 수 없는 운명의 예감처럼 영희의 의식 속에 자리 잡아 갔다. 하지만 그 마지막 실천 단계, 그녀가 나가는 비어홀에서는 외박이란 이름으로 불리는 벌거숭이 매음으로 나가는 데는 아직도 극복해야 할 거부감이 남아 있었다.

그 거부감은 대강 세 가지 방향에서 왔다. 그 첫째는 소공녀 의식이었다. 세상일에 닳고 부대끼는 동안 희미해져 버렸지만 소녀 시절 내내 그녀를 지배해 온 그 의식의 잔해는 아직도 그녀의 내면에서 무시 못 할 힘을 행사하고 있었다. 그다음은 전통적인 윤리였다. 겉으로는 거의 영향을 받은 적이 없어 보이지만 혈관 속으로 흐르는 피처럼 고향과 가문이란 상징을 통해 그녀의 영혼에 스민 유가적(儒家的) 정조 관념은 이미 더 지킬 것이 없어 보이는 마당에도 매음이란 그 마지막 단계로의 전락에는 한사코 저항하고 있었다. 그리고 세 번째는 어머니에 대한 원한과도 흡사한 호승심이었다. 무슨 저주처럼 되풀이된 이머니의 예측을 그대로 실현시켜 주기는 정말로 싫었다.

그날 오후 다섯 시 무렵 해서 영희가 파라다이스에 도착했을 때만 해도 그 밤이 매음의 첫날밤이 되리라는 조짐 같은 건 조금도 없었다. 집을 나설 때 혜라가 더운 철에 한방에서 셋이나 북적거려야 하는 걸 불평하는 소리를 듣긴 했지만 영희는 그리 심각하게 받아들이지 않았다. 혜라는 어디서나 아는 척 나서고 좀 거세다는 것 외에는 큰 흠이 없는 데다 벌써 달포 가까이 한솥밥을 먹는 동안에 든 정도 있어 영희도 이제는 그녀의 웬만한 소리는 껴듣지 않게 되었다.

파라다이스에서도 별일은 없었다. 주방에서는 기본 안주로 내놓을 명태 껍질을 기름에 튀기고 있었고, 아가씨들은 대기실에서 옷을 갈아입거나 화장을 고치며 한가롭게 잡담을 나누는 중이었다. 한 오 분 늦은 멤버 김씨도 여느 때처럼 무덤덤한 얼굴로 아가씨들을 점검했고 웨이터들도 각기 맡은 자리에서 손님 받을 채비들을 하고 있었다.

그런데 여섯 시쯤 해서 쏟아지기 시작한 폭우가 갑자기 파라다이스의 분위기를 바꿔 놓았다. 그게 지나가는 비가 아니란 일기예보가 상기된 까닭이었다.

"허어, 이젠 우리 관상대(기상대)도 제법 맞아떨어지네. 그럼 정말로 장마가 시작된다는 거 아냐? 우리 장사 이거 한참 파리 날리게 생겼군."

멤버 김씨가 그렇게 중얼거리는 소리를 듣자 영희도 비로소 낮에 흘려들은 일기예보가 떠올랐다. 아나운서가 제법 심각하게 호우주의보까지 들먹였으나 맞을 때보다는 안 맞을 때가 더 많은 일기예보라 우산조차 준비하지 않은 그녀였다.

"왜요? 비 오면 술장사는 더 나은 거 아네요? 난 비 오면 공연히 출출해지며 한잔 생각이 나던데."

아가씨들 중에도 술꾼으로 이름난 강 양이 냉큼 멤버 김씨의 말을 받았다. 멤버 김씨가 그런 강 양의 머리를 가볍게 쥐어박으며 말했다.

"비도 비 나름이야. 우연히 길 가다 만난 부슬비 같으면 술 생각이 날 수도 있지. 그러나 호우주의보까지 곁들인 폭우라면 얘기가 달라. 나와 있는 작자들은 모두 집으로 돌아갈 생각들뿐이고, 들앉은 작자들은 또 나올 생각을 않는 법이라고. 게다가 술도 술 나름이야. 맥주는 시원한 맛에 마시는 건데 으스스한 장마철에 어느 놈이 마시고 자빠지겠어?"

그 밤을 영희가 일생 잊지 못할 유별난 밤 중의 하나로 몰아간 어떤 위기의식은 아마도 그 말을 들었을 때부터 자라나기 시작했을 것이다. 그러다가 정말로 손님이 북적거릴 시간이 돼도 홀 안이 썰렁하자 그 위기의식은 더욱 뚜렷하게 그녀를 압박해 왔다. 정한 급여 없이 수입을 오로지 팁에 의지해야 하는 그녀에게는 손님의 많고 적음이 바로 수입의 높고 낮음과 직결되기 때문이었다.

'정말 멤버씨 말대로라면 큰일이다. 모아 둔 건 없고 쓸 데는 많고…… 손님이 밀려 두 데이블씩 따블(더블)로 뛰어도 자리 팁만으로는 어려웠는데 공치는 날이라도 생기면 어쩌지. 그렇다고 이제 와서 미장원 같은 곳으로 돌아갈 수도 없고.'

그렇게 명료한 의식은 아니라도 그때 영희의 머릿속을 떠다니는 말들을 간추리면 대강 그랬을 것이다.

멤버씨의 걱정과는 달리 그 뒤 손님은 더러 있었다. 장마가 시작된 첫날이어서 그런지, 아니면 우연히 뜨내기 손님이 많이 들었는지 열 시를 앞뒤해서는 제법 테이블이 다 들어찼다. 그런데 묘하게도 영희의 12번 테이블만은 열 시 반을 넘겨도 그대로 비어 있었다. 웨이터들이 영희를 생각해 그리로 안내해도 무엇 때문인지 손님들이 손을 내저으며 다른 빈 테이블로 옮겨 가는 것이었다. 그 때문에 영희의 위기의식은 다시 한 번 고조되었다.

영희의 테이블에 그날의 첫 손님이 든 것은 밤 열한 시가 가까울 무렵이었다. 그런데 방향은 달라도 알 수 없는 일은 그 손님에게서도 일어났다. 어디를 쏘다니다 왔는지 흠뻑 젖어 파라다이스로 들어온 손님은 처음부터 계획하고 있었던 것처럼이나 똑바로 영희의 12번 테이블을 찾아가 앉았다. 그리고 뒤따라 쫓아간 웨이터에게 젖은 주머니에서 한 줌 꺼낸 5백 원짜리 중에서 한 장을 내밀며 거침없이 소리치는 것이었다.

"야, 여기는 오늘 나하고 외박 나갈 아가씨가 나와야 돼. 알았지?"

그때만 해도 매음의 형식은 뒷날처럼 그렇게 뻔뻔스럽지가 못했다. 종삼이나 양동 골목 같은 특별한 장소를 빼면 매음의 흥정은 제법 연애의 형식을 띠며 은밀하게 이루어지는 게 통례였으나, 멀지 않은 카운터에 기대서 있던 영희에게 이상하게도 그런 손님의 뻔뻔스러움이 조금도 눈에 거슬리지가 않았다. 오히려 그게 멋스러워 보이기까지 해 웨이터가 부르러 올 때를 기다리지 않고 스스로 테이블 쪽으로 다가갔다.

"너야? 외박 준비하고 나왔어?"

영희가 맞은편 테이블 곁에 가 서자 그 손님이 퀭한 눈으로 영희를 올려 보며 그렇게 확인했다. 어디서 흠뻑 취해 온 모양이었으나 아직 혀끝이 꼬부라진 정도는 아니었다. 색상 밝은 남방셔츠나 비에 젖어 반짝이는 머리칼 때문에 젊게 보여도 실제 나이는 쉰 가까이 되어 보였다.

"술도 한 잔 안 드시고 벌써 무슨 외박 타령이세요? 많이 취하셨어요?"

영희가 웃으면서 그렇게 받았다. 그러나 그 손님은 그가 처음 홀 안으로 들어설 때의 짐작대로 그렇게 밝은 심사가 못 되었다.

"술? 아, 술은 마셔야지. 여기 빨리 맥주 가져와! 그런데 술 마신 뒤엔 어떡할 거야? 나하고 가는 거지? 사람 술만 잔뜩 마시게 하고 튀는 건 아니지?"

그렇게 서둘러 주문하면서 옆자리 사람들에게 민망스러울 만큼 큰 소리로 다짐까지 받았다. 그것도 대답에 따라서는 당장 시비로 바뀔 수 있다는 투의 거친 목소리였다.

"목소리 낮추고 말씀하세요. 여긴 싸구려 색싯집이 아녜요. 다 점잖은 손님들이라고요."

영희가 여전히 웃음을 거두지 않고 그렇게 달랬다. 그래도 그 손님은 막무가내였다. 이제는 상소리까지 섞어 더욱 목소리를 높였다.

"아, 여긴 고급 비어홀이란 말이지. 개 같은 수작 하고 있네. 맥주는 술 아니고 약이라도 되는 거야? 니네들도 그래. 술상머리에 나앉으면 다 색시지, 어느 년 사타구니에는 금테 둘렀어?"

평소의 영희 같으면 그쯤에서 벌써 돌아섰을지도 모를 손님이었다. 그때의 비어홀 분위기로도 그 정도면 행패에 가까웠고, 그런 경우 자리를 털고 나와도 업주 측의 눈총을 받을 걱정은 없었다. 업주들이 아직 업소의 품위 같은 데에 신경을 쓸 때라 멤버씨와 웨이터들이 나와 뒷일을 해결하게 되어 있었다. 그런데 초저녁부터의 그 알 수 없는 위기의식 때문일까, 영희는 왠지 그런 식으로 그 손님을 놓치고 싶지 않았다. 먼빛으로 본 한 줌의 고액권 지폐가 영희의 의식에 어떤 작용을 하고 있었는지도 모를 일이었다.

"아이, 선생님. 이러지 마세요. 남들이 흉봐요. 저랑 조용히 얘기해요. 무슨 속상한 일이라도 있으세요?"

영희가 속 좋게 한 번 더 그를 달랬다. 그때 마침 술과 안주가 왔다. 자신이 직접 술과 안주가 담긴 쟁반을 들고 온 멤버씨가 영희를 거들어 손님을 구슬렸다.

"시원한 맥주 왔습니다. 한 잔 주욱 드시고 속을 푸십시오."

멤버씨가 그렇게 손님에게 말을 거는 걸로 보아 그 테이블에서의 작은 소란에 꽤나 신경이 쓰였던 듯했다. 가까운 통로에서 웨이터 하나가 자기를 보고 있고 이웃 테이블의 손님들과 아가씨들도 불만스러운 눈길로 자신의 테이블 쪽을 흘긋거리자 그 손님의 기세가 좀 꺾였다.

"알았어. 그럼 술이나 따라."

잔을 내미는 그의 목소리는 훨씬 낮아져 있었다. 멤버씨가 그런 그에게 불필요한 아첨을 했다.

"그럼 즐겁게 드십시오, 선생님. 우리 12번 아가씨 많이 사랑해 주시고요. 이래 봬도 이 아가씨 우리 집에 하나뿐인 아다라시(처녀)입니다."

"아다라시 좋아하네."

"아닙니다. 제가 보증하죠. 이 아가씬 이런 업소에 처음이고 여기선 한 번도 외박 나간 적 없습니다."

아마도 멤버씨는 손님의 주의를 잠시 딴 곳으로 돌려놓기 위해서 그 얘기를 꺼낸 듯했다. 그런데 그게 뜻밖의 효과를 보았다.

"그걸 누가 알아? 그리고 내가 뭐, 누구 머리 얹어 주러 온 것도 아니고……."

그렇게 빈정거리며 받기는 해도 퀭한 그 손님의 눈에 반짝 색

다른 호기심이 내비쳤다. 하지만 그 색다른 호기심에 따른 진정도 잠시였다. 맥주 몇 잔이 들어가자 다시 발동한 술기운은 오래잖이 원래의 감정으로 되돌아갔다. 다행인 것은 그래도 그 감정이 처음 파라다이스에 들어설 때처럼 가학적이지 않다는 정도였다.

"나 춤바람에 오쟁이 진 못난 사내야. 앞으로 나이 어린 계집 좋다고 살림 차리는 놈 있으면 도시락 싸 갖고 다니며 말릴 작정이야. 망할 년. 벼락 맞아 싼 년. 흥, 지금은 그 젊은 날라리하고 붙어 재미가 한창 깨소금이겠지."

그렇게 시작된 넋두리는 영희가 끼어들 틈조차 주지 않고 통금예비 사이렌이 불 때까지 계속되었다.

"정말 감쪽같이 몰랐어. 아침에 출근할 때 보면 말짱하고, 저녁에 돌아가 봐도 말짱하고, 아이 녀석 별 탈 없이 거두고…… 그런 년이 대낮에 카바레에서 젊은 춤 선생 놈하고 끼고 돌아갈 줄 어떻게 알았겠어? 벌써 몇 달째 여인숙에 버젓이 방까지 정해 놓고 그놈과 붙어먹고 있는 줄 어떻게 알았겠는가 말이야."

"나는 카바레 같은 게 다시 살아난 줄도 몰랐어. 말단 좀팽이 공무원답게 5·16 뒤의 그 서슬 푸른 기세가 아직도 남아 있는 줄 알았지. 구악일소(舊惡一掃), 퇴폐 추방 말이야. 그런데 알고 보니 예전보다 오히려 더 늘어난 게 카바레니 댄스 교습실이니 하는 것들이더라고. 대낮에 장바구니 들고 나서는 것들 절반은 춤바람 난 미친년들이라는 거 아냐."

그런 그의 넋두리 중에는 다분히 수상쩍은 것도 있었다. 아직도 눅눅한 주머니의 돈뭉치를 꺼내 누구든 마음에 드는 사람이 있으면 그대로 주어 버리겠다는 듯, 아니 당장이라도 창문을 열고 거리에 그대로 뿌려 버릴 것처럼 허풍을 떨기도 했다.

"나 오늘 집 팔았어. 이거 계약금 받은 5만 원 중에 쓰고 남은 거야. 돈? 다 소용없어. 담배 한 개비 대포 한 잔 아껴 가며 모아 집 사고 땅 사면 뭘 해? 그래서 기껏 듣게 된 게 오쟁이 진 놈이란 비웃음 소리뿐이야. 다 필요 없어. 이 밤 안으로 이거 다 쓰고 말 거야. 쓰다 못 쓰면 새벽에 길거리에라도 확 뿌려 버릴 거라고."

하지만 영희는 그게 단지 그의 허망감을 드러내는 것으로만 해석되어 느닷없는 연민까지 느꼈다. 어쩌면 뜻밖의 횡재를 하게 될지도 모른다는 기대가 은근히 일지 않는 것은 아니었으나 굳이 그걸 의식하고 싶지는 않았다.

그날 밤 영희가 그 손님을 부축해 파라다이스를 나온 것은 열두 시가 얼마 남지 않은 때였다. 몸을 가눌 수 없을 정도로 취한 그를 처음에는 웨이터들이 맡아 부축하려 했으나 그는 막무가내 영희만 찾았다. 아직 할 얘기가 남았다며 영희가 나서지 않으면 큰 소동이라도 벌일 기세였다. 그런데 실은 그 같은 그의 술주정이 결과로는 동료 아가씨들과 멤버씨, 웨이터들의 눈앞에서 첫 외박을 나가게 된 영희의 어색함을 덜어 주었다.

"안 되겠어. 네가 어디 가까운 데 여관이라도 잡아 줘."

멤버씨가 자연스러운 말투로 그렇게 영희에게 권했고 영희도 특별한 느낌 없이 그 권유를 받아들였다.

"그래야겠어요. 더구나 현금까지 많이 가지고 있어서…… 아무래도 그냥 보내서는 위험할 것 같아요. 우리에게 책임이 돌아올지도 모르고."

그러나 그때는 이미 매음에 대한 미필적 고의가 그녀의 의식 속에 자리 잡고 있었다는 편이 옳았다. 아직 그녀 자신은 그 고의를 알아차리지 못하고 있었지만 그녀가 겉으로 내세우고 있는 보호의 의사야말로 오히려 핑계에 가까웠다.

겨우 통금을 면하고 들게 된 여관에서도 그 같은 영희의 은폐된 자발성은 유지되었다. 그녀는 방이라도 따로 쓰겠다는 의사조차 내비침 없이 그 손님과 한방에 들었다. 여관 입구에서의 실랑이가 귀찮다는 핑계, 또는 그가 너무도 취해 있어 별일 없으리라는 불확실한 예측을 토대로.

한방에 들게 된 뒤에도 그날 밤은 영희의 예측이 어지간히 들어맞을 듯했다. 그 손님이 여관 주인을 졸라 다시 술판을 벌인 까닭이었다. 가게의 네댓 배는 되는 값을 받고 들여 준 맥주를 마시며 제 말대로 그는 파라다이스에서 못다 한 넋두리를 계속하는 것이었다.

"우리가 다른 부부처럼 생판 모르는 처지에 중매로 만나 살다 이 모양이 났다면 이토록 분하지는 않을 거야. 우리가 어떻게 만난 사인 줄 알아? 내가 바로 그년 생명의 은인이라고, 생명의 은인. 너도 6·25 알지? 그때 말이야, 인민군이 서울을 점령했을 때, 구청 서기로 있던 나는 그것도 벼슬이라고 겁이 나서 김천까지 피난을 갔지. 그러나 곧 인민군에게 따라잡혀 꼼짝없이 근처 시골에 있는 외가에 숨어 지내다가 9·28 수복 소식을 듣고서야 서울로 가기 위해 김천으로 나갔어. 그런데 어떤 고갯길을 넘는데 말이야, 숲 속에서 뭔가 사람 같지도 않은 게 늘어져 있더라고. 무슨 신음 소리 같은 것도 나고 해서 가 보니 아직 여남은 살밖에 안 돼 보이는 계집아이가 거지 꼴에 뼈다귀만 남은 채 나뭇등걸에 기대 눈물만 줄줄 흘리고 있지 않겠어? 그게 바로 그 인간이라. 오쟁이를 지게 한 그년. 그 오살할 년, 그걸 김천까지 업고 나가 있는 것 없는 것 다 털어 살려 낸 게 나라고."

"그 인간이 왜 그 꼴이 났는지 알아? 그제나 이제나 가볍기가 새털 같은 년이라 학교로 의용군 모집 온 인민군 선전에 해딱 넘어가 그리 된 거라. 마음에 드는 곱상한 군관이라도 있었던지 고녀(高女) 1학년이 학년까지 속여 가며 의용군에 지원했다나. 간호 요원으로 뽑혀 낙동강으로 떠난 것까지는 좋았는데, 폭격 때문에 밤에만 걸어 걸어 가다 보니 낙동강에 이르기도 전에 매카사(맥아더) 인천 상륙이 먼저 터진 거야. 그러니 어찌 됐겠어? 제 몸 건사도 급해진 인민군 기간(基幹) 요원들이 그것들 중대 병력을 구미 들판에 풀어놓고 밤새 내빼 버리니 꼴 험하게 됐지. 뒤따라온 국군 경찰이 잡아가고, 마을마다 조직된 치안대에 걸려들고, 모르긴 해도 인민군 간호 대신 엉뚱한 데 육보시(肉布施)깨나 했을 거구먼. 그래도 그 인간은 운이 좋아 어찌어찌 거기까지는 빠져나온 거라. 먹을 게 없는 난리판이라 사흘이나 굶어 그렇게 늘어지고 말긴 했어도……."

"서울까지 데려올 때만 해도 그걸 여자라고 생각해 본 적은 없었어. 그때 내 나이가 하마 서른넷, 애끼지 딸린 어엿한 가정이고 그 인간은 겨우 열여섯에 그 꼴을 하고 있었으니……. 그런데 서울로 돌아와 보니 기막힌 일이 벌어져 있더군. 함께 데려갈 수가 없어 집에 남겨 두었던 마누라와 어린 딸이 폭격에 그만 날아가 버린 거야. 그래 마음을 못 잡고 있는데 그 인간이 샐샐 웃고 다니며 암내를 풍기는 거라. 부모 되는 것들도 어째선지 슬슬 떠맡기려는 눈치고……. 나중에 알고 보니 그 인간도 나를 만날 때까지 여기저기서 몹쓸 짓꺼나 당한 모양이야. 서울 돌아오고 얼마 안 돼 누구 씬지 모르지만 애를 지웠단 말도 있고. 그렇지만 나는 어디성한 신랑감이야? 그것도 인연이거니 하고 이듬해 결혼했지. 속내 모르는 구청 직원들은 난리통에 처녀장가 새로 들게 되었다고 야단들이더구먼. 하지만 나는 왠지 그때부터 찜찜하더라고. 그런데 기어이……."

대강 그런 넋두리를 한없이 늘어놓던 그는 새벽 한 시쯤 되어 거짓말처럼 잠들고 말았다. 영희에게는 다시 그에게서 벗어날 기회가 온 셈이었다. 그러나 이번에는 통금과 새삼 여관 주인을 깨워 딴 방을 얻는 번거로움이 핑계가 되어 영희를 그대로 그 곁에서 잠들게 했다. 잠깐 눈 붙이고 통금만 해제되면 가야지, 이 양반이 깨면 자리 팁이라도 후하게 받아……. 그녀의 의식이 겉으로 내세우는 이유는 그랬지만 한편으로는 야릇한 서운함이 느껴지지 않는 것도 아니었다.

전부터도 영희의 잠은 여자로서는 좀 유별난 데가 있었다. 잠이 많을 뿐만 아니라 쉽게 깊이 들어 집에 있을 때는 그것도 어머니의 타박거리가 되었다. 거기다가 그날은 적잖게 얻어 마신 술이 있고 눈을 붙인 것도 새벽 한 시가 훨씬 지난 뒤였다. 잠깐 눈을 붙인다는 것은 생각일 뿐이었고, 한번 잠이 들자 그대로 세상 모르게 곯아떨어지고 말았다.

영희가 무슨 깊고 끈적끈적한 수렁 같은 잠에서 깨어난 것은 다음 날 새벽이었다. 아랫도리를 파고드는 이물감(異物感)과 가슴을 짓누르는 듯한 답답함에 눈을 떠 보니 벗은 남자의 몸이 그녀를 짓누르고 있었다. 그녀가 몸에 걸치고 있던 옷가지도 어느새 다 벗겨지고 없었다.

영희는 놀라움보다는 불쾌한 이물감 때문에 자신을 짓누르고 있는 남자의 가슴을 밀쳤다. 저도 모르게 나온 나직한 신음과 함께였다. 남자가 밀려나는 대신 더욱 힘을 주어 내리누르면서 영희의 귓가에 뜨거운 입김을 쏟아 놓았다.

"나야. 가만있어. 왜 이래?"

그제야 영희는 그 남자가 바로 어젯밤의 그 손님이라는 것을 알아보았다. 새삼 놀라운 일은 아니었으나 당장은 찌르는 듯한 아픔으로 변해 가는 그 이물감을 견딜 수가 없었다. 상대가 너무 서두르다 보니 절로 거칠어져 오래 남자를 잊고 지낸 영희의 몸을 아프게 후벼 댄 것 같았다.

"아파요. 싫어!"

영희가 그렇게 소리치면서 아랫도리를 오므림과 함께 두 팔의 힘을 다해 밀치지 비로소 남자가 몸 위에서 굴러떨어졌다. 벌써 날이 밝아 남자의 일그러진 얼굴이 어렴풋이 눈에 들어왔다.

"정말 왜 이래? 여태까지 가만히 있어 놓고……."

"자는데 누가 이러랬어요? 아주 나쁜 아저씨네. 나는 자기를 지켜 준다고 집에도 안 가고 곁에 있어 줬는데……."

영희가 그러면서 몸을 일으키자 남자는 잠시 아연한 표정을 지었다. 그 뜻밖의 사태를 어떻게 해석해야 할지 얼른 가늠이 되지 않는 모양이었다. 그러다가 문득 바보 같은 웃음을 지으며 다시 덤벼들었다.

"이러지 마. 이왕 시작한 건데……."

"안 돼요. 아파서도."

영희가 단호하게 말하며 몸을 웅크렸다. 또한 그게 영희의 진심이기도 했다. 그런데 두 번이나 거듭된 아픔의 표현이 다시 남자에게 이상한 암시를 준 듯했다. 잠시 말이 없던 남자가 다가듦을 멈추고 조금 심각해진 목소리로 물어 왔다.

"그럼…… 정말 이게 첨이라는 거야?"

"첨이잖음 제가 연극이라도 하는 줄 아세요?"

아직 몸 한구석에 남은 아픔 때문에 기분이 틀어져 있는 영희가 별로 먹은 맘 없이 그렇게 되쏘았다. 남자가 다시 한동안 말이 없었다. 그러나 그 매음의 진정한 흥정은 그때부터가 시작이었다.

무엇 때문인지 갑자기 후끈 단 남자가 세상에서 가장 들큼하고 인정 있는 말만 골라 신중하게 영희에게 다가들었다.

하지만…… 영희의 영혼을 위해서는 쓸쓸하기 그지없는 그 새벽의 일을 이 이상 더 장황하게 묘사하는 일은 그만두자. 어쨌든 그로부터 한 시간도 안 돼 그들의 거래는 이루어졌다. 남자는 재혼의 뜻까지 내비치며 가진 것은 무엇이든 다 내줄 듯이 흥정을 시작했고 영희는 강한 거부감에 시달리면서도 끝내는 무저항이라는 형태의 동의로 그 거래를 받아들이고 말았다.

미국 금주법 시대에 알 카포네는 위스키 밀조(密造) 공장만이 아니라 창녀 제조 공장도 운영했다. 창녀 제조 기술자들은 도시로 나온 시골 처녀를 납치해 짧은 기간에 창녀로 바꿔 놓았는데, 특히 백인 처녀를 원료로 할 때의 창녀 제조 비법은 전해 듣기에도 끔찍하다. 그것은 하룻밤에 예닐곱 명의 흑인 불량배로 하여금 윤간하게 하는 방법이다. 아무리 완강한 백인 처녀라도 그 일을 겪고 나면 정상적인 삶에로의 복귀를 깨끗이 단념하게 된다고 한다.

어쩌면 영희의 매음에도 그 최종 순간의 다소는 표현적(表現的)인 자발성 이외에 저 불행한 백인 처녀에 대한 흑인 불량배의 윤간에 해당되는 요인도 있었을 것이다. 그 시대로서는 비정상이랄 만큼 빠른 처녀성의 상실, 역시 그 나이에는 비정상적이랄 수밖에 없는 두 번에 걸친 참담한 배신의 경험, 부단한 기억의 과장에 의해 이제는 복수감 없이는 떠올릴 수 없는 어머니에 대한 원한, 주관적일지는 몰라도 그 무렵 들어 부쩍 강하게 느껴지는 경제적 압박과 그 때문에 실제 이상으로 자극이 된 전날 밤의 위기의식 따위도 있지만 가장 본질적인 것은 전통적인 전원 문화로의 복귀에 그녀가 느끼게 된 철저한 절망감이었는지도 모른다. 거기다가 이미 그 손님은 한 번 자신의 몸을 점령한 적이 있다는 데서 온 일종의 자포자기가 겹쳐 어렵잖게 무저항 형태의 동의에 이를 수 있었던 듯하다.

하지만 매음으로 보면 그날 밤은 영희에게 첫날밤이었고, 모든 첫날밤은 언제나 거기에 따른 유별난 감회가 있게 마련이다. 영희에게도 그랬다. 남자가 그녀의 아랫도리에 불유쾌한 이물감을 끼쳐 놓고 몸 위에서 굴러떨어지듯 내려가자 영희는 문득 가슴 깊은 곳에서 우러나는 영문 모를 슬픔과 함께 갑작스레 쏟아지는 눈물을 주체할 수 없었다. 무언가 소중하게 지녀 오던 것을 잃어버린 듯한 느낌으로, 그 상실감은 옛날 박 원장에게 처녀성을 잃던 날보다 훨씬 통렬하였다.

그런데 그 눈물은 뜻 아니한 사태와 겹쳐 결과적으로는 영희가 처음으로 상품화한 성의 가치를 극대화시켰다. 마침내 뜻을 이루었다는 흐뭇함과 사정 뒤의 허망감에 애매하게 뒤틀린 표정으로 다시 이불을 들추고 누우려던 남자가 문득 가벼운 신음 같은 소리를 냈다.

"어어? 이게 뭐야?"

쏟아지는 눈물을 주체 못 해 허둥대며 옷을 걸치고 있던 영희가 눈물을 훔치고 그쪽을 보니 남자는 요 한가운데 번져 있는 핏자국을 손으로 쓸어 보고 있었다. 영희는 그 총중에도 약간 민망한 기분으로 그 핏자국의 정체를 알아차렸다. 그젠가 시원찮게 끝난 생리의 흔적일 것이었다. 이미 적잖은 경험을 한 몸인데도 그밤따라 유별나게 아팠던 것 또한 그 남자의 서두름이나 서투름 탓이라기보다는 그런 생리 쪽의 원인이 더 컸을 수도 있었다.

하지만 남자는 무언가 몹시 충격을 받은 눈치였다. 멍한 눈으로 그 핏자국과 줄줄이 눈물을 쏟고 있는 영희를 번갈아 보다가 이내 감격에 찬 얼굴이 되어 물었다.

"그럼 정말……?"

영희는 남자의 물음을 알아들었다. 턱없는 오해지만 불쾌하지는 않았다. 아니, 그 이상 정말로 자신이 거기서 처녀성을 잃어버린 것 같은 착각이 일며 한층 슬픔에 복받쳐 이제는 가는 흐느낌까지 곁들여졌다. 그러면서도 한편으로는 되도록 빨리 그곳을 뜨고 싶다는 생각에 서둘러 옷을 걸쳤다.

영희가 옷을 다 걸칠 때까지 멍하니 보고만 있던 남자는 영희가 핸드백까지 챙겨 들었을 때에야 허둥지둥 윗목에 벗어 던져 둔 바지를 당겨 지폐 뭉치를 꺼내더니 대강 헤아려 한 줌을 쥐어 주었다. 느낌으로는 5백 원짜리가 열 장은 넘는 듯했다. 전날 저녁 그녀가 기대한 최대치가 넘는 돈이었다. 그러나 그 무슨 변덕일까. 영희는 진심으로 그 돈을 받고 싶지 않았다. 왠지 그럼으로써 자신이 그날 잃어버린 모든 것을 되찾을 수 있을 듯한 기분이었다.

"가져가. 그리고…… 내 곧 다시 찾아가지."

남자가 그러면서 그 돈을 억지로 영희의 핸드백에 찔러 넣었다.

참으로 알 수 없는 일이었다. 이미 전날 밤 그를 따라나설 때 충분히 예상됐던 결과고, 어떤 면에서는 그런 결과에 고의까지 인정될 수 있는데도 여관을 나서는 영희는 새삼스러운 모멸감과 불결감에 견딜 수가 없었다. 눈물은 그새 멎었지만 그대로는 집으로 돌아갈 기분이 아니었다.

영희는 바쁘게 떼어 놓던 걸음을 멈추고 망연한 눈길로 이제 막 깨어나는 회색의 거리를 살폈다. 그런 그녀의 눈에 저만치 목욕탕의 온천 표시가 무슨 구원의 손짓인 양 들어왔다. 영희는 그 목욕탕 쪽으로 뛰듯이 발걸음을 재촉했다.

그로부터 두 시간 넘게 영희는 온몸 구석구석을 씻고 또 씻었다. 살이 아릴 만큼 수건으로 때를 밀고 입구에서 산 비누가 반이나 닳도록 거듭 비누질을 했다. 마치 그럼으로써 돈과 교환된 육체의 순결이 복원되기라도 할 것처럼. 그러나 몸 깊이 배어든 불결감은 영 씻어지지 않았다.

거의 탈진한 상태로 목욕탕을 나온 영희에게 어느 정도 원기를 돋워 준 것은 옷을 입으면서 비로소 확인해 본 화폐의 무게였다. 그 손님은 아무렇게나 집어 준 것 같았는데 핸드백에 찔려 있는 것은 정확히 5백 원권 열 장이었다. 파라다이스의 동료 아가씨들이 외박에서 받는 평균의 서너 배가 되는 액수였다. 그래도 자신을 싸구려로 내다 팔지는 않았다는 사실과 그 액수가 보장하는 여러 편익이 그녀에게 적지 않은 위로가 되어 주었다.

하지만 영희가 형편없이 구겨진 심사를 다시 제대로 회복하기 위해서는 또 다른 방향의 심리적 전환이 있어야 했다. 그것은 자신의 매음을 보다 정당화시킬 수 있는 상위 목적의 설정이었다. 축 처진 기분으로 택시에 오른 그녀가 어떤 고등학교 앞을 지나는 동안에 무슨 계시처럼 떠올린 것인데, 한번 그런 생각이 떠오르자 그것은 놀랄 만큼 빠른 속도로 그녀의 원기를 되살려 주었다.

'네 한 몸 잘 먹고 잘 입기 위해서 이 짓을 해서는 안 된다. 보다 고상하고 그럴듯한 목적이 있지 않으면 안 돼. 그런데…… 그래, 있다! 내 한 몸을 던져 무너진 우리 집을 다시 일으켜 세우는 거야. 오빠의 불가능한 꿈도 내가 도우면 틀림없이 이루어질 수 있어. 먼저 철이를 데려와 학교부터 시키고……'

생각이 거기에 이르자 영희는 그 얼마 전까지도 두려울 만큼 무안하게 상상되던 모니카나 혜라와의 대면까지도 떳떳하고 자신이 생겼다.

영희가 자취방으로 돌아가자 모니카와 혜라는 둘 다 집에 있었다. 그날따라 둘 다 외박을 않고 집에서 잤는지 벌써 일어나 아침밥을 짓는다고 한창 수선들이었다.

"야, 너도 외박 시작했구나. 어때? 해 볼 만하든?"

노련한 혜라는 굳이 영희의 외박에 대해 관심을 드러내지 않았지만 속없는 모니카가 무엇이 좋은지 헤헤거리며 방으로 들어서는 영희에게 그렇게 물었다. 새로이 마음속에 설정한 상위 목표에 완전히 자신을 되찾은 영희가 조금도 찔려함 없이 평소의 기세로 모니카를 몰아세웠다.

"개 눈엔 뭣밖에 안 보인다더니. 이 기집애야, 집에만 안 돌아오면 다 외박이야? 생각한다는 게 어째 맨 그 따위뿐이야? 어제 비 때문에 좀 어물거리다가 통금에 걸려 홀에서 자고 오는 길이다, 왜. 못 미더우면 멤버씨하고 주방장, 함께 잔 민 양 연대 증명서라도 떼어 줄까?"

그러고는 막 차려지고 있는 밥상머리에 태연하게 끼어 앉았다. 하지만 말없는 혜라가 아무래도 마음에 걸려 밥상을 치울 무렵 영희는 다시 누구에게랄 것도 없이 말했다.

"니네들 거래하는 일수 아줌마 있지? 거기 나 좀 소개해 주라. 한 석 달짜리 일수로 돈 좀 빌려 쓰게."

"딸라변은 죽어도 안 쓰겠다더니 갑자기 웬일이야? 이젠 그 정도 일수쯤 자신 있는 돈줄이라도 잡은 거야?"

그거야말로 이상하다는 듯 혜라가 묘한 웃음과 함께 물었다.

찔리는 데가 없잖았으나 영희는 여전히 낯색 한 번 변하지 않고 받아넘겼다.

"이렇게 니들한테 언제까지나 더부살이할 수도 없잖아? 벌써 두 달이 다 돼 가고 날도 더워 셋이서 한방을 쓰기엔 너무 불편해. 그것도 직장인데 여기는 너무 먼 것 같고, 게다가 우리 인철이도 곧 올라오게 될 거야. 사글세라도 방을 따로 얻어야겠어. 까짓 일수야 어쩐들 못 찍겠어? 더군다나 인철이 올 때 방 얻을 돈 가져오면 한꺼번에 갚아 버릴 수도 있고……."

(7권에서 계속)

邊境

변경6

신판 1쇄 인쇄 2021년 9월 17일
신판 1쇄 발행 2021년 9월 25일

지은이 이문열

발행인 양원석
편집장 최두은 **디자인** 김유진 **영업마케팅** 양정길, 강효경, 정다은, 김보미, 구채원

펴낸 곳 ㈜알에이치코리아
주소 서울시 금천구 가산디지털2로 53, 20층 (가산동, 한라시그마밸리)
편집문의 02-6443-8844 **도서문의** 02-6443-8800
홈페이지 http://rhk.co.kr
등록 2004년 1월 15일 제2-3726호

ISBN 978-89-255-7971-9 04810
       978-89-255-7978-8 (세트)